U0057181

【臺灣現當代作家研究資料彙編】92

孟瑤

國立台灣文學館
出版

部長序

「臺灣現當代作家研究資料彙編」是臺灣文學研究一場極富意義的文學接力，計畫至今已來到第七階段，累積的豐碩成果至今正好匯聚百冊。欣見國立臺灣文學館今年再次推出十部作家研究成果，包括：翁鬧、孟瑤、楊念慈、施明正、劉大任、許達然、楊青矗、敻虹、張曉風和王拓。謹以此套叢書，向長期致力於臺灣文學創作的文學家們致敬。

文學是一個國家的靈魂，反映出一個民族最深刻的心靈史。回顧臺灣史，文學家一直是引領社會思潮前進的先鋒，是開創語言無限可能的拓荒者，創造出每一個時代的時代精神。「臺灣現當代作家研究資料彙編」透過回顧作家的生平經歷、尋訪作家與文友互動及參與文學社團的軌跡、閱讀其作品並且整理歷來研究者的諸多評述，讓我們能與作家的生命路徑同行，由此更認識他們所創造的文學世界。越深入認識臺灣文學開創出的獨特風采，我們對這塊土地的情感也會更加踏實，臺灣文化的創發與新生才更活潑光燦。

「臺灣現當代作家研究資料彙編」計畫推動至今已歷時八年，感謝這一路走來勤謹任事的執行團隊及諸多專家學者的戮力協助，替臺灣文學的作家研究奠定厚實根基。在此向讀者推介這一套兼具深度與廣度的臺灣文學工作書，讓我們藉由創作、閱讀和研究，一同點亮臺灣文學的璀璨光芒。

文化部部長 

館長序

在眾人引頸期盼中，「臺灣現當代作家研究資料彙編計畫」第七階段成果終於出爐，把一年來辛勤耕耘的果實呈現在讀者面前。此次所編纂的作家研究資料彙編，包含翁鬧、孟瑤、楊念慈、施明正、劉大任、許達然、楊青矗、敻虹、張曉風、王拓等十位作家。如同以往，在作家的族群身分、創作文類、性別比例各方面，均力求兼顧平衡；而別具意義的是，這十位作家的加入，讓「臺灣現當代作家研究資料彙編計畫」，匯聚累積共計百冊，為這份耗時良久的龐大學術工程，締造了全新的歷史紀錄。

從 1894 年出生的賴和，到 1945 年世代的王拓，這 51 年間，臺灣的歷史跌宕起伏，卻在在滋養著出生、成長於這塊土地上的文學青年、知識分子。而諸多來自對岸的戰後移民作家，大概也從來沒有想過，有一天，他們的書寫創作是在臺灣這塊土地發光發熱。事實證明，作家研究資料彙編的出版，不僅重新點燃了許多前輩作家的熱情，使其生命軌跡與文學路徑得到更為精緻細膩的梳理，某些已然淡出文學舞臺的作家與作品，也因而再次閃現光芒。另一方面，對於關心臺灣文學發展的學者專家，乃至一般讀者來說，這套巨著猶如開啟一扇窗扉，足以眺望那遼闊無際的文學美景，讓我們翻轉過去既有的印象和認知，得以嘗試用較為活潑、多元的角度來解讀作品。

在李瑞騰前館長的擘畫、其後歷任館長的大力支持下，自 2010 年起步的「臺灣現當代作家研究資料彙編計畫」，至今已持續推動八年。走過如此漫長的時光，臺文館所挹注的人力、物力等資源之龐大，自是不難想像。而我們之所以對作家研究投以如此關注，最根本的緣由乃是因為作家與作品，實為當代社會的縮影與靈魂的核心，伴隨著文本所累積的研究論述及文獻史料，則不僅是厚實文學發展的根基，更是深化人文思想的依據。本叢書既是對近百年來臺灣新文學的驗收及盤點，也是擴展並深化臺灣文學研究的嶄新契機，體現了臺灣文學研究總體成果中最優質精緻的部分，並對未來的研究指向與路徑，提出嶄新而適切的指引。

在此，特別感謝承辦單位臺灣文學發展基金會所組成的工作團隊，以及參與其事的專家、學者；更謝謝長期以來始終孜孜不倦、埋首於文學創作的前輩作家們。初冬時節，我們懷抱欣喜之情，向讀者推介此一深具實用價值的全方位臺灣現當代文學工具書，並期待未來有更多人，善用這套鉅著進行閱讀研究，從而加入這一場綿長而優美的臺灣文學接力賽。

國立臺灣文學館館長　廖振富

編序

◎封德屏

緣起

1995 年 10 月 25 日，在臺灣師範大學教育大樓的 201 室，一場以「面對臺灣文學」為題的座談會，在座諸位學者分別就臺灣文學的定義、發展、研究，以及文學史的寫法等，提出宏文高論，而時任國家圖書館編纂張錦郎的「臺灣文學需要什麼樣的工具書」，輕鬆幽默的言詞，鞭辟入裡的思維，更贏得在座者的共鳴。

張先生以一個圖書館工作人員自謙，認真專業地為臺灣這幾十年來究竟出版了多少有關臺灣文學的工具書，做地毯式的調查和多方面的訪問。同時條理分明地針對研究者、學生，列出了十項工具書的類型，哪些是現在亟需的，哪些是現在就可以做的，哪些是未來一步一步累積可以達成的，分別做了專業的建議及討論。

當時的文建會二處科長游淑靜，參與了整個座談會，會後她劍及履及的開始了文學工具書的委託工作，從 1996 年的《臺灣文學年鑑》起始，一年一本的編下去，一直到現在，保存延續了臺灣文學發展的基本樣貌。接著是《中華民國作家作品目錄》的新編，《臺灣文壇大事紀要》的續編，補助國家圖書館「當代文學史料影像全文系統」的建置，這些工具書、資料庫的接續完成，至少在當時對臺灣文學的研究，做到一些輔助的功能。

2003 年 10 月，籌備多年的「臺灣文學館」正式開幕運轉。同年五月《文訊》改隸「財團法人台灣文學發展基金會」，為了發揮更大的動能，開始更積極、更有效率地將過去累積至今持續在做的文學史料整理出來，讓豐厚的文藝資源與更多人共享。

於是再次的請教張錦郎先生，張先生認為文學書目、作家作品目錄、文學年鑑、文學辭典皆已完成或正在進行，現在重點應該放在有關「臺灣現當代作家評論資料目錄」的編輯工作上。

很幸運的，這個計畫的發想得到當時臺灣文學館林瑞明館長的支持，於是緊鑼密鼓的展開一切準備工作：籌組編輯團隊、召開顧問會議、擬定工作手冊、撰寫計畫書等等。

張錦郎先生花了許多時間編訂工作手冊，每一位作家的評論資料目錄分為：

（一）生平資料：可分作者自述，旁人論述及訪談，文學獎的紀錄。

（二）作品評論資料：可分作品綜論，單行本作品評論，其他作品（包括單篇作品）評論，與其他作家比較等。

此外，對重要評論加以摘要解說，譬如專書、專輯、學術會議論文集或學位論文等，凡臺灣以外地區之報刊及出版社，於書名或報刊後加註，如中國大陸、香港、新加坡等。此外，資料蒐集範圍除臺灣外，也兼及中國大陸、香港、新加坡、日本、韓國及歐美等地資料，除利用國內蒐集管道外，同時委託當地學者或研究者，擔任資料蒐集工作。

清楚記得，時任顧問的學者專家們，都十分高興這個專案的啟動，但確定收錄哪些作家名單時，也有不同的思考及看法。經過充分的討論後，終於取得基本的共識：除以一般的「文學成就」為觀察及考量作家的標準外，並以研究的迫切性與資料獲得之難易度為綜合考量。譬如說，在第一階段時，作家的選擇除文學成就外，先考量迫切性及研究性，迫切性是指已故又是日治時期臺籍作家為優先，研究性是指作品已出土或已譯成中文為優先。若是作品不少而評論少，或作品評論皆少，可暫時不考慮。此外，還要稍微顧及文類的均衡等等。基本的共識達成後，顧問群共同挑選出 310 位作家，從鄭坤五、賴和、陳虛谷以降，一直到吳錦發、陳黎、蘇偉貞，共分三個階段進行。

「臺灣現當代作家評論資料目錄」專案計畫，自 2004 年 4 月開始，至 2009 年 10 月結束，分三個階段歷時五年六個月，共發現、搜尋、記錄了十餘萬筆作家評論資料。共經歷了三位專職研究助理，近三十位兼任研究助理。這些研究助理從開始熟悉體例，到學習如何尋找資料，是一條漫長卻實用的學習過程。

接續

「臺灣現當代作家評論資料目錄」的專案完成，當代重要作家的研究，更可以在這個基礎上，開出亮麗的花朵。於是就有了「臺灣現當代作家研究資料彙編暨資料庫建置計畫」的誕生。為了便於查詢與應用，資料庫的完成勢在必行，而除了資料庫的建置外，這個計畫再從 310 位作家中精選 50 位，每人彙編一本研究資料，內容有作家圖片集，包括生平重要影像、文學活動照片、手稿及文物，小傳、作品目錄及提要、文學年表。另外每本書分別聘請一位最適當的學者或研究者負責編選，除了負責撰寫八千至一萬字的作家研究綜述外，再從龐雜的評論資料中挑選具有代表性的評論文章，平均 12～14 萬字，最後再附該作家的評論資料目錄，以期完整呈現該作家的生平、創作、研究概況，其歷史地位與影響。

第一部分除資料庫的建置外，50 位作家 50 本資料彙編（平均頁數 400～500 頁），分三個階段完成，自 2010 年 3 月開始至 2013 年 12 月，共費時 3 年 9 個月。因為內容充實，體例完整，各界反應俱佳，第二部分的 50 位作家，接著在 2014 年元月展開，第一階段至第三階段共出版了 40 本，此次第四階段計畫出版 10 本，預計在 2017 年 12 月完成。

成果

雖然過程是如此艱辛，如此一言難盡，可是終究看到豐美的成果。每位編選者雖然忙碌，但面對自己負責的作家資料彙編，卻是一貫地認真堅討成果的階段。這個說法，當然不是要停下腳步，而是可以從「臺灣現當代作家評論資料目錄」所呈現的 310 位作家、10 萬筆資料中去檢視。檢視的標的，除了從作家作品的質量、時代意義及代表性去衡量外、也可以從作家的世代、性別、文類中，去挖掘有待開墾及努力之處。因此這套「臺灣現當代作家研究資料彙編」，大部分的編選者除了概述作家的研究面向外，均有些觀察與建議。希望就已然的研究成果中，去發現不足與缺憾，研究者可以在這些不足與缺憾之處下功夫，而盡量避免在相同議題上重複。當然這都需要經過一段時間去發現、去彌補、去重建，因此，有關臺灣文學的調查、研究與論述，就格外顯得重要了。

期待

感謝臺灣文學館持續推動這兩個專案的進行。「臺灣現當代作家評論資料目錄」的完成，呈現的是臺灣文學研究的總體成果；「臺灣現當代作家研究資料彙編」的出版，則是呈現成果中最精華最優質的一面，同時對未來臺灣文學的研究面向與路徑，作最好的建議。我們可以很清楚的體會，這是一條綿長優美的臺灣文學接力賽，經過長時間的耕耘、灌溉，風搖雨濡、燭影幽轉，百年臺灣文學大樹卓然而立，跨越時代並馳而行，百冊作家研究資料彙編得千位作家及學者之力，我們十分榮幸能參與其中，更珍惜在傳承接力的過程，與我們相遇的每一個人，每一件讓我們真心感動的事。我們更期待這個接力賽，能有更多人加入。誠如張恆豪所說「從高音獨唱到多元交響」，這是每一個人所期待的。

編輯體例

一、本書編選之目的，為呈現孟瑤生平、著作及研究成果，以作為臺灣文學相關研究、教學之參考資料。

二、全書共五輯，各輯內容及體例說明如下：

輯一：圖片集。選刊作家各個時期的生活或參與文學活動的照片、著作書影、手稿（包括創作、日記、書信）、文物。

輯二：生平及作品，包括三部分：

1.小傳：主要內容包括作家本名、重要筆名，生卒年月日，籍貫，及創作風格、文學成就等。

2.作品目錄及提要：依照作品文類（論述、詩、散文、小說、劇本、報導文學、傳記、日記、書信、兒童文學、合集）及出版順序，並撰寫提要。不收錄作家翻譯或編選之作品。

3.文學年表：考訂作家生平所進行的文學創作、文學活動相關之記要，依年月順序繫之。

輯三：研究綜述。綜論作家作品研究的概況，並展現研究成果與價值的論文。

輯四：重要文章選刊。選收作家自述、國內外具代表性的相關研究論文及報導。

輯五：研究評論資料目錄。收錄至 2017 年 11 月底止，有關研究、論述臺灣現當代作家生平和作品評論文獻。語文以中文為主，兼及日文和英文資料。所收文獻資料，以臺灣出版為主，酌收中國大陸、香港、日本和歐美國家的出版品。內容包含三部分：

1.「作家生平、作品評論專書與學位論文」下分為專書與學位論文。

2.「作家生平資料篇目」下分為「自述」、「他述」、「訪談」、「年表」、「其他」。

3.「作品評論篇目」下分為「綜論」、「分論」、「作品評論目錄、索引」、「其他」。

目次

【輯五】研究評論資料目錄

輯一◎圖片集

影像◎手稿◎文物

1930年代，少女時期的孟瑤。（文訊文藝資料中心）

1954年，孟瑤於臺中師範學校（今臺中教育大學）任教，與次子合影。（張欣戊提供）

1957年3月8日，於婦女節座談會會場合影。右起：劉枋、孟瑤、琦君、潘人木、林海音、畢璞、姚葳、王文漪。（文訊文藝資料中心）

1950年代，孟瑤（立者）參加中國婦女寫作協會與中國文藝協會的會議。（文訊文藝資料中心）

1950年代，與文友接受軍中之聲訪問。左起：孟瑤、潘人木、畢璞、張明、琦君、林海音。（文訊文藝資料中心）

1950年代，女作家合影。後排立者左起：孟瑤、張明、李青來、李萼、劉咸思、林海音、蘇雪林、徐鍾珮、佚名、張雪茵、琦君、王琰如、佚名；前排蹲者右起：王文漪、劉枋、鍾梅音。（翻攝自《芸窗夜讀》，純文學出版社）

1950年代後期，與《自由中國》作者群合影。前排右起：聶華苓、林海音、孟瑤、潘人木、琦君、宋英；後排右起：彭歌、郭嗣汾、周棄子、何凡、雷震、劉守宜、夏濟安、夏道平、吳魯芹。（國立臺灣文學館提供）

1955～1962年間，孟瑤於臺灣師範學院（今臺灣師範大學）任教。此為孟瑤於該校「1962年畢業紀念冊」上的教師留影。（臺灣師範大學圖書館提供）

1962年，孟瑤應邀赴新加坡南洋大學執教，臨行文友送機。左起：金素琴之女、金素琴、劉枋、孟瑤、張明、林海音、鍾梅音、聶華苓。（文訊文藝資料中心）

1972年，與親家楊希賢（左）於臺中宿舍合影。（文訊文藝資料中心）

1975年，孟瑤赴美國加州探望兒孫。（張欣戊提供）

1975～1979年，孟瑤擔任中興大學中國文學系系主任，並創辦崑曲社，親自指導。（文訊文藝資料中心）

1976～1985年，孟瑤與文友楊念慈（右）合影。（張欣戊提供）

1976年11月28日，孟瑤（前排右二）與同仁朱維煥（前排右一）、陳器文（前排右三）率中興大學中國文學系同學出遊，攝於利巴嫩山莊。（張欣戊提供）

1977年，孟瑤（中）於中興大學與第七屆畢業生合影。（張欣戊提供）

1977年，孟瑤演出《馬鞍山》。（文訊文藝資料中心）

1977年，孟瑤至臺視後臺探訪京劇名伶郭小莊（右）。（郭小莊提供）

1979年，孟瑤與郭小莊（右）討論劇本《感天動地竇娥冤》。（郭小莊提供）

1981年10月16日，出席連續劇《大漢天威》試片會。右起：文友羅蘭、孟瑤、鮑曉暉、演員吳風。（文訊文藝資料中心）

1970年代，孟瑤幾度應臺北國際崇她社之邀，義演《四郎探母》，扮演楊延輝（楊四郎）。（張欣戊提供）

1980年代初期，赴美國舊金山治病、休養。（張欣戊提供）

1988年，孟瑤（左一）於次子結婚時留影。（文訊文藝資料中心）

1980年代，孟瑤與京劇名伶金素琴（左）合影。（文訊文藝資料中心）

1980年代，與文友合影。前排右起：張明、羅蘭、徐鍾珮；後排右起：孟瑤、林海音、邱七七。（文訊文藝資料中心）

1991年8月2日，孟瑤與齊邦媛（左）合影於林海音宅。（文訊文藝資料中心）

1993年，孟瑤於自宅留影。（文訊文藝資料中心）

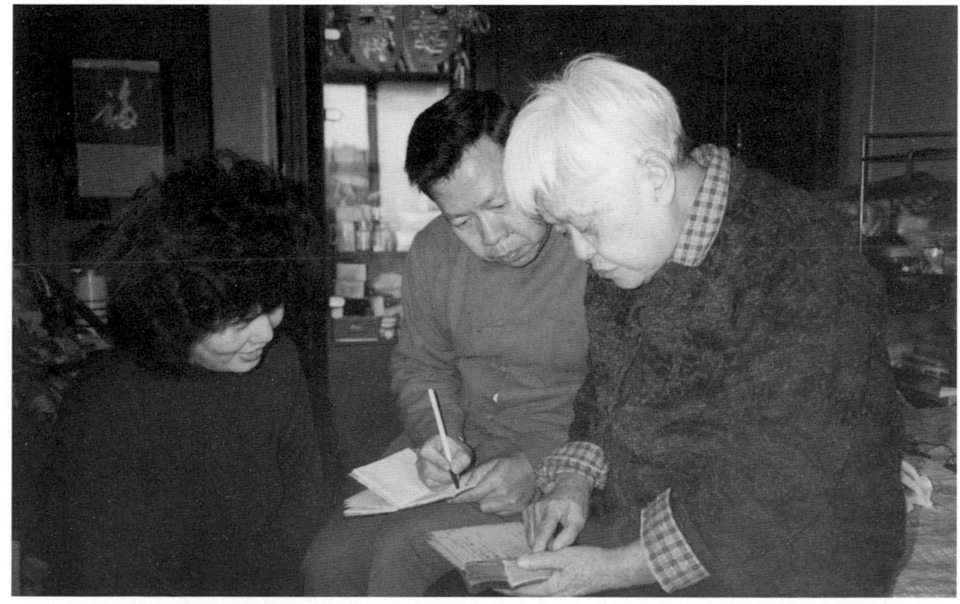

1996年1月28日，吉廣輿（中）為著《孟瑤評傳》訪孟瑤時留影。（文訊文藝資料中心）

國立中興大學

廣興：
謝謝你的兩封長信，但我會令你失望，最近我的健康實在壞下來，高血壓200－130，兩夕沒燈，在吃藥，醫生叮嚀，一年內不要動筆，我是學歷史的，知道什么叫做不朽，但追求起來是艱難了，不但我不行，你所提的那幾人也未必能行。我一生有此野心，但或許會被逼放手。系務也將交還樹楷

孟瑤 十一、十七、

1978年11月，孟瑤致吉廣輿函，談及健康狀況堪憂，醫生叮囑一年不可動筆。（文訊文藝資料中心）

1980～1984年，孟瑤為雅音小集編寫劇本《感天動地竇娥冤》、《梁山伯與祝英台》、《韓夫人》，圖為演出時的節目單。（郭小莊提供）

廣興：

相片沒有收到，奇怪。鞋子收到了，大出許多來，沒法子穿，怎麼辦？

出個全集的事，我沒有這勇氣，塗鴉之作，覆瓿而已。作品的能否保存，不在是否曾出全集。此外，皇冠版权雖已收回，但，有幾本已由「黎明」、「中央日報」出了，要收回也難。希望你不要為這事忙，你會代我留幾本像樣的吧！

也許，我的希望是「戲曲史」或能站住腳。這也不但是我個人的悲劇；又因以後的新文學，新面貌的台灣完成，也許尚待時日，已有的或只能拓荒、鋪路的功用吧？

楊宗珍　三月廿六日

1988年3月，孟瑤致吉廣興函，婉謝弟子欲為己編纂全集的美意。（文訊文藝資料中心）

No. 1

五四生人談五四　孟瑤

就這樣巧，我是民國八年五四運動那一年出生的，這偉大的日子，也會為這一條平凡的生命，增加一些光色與驕傲麼？

提起五四，自然會想起胡適之先生所提倡的新文學運動，他喊出了「我手寫我口」的口號，這是一種鼓勵，使有才華的人，對於文學創作不要趑趄不前。但卻受到反對派的激烈抨擊，他們認為「我手寫我口」反而會使有才華的後生，因為掉以輕心，從而失去了打開傳統文學寶庫的鎖鑰，由於失去營養，那些蒼白作品，只夠「覆瓿」而已，「五四運動的新文學作品寫出了什麼？與先賢的成就比，糟粕而已。」

這種輕率的批評，是不足以服人的。

五四生人談五四

■孟　瑤

就這樣巧，我是民國八年五四運動那一年出生的，這偉大的日子，也會為這一條平凡的生命，增加一些光色與驕傲麼？

新文學運動與反對派

提起五四，自然會想起胡適之先生所提倡的新文學運動，他喊出了「我手寫我口」的口號，這是一種鼓勵，使有才華的人，對於文學創作不要趑趄不前。

但卻受到反對派的激烈抨擊。他們認為「我手寫我口」反而會使有才華的後生，因為掉以輕心，從而失去了打開傳統文學寶庫的鎖鑰，由於失去營養，那些蒼白作品，只夠「覆瓿」而已：「五四運動的新文學作品寫出了什麼？與先賢的成就比，糟粕而已。」

這種輕率的批評，是不足以服人的。

由於有心人的大膽嘗試，我國文學因此能代新其生命：詩而後有詞，詞而後有曲……文學史的發展，永遠朝著陌生的道路試探、墾荒、播種、稻秧……而豐收。由苗而且秀，秀而且實，其間都經過百餘年的辛苦經營，五四迄今，半個多世紀而已，我們不能輕易判定新文學的前途，一如不能判定剛學步的孩子未來的成敗。我們應該企盼，再經過半個世紀，也會有李杜、韓柳、蘇辛。文學的糟粕，經過時間的錘鍊與淘汰，也會有璀璨奪目的作品，闖進中國文學史

1989年5月，孟瑤發表於《文訊》第43期「面對五四，面對五四人物」專題〈五四生人談五四〉部分手稿與當期雜誌內頁。（文訊文藝資料中心）

1

夜涼如水，寒透肌骨，不禁瑟縮。遠處又傳來擊柝聲，忍不住打了個寒噤，落下淚來。擡頭望向四周，透過宮廷的金碧輝煌，真正看到的，卻是一片空漠。是因為大行皇帝的離去，也帶走了她的一切？

四年榮華，四年恩愛；也只四年榮華，四年恩愛而已，都如浮雲夢幻一樣地消逝。

她悄然起身，撩開窗帘，夜色像海潮，將她捲向了往事：

一連串的笑聲，會是他麼？躡手躡腳地向前窺去，他正藏身在花叢裡。她裝作不知道，輕輕地嗅著花香，賞著花色，有心喃喃地說：「這麼美，這麼嬌，該是花中之王。」

「喂！」他像一隻小老虎似的，從花叢裡竄了出來。她雖然知道，也委實嚇了一跳，於是變臉變色地道：「該死，你要嚇死我，是不是？」

風雲傳 16

1994年7月，由臺北天衛文化公司出版的長篇小說《風雲傳——兩宋的英雄兒女》，部分手稿與成書內頁，此為其最後一部出版的長篇小說。（文訊文藝資料中心）

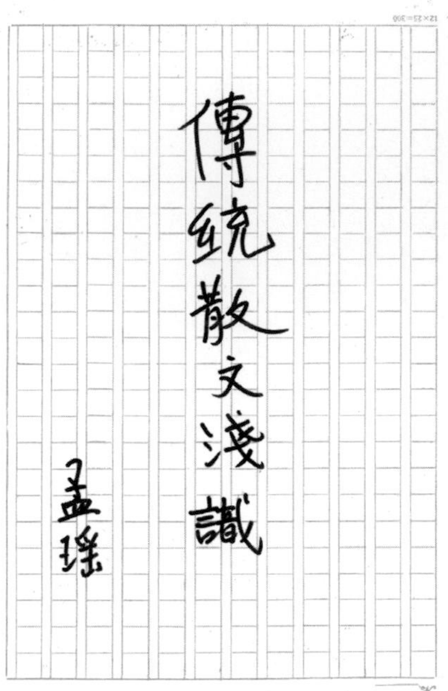
傳統散文淺識

孟瑤

未出版之〈傳統散文淺識〉部分手稿。
（張欣戊提供）

No.

散文目錄

散文：

先秦：

經：尚書、易經、禮記、春秋

史：左傳、國語、戰國策

子：老子、論語、孟子、荀子、莊子、韓非子

兩漢：

經學類：董仲舒、劉向父子、

史學類：史記、漢書、

哲學類：論衡、潛夫論、昌言、

政論類：賈誼、鼂錯、

魏晉南北朝：

No. 2

命、六体。是一部最早的史記言的書。文字簡賤

周公曰：嗚呼，君子其所無逸。先知稼穡之艱難，乃逸，則知小人之依，相小人，厥父母勤勞稼穡，厥子乃不知稼穡之艱難，乃逸，乃諺既誕。否則侮厥父母，曰：昔之人無聞知。（周書無逸）

易經：

據傳說，由於河出圖，被伏羲氏看見，乃作八卦，以後文王作卦文辭，孔子作十翼。這是一部探討宇宙哲學的書，後為陰陽家相合，對平民的迷信，產生很大的支配力量。

、

易之為書，卦爻象之義備，而天地萬物之情見。聖人之憂天下來世其至矣。先天下而開其物，後天

輯二◎生平及作品

小傳◎作品◎年表

些生老散聚的人生悲喜劇。孟瑤擅寫對話，在流暢的對話中，可以看出那個時代一些代表人物對世事變遷的態度。她小說中的角色塑造以女子見長，多是一種獨立性格的人，在種種故事的發展中保有靜靜的剛強。」

其三部史論《中國戲曲史》、《中國小說史》、《中國文學史》則是根據在南洋大學任教時期的教學講義整理出版，以較為通俗、活潑的語言撰寫，期使一般讀者也能閱讀，俞大綱更盛讚「孟瑤這部著作是承繼王靜安先生的《宋元戲曲史》，和日本學者青木正兒的《中國近世戲曲史》後，一部最令人滿意的中國戲曲史。」藉此也可看出孟瑤在史學方面的深厚學養，以及杏壇耕耘多年的成就。

孟瑤一生創作不輟，直到 1994 年仍有長篇歷史小說《風雲傳》出版，其作品數量高達百餘部，「著作等身」當之無愧，本人卻謙稱「塗鴉之作，覆瓿而已」。這些著作雖然各有主題，其實都是時代蛻變的留影，也是作者人生觀的投射。其於文學史上的定位以及寫作精神，正如齊邦媛所言：「她是以知識分子積極肯定的態度寫作，應有時代的代表性。」

作品目錄及提要

【論述】

中國戲曲史（四冊）

臺北：文星書店
1965 年 4 月，40 開，910 頁
文星叢刊 150

臺北：傳記文學出版社
1969 年 12 月，40 開，910 頁
文史新刊之 54～57

本書共四冊。前二冊梳理自先秦至清各代戲曲藝術特色及流變，後二冊著重地方戲曲特色介紹、源流發展與影響。正文前有〈俞大綱先生序〉、孟瑤〈前言〉，正文後附錄〈官本雜劇段數〉、〈曲牌〉、〈鑼鼓經〉、〈梨園世家圖表〉。
1969 年傳記文學版：內容與 1965 年文星書店版同。

文星書店 1965（一）

文星書店 1965（二）

文星書店 1965（三）

文星書店 1965（四）

傳記文學 1969（一）

傳記文學 1969（二）

傳記文學 1969（三）

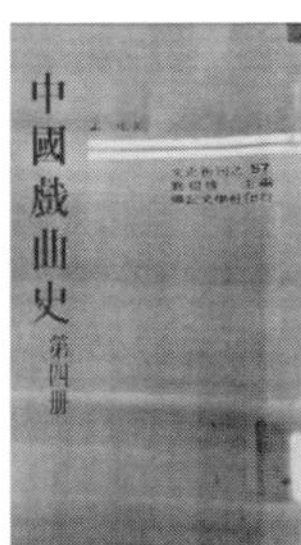

傳記文學 1969（四）

文星書店 1966（一）

文星書店 1966（二）

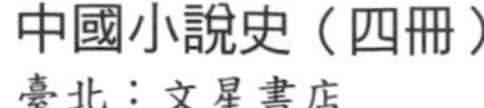

中國小說史（四冊）

臺北：文星書店
1966 年 3 月，40 開，706 頁
文星叢刊 145

臺北：傳記文學出版社
1969 年 3 月，40 開，706 頁
文史新刊 33～36

本書以魯迅《中國小說史略》為依據，時代先後為經，眾體小說為緯，梳理中國小說自先秦至清代的發展流變。全書計有：1.先秦；2.漢魏六朝；3.隋唐五代；4.宋元；5.明；6.清共六章。正文前有孟瑤〈序〉、孟瑤〈緒論〉，正文後有〈附錄〉。
1969 年傳記文學版：內容與 1966 年文星版同。

文星書店 1966（三）

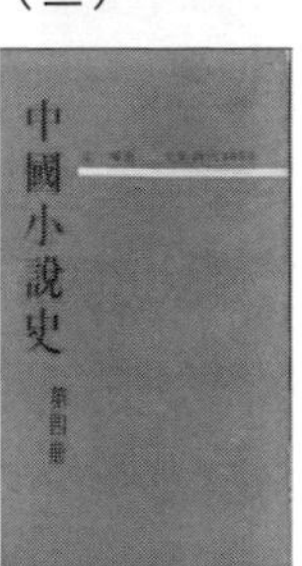

文星書店 1966（四）

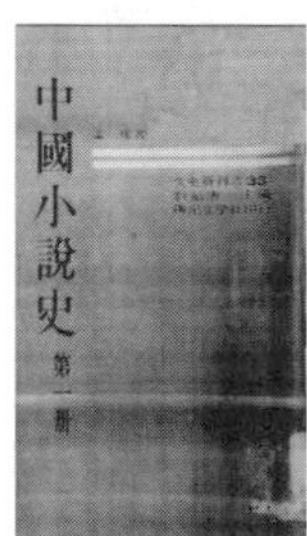

傳記文學 1969（一）

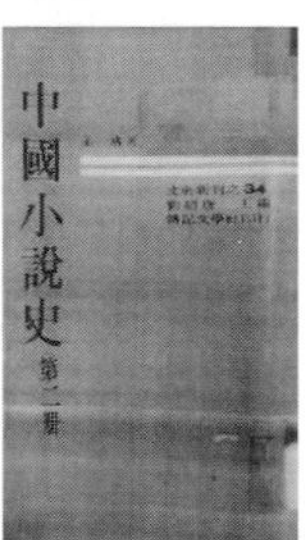

傳記文學 1969（二）

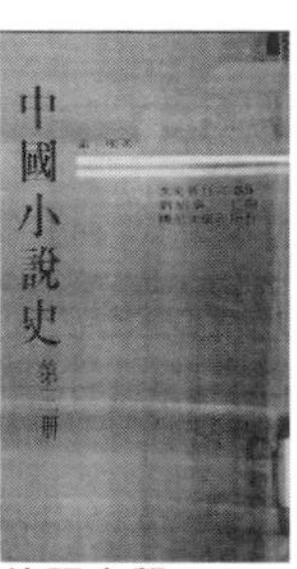

傳記文學 1969（三）

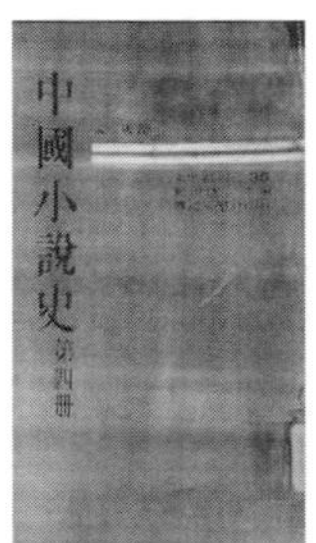

傳記文學 1969（四）

中國文學史

臺北：大中國圖書公司
1974 年 8 月，25 開，763 頁

本書以時代先後為經，四項文體為緯，講述自先秦至清代各時期詩、散文、小說、戲劇的發展流變及其特色、影響。全書計有：1.先秦；2.兩漢；3.魏晉南北朝；4.隋唐五代；5.宋遼金；6.元；7.明；8.清共八章。正文前有孟瑤〈前言〉。

【散文】

中興文學 1953

大業書店 1975

立文出版社 1980

晨星出版社 1986

信宏出版社 1991

給女孩子的信

臺中：中興文學出版社
1953 年 9 月，32 開，60 頁
中興散文叢書第 5 集

高雄：大業書店
1975 年 5 月，32 開，60 頁

臺南：立文出版社
1980 年 1 月，32 開，70 頁
立文叢書

臺中：晨星出版社
1986 年 5 月，32 開，135 頁

臺南：信宏出版社
1991 年 5 月，32 開，171 頁

本書集結作者於 1952 年 7 月 24 日至隔年 8 月 26 日於《中央日報・婦女與家庭》連載的「給女孩子的信」專欄文章。全書收錄〈智慧的累積——給女孩子的第一封信〉、〈人生幾何——給女孩子的第二封信〉、〈舉翅千里——給女孩子的第三封信〉等 20 篇，正文後有孟瑤〈跋〉。

1975 年大業版；1980 年立文版；1986 年晨星版；1991 年信宏版：內容皆與 1953 年中興版同。

追踪

臺北：國華出版社
1955 年 7 月，32 開，102 頁

長篇小說。全書共 20 章，收錄作者於 1955 年 2 月 19 日至 5 月 2 日在《大華晚報》連載的〈追踪〉，敘述青年作家於日月潭遊湖時邂逅一名遭遇家暴的婦人，見義相幫進而傾心追求的故事。

暢流半月刊社 1955

皇冠出版社 1967

窮巷

臺北：暢流半月刊社
1955 年 9 月，32 開，188 頁
暢流叢書第 13 種

臺北：皇冠出版社
1967 年 11 月，32 開，266 頁
皇冠叢書第 154 種

長篇小說。全書共 36 章，收錄作者於 1954 年 10 月 16 日至隔年 8 月 16 日在《暢流》第 10 卷第 5 期至第 12 卷第 1 期連載的〈窮巷〉，敘述遭逢家庭變故的青年柳一絜搬到「窮巷」居住，並與房東女兒小翠、富戶小姐謝紫若發展出複雜情感糾葛的故事。
1967 年皇冠版：內容與 1955 年暢流版同。

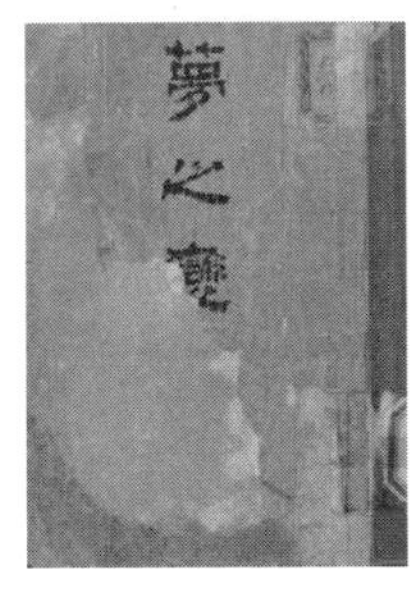

夢之戀

臺北：國華出版社
1955 年 11 月，32 開，82 頁

長篇小說，全書共 14 章，敘述逃避「赤禍」來臺的青年李思聰偶然與故友未婚妻朱伊蓮相遇的故事。

蔦蘿

臺北：自由中國社
1956 年 5 月，32 開，68 頁

長篇小說。全書共 17 章，收錄作者於 1955 年 1 至 8 月在《文藝月報》第 2 卷第 1 至 8 期連載的〈蔦蘿〉，敘述青年孫北星戀慕有夫之婦蕊青，兩人排除萬難之後仍不被祝福，最終感情生變的故事。

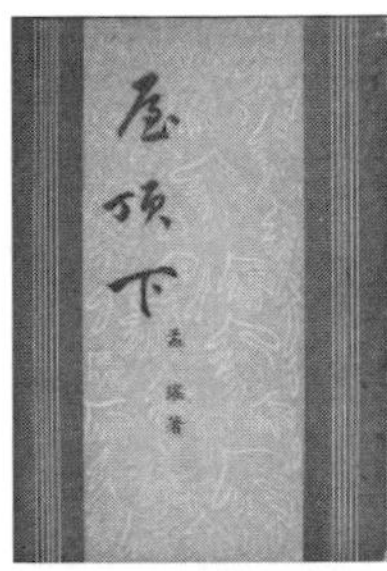

屋頂下

臺北：自由中國社
1956 年 5 月，32 開，118 頁

長篇小說。全書共 18 章，收錄作者於 1955 年 10 月 19 日至隔年 1 月 17 日連載於《聯合報・副刊》的〈屋頂下〉，敘述施姓夫妻和其兩戶房客，三個生活習慣截然不同的家庭居於同一個屋簷下的故事。

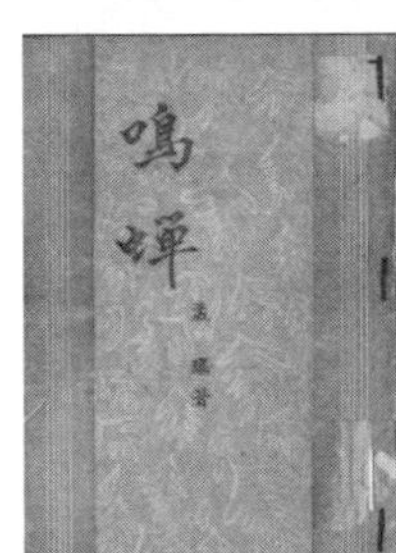

鳴蟬

臺北：自由中國社
1957 年 4 月，32 開，75 頁

長篇小說。全書共 14 章，敘述鰥居的退休教授因緣際會認識了一名遊戲人間的交際花徐蕙若，受到吸引而展開追求的故事。

自由中國社 1957

皇冠出版社 1966

斜暉

臺北：自由中國社
1957 年 5 月，32 開，108 頁

臺北：皇冠出版社
1966 年 3 月，32 開，138 頁
皇冠叢書第 104 種

長篇小說。全書共 16 章，收錄作者於 1956 年 9 月至隔年 3 月在《自由中國》第 15 卷第 5 期至第 16 卷第 5 期連載的〈斜暉〉，敘述一名文牘意外揭穿一樁陰謀的故事。
1966 年皇冠版：內容與 1957 年自由中國社版同。

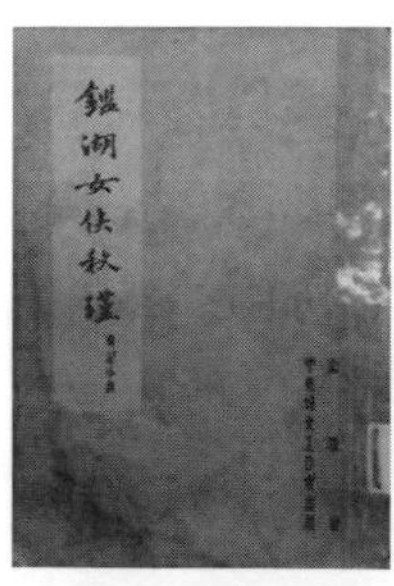

鑑湖女俠秋瑾

臺北：中央婦女工作會
1957 年 10 月，32 開，212 頁
婦工叢書之 9

長篇小說。全書共 17 章，敘述清朝末年國勢衰微，有志之士無不費心救國，秋瑾巾幗不讓鬚眉，捨棄家庭獻身革命，壯烈成仁的故事。正文前有錢劍秋〈鑑湖女俠秋瑾序〉。

明華書局 1959

皇冠出版社 1966

亂離人

臺北：明華書局
1959 年 3 月，32 開，142 頁

臺北：皇冠出版社
1966 年 3 月，32 開，157 頁
皇冠叢書第 103 種

長篇小說。全書共 15 章，敘述原本婚姻幸福的心治和友湄，因意外和友湄的前夫古泉重逢，進而導致失和。正文後有孟瑤〈後記〉。1966 年皇冠版：內容與 1959 年明華書局版同。

迷航

臺北：大中華圖書公司
1959 年 5 月，32 開，119 頁

長篇小說，全書共 13 章，收錄作者於 1958 年 1 月至隔年 2 月在《婦友》第 40 至 53 期連載的〈迷航〉，敘述年僅 17 歲的少女王稚純因父母雙亡，到女企業家于季珩宅中擔任家庭教師，並與其夫婦二人發展出複雜情感的故事。

流浪漢

臺北：力行書局
1959 年 9 月，32 開，207 頁

中篇小說集。全書收錄〈杜鵑聲裡〉、〈斷夢〉、〈流浪漢〉共三篇。

明華書局 1959

學人文化 1978

黎明前

臺北：明華書局
1959 年 12 月，32 開，780 頁

臺中：學人文化公司
1978 年 9 月，32 開，780 頁
學人叢書 10

長篇小說。全書共 73 章，收錄作者於 1958 年 5 月 26 日至隔年 11 月 12 日於《大華晚報》連載的〈黎明前〉，敘述一個人口眾多的傳統大家族如何自清末辛亥革命至民國初年的時代動盪間順應變化。
1978 年學人文化版：內容與 1959 年明華書局版同。

曉霧

高雄：大業書店
1960 年 1 月，32 開，156 頁
長篇小說叢刊 14

長篇小說，收錄作者於 1957 年 9 月至隔年 4 月在《海風》第 2 卷第 9 期至第 3 卷第 4 期連載的〈曉霧〉，敘述男主角少霖帶著女兒小彤到山間接回隱居的妻子丹荑時，無意間發現她的日記，從中回憶過往的故事。

力行書局 1960

皇冠出版社 1968

荊棘場

臺北：力行書局
1960 年 5 月，32 開，150 頁

臺北：皇冠出版社
1968 年 10 月，32 開，218 頁
皇冠叢書第 174 種

長篇小說。全書共 15 章，收錄作者於 1959 年 12 月 1 日至隔年 3 月 17 日在《徵信新聞・副刊》連載的〈荊棘場〉，敘述少女丁美珉為逃避父母指婚，自上海輾轉流浪北京、廣州，最後在臺灣落腳的故事。
1968 年皇冠版：內容與 1960 年力行書局版同。

小木屋

臺北：作品出版社
1960 年 9 月，32 開，114 頁
作品叢書第 3 種

長篇小說。全書共六章，敘述在違章建築區一排小木屋中困苦生活的人們，不幸遭到颱風來襲，在狂風暴雨中求生的故事。

生命的列車

高雄：大業書店
1961 年 7 月，32 開，207 頁
長篇小說叢刊 24

長篇小說。全書共 16 章，收錄作者於 1960 年 10 月 24 日至隔年 1 月 7 日連載於《新生報・副刊》的〈生命的列車〉，敘述大學生蒲葦為家計擔任家庭教師，因而與美瑜、小鈺母女相識的故事。

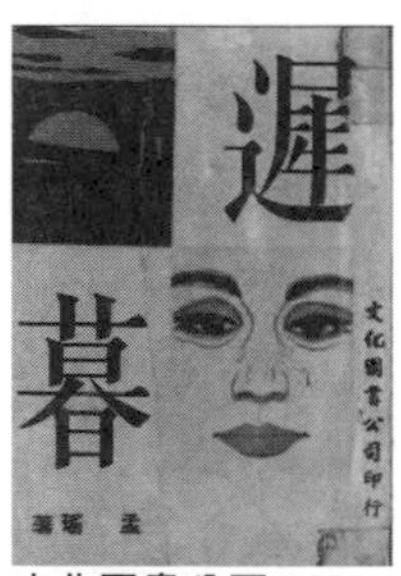

文化圖書公司 1961

幼獅文化公司 1962

遲暮

臺北：文化圖書公司
1961 年 7 月，32 開，392 頁

臺北：幼獅文化公司
1962 年 7 月，32 開，384 頁

短篇小說集。收錄〈遲暮〉、〈老藝人〉、〈聲色場〉、〈浮世繪〉、〈小人物〉、〈獨唱會〉、〈債〉、〈牆邊〉、〈靜寂地帶〉、〈臺上、臺下〉、〈闊別〉、〈拾荒人〉、〈郊遊〉、〈棘冠〉、〈歸來〉、〈暮色〉、〈風雨夢園〉、〈孤雁〉、〈離巢後〉、〈貧賤夫妻〉、〈梨園子弟〉、〈抓週〉、〈雅集〉、〈病榻前〉、〈牌局散後〉、〈觀光客〉、〈相逢不相識〉、〈小妻子〉、〈歡宴之前〉、〈送別〉、〈老夫妻〉、〈檯子空了的時候〉、〈除夕舞會〉、〈徬徨〉、〈夜雨〉共 35 篇。
1962 年幼獅文化版：1961 年版《遲暮》應套書規格更名《孟瑤自選集》。刪去〈夜雨〉，正文前新增幼獅文化事業公司〈前言〉。

大業書店 1961

皇冠雜誌社 1966

含羞草

高雄：大業書店
1961 年 9 月，32 開，162 頁
長篇小說叢刊之 26

臺北：皇冠雜誌社
1966 年 3 月，32 開，162 頁
皇冠叢書第 102 種

長篇小說。全書共 14 章，收錄作者於 1960 年 5 月 30 日至 8 月 18 日在《中華日報・副刊》連載的〈含羞草〉，敘述中學教師高兆湉和友人徐大中、其妻正青等人之間情感交錯的故事。
1966 年皇冠版：內容與 1961 年大業版同。

大業書店 1962

皇冠出版社 1966

浮雲白日

高雄：大業書店
1962 年 2 月，32 開，384 頁
長篇小說叢刊之 28

臺北：皇冠出版社
1966 年 3 月，32 開，384 頁
皇冠叢書第 134 種

長篇小說。全書共 30 章，收錄作者於 1961 年 8 月 1 日至 12 月 30 日在《中央日報・副刊》連載的〈浮雲白日〉，敘述同居於一座小廈中的五名女子的故事。
1966 年皇冠版：內容與 1962 年大業版同。

危樓

臺北：文壇社
1962 年 6 月，32 開，249 頁
文壇每月文叢 3

長篇小說。全書共 20 章，收錄作者於 1961 年 2 月至隔年 1 月在《文壇》季刊第 10 至 19 號連載的〈危樓〉，敘述馬德威和朱家彥這對摯友，一個帶著老父生活在垃圾場中自建的簡陋棚戶，一個生活於父母失和的危樓之中的故事。

大業書店 1962

皇冠出版社 1966

食人樹

高雄：大業書店
1962 年 6 月，32 開，218 頁
長篇小說叢刊 30

臺北：皇冠出版社
1966 年 6 月，32 開，218 頁
皇冠叢書第 133 種

長篇小說。全書共 15 章，收錄作者於 1961 年 12 月 7 日至隔年 2 月 21 日在《聯合報‧副刊》連載的〈食人樹〉，敘述綠天、振宇、葆和、大偉四個青梅竹馬之間錯綜的情感，以及各自際遇的故事。
1966 皇冠版：內容與 1962 大業版同。

大業書店 1962

皇冠出版社 1969

却情記

高雄：大業書店
1962 年 9 月，32 開，148 頁
長篇小說叢刊之 32

臺北：皇冠出版社
1969 年 9 月，32 開，310 頁
皇冠叢書第 202 種

長篇小說。敘述中年富孀黛青和她先後兩位年輕的情人阿林、英奇之間的故事。
1969 年皇冠版：內容與 1962 年大業版同。

畸零人

臺北：皇冠出版社
1966 年 3 月，32 開，370 頁
皇冠叢書第 101 種

長篇小說。本書收錄作者於 1965 年 2 月 28 日至 8 月 8 日在《聯合報‧副刊》連載的〈畸零人〉，敘述空軍遺孀卜晶瑩為忘卻失去丈夫的悲痛，決心離開原本的居處、工作環境，展開新生活。

太陽下

臺北：皇冠雜誌社
1966 年 6 月，32 開，260 頁
皇冠叢書第 131 種

長篇小說。全書共 18 章，敘述牢友洪濤、左範之出獄之後仍不悔改，再次計畫犯罪的故事。

翦夢記

臺北：皇冠出版社
1966 年 6 月，32 開，375 頁
皇冠叢書第 132 種

長篇小說。全書共 30 章，收錄作者於 1965 年 11 月 11 日至隔年 3 月 29 日在《中華日報‧副刊》連載的〈翦夢記〉，敘述赴美打拼歸來的莊品重新追求妻子行雲的故事。

孿生的故事

臺北：皇冠雜誌社
1967 年 11 月，32 開，638 頁
皇冠叢書第 147 種

長篇小說。全書共 44 章，收錄作者於 1966 年 1 月 8 日至 8 月 19 日在《徵信新聞報‧人間副刊》連載的〈孿生的故事〉，敘述一對孿生姊妹在戰亂中失散，分別被富戶人家及戲班子領養的故事。

退潮的海灘

臺北：皇冠出版社
1967 年 11 月，32 開，284 頁
皇冠叢書第 148 種

長篇小說。全書共三章，敘述三位好朋友阿藍、阿紅、阿白在動亂時代之中際遇各異的故事。

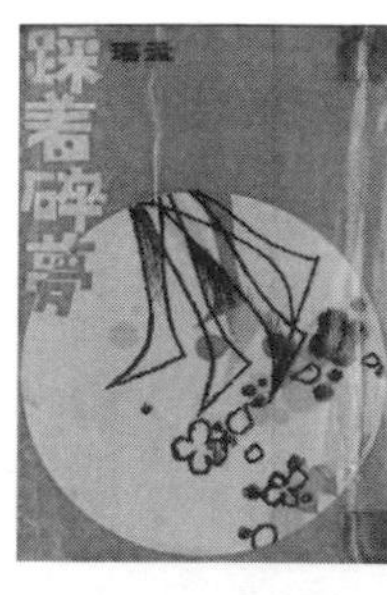

踩著碎夢

臺北：皇冠出版社
1968 年 8 月，32 開，210 頁
皇冠叢書第 175 種

長篇小說。全書共 20 章，收錄作者於 1967 年 7 月 1 日至 10 月 2 日在《大華晚報》連載的〈踩著碎夢〉，敘述朱逸生回到闊別 20 年的家鄉，試圖與前女友田妍重修舊好的故事。

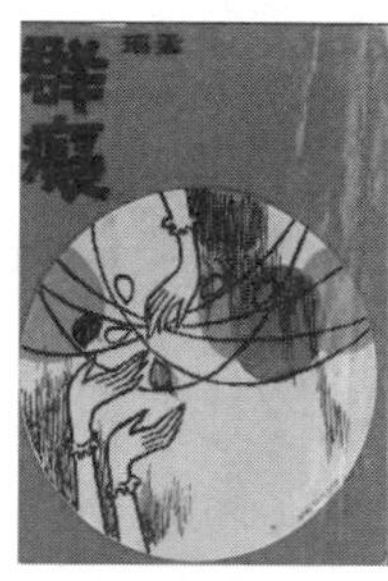

群癡

臺北：皇冠出版社
1968 年 11 月，32 開，212 頁
皇冠叢書第 176 種

長篇小說。全書共 25 章，收錄作者於 1967 年 1 月 9 日至 3 月 28 日在《新生報・副刊》連載的〈群癡〉，敘述高遙和文逸大學畢業後初入社會的際遇，以及與歌女方青、莉莉等人之間的情感糾葛。

紅燈，停

臺北：皇冠出版社
1968 年 11 月，32 開，254 頁
皇冠叢書第 177 種

長篇小說。全書共 22 章，收錄作者於 1966 年 1 月至隔年 1 月在《自由談》第 17 卷第 1 期至 18 卷第 1 期連載的〈紅燈，停！〉，敘述鄭重在某天清晨救下欲臥軌自殺的酒女梅眉之後所發生的故事。

這一代

臺北：皇冠出版社
1969 年 9 月，32 開，508 頁
皇冠叢書第 201 種

長篇小說。全書共 44 章，收錄作者於 1968 年 6 月 12 日至 11 月 10 日在《中國時報・人間副刊》連載的〈這一代〉，敘述八名年輕男女乘船共渡嘉陵江時遭逢船難，幸而劫後餘生，於是組成「霧舟社」，約定每年聚會的故事。

皇冠出版社 1969

湖南文藝出版社 1988

磨劍

臺北：皇冠出版社
1969 年 9 月，32 開，333 頁
皇冠叢書第 203 種

長沙：湖南文藝出版社
1988 年 10 月，32 開，264 頁

長篇小說。全書共 40 章，收錄作者於 1969 年 3 月 8 日至 6 月 4 日在《中央日報・副刊》連載的〈磨劍〉，敘述過氣明星江濱、女演員柳眉及逃犯「鐵馬」等人的際遇和情感糾葛。
1988 年湖南文藝版：內容與 1969 年皇冠版同。

飛燕去來

臺北：皇冠出版社
1969 年 9 月，32 開，324 頁
皇冠叢書第 204 種

長篇小說。全書共 28 章，收錄作者於 1968 年 11 月 23 日至隔年 2 月 19 日在《中國時報・人間副刊》連載的〈飛燕去來〉，敘述一群自美國返臺省親者的故事。

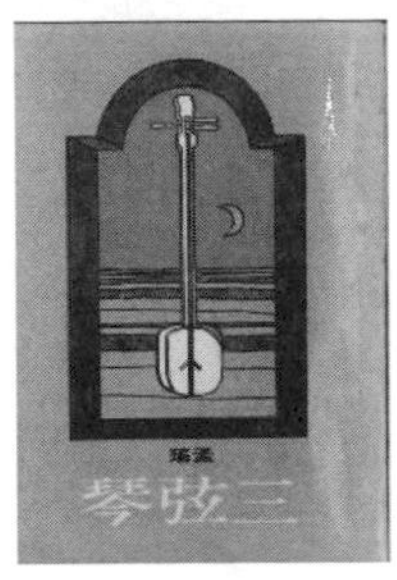

三弦琴

臺北：皇冠出版社
1970 年 1 月，32 開，202 頁
皇冠叢書第 260 種

長篇小說。本書收錄作者於 1969 年 8 月 11 日至 10 月 21 日在《中華日報・副刊》連載的〈三弦琴〉，敘述陳茜、王璠、李蒙三個青梅竹馬的故事。全書計有：1.繁絃；2.哀絃；3.弱絃共三章。正文前有孟瑤〈序〉。

望斷高樓

臺北：皇冠出版社
1970 年 1 月，32 開，173 頁
皇冠叢書第 263 種

長篇小說。全書共 8 章，收錄作者於 1970 年 1 至 8 月在《自由談》第 21 卷 1 至 8 期連載的〈望斷高樓〉，敘述石玲攜女到鄉間小鎮「星橋」任教的故事。

杜甫傳

臺北：皇冠出版社
1970 年 10 月，32 開，307 頁
皇冠叢書第 262 種

長篇小說。本書收錄作者於 1970 年 2 月 26 日至 6 月 18 日在《新生報‧副刊》連載的〈杜甫傳〉，敘述唐朝著名詩人杜甫一生經歷的故事。全書計有：1.豪情；2.勝概；3.亂緒；4.老懷共四章。

兩個十年

臺北：皇冠出版社
1972 年 2 月，32 開，701 頁
皇冠叢書第 296 種

長篇小說。本書收錄作者於 1971 年 2 月 10 日至 11 月 14 日在《中國時報‧人間副刊》連載的〈兩個十年〉，敘述徐逸生一家和友人輾轉移居臺灣，展開新生活的故事。全書計有：第一個十年；第二個十年共二章。

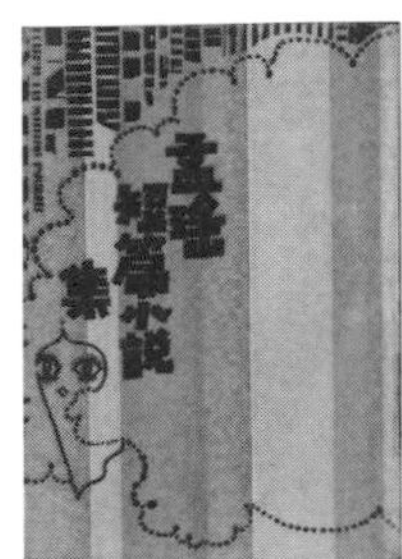

孟瑤短篇小說集

臺北：皇冠出版社
1972 年 3 月，32 開，398 頁
皇冠叢書第 306 種

短篇小說集。全書收錄〈聽歌記〉、〈籌拍片〉、〈鄉愚〉、〈咫尺〉、〈偽裝的甲冑〉、〈細雨中〉、〈老王皮鞋修理部〉、〈寒風裡〉、〈被擠碎的〉、〈舞臺〉、〈小巷〉、〈他與她〉、〈長別〉、〈殺妻〉、〈別〉、〈訪舊〉、〈竚〉、〈歸途〉、〈返國〉、〈投奔〉、〈新婚〉、〈晝寢〉、〈沒有女人的地方〉、〈打野食〉、〈春去春來〉共25 篇。

長夏

臺北：皇冠出版社
1972 年 3 月，32 開，262 頁
皇冠叢書第 309 種

長篇小說。全書共 60 章，收錄作者於 1970 年 9 月 27 日至 12 月 31 日在《大華晚報》連載的〈長夏〉，敘述父母離異的高中生胡心一試圖以各種娛樂排遣暑期長假與內心寂寞的故事。

四重唱

臺北：皇冠出版社
1972 年 10 月，32 開，444 頁
皇冠叢書第 349 種

長篇小說。全書共 36 章，敘述珠寶大亨范思永為修補與離散多年的妻女之間的關係來到臺北，因而被大盜傅一雄視為目標的故事。

英傑傳

臺北：皇冠出版社
1973 年 1 月，32 開，279 頁
皇冠叢書第 351 種

長篇小說。全書共 20 章，收錄作者於 1971 年 5 月 6 日至 9 月 3 日在《大華晚報》連載的〈英傑傳〉，以秦始皇一統天下後至楚漢相爭、高祖建漢這段歷史為背景，敘述亂世中英雄豪傑群起的故事。

弄潮與逆浪的人

臺北：皇冠出版社
1973 年 1 月，32 開，293 頁
皇冠叢書第 352 種

長篇小說。全書共 31 章，收錄作者於 1970 年 5 月 5 日至 8 月 23 日在《中國時報‧人間副刊》連載的〈弄潮與逆浪的人〉，敘述青年馮駒和他的朋友們如何在瞬息萬變的現代社會立足，各自找尋出路與人生的意義。

長亭更短亭

臺北：皇冠出版社
1974 年 1 月，32 開，357 頁
皇冠叢書第 392 種

長篇小說。全書共 38 章，收錄作者於 1973 年 11 月 28 日至隔年 4 月 5 日在《中華日報‧副刊》連載的〈長亭更短亭〉，敘述留學歸國的方超和親人、舊友重聚的故事。

龍虎傳——漢武帝的故事

皇冠出版社 1974

黎明文化公司 1982

臺北：皇冠出版社
1974 年 5 月，32 開，555 頁
皇冠叢書第 399 種

臺北：黎明文化公司
1982 年 12 月，32 開，549 頁。

長篇小說。全書共 50 章，收錄作者於 1973 年 4 月 29 日至隔年 1 月 17 日在《中國時報・人間副刊》連載的〈龍虎傳——漢武帝的故事〉，根據《史記》、《漢書》描寫漢武帝時期知名歷史人物的故事。正文後有〈後記〉。
1982 黎明版：內容與 1974 年皇冠版同。

驚蟄

時報文化出版公司 1976

湖南文藝出版社 1988

臺北：時報文化出版公司
1976 年 3 月，32 開，245 頁
時報書系 32

長沙：湖南文藝出版社
1988 年 7 月，32 開，240 頁。

長篇小說。全書共 34 章，收錄作者於 1974 年 10月14日至隔年 2 月 14 日在《中國時報・人間副刊》連載的〈驚蟄〉，敘述青年于愚自從相依為命的父親去世後，獨自到臺北的一座大廈工作謀生的故事。
1988 年湖南文藝版：內容與 1976 年時報版同。

遠景出版公司 1976

黎明文化 1981

盆栽與瓶插

臺北：遠景出版公司
1976 年 7 月，32 開，268 頁
遠景叢刊 53

臺北：黎明文化公司
1981 年 9 月，32 開，268 頁

長篇小說。全書共 35 章，收錄作者於 1976 年 1 月 30 日至 5 月 28 日在《中央日報・副刊》連載的〈盆栽與瓶插〉，藉由敘述主角佐人赴美探親的經歷，描繪身居異鄉的華人心情與處境。
1981 年黎明版：內容與 1976 年遠景版同。

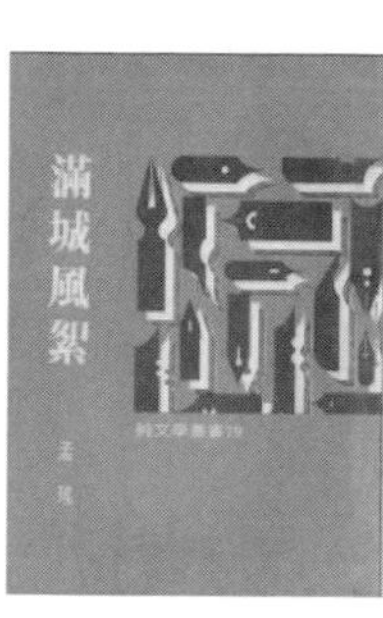

滿城風絮

臺北：純文學出版社
1977 年 5 月，32 開，272 頁
純文學叢書 79

倫敦：Minerva Press
1997 年 11 月，25 開，238 頁
E.M.Lancashire 譯

長篇小說。全書共 36 章，收錄作者於 1976 年 9 月 22 日至 12 月 26 日在《中華日報・副刊》連載的〈滿城風絮〉，透過對主人翁唐棣、蘇珏、瑗瑗、伯元等人的描寫，揭示由農業社會向工商業社會轉型的過程中，不同身分、地位者所承受之苦痛與困境。正文前有孟瑤〈自序〉。
1981 年 Minerva Press 版：英國譯本 *Talk of the town* 今查無藏本。

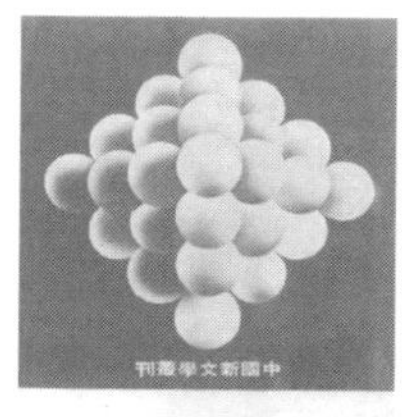

孟瑤自選集

臺北：黎明文化公司
1979 年 4 月，32 開，347 頁
中國新文學叢刊 67

短篇小說集。本書收錄〈夜〉、〈殺妻〉、〈拾荒人〉、〈打野食〉、〈棘冠〉、〈老藝人〉、〈孤雁〉、〈梨園子弟〉、〈他與她〉、〈咫尺〉〈牆邊〉、〈病榻前〉、〈偽裝的甲胄〉、〈聽歌記〉、〈杜鵑聲裡〉共 15 篇。正文前有作家素描、生活照片、手跡及〈自傳〉。

浮生一記

臺北：世界文物出版社
1979 年 7 月，32 開，298 頁

長篇小說。全書共 40 章，收錄作者於 1976 年 6 月至隔年 6 月在《文壇》第 192 至 204 期連載的〈浮生一記〉，敘述經商失敗的徐人傑應聘下鄉擔任家庭教師的故事。

忠烈傳——晚明的英雄兒女故事

臺北：世界文物出版社
1981 年 8 月，32 開，395 頁
傳記・掌故・趣聞 6

長篇小說。全書共 42 章，敘述明朝末年國勢衰微，遭逢流寇亂國、思宗自縊、清兵入關，終至滅亡換代，仍有不願屈服的義士保守氣節的故事。

望鄉

臺北：中央日報社
1981 年 12 月，32 開，203 頁

長篇小說。全書共 28 章，收錄作者於 1981 年 7 月 16 日至 9 月 29 日在《中央日報・副刊》連載的〈望鄉〉，藉由征遠、淑芬夫婦和其友人在美生活的點滴，探討移居海外的華人如何教養子女的問題。

一心大廈

臺北：九歌出版社
1982 年 5 月，32 開，213 頁
九歌文庫 89

長篇小說。全書共 25 章，敘述女企業家呂真為遷就現實，放棄原有的藝術天分，努力經營「一心建設公司」的故事，正文後附錄應平書〈矢志獻身寫作的孟瑤〉。

女人．女人（二冊）
臺北：中華日報社
1984 年 9 月，32 開，924 頁
中華日報甲種叢書 114、115

本書藉由幾個家庭在動盪變亂時代中的經歷，刻畫不同時期的女子形象。全書共分：「辛亥——武漢」、「五四——北平」、「七七——重慶」、「當代——臺灣」四部。

中央日報社 1984

遼寧大學出版社 1988

春雨沐沐
臺北：中央日報社
1984 年 9 月，32 開，231 頁
瀋陽：遼寧大學出版社
1988 年 2 月，32 開，194 頁

長篇小說。全書共 30 章，收錄作者於 1984 年 3 月 19 日至 6 月 8 日在《中央日報‧副刊》連載的〈春雨沐沐〉，敘述受到富商高仲達資助栽培的孤兒歐陽方學成歸國後，在高新開設的孤兒院工作，進而與其女小玉結識、交往的故事。
1988 年遼寧大學版：內容與 1984 年中央日報社版同。正文前新增張葤〈積極的痛苦，別樣的滋味——《春雨沐沐》代序〉。

寒雀與孤雁
臺北：中央日報社
1986 年 12 月，32 開，213 頁

長篇小說。全書共 29 章，收錄作者於 1985 年 12 月 5 日至隔年 2 月 28 日在《中央日報‧副刊》連載的〈寒雀與孤雁〉，敘述一群遷居美國，努力適應異鄉生活的華人故事。

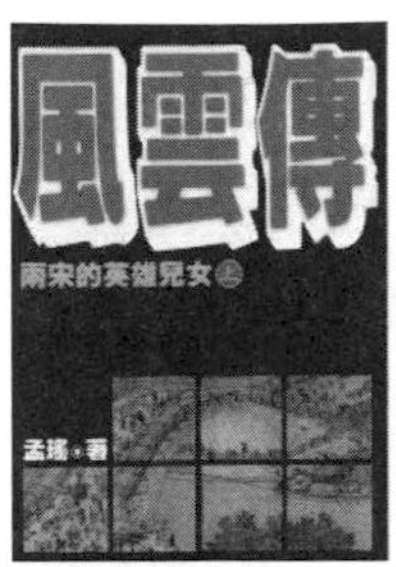

天衛文化公司
1994（上）

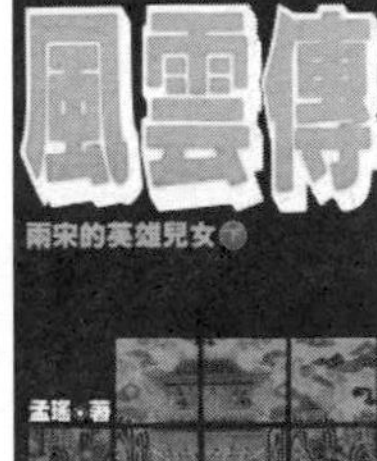

天衛文化公司
1994（下）

中國友誼出版公司
1997

風雲傳——兩宋的英雄兒女（二冊）

臺北：天衛文化公司
1994 年 7 月，25 開，861 頁

北京：中國友誼出版公司
1997 年 2 月，32 開，499 頁

長篇小說。全書共 79 章，以南、北宋時期為背景，敘述歷史上知名人物王安石、蘇東坡、岳飛、李師師等人的故事，正文前有孟瑤〈我怎樣寫《風雲傳》〉，龔鵬程〈《風雲傳》導論〉。
1997 年中國友誼版：更名為《風雲傳——兩宋人物傳奇》，合為一冊。內容與 1994 年天衛版同。

孟瑤讀本

臺北：幼獅文化公司
1994 年 7 月，32 開，285 頁
吉廣興編選
名家廣場 13

長、短篇小說集。全書收錄長篇小說〈盆栽與瓶插（節選）〉、〈孿生的故事（節選）〉、〈磨劍（節選）〉、〈忠烈傳（節選）〉共四篇；短篇小說〈籌拍片〉、〈細雨中〉、〈舞臺〉、〈打野食〉、〈老藝人〉、〈梨園子弟〉、〈老王皮鞋修理部〉、〈別〉、〈長別〉共九篇。正文前有吉廣興〈代序——華采與蒼涼〉、孟瑤〈孟瑤自傳〉、吉廣興〈味吾味處尋無樂——孟瑤作品導言〉，正文後附錄邱苾玲〈衣帶漸寬終不悔〉、〈一身筆耕幾人知——孟瑤寫作年表〉、〈才華到底成何物——孟瑤作品總集〉、〈孟瑤手稿函札〉。

【兒童文學】

忘恩負義的狼

臺中：臺灣省教育廳
1969 年 4 月，17.8×20.5 公分，36 頁
中華兒童叢書
林雨樓圖

本書改編自〈中山狼傳〉，敘述東郭先生因一時的惻隱之心救下受傷的野狼，卻惹禍上身，差點喪命的故事。

治水和治國

臺中：臺灣省教育廳
1971 年 12 月，17.8×20.5 公分，68 頁
中華兒童叢書
洪義男圖

全書共 12 章，敘述從大禹治水到武王伐紂，橫貫夏、商、周三代的歷史故事。

吳越爭霸

臺中：臺灣省教育廳
1973 年 12 月，17.8×20.5 公分，60 頁
中華兒童叢書
曾謀賢圖

全書共十章，敘述春秋時期吳國和越國交戰，越王勾踐最終大敗吳王夫差，以及秦自商鞅變法後日漸強盛，至嬴政時統一天下的歷史故事。

楚漢相爭

臺中：臺灣省教育廳
1974 年 2 月，17.8×20.5 公分，64 頁
中華兒童叢書
徐秀美圖

全書共 15 章，敘述秦始皇駕崩後到劉邦、項羽互爭天下，最終項羽自刎烏江邊，劉邦登基，建立漢朝的歷史故事。

荊軻

臺中：臺灣省教育廳
1974 年 2 月，17.8×20.5 公分，68 頁
中華兒童叢書
盧安然圖

全書共五章，敘述戰國末期燕國太子丹與勇士荊軻謀刺秦王嬴政，欲阻止其一統六國的歷史故事。

漢武帝

臺中：臺灣省教育廳
1974 年 12 月，17.8×20.5 公分，56 頁
中華兒童叢書
張英超圖

全書共 19 章，敘述漢武帝劉徹登基後的種種作為，至駕崩後孝昭帝、宣帝先後繼位，霍光輔佐，開創漢朝盛世的歷史故事。

從晉朝到唐朝

臺中：臺灣省教育廳
1975 年 4 月，17.8×20.5 公分，60 頁
中華兒童叢書
沈以正圖

全書共 14 章，敘述自司馬炎篡魏建晉以來，歷經南北朝、隋至李淵建唐，開創盛世；後有武后專政、安史之亂導致國勢衰微，終至滅亡的歷史故事。

三國鼎立

臺中：臺灣省教育廳
1975 年 4 月，17.8×20.5 公分，68 頁
中華兒童叢書
洪義男圖

全書共 17 章，描寫東漢末年魏、蜀、吳三國鼎立，爭奪天下，最終由司馬氏篡位，建立晉朝，一統天下的歷史故事。

大明帝國

臺中：臺灣省教育廳
1975 年 4 月，17.8×20.5 公分，56 頁
中華兒童叢書
沈以正圖

全書共十章，描寫朱元璋起義成功，建立明朝，靖難之變後成祖即位，重用宦官，埋下禍根，最終導致宦官亂政，國力孱弱，無法抵抗內憂外患而覆滅的歷史故事。

大清帝國

臺中：臺灣省教育廳
1975 年 10 月，17.8×20.5 公分，56 頁
中華兒童叢書
洪義男圖

全書共十章，描寫清朝建立至辛亥革命推翻帝制，成立中華民國的歷史故事。

大宋帝國

臺中：臺灣省教育廳
1975 年 10 月，17.8×20.5 公分，64 頁
中華兒童叢書
張英超圖

全書共十章，描寫後周至趙匡胤黃袍加身，建立宋朝，到蒙古人滅宋建立元朝的歷史故事。

中國歷史上的名臣賢相（二冊）

臺中：臺灣省教育廳
1978 年 5 月，17.8×20.5 公分，72、76 頁
中華兒童叢書
奚淞等圖

本書以時代分隔，描寫中國歷史各朝各代著名的賢能臣子，全書計有 1.周；2.列國；3.漢；4.三國；5.兩晉；6.唐；7.宋；8.明共八章。

中國歷史上的英雄國士（二冊）

臺中：臺灣省教育廳
1978 年 5 月，17.8×20.5 公分，76、76 頁
中華兒童叢書
奚淞等圖

本書描寫自先秦終至明朝，各代驍勇善戰、馳騁沙場的英雄國士，全書計有 1.先秦；2.漢；3.三國；4.兩晉；5.唐；6.宋；7.明共七章。

中華民國

臺中：臺灣省教育廳
1981 年 4 月，17.8×20.5 公分，72 頁
中華兒童叢書

全書共 16 章，描寫清朝末年國勢衰微，有志之士奮起革命，最終武昌起義成功，建立中華民國的歷史故事，並介紹臺灣的土地改革和十大建設。

文學年表

1919 年	5 月	29 日，生於湖北省漢口市，祖籍武昌青山，本名揚宗珍。父親揚鐸，母親王嶺先，家中排行第三。父親嗜好戲曲，影響孟瑤甚深。
1923 年	本年	進入私塾就讀。
1924 年	9 月	進入漢口市聖公會附設小學就讀。
1928 年	本年	北伐成功，國民政府奠都南京，舉家隨父至南京上任，於南京女子中學實驗小學就讀。
1930 年	本年	隨父親觀賞阮玲玉《故都春夢》，返家後文思潮湧，在練習簿後面寫下題為「誰是兇手」的故事。
1932 年	5 月	進入南京女子中學就讀。
1933 年	本年	學未畢業，母親病逝。
1934 年	本年	因父親調職武漢，隨之遷回漢口市居住，並轉入漢口市立第一女子中學初中部就讀。
1935 年	9 月	直升漢口市立第一女子中學高中部。
1938 年	6 月	高中畢業，參加全國第一屆大會考，分發至中央大學歷史系。由於抗戰爆發，學校遷至重慶沙坪壩，孟瑤與大哥、二哥先前往重慶就讀，而後舉家西遷。
1939 年	本年	經常至中文系旁聽，如胡小君的「楚辭」、盧冀野的「曲選」、唐圭璋的「詞選」等課程，奠定古典文學的深厚基礎。
1942 年	9 月	大學畢業後至重慶廣益中學任教，與大學同學張君結婚。
1944 年	8 月	赴四川簡陽於簡陽女子中學擔任教職。

	本年	舉家遷往成都，長子張無難出生。
1945 年	本年	抗戰勝利，辭去教職返回漢口。
1948 年	本年	次子張欣戊出生。
1949 年	2 月	隨國民政府遷臺。先任職於嘉義初級農業職業學校（今民雄高級農工職業學校），不久後至臺中師範學校（今臺中教育大學）執教。
1950 年	5 月	7 日，〈弱者，你的名字是女人？〉發表於《中央日報・婦女與家庭》7 版。以父親取的別號「孟瑤」為筆名，從此立足文壇，展開寫作生涯。
		28 日，〈我的答覆〉發表於《中央日報・婦女與家庭》7 版。
1951 年	2 月	28 日，〈一幕悲劇　幾個問題〉發表於《中央日報・婦女與家庭》6 版。
	4 月	12 日，〈珍視你的彩筆——論愛情與婚姻〉發表於《中央日報・婦女與家庭》5 版。
		18 日，〈慧女不若癡男〉發表於《中央日報・婦女與家庭》6 版。
	5 月	9 日，〈一代詞人：李清照〉發表於《中央日報・婦女與家庭》6 版。
		23 日，〈家〉發表於《中央日報・婦女與家庭》6 版。
	8 月	16 日，〈聊天〉發表於《中央日報・婦女與家庭》4 版。
		23 日，〈朱振雲的死〉發表於《中央日報・婦女與家庭》4 版。
	9 月	6 日，〈職業婦女〉發表於《中央日報・婦女與家庭》4 版。
		20 日，〈婆媳與母女〉發表於《中央日報・婦女與家庭》4 版。
	11 月	8 日，〈女人與政治〉發表於《中央日報・婦女與家庭》4 版。
		22 日，〈談離婚〉發表於《中央日報・婦女與家庭》4 版。

	12月	27日，〈牝雞司晨〉發表於《中央日報・婦女與家庭》4版。
1952年	2月	14日，〈談跳舞〉發表於《中央日報・婦女與家庭》4版。
		28日，〈曠男怨女〉發表於《中央日報・婦女與家庭》4版。
	4月	3日，〈友誼與愛情〉發表於《中央日報・婦女與家庭》4版。
		24日，〈不是冤家不聚頭〉發表於《中央日報・婦女與家庭》4版。
	5月	20日，〈長安遠呢？太陽遠呢？〉發表於《臺灣兒童》第26期；長篇小說〈叛逆的女人〉連載於《自由青年》第5卷第10期～第6卷第12期，至隔年10月10日止。
		29日，〈婦人之仁〉發表於《中央日報・婦女與家庭》4版。
	6月	19日，〈男女的比較觀〉發表於《中央日報・婦女與家庭》4版。
	7月	24日，〈給女孩子的信〉連載於《中央日報・婦女與家庭》4版，至隔年8月26日止。
		〈談舊文學小說的「遺產」〉發表於《海島文藝》第1輯。
	12月	4日，〈理解與記憶　論背誦〉發表於《中央日報・婦女與家庭》6版。
		16日，長篇小說〈心園〉連載於《暢流》第6卷第9期～第7卷第1期，至隔年7月1日止。
1953年	3月	18日，〈悔教夫婿覓封侯　與男士談婚姻悲劇〉發表於《中央日報・婦女與家庭》6版。
	4月	1日，〈偶像的幻滅　漫談男性危機〉發表於《中央日報・婦女與家庭》6版。
		8日，〈我的答覆〉發表於《中央日報・婦女與家庭》6版。
		15日，〈敬覆讀者〉發表於《中央日報・婦女與家庭》6版。
	5月	10日，〈母親節・閒話母親〉發表於《中央日報・婦女與家庭》6版。

7月 22 日，〈自知與自信〉發表於《中央日報・婦女與家庭》6 版。
長篇小說《心園》由臺北暢流半月刊社出版。
長篇小說《美虹》(原〈三個叛逆的女人〉)由臺北重光文藝出版社出版。

8月 15 日，短篇小說〈遲暮〉發表於《文壇》第 8 期。

9月 1 日，〈文藝與創作時代〉發表於《自由青年》第 9 卷第 7 期。
散文集《給女孩子的信》由臺中中興文學出版社出版。

10月 19 日，〈老張〉發表於《中國一周》第 182 期。
20 日，〈夫妻〉發表於《自由青年》第 9 卷第 12 期。

11月 12 日，以長篇小說〈懸崖勒馬〉榮獲中華文藝獎金委員會之國父誕辰紀念獎長篇小說類第二獎。

12月 21 日，〈岳母〉發表於《中國一周》第 191 期。

1954年 1月 1 日，短篇小說〈郊遊〉發表於《文藝月報》創刊號；短篇小說〈除夕舞會〉發表於《自由談》第 5 卷第 1 期；長篇小說〈懸崖勒馬〉連載於《文藝創作》第 33～41 期，至 9 月止。
20 日，〈慈與孝——談兒童與家庭教育〉發表於《中央日報・婦女與家庭》6 版。
27 日，〈迎義士歸來〉發表於《中央日報・婦女與家庭》6 版。

2月 6 日，短篇小說〈小靈魂〉發表於《聯合報・副刊》4 版。
15 日，〈玉顏不及寒鴉色〉發表於《文藝月報》2 月號。

7月 1 日，長篇小說〈幾番風雨〉連載於《自由中國》第 11 卷第 1～12 期，至 12 月 16 日止。

10月 16 日，長篇小說〈窮巷〉連載於《暢流》第 10 卷第 5 期～第 12 卷第 1 期，至隔年 8 月 16 日止。

	11月	10日，短篇小說〈闊別〉發表於《婦友》第2期。
1955年	1月	15日，長篇小說〈蔦蘿〉連載於《文藝月報》第2卷第1～8期，至8月15日止。
		長篇小說《幾番風雨》由臺北自由中國社出版。
	2月	19日，長篇小說〈追踪〉連載於《大華晚報》3版，至5月2日止。
	3月	長篇小說《危巖》（原〈懸崖勒馬〉）由臺北文藝創作出版社出版。
	4月	長篇小說《柳暗花明》由臺北今日婦女社出版。
	7月	長篇小說《追踪》由臺北國華出版社出版。
	8月	應聘至臺灣師範學院（今臺灣師範大學）國文系任教。
	9月	長篇小說《窮巷》由臺北暢流半月刊社出版。
	10月	19日，長篇小說〈屋頂下〉連載於《聯合報・副刊》6版，至隔年1月17日止。
	11月	長篇小說《夢之戀》由臺北國華出版社出版。
1956年	2月	1日，〈寫於金素琴公演之前〉發表於《中央日報・副刊》6版。
	3月	27日，〈話劇熱潮中談平劇〉發表於《聯合報・副刊》6版。
	5月	21日，〈蝴蝶蘭〉發表於《中國一周》第317期。
		長篇小說《蔦蘿》由臺北自由中國社出版。
		長篇小說《屋頂下》由臺北自由中國社出版。
	6月	6日，〈風雨夜〉發表於《中央日報》3版。
		10日，〈離巢燕〉發表於《婦友》第21期。
	9月	1～4日，〈病〉連載於《大華新聞》2版。
		長篇小說〈斜暉〉連載於《自由中國》第15卷第5期至第16卷第5期，至隔年3月1日止。
		30日，〈平劇失去了唯一劇場！〉發表於《聯合報》6版。

1957年 3月 8日，中央婦女工作會於「三八」婦女節在軍中之聲電臺舉行廣播座談，與會者有孟瑤、王文漪、林海音、潘人木、畢璞，主持人張明。

4月 長篇小說《鳴蟬》由臺北自由中國社出版。

5月 長篇小說《斜暉》由臺北自由中國社出版。

6月 1日，〈作者與作品〉發表於《海風》第2卷第6期。

9月 1日，長篇小說〈曉霧〉連載於《海風》第2卷第9期～第3卷第4期，至隔年4月止。

10月 長篇小說《鑑湖女俠秋瑾》由臺北中央婦女工作會出版。

11月 長篇小說《美虹》由臺北自由中國社出版。

1958年 1月 1日，〈美人與梅花〉發表於《自由談》第9卷第1期。

10日，長篇小說〈迷航〉連載於《婦友》第40～53期，至隔年2月止。

2月 15日，〈寄望於金、張合作〉發表於《中央日報》5版。

長篇小說《心園》由臺北皇冠出版社出版。

5月 26日，長篇小說〈黎明前〉連載於《大華晚報》7版，至隔年11月12日止。

6月 20日，短篇小說〈老藝人〉發表於《文學雜誌》第4卷第4期。

7月 7日，中篇小說〈斷夢〉連載於《中華日報・副刊》5版，至8月22日止。

8月 1日，中篇小說〈流浪漢〉連載於《自由談》第9卷第8期至第10卷第2期，至隔年2月止。

1959年 2月 14日，短篇小說〈蘭心〉連載於《聯合報・副刊》7版，至4月20日止。

3月 長篇小說《亂離人》由臺北明華書局出版。

5月 短篇小說〈相逢不相識〉發表於《文壇》季刊第4號。

		長篇小說《迷航》由臺北大中華圖書公司出版。
	7月	短篇小說〈黯別〉發表於《文星》第4卷第3期。
	9月	10日，短篇小說〈破大衣〉發表於《中華日報‧副刊》7版。
		中篇小說集《流浪漢》由臺北力行書局出版。
	12月	1日，長篇小說〈荊棘場〉連載於《徵信新聞‧副刊》5版，至隔年3月17日止。
		長篇小說《黎明前》由臺北明華書局出版。
1960年	1月	1日，〈新年〉發表於《自由青年》第23卷第1期；〈說聽戲〉發表於《自由談》第11卷1期；短篇小說〈聲色場〉發表於《作品》第1卷第1期。
		長篇小說《曉霧》由高雄大業書店出版。
	2月	1日，短篇小說〈棘冠〉發表於《自由談》第11卷第2期。
	3月	1日，〈收音機前〉發表於《暢流》第21卷第2期。
	4月	1日，短篇小說〈牆邊〉發表於《自由談》第11卷第4期。
	5月	30日，長篇小說〈含羞草〉連載於《中華日報‧副刊》7版，至8月18日止。
		長篇小說《荊棘場》由臺北力行書局出版。
	7月	15日，短篇小說〈彌留〉發表於《文壇》季刊第7號。
	9月	長篇小說《小木屋》由臺北作品出版社出版。
	10月	24日，長篇小說〈生命的列車〉連載於《新生報‧副刊》7版，至隔年1月7日止。
	12月	16日，短篇小說〈離巢後〉發表於《暢流》第22卷第9期。
1961年	1月	1日，短篇小說〈孤雁〉發表於《自由談》第12卷第1期；短篇小說〈歸來〉發表於《新時代》第1卷第1期。
	2月	長篇小說〈危樓〉連載於《文壇》季刊第10～19號，至隔年1月止。
	5月	短篇小說〈冷眼中〉發表於《幼獅文藝》第14卷第5期。

	6月	10日，〈病榻前〉發表於《婦友》第81期。
	7月	中篇小說〈情泛〉連載於《中國勞工》第256～264期，至11月止。 長篇小說《生命的列車》由高雄大業書店出版。 短篇小說集《遲暮》由臺北文化圖書公司出版。
	8月	1日，長篇小說〈浮雲白日〉連載於《中央日報・副刊》7版，至12月30日止。
	9月	16日，〈婚禮進行的時候〉發表於〈自由青年〉第26卷第6期。 長篇小說《含羞草》由高雄大業書店出版。
	10月	〈南下瑣語〉發表於《革命文藝》10月號；短篇小說〈抓週〉發表於《幼獅文藝》第15卷第4期。
	12月	7日，長篇小說〈食人樹〉連載於《聯合報・副刊》6版，至隔年2月21日止。
1962年	2月	〈江上數峰青〉發表於《自由談》第13卷第2期。 長篇小說《浮雲白日》由高雄大業書店出版。
	3月	短篇小說〈無言〉發表《新天地》第1卷第1期。
	5月	16日，短篇小說〈寒流〉發表於《自由青年》第27卷第10期。
	6月	長篇小說《危樓》由臺北文壇社出版。 長篇小說《食人樹》由高雄大業書店出版。
	7月	短篇小說〈夜雨〉發表於《幼獅文藝》第17卷第1期。 短篇小說集《孟瑤自選集》由臺北幼獅文化公司出版。
	9月	長篇小說《刼情記》由高雄大業書店出版。
	本年	應梁實秋之邀，赴新加坡南洋大學任教。
1963年	1月	22日，以長篇小說《刼情記》榮獲教育部文學獎。
	2月	〈我要好好地寫〉發表於《幼獅文藝》第18卷第2期。

	3月	長篇小說《懸崖勒馬》由香港新文化出版社出版。
	6月	短篇小說〈請客〉發表於《幼獅文藝》第18卷第6期。
		長篇小說《幾番風雨》由高雄長城出版社出版。
	7月	2日，短篇小說〈紅燈〉發表於《中央日報・副刊》6版。
	12月	〈越劇與傳統〉發表於《南大中文學報》第2期。
1964年	12月	22日，與蘇雪林至馬來西亞檳城演講。
1965年	2月	12日，〈看戲〉發表於《徵信新聞報・副刊》8版。
		28日，長篇小說〈畸零人〉連載於《聯合報・副刊》7版，至8月8日止。
	3月	1日，〈祭〉發表於《自由談》第16卷第3期。
	4月	1日，〈戲與我〉發表於《文星》第90期。
		《中國戲曲史》由臺北文星書店出版。
	8月	1日，〈錯〉發表於《自由談》第16卷第8期。
	11月	11日，長篇小說〈翦夢記〉連載於《中華日報・副刊》6版，至隔年3月29日止。
1966年	1月	1日，長篇小說〈紅燈，停！〉連載於《自由談》第17卷第1期～第18卷第1期，至隔年1月止。
		8日，長篇小說〈孿生的故事〉連載於《徵信新聞報・副刊》7版，至8月19日止。
	3月	《中國小說史》由臺北文星書店出版。
		長篇小說《斜暉》由臺北皇冠出版社出版。
		長篇小說《亂離人》由臺北皇冠出版社出版。
		長篇小說《含羞草》由臺北皇冠雜誌社出版。
		長篇小說《畸零人》由臺北皇冠出版社出版。
		長篇小說《浮雲白日》由臺北皇冠出版社出版。
	6月	長篇小說《太陽下》由臺北皇冠雜誌社出版。
		長篇小說《翦夢記》由臺北皇冠出版社出版。

		長篇小說《食人樹》由臺北皇冠出版社出版。
	夏	結束新加坡南洋大學教職，返臺於臺灣師範大學國文系任教。
1967年	1月	9日，長篇小說〈群癡〉連載於《新生報・副刊》7版，至3月28日止。
	7月	1日，長篇小說〈踩著碎夢〉連載於《大華晚報》7版，至10月2日止。
	8月	1日，短篇小說〈歸途〉發表於《自由談》第18卷第8期。
	11月	5日，〈談小說的創作〉發表於《中國一周》第915期。
		長篇小說《窮巷》由臺北皇冠出版社出版。
		長篇小說《孿生的故事》由臺北皇冠雜誌社出版。
		長篇小說《退潮的海灘》由臺北皇冠出版社出版。
1968年	1月	1日，短篇小說〈春去春來〉發表於《臺北畫刊》第1期。
	2月	14日，短篇小說〈夜〉發表於《徵信新聞報・副刊》9版。
	3月	21～22日，短篇小說〈沒有女人的地方〉連載於《徵信新聞報・副刊》9版。
		短篇小說〈她與他〉發表於《文壇》第93期。
	6月	12日，長篇小說〈這一代〉連載於《徵信新聞報・副刊》10版，至11月10日止。
	8月	長篇小說《踩著碎夢》由臺北皇冠出版社出版。
		受徐復觀、李滌生之邀，至臺中中興大學中國文學系任教。
	10月	14日，短篇小說〈雅集〉發表於《中國一周》第964期。
		長篇小說《荊棘場》由臺北皇冠出版社出版。
	11月	23日，長篇小說〈飛燕去來〉連載於《中國時報・人間副刊》10版，至隔年2月19日止。
		長篇小說《群癡》由臺北皇冠出版社出版。
		長篇小說《紅燈，停》由臺北皇冠出版社出版。
1969年	2月	24日，〈靜寂地帶〉發表於《中國一周》第983期。

3月 1日，短篇小說〈咫尺〉發表於《中央月刊》第1卷第5期。

8日，長篇小說〈磨劍〉連載於《中央日報・副刊》9版，至6月4日止。

《中國小說史》由臺北傳記文學出版社出版。

4月 1日，〈生日〉發表於《自由談》第20卷第4期。

16日，〈俞編《新繡襦記》〉發表於《中央日報・副刊》9版。

21日，短篇小說〈被擠碎的〉發表於《中國時報・人間副刊》10版。

兒童文學《忘恩負義的狼》由臺中臺灣省教育廳出版。

5月 26日，短篇小說〈新婚〉發表於《中國時報・人間副刊》10版。

6月 1日，短篇小說〈舞臺〉發表於《中央月刊》第1卷第8期。

8月 1日，〈給小讀者〉發表於《聯合報・副刊》12版。

5日，短篇小說〈殺妻〉連載於《中國時報・人間副刊》10版，至8月15日止。

11日，長篇小說〈三弦琴〉連載於《中華日報・副刊》9版，至10月21日止。

9月 長篇小說《却情記》由臺北皇冠出版社出版。

長篇小說《這一代》由臺北皇冠出版社出版。

長篇小說《磨劍》由臺北皇冠出版社出版。

長篇小說《飛燕去來》由臺北皇冠出版社出版。

10月 6日，出席第五屆嘉新新聞獎於臺北國賓飯店舉行的頒獎典禮，並以長篇小說《這一代》獲頒文藝創作獎。

11月 1日，〈憶豪老〉發表於《自由談》第20卷第11期。

6日，短篇小說〈奔馳〉發表於《中國時報・人間副刊》10版。

12日，出席於中央圖書館舉行的「婦女文藝座談會」，與會人員有林海音、張秀亞、蓉子、劉枋等三十多人。

12月 15日，〈《紅紗燈》前言〉發表於《中國一周》第1025期。

《中國戲曲史》由臺北傳記文學出版社出版。

1970年 1月 1日，〈望斷高樓〉連載於《自由談》第21卷第1～8期，至8月止。

〈婚姻二題〉發表於《家政教育通訊》第4卷第12期。

30日，短篇小說〈訪舊〉發表於《中國時報・人間副刊》10版。

長篇小說《三弦琴》由臺北皇冠出版社出版。

長篇小說《望斷高樓》由臺北皇冠出版社出版。

2月 13日，〈再跑一步〉發表於《聯合報・副刊》9版。

26日，長篇小說〈杜甫傳〉連載於《新生報・副刊》9版，至6月18日止。

5月 5日，長篇小說〈弄潮與逆浪的人〉連載於《中國時報・人間副刊》10版，至8月23日止。

6月 1日，〈批評制度的建立〉發表於《文壇》第120期。

19日，〈中文系以不分組為是〉發表於《中央日報・副刊》9版。

7月 1日，短篇小說〈晝寢〉發表於《中央月刊》第2卷第9期。

8月 15日，〈觀金素琴宇宙鋒有感〉發表於《中央日報・副刊》9版。

長篇小說《危巖》由臺北皇冠出版社出版。

9月 8～14日，短篇小說〈TAXI 計程司機〉連載於《聯合報・副刊》9版。

27日，長篇小說〈長夏〉連載於《大華晚報》9版，至12月31日止。

10月 長篇小說《杜甫傳》由臺北皇冠出版社出版。

12月 1 日，短篇小說〈聽歌記〉發表於《中央月刊》第 3 卷第 2 期。

28～29 日，短篇小說〈籌拍片〉連載於《中國時報・人間副刊》10 版。

本年 長篇小說《飛燕去來》改編為電影《家在臺北》，白景瑞執導，張永祥編劇，該劇榮獲第八屆金馬獎最佳劇情片。

1971 年 1月 3 日，〈看：王魁負桂英〉發表於《中央日報・副刊》9 版。

2月 10 日，長篇小說〈兩個十年〉連載於《中國時報・人間副刊》10 版，至 11 月 14 日止。

3月 1 日，短篇小說〈鄉愚〉發表於《中央月刊》第 3 卷第 5 期。

5月 6 日，長篇小說〈英傑傳〉連載於《大華晚報》9 版，至 9 月 3 日止。

6月 1 日，短篇小說〈小書攤〉發表於《文壇》第 132 期。

7月 18 日，〈豆腐閒話〉發表於《聯合報・副刊》9 版。

8月 1 日，〈為慎哉師七十壽〉發表於《自由談》第 22 卷第 8 期。

9月 1 日，〈趕公車〉發表於《文壇》第 135 期。

10月 27 日，〈義行閒話〉發表於《聯合報・副刊》9 版。

11月 5 日，〈價值閒話〉發表於《聯合報・副刊》9 版。

12月 1 日，〈牧人〉發表於《中央月刊》第 4 卷第 2 期。

兒童文學《治水和治國》由臺中臺灣省教育廳出版。

本年 長篇小說《太陽下》改編為同名電影上映，李湘執導，陳小玲編劇。

長篇小說《亂離人》改編為電影《你的心裡沒有我》上映，楊甦執導。

1972 年 1月 1 日，〈過年〉發表於《婦友》第 208 期。

2月 19 日，〈人生如戲〉發表於《聯合報》3 版。

長篇小說《兩個十年》由臺北皇冠出版社出版。

		26～27 日，應臺北國際崇她社之邀，義演《四郎探母》，扮演楊延輝（楊四郎），為生平第一次正式登臺演出。
	3 月	8 日，〈我寫《兩個十年》〉發表於《中國時報・人間副刊》9 版。
		短篇小說集《孟瑤短篇小說集》由臺北皇冠出版社出版。
		長篇小說《長夏》由臺北皇冠出版社出版。
	10 月	長篇小說《四重唱》由臺北皇冠出版社出版。
	12 月	22 日，短篇小說〈千里共嬋娟〉發表於《中國時報・人間副刊》12 版。
1973 年	1 月	22～23 日，短篇小說〈背影〉連載於《聯合報・副刊》12 版。
		長篇小說《英傑傳》由臺北皇冠出版社出版。
		長篇小說《弄潮與逆浪的人》由臺北皇冠出版社出版。
	2 月	28 日，短篇小說〈一天〉發表於《中國時報・人間副刊》12 版。
	4 月	12 日，短篇小說〈偷〉發表於《聯合報・副刊》14 版。
		29 日，長篇小說〈龍虎傳——漢武帝的故事〉連載於《中國時報・人間副刊》12 版，至隔年 1 月 17 日止。
	5 月	1 日，短篇小說〈白日〉發表於《文壇》第 155 期。
		〈投書〉發表於《書評書目》第 5 期。
	11 月	28 日，長篇小說〈長亭更短亭〉連載於《中華日報・副刊》9 版，至隔年 4 月 5 日止。
	12 月	兒童文學《吳越爭霸》由臺中臺灣省教育廳出版。
1974 年	1 月	18 日，〈〈龍虎傳〉後記〉發表於《中國時報・人間副刊》12 版。
		長篇小說《長亭更短亭》由臺北皇冠出版社出版。
	2 月	兒童文學《楚漢相爭》由臺中臺灣省教育廳出版。
		兒童文學《荊軻》由臺中臺灣省教育廳出版。

3 月　1 日，短篇小說〈小王與我，我與她〉發表於《文壇》第 165 期。

4 月　29 日，〈飲食閒話〉發表於《聯合報・副刊》12 版。

5 月　19 日，〈師母、如姐、舊事〉發表於《中國時報・人間副刊》12 版。

長篇小說《龍虎傳——漢武帝的故事》由臺北皇冠出版社出版。

6 月　24 日，〈男女閒話〉發表於《聯合報・副刊》12 版。

7 月　22 日，〈教讀憶舊〉發表於《中國時報・人間副刊》9 版。

8 月　《中國文學史》由臺北大中國圖書公司出版。

9 月　1 日，〈歷史告訴我們什麼〉發表於《幼獅》第 40 卷第 3 期。

10 月　11 日，短篇小說〈方向〉發表於《中國時報・人間副刊》12 版。

14 日，長篇小說〈驚蟄〉連載於《中國時報・人間副刊》12 版，至隔年 2 月 14 日止。

12 月　兒童文學《漢武帝》由臺中臺灣省教育廳出版。

1975 年　4 月　兒童文學《從晉朝到唐朝》由臺中臺灣省教育廳出版。

兒童文學《三國鼎立》由臺中臺灣省教育廳出版。

兒童文學《大明帝國》由臺中臺灣省教育廳出版。

5 月　散文集《給女孩子的信》由高雄大業書店出版。

7 月　接任中興大學中國文學系第三屆系主任，成立崑曲社並親自指導。

10 月　兒童文學《大清帝國》由臺中臺灣省教育廳出版。

兒童文學《大宋帝國》由臺中臺灣省教育廳出版。

11 月　1 日，〈千千憶〉發表於《中外雜誌》第 18 卷第 5 期。

17 日，〈我憐亞昭〉發表於《聯合報・副刊》12 版。

26 日，〈再記陳之藩〉發表於《中國時報・人間副刊》12 版。

1976年 1月 1日，應臺北國際崇她社之邀，義演《四郎探母》，扮演楊延輝（楊四郎）。

30日，長篇小說〈盆栽與瓶插〉連載於《中央日報・副刊》11版，至5月28日止。

3月 1日，短篇小說〈忙〉發表於《明道文藝》第1期。

〈所做的與所想的〉發表於《中華文化復興月刊》第9卷第3期。

長篇小說《驚蟄》由臺北時報文化出版公司出版。

5月 1日，〈看戲與演戲〉發表於《暢流》第53卷第6期。

6月 1日，長篇小說〈浮生一記——踉蹌記行〉連載於《文壇》第192～204期，至隔年6月1日止。

7月 長篇小說《盆栽與瓶插》由臺北遠景出版公司出版。

8月 30日，〈《盆栽與瓶插》後記〉發表於《中央日報・副刊》10版。

9月 22日，長篇小說〈滿城風絮〉連載於《中華日報・副刊》7版，至12月26日止。

12月 21日，〈雲門舞集在臺中〉發表於《中央日報・副刊》10版。

1977年 1月 14日，〈山難有感〉發表於《聯合報・副刊》12版。

3月 19日，於中興大學在臺中教師會館舉辦的「崑曲晚會」演唱《長生殿》彈詞。

5月 1日，〈閒話我國傳統的歌舞劇與話劇〉發表於《幼獅》第45卷第5期。

10日，〈《滿城風絮》自序〉發表於《中華日報・副刊》11版。

長篇小說《滿城風絮》由臺北純文學出版社出版。

6月 1日，〈東是東西是西——淺論東西方的戲劇〉發表於中興大學《學術論文集刊》第4期。

7月　24 日，短篇小說〈情懺〉發表於《中國時報・人間副刊》12 版。

8月　1日，〈寫作甘苦〉發表於《自由青年》第17卷第7期。

12月　3～4日，短篇小說〈流失〉連載於《聯合報・副刊》12版。

30日，〈遇合閒話〉發表於《聯合報・副刊》12版。

1978年　1月　1日，〈偶回首〉發表於《幼獅文藝》第288期。

2月　1日，〈年景瑣憶〉發表於《幼獅文藝》第290期。

5月　7 日，〈觀雲門舞集演出有感〉發表於《中央日報・副刊》10 版。

21日，〈取予閒話〉發表於《聯合報・副刊》12版。

兒童文學《中國歷史上的名臣賢相》由臺中臺灣省教育廳出版。

兒童文學《中國歷史上的英雄國士》由臺中臺灣省教育廳出版。

7月　22日，〈有餘閒話〉發表於《聯合報・副刊》12版。

9月　19日，〈扇子閒話〉發表於《聯合報・副刊》12版。

長篇小說《黎明前》由臺中學人文化事業公司出版。

10月　1日，〈作者與作品〉發表於《中國文選》第138期。

9 日，〈華夏文明包容下的山胞生活〉發表於《中國時報・人間副刊》12版。

11月　1日，〈聞笛〉發表於《明道文藝》第32期。

4 日，〈我竟如此步伐凌亂〉發表於《中國時報・人間副刊》12版。

22 日，〈《黎明前》再版有感〉發表於《中央日報・副刊》10 版。

12月　1日，〈風箏〉發表於《明道文藝》第33期。

7日，〈哭笑閒話〉發表於《聯合報・副刊》12版。

21 日，〈克制閒話〉發表於《聯合報・副刊》12 版。

1979 年 1 月 1 日，〈書香閒話〉發表於《聯合報・副刊》12 版。

2 月 1 日，〈一封信——給成長中的年輕人〉發表於《幼獅文藝》第 302 期。

4 月 22 日，〈童心閒話〉發表於《聯合報・副刊》12 版。

短篇小說集《孟瑤自選集》由臺北黎明文化公司出版。

5 月 12 日，〈從「雅音小集」公演來談國劇界該有新面貌〉發表於《聯合報》7 版。

17 日，〈衣冠閒話〉發表於《聯合報・副刊》12 版。

26 日，〈聆「雅音」，勉小莊〉發表於《中央日報・副刊》10 版。

6 月 6 日，〈論國劇傳統應否新生〉發表於《中央日報・副刊》10 版。

7 月 31 日，〈花樹閒話〉發表於《聯合報・副刊》8 版。

長篇小說《浮生一記》由臺北世界文物出版社出版。

8 月 15 日，〈私有閒話〉發表於《聯合報・副刊》8 版。

因身體不適，請辭中興大學教職，正式退休。

9 月 長篇小說《黎明前》改編為國語電視劇《一襲青紗萬縷情》於中視播出。

12 月 1 日，〈城的聯想〉發表於《明道文藝》第 45 期。

1980 年 1 月 散文集《給女孩子的信》由臺南立文出版社出版。

2 月 18 日，〈過年・看戲〉發表於《聯合報》3 版。

3 月 5 日，〈性格閒話〉發表於《聯合報・副刊》8 版。

12 日，〈《感天動地竇娥冤》的改編〉發表於《中國時報・人間副刊》8 版。

14～16 日，改編《感天動地竇娥冤》由「雅音小集」於臺北國父紀念館展演。

19 日，〈《竇娥冤》演出後抒感〉發表於《民生報・副刊》10 版。

20 日，〈盼望有個健全的國劇劇本審查制度〉發表於《民生報・副刊》10 版。

9 月　22 日，〈創新的自由不應被扼殺！〉發表於《民生報・副刊》10 版。

10 月　與張光濤、張伯謹、田士林、那廉君一同擔任第 16 屆國軍文藝金像獎國劇競賽評審。

11 月　1 日，〈傳統戲劇的突破與創新〉發表於《幼獅文藝》第 323 期。

12 月　赴美國舊金山治病。

1981 年　1 月　1 日，〈我的童年生活〉發表於《明道文藝》第 58 期。

2 月　1 日，〈讀書和教書〉發表於《明道文藝》第 59 期。

3 月　1 日，〈我與寫作〉發表於《明道文藝》第 60 期。

4 月　1 日，〈我的嗜好〉發表於《明道文藝》第 61 期。

兒童文學《中華民國》由臺中臺灣省教育廳出版。

5 月　1 日，〈傳統戲劇的新生〉發表於《明道文藝》第 62 期。

7～9 日，編劇《梁山伯與祝英台》由「雅音小集」於臺北國父紀念館展演。

9 日，〈《梁山伯與祝英台》的編寫〉發表於《中央日報・副刊》12 版。

7 月　16 日，長篇小說〈望鄉〉連載於《中央日報・副刊》12 版，至 9 月 29 日止。

8 月　長篇小說《忠烈傳——晚明的英雄兒女故事》由臺北世界文物出版社出版。

9 月　長篇小說《盆栽與瓶插》由臺北黎明文化公司出版。

10 月　1 日，〈性格閒話〉發表於《婦友》第 325 期。

	11 月	17 日，〈甘苦自嘗——三十年寫作回顧〉發表於《中央日報・副刊》12 版。
	12 月	長篇小說《望鄉》由臺北中央日報社出版。
1982 年	5 月	長篇小說《一心大廈》由臺北九歌出版社出版。
	10 月	1 日，〈金素琴舞臺生活回憶〉連載於《傳記文學》第 41 卷第 4 期至第 43 卷第 3 期，至隔年 9 月 1 日止。
	12 月	長篇小說《龍虎傳——漢武帝的故事》由臺北黎明文化出版社出版。
1983 年	3 月	京劇名伶金素琴七十大壽，美國舊金山僑界為之慶祝，孟瑤粉墨登臺唱演〈坐宮〉。
1984 年	3 月	19 日，長篇小說〈春雨沐沐〉連載於《中央日報・副刊》11 版，至 6 月 8 日止。
	4 月	28 日，於《民生報・影劇新聞》11 版撰寫「戲墨」專欄至 7 月 7 日止。
		與朱炎、張秀亞、尹雪曼、余光中、顏元叔共同擔任第四屆全國學生文學獎決選評審委員。
	5 月	13 日，出席第四屆全國學生文學獎頒獎典禮。
	8 月	編劇《韓夫人》由「雅音小集」於臺北、臺中、高雄展演。
	9 月	長篇小說集《心園》由臺北中央日報社出版。
		長篇小說《女人・女人》由臺北中華日報社出版。
		長篇小說《春雨沐沐》由臺北中央日報社出版。
1985 年	11 月	12 日，〈游於藝〉發表於《中央日報・副刊》12 版。
	12 月	1 日，〈《文心雕龍》語譯〉連載於《明道文藝》第 117～121 期，至隔年 4 月 1 日止。
		5 日，長篇小說〈寒雀與孤雁〉連載於《中央日報・副刊》12 版，至隔年 2 月 28 日止。
1986 年	5 月	散文集《給女孩子的信》由臺中晨星出版社出版。

12 月 長篇小說《寒雀與孤雁》由臺北中央日報社出版。

1987 年 5 月 17 日，〈出色的生力軍 「第七屆全國學生文藝獎」大專小說總評〉發表於《中央日報・副刊》10 版。

與朱炎、尹雪曼、顏元叔、黃永武、余光中共同擔任第七屆全國學生文學獎決選評審評審。

9 月 1 日，〈曲藝淺釋〉發表於《明道文藝》第 138 期。

1988 年 1 月 長篇小說《心園》由瀋陽遼寧大學出版社出版與〈屋頂下〉之合本。

2 月 25 日，〈兒時瑣憶〉發表於《聯合報・副刊》22 版。

長篇小說《春雨沐沐》由瀋陽遼寧大學出版社出版。

3 月 8～9 日，短篇小說〈芙蓉與修竹〉連載於《中國時報・人間副刊》18 版。

5 月 22 日，〈期待苗、秀、實的種子破土而出 「第八屆全國學生文學獎」大專小說總評〉發表於《中央日報・副刊》6 版。

與朱炎、尹雪曼、黃永武、余光中、吳宏一共同擔任第八屆全國學生文學獎決選評審委員。

6 月 12 日，〈沙坪壩憶往〉發表於《聯合報・副刊》16 版。

29 日，〈聲音〉發表於《中央日報・副刊》16 版。

7 月 30 日，〈沙坪壩再憶〉發表於《聯合報・副刊》16 版。

長篇小說《驚蟄》由長沙湖南文藝出版社出版。

8 月 6 日，〈乾爺〉發表於《中央日報・副刊》16 版。

10 月 14 日，〈我在生死線上〉發表於《聯合報・副刊》16 版。

29 日，〈我最愛做男生〉發表於《中央日報・副刊》16 版。

長篇小說《磨劍》由長沙湖南文藝出版社出版。

1989 年 1 月 31 日，短篇小說〈鳳娃子〉發表於《中央日報・副刊》16 版。

5 月 1 日，〈五四生人談五四〉發表於《文訊》第 43 期。

與朱炎、尹雪曼、黃永武、余光中、吳宏一共同擔任第九屆全國學生文學獎決選評審委員。

9月 6日，〈手杖〉發表於《中央日報‧副刊》16版。

20日，〈一枝溫婉的彩筆　評彭樹君〈星星湧現的日子〉〉發表於《中央日報‧副刊》16版。

1990年 5月 27日，〈一介小民的訴求〉發表於《中央日報》9版。

6月 1日，〈識得廬山真面目〉連載於《明道文藝》第171～183期，至隔年6月1日止。。

1991年 3月 隱居佛光山「佛光精舍」，並於「中國佛教研究院」講授「史記」課程。

4月 25日，〈細說同窗〉發表於《中央日報‧副刊》16版。

5月 散文集《給女孩子的信》由臺南信宏出版社出版。

7月 1日，〈開卷有益的古書與今書〉發表於《明道文藝》第184期。

10月 1日，〈《世說新語》典故〉發表於《明道文藝》第187期。

1992年 7月 6日，〈山與水〉發表於《聯合報‧副刊》25版。

9月 23日，〈硯田筆耕〉發表於《中央日報‧副刊》16版。

1993年 3月 應兒孫之請，離開佛光山，遷回臺中居住。

9月 25日，與華嚴、張曉風、廖輝英、張曼娟一同擔任由世界女記者與作家協會中華民國分會主辦的「五代同堂話文學——文學女性‧女性文學」座談會引言人。

1994年 6月 23日，〈貼片子、支蹺、吊嗓的學戲生涯——專訪顧正秋〉發表於《中央日報‧副刊》16版。

7月 長篇小說《風雲傳——兩宋的英雄兒女》由臺北天衛文化公司出版。

吉廣輿編選《孟瑤讀本》由臺北幼獅文化公司出版。

1996年 3月 身體日漸衰弱，遷居臺北與次子同住。

1997 年　2 月　長篇小說《風雲傳——兩宋人物傳奇》由北京中國友誼出版社出版。

2000 年　10 月　6 日，因腎衰竭等多項病因，於三軍總醫院辭世，享年 81 歲。28 日，於臺北第二殯儀館舉行公祭。

2010 年　10 月　29 日，「記念揚宗珍（孟瑤）教授全國學術研討會」由中興大學中國文學系主辦。開、閉幕式主持為韓碧琴，主講人有李瑞騰、羅秀美、張起超、吉廣輿、陳器文、郭小莊等。

參考資料：

- 〈自傳〉，《孟瑤自選集》，臺北：黎明文化公司，1979 年 4 月，頁 1～12。
- 〈一生筆耕幾人知——孟瑤寫作年表〉，《孟瑤讀本》，臺北：幼獅文化公司，1994 年 7 月，頁 268～273。
- 〈孟瑤生平寫作年表〉，《孟瑤評傳》，高雄：高雄中正文化中心管理處，1998 年 5 月，頁 372～396。
- 網站：臺灣文學風華——五〇年代女作家系列 http://tlm50.twl.ncku.edu.tw/wwmy1.html（最後瀏覽日期：2017 年 11 月）

輯三◎

研究綜述

木已拱，草蕭瑟

孟瑤研究綜述

◎吉廣輿

孟瑤老師於 81 歲辭世，如今屆滿 17 年，後年（2019 年）就是她的百齡壽辰了。

臺灣文壇在這 17 年裡相摩相蕩，一時風雨，一時煙雲，許多文類翻新出奇，眾多作家望路爭驅之時，孟瑤的人氣和書影已緩緩從現代文學的市廛裡凋零凋謝，逐漸被新世代的潮流遺忘了。

七年前，我曾在「中興大學中國文學系」陳器文主任創辦的第一屆也是最後一屆「紀念揚宗珍（孟瑤）教授全國學術研討會」上直陳：「現代文壇對孟瑤小說似乎已『集體失憶』，這冷暖炎涼的塵世還會說些什麼？我只能掩臉浩嘆」，並強調「孟瑤的人，忍得住寂寞；孟瑤的書，耐得住淒涼；孟瑤走過半世紀的中國文壇，江山多嬌，才人輩出，她是『白髮千莖雪，丹心一寸灰』的文旛」[1]，因為放眼現代華文作家林林總總的書肆叢林，在「世界華文文壇的現代小說作家中，論創作歷程之緜長、數量之豐碩、字數之繁穀、成書類型之多樣，又橫跨文、史領域而著作等身者，首推孟瑤女士，漫漫 42 年的時間，完成堂堂 111 部作品，總字數超過一千一百七十一萬七千餘字，其中包括 62 部世變、人情、梨園、移民、歷史等類型的小說，當代更有何人能及？」[2]。然而，由於通俗小說在正統文學的殿堂裡一

---

[1]吉廣輿，〈去此界以入彼界——孟瑤小說定論〉，《紀念揚宗珍（孟瑤）教授全國學術研討會論文集》（臺中：中興大學中國文學系，2010 年 10 月），頁 91。

[2]吉廣輿，〈去此界以入彼界——孟瑤小說定論〉，《紀念揚宗珍（孟瑤）教授全國學術研討會論文集》，頁 71。原文為「42 年時間、89 部作品、65 部小說」此處增補當時遺漏之書及刪除三本合刊之選集訂正之。

直缺乏明確的定位，即使孟瑤小說符合劉勰《文心雕龍》「世遠莫見其面，睹文輒見其心」的標準，仍然無法在臺灣文學的正統現場中獨樹一幟，與諸多文學大家並列，齊邦媛也曾感嘆：

> 多年來我仍希望，在今日多所臺灣文學系所中，會有研究生以孟瑤為題，梳理她的作品，找出 1950 至 1970 年間一幅幅臺灣社會的人生現象，可能是有價值的。因為她是以知識分子積極肯定的態度寫作，應有時代的代表性。[3]

即使孟瑤的著作能素描出三十餘年「一幅幅臺灣社會的人生現象」，成為觀察當時國情民俗的顯微鏡，透視社會各階層的微血管，甚至成為那些時代那些庶民「有時代的代表性」的風標，也仍然被學術界漠視而不入主流。當其他許多三四五六七八九流的籍籍作家都被吹吹捧捧成為臺灣文學系所博碩士論文的寵兒角色時，孟瑤仍然是空曠的大冷門，50 年來以她的著作為專題研究的碩士論文竟然只有寥寥四人，相關的博碩士論文迄今也只有幾本，宛如空谷跫音。當靡曼之音充斥文壇，昔日雅音風光過眼盡成空，她既不甘躡前人阿世逢迎的後塵，而自外於譁眾取寵的樊籬，又不能邁越前人所長而齊驅或居上，似這般棲心寂然，自難免於孤峰頂上備受冷落了。

研究孟瑤的冷場因素有三：斯人也寂寞，斯書也淒涼，斯世也蕭瑟。

一、寂寞人

孟瑤師的寂寞，不是日用起居生存形式的寂寞，而是屈原〈離騷〉「汩余若將不及兮，恐年歲之不吾與」式生命里程的寂寞；她不是交際應酬生活節奏的寂寞，而是司馬遷形容的不甘「阿世俗苟合，持方枘欲內圜鑿」

[3]齊邦媛，《巨流河》（臺北：天下文化公司，2014 年 1 月），頁 507。

式生機情懷的寂寞；她那種絕對堅持「有所為，有所不為」的直率性格，那種決然不解轉身而沒有灰色地帶的真性情，使她自我蜷縮在社會名利光影門的闇暗角落燏然不染，成為一腔孤忠的寂寞人了。

她一生，經歷四種轉折境，由家庭溫床墜入社會炎涼，由盛世清溪轉入亂世烽火，由冠蓋京華隱入冷巷寒舍，由蜚聲令譽淪入孤筆寂音，家國劇變非她所能逆轉，命運的鍵盤也不是她所能選擇，她活在五風十雨的亂離時代裡，卻作了孤寡孤獨的文學人。

民國 31 年（1942 年）8 月，她 24 歲起，告別大學生的黃金歲月後，投身中學教育界，開啟生涯第一個歷久彌新的主題，把無怨無悔的青春盡數付與衿衿學子，歷時整整 37 年。

民國 38 年（1949 年）2 月，她 31 歲起，又從教育界側身文藝界，開啟生涯第二個勗勉親暱的主題，把弱水與烽火的體驗盡付與一管搦筆，歷時 51 年之久。

民國 38 年（1949 年）4 月，她 31 歲起，從文藝界晉身小說界，開啟生涯第三個貪嗔痴愛的主題，把喜怒哀樂的情懷悉數付與方格稿紙，歷時 42 年有餘。[4]

民國 52 年（1963 年）1 月，她 45 歲起，又從小說界躋身戲曲界，開啟生涯第四個水磨耳洗的主題，把鑼鼓絲絃的樂趣盡付與西皮二黃，歷時長達 37 年之多。

民國 68 年（1979 年）8 月，她 61 歲起，終於從戲曲界安身頤養界，開啟生涯第五個利衰苦樂的主題，把拂塵除垢的餘年盡付與雲淡風輕，歷時 21 年才告終。

這四種起起伏伏的轉折生涯，或慈親愛語，或少欲知足，或希求無聞，或斷情絕欲，種種真情鬱志在她筆下澎湃奔瀉，形成孟瑤小說的身世

[4]孟瑤文藝作品包括散文、隨筆、童話等，但其作品以小說為主力，為了呈現她在這方面投注的心力，此處斷代從第一部小說《美虹》起算，到最後一部小說《風雲傳》完稿為止，與前計年代不同。

背景，從而薰陶出她既能英風激揚，又能揮翰霧散的生涯。對孟瑤師知之最深、親炙最切的陳器文認為「人世的悲涼始終是孟瑤師生命的主旋律」[5]，她對孟瑤師忘形忘象性情的追述真是入木九分，可謂一鎚定音：

> 若說，許多人的一生行事採用的是加法，孟瑤師行的卻是減法，生活中、生命中，一切人情世故，一切講究妝點，一切攀枝帶葉的東西，都是可免則免，一來不慣繁瑣累贅，一來最怕人情負擔。[6]

這種「不慣、最怕」式的「可免則免」性情，不只映現「得之我幸，不得我命」的豁達心態，而且投射到現實生活中，就成為另類「忘言」的性格。與孟瑤相交半生而情同莫逆的文壇老友劉枋（1919～2010）於此也言之鑿鑿：

> 和她相識的人，同性大多喜歡她的坦率，不拘小節，不忸怩作態；異性則有人覺得她欠缺一份女性的溫婉。[7]

當時交情匪淺的老朋友小說家楊念慈也特別強調孟瑤做人處事的風格：「傾蓋論交，白首如故」。[8]這種白首風格，竟使時任《儂儂》主編的邱苾玲在專訪中感同身受：

> 一個把生命交給寫作的人，寫作對她是再嚴肅不過的事了，無論是痛苦或快樂，她都在那裡取得最適合自己的詮釋，作最富性靈的根植。一抬頭，接觸到她的滿頭銀絲，那種白，透著一種寂寞的感動力，不關年齡

---

[5]陳器文，〈用情至深，奈何人世悲涼——懷孟瑤師〉，《臺灣日報》，2000年10月27日，31版。
[6]陳器文，〈用情至深，奈何人世悲涼——懷孟瑤師〉，《臺灣日報》，2000年10月27日，31版。
[7]劉枋，〈我愛孟夫子——記孟瑤〉，《非花之花》（臺北：采風出版社，1985年9月），頁9。
[8]楊念慈，〈傾蓋論交，白首如故〉，《文訊》第41期（1989年3月），頁10。

的白。[9]

這種「不關年齡」的寂寞白，由她另外一位門生白崇珠如實詮釋出來了：

揚老師一頭花白的短髮，常年著一襲素淨旗袍，站在講臺上，兩眼炯炯有神，既流露出豪邁的丈夫氣，又難掩一種對人世的款款深情。[10]

原來孟瑤「白首如故」的寂寞白，竟是她不甘與世浮沉的豪氣與深情，難怪黃肇珩能從她愛戲的表相看出她的「興會淋漓」：

孟瑤師愛戲，卻又不在於戲臺上的聲色，而是愛戲中那股興會淋漓，愛那些衝撞體制九死不悔的人。上起課來，每當提起歷史人物英雄角色，必然情隨境轉。[11]

戲臺講臺上的孟瑤可以情隨境轉，戲臺講臺下的她卻自小就反偽飾，求真情，在西皮原板的搖曳聲腔裡泡久了，看多了一氣湧出的英雄豪傑，心裡的慷慨志節就不知不覺孕育出來了，一旦認定了理，嘿，她那個牛勁兒可是九牛都拉不轉，光是一個「晴」字就打小執拗了半生：

我記得老師總是罰我寫錯字，就是晴天的晴，不是一個日字旁加一個青嗎？我記得我就是這樣寫，可是老師總說寫錯了，我不曉得錯在哪裡？後來我想是不是該寫目旁，可字典裡是眼睛呀，這個字一直到今天我還

[9]邱苾玲，〈衣帶漸寬終不悔——訪孟瑤談小說寫作及其他〉，《出版與研究》第 14 期（1978 年 1 月），頁 2。
[10]白崇珠，〈一腔熱血，要賣與那識貨人〉，《文訊》第 41 期（1989 年 3 月），頁 102。
[11]黃肇珩，〈從臺下唱到臺上的孟瑤〉，《臺灣新生報》，1972 年 2 月 26 日，5 版。

不懂。[12]

一個字都得跟著兜兜轉轉半世紀，一件花衣裳也從小就糾纏出她「寧折毋彎」的勁兒，當年《中央月刊》主編姚儀敏南下赴「佛光精舍」採訪她時，無意中聽聞了一則孟瑤師可愛的稚兒軼事：

> 我自小個性就是這樣，記得有一次要去吃喜酒，媽媽要我換上一套鮮麗的新衣裳，我怎麼也不肯，到後來挨了一頓打，還是不願穿上，連喜酒也吃不成了。[13]

童年就擺明逞性使氣子的小娃兒，日後果然成為「望之儼然，即之也溫」的大人，當時《出版與研究》主編邱苾玲對她曾有一段傳神的寫真：

> 乍見她，感受到一種從眉宇裡昇起的冷冷的超越……
> 細看她，感受到一種既浪漫又莊穆的氣象……
> 回想她，這一切又都轉化為一種異樣的情緒，深沉而活潑，屬於她的那種孤寂的熱鬧、單調的多樣、豪邁的柔意……[14]

孟瑤師一生經歷生命中無可逃避的三道自我驗證：年輕時，在戰火烽煙裡踉踉蹌蹌的逃難，孤孤獨獨的顛蹶，與家人一水永隔的相望，步步規規於法度之中，略有些「昨夜西風凋碧樹，獨上高樓，望盡天涯路」的境況；中年雖然為生活奔波而消瘦，為日夜爬格子筆耕而憔悴，卻另有磊落耿介蟠於胸中，漸得「衣帶漸寬終不悔，為伊消得人憔悴」的神情；晚年幾乎滌盡人間煙火氣的纏縛，完成自己一生孤梗靈魂的洗禮，種種繁華落

---

[12]吉廣輿，《孟瑤評傳》（高雄：高雄文化中心，1998 年），頁 25。
[13]姚儀敏，〈一生筆耕幾人知——專訪著作等身遠遯山林的小說家孟瑤〉，《中央月刊》第 24 卷第 10 期（1991 年 10 月），頁 114。
[14]邱苾玲，〈訪揚宗珍老師——孟瑤〉，《中興文苑》第 4 期（1973 年 8 月），頁 17。

盡，凡百經歷的恩怨嗔癡都歸於一種平和與從容，雖然永遠回不去昔年星眼矇矓的少女，卻畢竟望見「眾裡尋他千百度，驀然回首，那人卻在燈火闌珊處」的真身了。這三個坎兒隱隱貼近王國維的生命三種境界[15]，把孟瑤胸腔裡怦怦撞擊的熱血釋放出來，今夕也嘹亮動心，明兒也盪氣迴腸，然而一朝風月悠悠過去，百百輝煌風華卻盡歸於千古寂寞了。

二、淒涼書

孟瑤的書，從民國 38 年（1949 年）開筆結集，寫到民國 80 年（1991 年）體衰力弱無法握管為止，在那風雨飄搖的 42 年中，她完成了 111 部作品，包括長篇中篇小說 62 部、學術史三部、劇本三部、散文三部、童話故事 14 部、文學譯著一部，另有英譯本三部、未結集著作七部，以及五十餘篇論述文，可把她的一頭青絲全熬成了白髮。

到目前為止，62 部中長篇小說仍在書肆陳列的幾乎絕無僅有，三部學術史也僅存一部，其餘著述已完全銷聲匿跡退出市面，網路訂閱又往往有目無書，連二手書也難以蒐求。孟瑤歷年熱銷而流行一時的中長篇小說，早期由專門出版文藝書籍的「大業書店」出書，之後絕大部分由臺灣出版與發行規模最大的「皇冠出版社」經營，原是孟瑤作品的主力，但自其老闆平鑫濤離婚且與瓊瑤再婚後，由於「當代二瑤」竝立的聲勢，孟瑤的中長篇小說於 1970 年代起逐漸消失，擁有大部分版權的「皇冠出版社」不再續出版或絕版，孟瑤雖然由文友推薦「遠景出版社」和「中央日報出版社」接手，卻已元氣大傷，光環褪色，逐漸從讀者的眼界中消失了。

而臺灣各種圖書館收錄典藏的紙本絕版書也極有限，形同諷刺：

（一）「國家圖書館」的「全國圖書書目資訊網」顯示全臺灣所有公私立圖書館五十餘年典藏的孟瑤著作只有寥寥 269 本，其中還包括許多同一

[15]王國維，《人間詞話》提出「古今之成大事業大學問者，必經過三種之境界」，「昨夜西風」一境，用晏殊〈蝶戀花〉詞句；「衣帶漸寬」二境，用柳永〈鳳棲梧〉句；「眾裡尋他」三境，用辛棄疾〈青玉案〉句。

書名的複本和合刊本；而「館藏目錄」顯示「國家圖書館」的館藏只有 63 本，也有複本在內，更由於紙本借閱耗損等因素，其中還包括有目無書者。

（二）國家文化專業的「國立臺灣文學館」，由於建館時間短，絕版之孤本難覓，收藏的孟瑤著作只蒐集了 29 本，非常可惜。

（三）孟瑤任教 25 年的「中興大學圖書館」，包括「教職員著作」在內，只收藏了 30 本孟瑤著作，有些已有目無書。

（四）筆者創立的「左營高中圖書館」，曾典藏孟瑤著作 41 本，蒐集不易。孟瑤這著作盈身的 111 部心血結晶，被國家這樣稀稀疏疏的收納，真是斯文掃地到「不如雨打風吹去」算了。

對於孟瑤著作的研究，單篇或短篇的評論多於專書的書評，專書書評又多於學術研究論文，造成這種反芻現象的因素有四：

（一）數量上，孟瑤成書太多，閱讀時間相對吃重，耗時耗力而不討好，研究者自然避重就輕。

（二）內容上，單篇或短篇容易析論，中長篇小說等專書架構比較繁雜，人物情節的歸納整合不易，研究者自然捨難取易。

（三）寫作技巧上，孟瑤的小說語言雖然主題不同，格調不同，卻一貫樸實流暢，不舞文弄墨，不譁眾取寵，更不會經營賣弄技巧，因為缺乏理論空間與文學價值，寫篇閱讀觀感容易，下工夫寫專題評論就難了，研究者自然絕足止步。

（四）讀者定位上，由於孟瑤中長篇小說走的是通俗路線，其讀者群泰半是中階白領或一般小市民，為消閒解悶而閱讀的多，為文學評論而攻堅的少，研究成果自然寥寥可數而滿目淒涼了。

到目前為止的研究成果，幾乎集中於學術三史和幾本小說，而幾本小說也止於書評層次，缺乏專書研究，對於貫串孟瑤小說中的情義節操、滄桑心態、悲劇美感、衝創意志，飄泊情結、孤獨意識……等層面鮮少落墨。說多嘛，還有很多課題值得研究；說少嘛，有多少人肯在這無名無利的方面痛下工夫？正是：戲法人人會變，巧妙各有不同罷了。

綜觀她 111 部著作，可以分為以下十種類型，僅略舉代表性之作品析論之：

（一）世變小說：孟瑤以強烈的傳統倫理道德觀，在時代變遷及社會轉型上著墨，用心描繪離亂世代的滄桑，形成她世變小說的本色。這一型小說有七部，很能寫出民國 1940、1950 年代臺灣社會的一些悲喜變遷，側面替流離的社會把脈，而在抒寫人心迷茫失所情節的演遞過程中，也多多少少流露出對時代失調和社會詬染的評判筆觸。其中以《危巖》、《亂離人》、《這一代》、《兩個十年》最具代表性。

（二）人情小說：在通俗小說的花園裡，孟瑤努力想營造出一些匠心獨具的景觀，以她犀利的心靈判斷力，或寫父母兒女的孝慈，或寫男女婚姻的情義，或寫青少年及中老年人轉折的心路，或寫鄉里村鄰善變的私誼，她用小說文字投射的圖像，不是文字情境的藝術加工，也不是光怪陸離的寫實圖騰，反而接近抒情美學的傷逝特徵。這一型小說占了孟瑤作品的絕大多數，是孟瑤小說世界的正色基調，前後有 44 部之多。這一大摞寫實小說執筆之初，既少譁眾取寵之市利傾向，也不見迎合大眾口味的傖俗格調，與當時瓊瑤大吹旖旎浪漫流行小說的號角迥異。孟瑤既描繪了各種人情世態，也蘊含了許多人間情義。其中以《心園》、《磨劍》、《弄潮與逆浪的人》、《四重唱》最具代表性。

（三）梨園小說：孟瑤終身不能忘情紅氍毹氈上的風光，她對國劇浸潤之深、感懷之強，凌駕當代文壇名家之上，一部《孿生的故事》刻畫坤伶的甘苦，在現代小說中獨標一格，把梨園子弟的悲涼寫得活靈活現，簡直是一齣平劇春秋的話本。她與許多名伶名旦相識相濡甚深，同聲同氣同心，沒有任何現代作家比她更能透視箇中甘苦。她曾在信牘中提及：「我一直想為梨園行寫點什麼，《孿生的故事》中塑造了幾個我所喜歡的典型，又想以一個女伶的一生為線索，以梨園行為背景寫個長篇。但在過去，這些大藝術家都是被侮辱與傷害的人，總怕引起某些朋友的敏感，而有負傷之痛，因此遲遲不敢動筆」。在這種動輒得咎的心結之下，《孿生的故事》遂成為孟瑤空前絕後的一部梨園小說，而她也是當代能以小說體裁映現菊壇風月的高手，是唯一能寫長篇梨園血淚的作家，《孿生的故事》遂成為民國百年來獨一無二的梨園小說了。

（四）移民小說：《盆栽與瓶插》、《望鄉》、《春雨沐沐》、《寒雀與孤雁》四部小說，針對海外遊子的客心悲切及有色人種的歧視心態，示現了華僑在海外掙扎圖存的情結，是孟瑤所有小說中，寫實色彩最鮮明，批判意味最凌厲的作品，尤以《盆栽與瓶插》最是獨樹一幟。她在撰寫這一類移民小說時，由於親身體驗的貼心感觸寫作態度出現了與以往不同的兩點：其一，筆鋒一轉為嚴肅而沉重，迥異於早期的輕快與中期的婉轉，又不同於歷史小說的寄託寓意筆法，她以家國情思為出發點，表現了強烈的民族意識與文化根性，筆鋒掃及之處，常使讀者由喟嘆而扼腕，由扼腕而驚詫，呈現出移民小說的森寒鋒鋩。其二，筆調大轉為批判而剿析，除了一貫高舉倫理道德的大纛落筆外，她一反常態，不再以消極輕喟的角度點到為止，而改從積極評斷的角度作嚴正的剿析，時而溫文，時而凌厲，令讀者對排山倒海呼嘯襲捲而來的移民浪潮魂驚魄動，成為眾多海內外移民小說的標竿。

（五）歷史小說：孟瑤依古史造新義，將生平最忻慕心儀的英雄豪傑轉世投胎於當代，是她對歷史系本行不能忘情的一番交代，這一類型的小說有六部，而以《杜甫傳》、《龍虎傳》、《忠烈傳》、《風雲傳》最具代表性。歷史系出身的孟瑤，自承「對歷史依然有偏嗜，讀些史籍，刺激我寫了幾部歷史小說」[16]，她的歷史小說選題幾乎都是她心儀嚮慕的人物，由於史學原籍浩瀚，文字古奧，既不易被現代人通讀，亦無時髦進爵之出路，遂使歷史上許多英雄名士蒙上迷霧，對現代人即缺乏鮮活的性格印象，逐漸變成枯槁的標本，這是許多以歷史為志業的小說家不忍睹見的憾事，也

[16]孟瑤，〈孟瑤的戲劇與文學——孟瑤答論者問〉，《文訊》第41期，頁99。

是傳統史傳的窠臼，孟瑤的歷史小說自然難以兩全：一方面為了忠實反映歷史事件的原始風貌，史實必須多於虛構，而她對史實之稽徵查核不夠嚴格，也不擅長訓詁考據，一旦將對英雄豪傑的崇拜情結投注於文字，就容易脫離歷史的正軌，形成意念重塑的虛寫；另一方面，歷史傳奇原本側重於那個時代現場的英風英姿，既然無法身歷其境，一不能還原現場，又不能使白骸復生，則某些虛構情節多於史實即屬必然，而在孟瑤筆下稍一逾越，一著迷，就形成人格重疊的身影，一分誇張成三分，雖然使英雄豪傑角色人物的光芒畢露，卻是再塑金身，而非原來斑駁塵封的肉身了。以《風雲傳》為例，龔鵬程讀後有感而發，讚賞孟瑤的史筆，是其一：

> 時代是困阨的，政治局勢是令人哀傷的，權力意志與盲目意志正瀰漫於空氣之中，但人間畢竟仍有正氣、理性、感情與溫暖，這些東西，雖無力扭轉整個時代的風氣、改正歷史的航道，但歷史黑暗中閃爍著這些爝火，卻永遠使人鼓舞。[17]

康來新從另一個角度看，卻有截然不同的感觸，惋惜孟瑤的文筆，是其二：

> 我幾乎是錯愕而不能置信早年細膩的寫情高手，會大段大段地草草交代文學史中的至情至性。孟瑤早期小說中的浪子與女性，是最能觸動當時少女情懷的我，《風雲傳》依然保留了，是燕青與李師師；或者我的少女情懷不再，或者作者強化家國與英雄，淡化私情與兒女，我的確是嗒然若失。[18]

[17]龔鵬程，〈《風雲傳》導論〉，《風雲傳》（臺北：天衛文化公司，1994 年 7 月），頁 11～12。
[18]康來新，〈古道照顏色——孟瑤《風雲傳——兩宋的英雄兒女》讀後〉，《文訊》第 107 期（1994 年 9 月），頁 14。

孟瑤的歷史小說就這樣在家國固有框架與英雄兒女私情間擺盪，既要在漢墓唐陵的王氣間盤桓，又要賞鑑朱雀橋邊烏衣巷口的風情，確實不容易兩全。

（六）學術三史：孟瑤的《中國戲曲史》、《中國小說史》、《中國文學史》三部學術史，是她宵旰不寐的心血結晶，近百年裡能橫跨並囊括中國戲曲、小說、文學三大領域的學者，只有她一介女性傲然鼎立，真是個異數。俞大綱斷言她的《中國戲曲史》「是承繼王靜安先生的《宋元戲曲史》，和日本學者青木正兒的《中國近世戲曲史》後，一部最令人滿意的中國戲曲史」[19]，春秋評鑑，允為明斷。至於《中國小說史》，鄭明娳細數清光緒三十年林傳甲的《中國文學史》以來，包括周樹人、日人鹽谷溫、范煙橋、胡懷琛、譚正璧、郭箴一、葛賢寧等撰寫的中國小說史研究，都很簡略，「直到民國 55 年，孟瑤撰《中國小說史》，承受舊珠玉，採擷新資料，才完成了一部比較像樣的小說史」，她歸納孟瑤《中國小說史》的五大特色是：「匯聚眾長、脈絡分明、取材豐美、評述精當、文字鮮活」，而「對一般人而言，孟著小說史是一本很好的『常識書』；對有興趣於中國小說的人，它不啻為一本很好的『指引書』；對有志研究中國小說的人，它更是一本很適用的『參考書』」[20]，評比也很中肯。至於孟瑤的《中國文學史》，更是百年中國文學發展史的一個轉捩點，她總結前人的論述，認定「不朽巨著，千年常新；覆瓿之作，昨生今死；一日之隔，便已作古」，又窮詰「今天新文學的安身立命處在哪裡？」，然後「期待下一章的文學史是更輝煌的」[21]。整體而言，孟瑤這三本專史既有開山拓路的功能，又有承先啟後的價值，彷彿「本是對美甘甘錦堂歡，生扭做悲切切陽關怨」[22]，向前眺望先賢鴻儒，盡是一片錦繡輝煌的風光；向後張望後生後覺，卻是一團蒼茫荒蕪的迷霧，難怪她在信牘中喟嘆：「也許，我的希望是《戲曲史》或

[19]俞大綱，〈序孟瑤《中國戲曲史》〉，《文星》第 60 期（1965 年 4 月）。
[20]鄭明娳，〈評孟撰《中國小說史》〉，《書評書目》第 2 期（1972 年 12 月），頁 52～57。
[21]孟瑤，《中國文學史》（臺北：大中國圖書公司，1974 年 8 月），頁 757～763。
[22]無名氏，〈端正好趕蘇卿一套〉，《雍熙樂府》，見《四庫全書》。

能站住腳，這也不是我個人的悲劇，五四以後的新文學新面貌的勾繪完成，或許尚待時日，已有的，或只夠拓路、鋪路的功用吧？」，末世氣數，真是一語成讖。

（七）改編劇本：孟瑤情性所鍾，有《梁山伯與祝英台》、《韓夫人》、《感天動地竇娥冤》三部改編劇本，都由「雅音小集」搬上戲臺公演過。

（八）理性散文：她於民國 42 年出版《給女孩子的信》，凡 20 封信，一時蜚聲文壇，頗受矚目，立即被選入中學教科書，既增益她執筆撰稿的自信，也促成她另闖小說天地的決心，多年來仍是臺灣教科書的教材，更屢屢被盜版盜印，海內外竟出現九種版本，她不堪其擾，之後的〈故園閒話〉、〈戲墨〉二部，就不再付梓出版，終成墨瀋遺憾。

（九）童話書：民國 58 年起，孟瑤受當時「臺灣省政府教育廳」的委聘，一時童心大發，十年內一口氣寫了 14 部童話故事，一來重溫稚趣，二來調整筆鋒，可寫來寫去，還是離不開她的歷史心愫，如《荊軻》、《漢武帝》、《大宋帝國》、《大明帝國》、《大清帝國》、《中國歷史上的名臣賢相》、《中國歷史上的英雄國士》，最難得的是居然還寫出了一本《中華民國》給小朋友看，在那個文字賈禍的年代，她居然敢冒此大不韙下筆，足見心有鬱結，效法英豪膽識去。

（十）文學譯著：僅得〈《文心雕龍》語譯〉一部。另有外交官時昭瀛英譯《磨劍》、《亂離人》及倫敦 Minerea Press 的 1997 年譯本三部。

在上述十種類型的著述中，敏感的讀者很容易發現她筆下一貫悲憫的寫作氛圍，聽到她深藏書卷中隱隱嘆息的聲音。她那些苦心經營的小說，早期以「古典的筆，寫實的眼睛，浪漫的心」為寫作標準[23]，之後就一以貫之的蔚為她獨特的書寫風格了，陳器文於此有獨到的心領情會：

孟瑤師外冷內熱，可說是典型以青白眼應世的率性人物，行事簡單低

[23]孟瑤，〈我竟如此步伐凌亂〉，《中國時報》，1967 年 11 月 4 日，12 版。

> 調，寡言少語，是她的本色。她寫的小說，必然針對一境一感而發，流露出強烈的問題意識，在以時代為經，以人物為緯交織的節奏中，恢宏的時代，大敘事的格局，誠實地講歲月的故事，可說是典型的陽性書寫。[24]

這種「典型的陽性書寫」由於必須貫串「恢弘的時代、大敘事的格局」，又費事又耗時，使歷年研究成果有限，負負得正，未來的研究開展方向反而更寬廣，有識者盍興乎來？

我曾經把多年閱讀孟瑤著述的心得草草寫出，請孟瑤師當面鞭撻示教，她瞪眼瞪我好半晌，瞪得我心裡直發毛，然後，她悠悠一笑：

> 在一本本平凡平淡的小說累積匯合後，原本貌不驚人的庭市，忽然從四面八方全湧進來各式各樣的男女老少中國人，作揖致禮，跳踴呼號，原本輕聲細語的庭院忽然一變而為聲氣相應的大鄉野——孟瑤小說的風格不是點，甚至於不成線，而是在整體的作品層面上展現，……她的 65 部寫實小說合起來看，竟然就是變亂中國的一部小小投影。[25]

這個「四面八方全湧進來各式各樣的男女老少中國人」不值得研究嗎？這個「聲氣相應的大鄉野」不是歷史光影嗎？為何文史學者碩學博士不能把「變亂中國的一部小小投影」投射於當代？

一位耗費 42 年滄桑生命，孜孜矻矻用心血寫出 111 部著作的學者作家，前半生謹守「處亂世而不失其度，在承平而不失其真」的文品，下半生又與「綵筆昔曾干氣象，白頭今望苦低垂」[26]的文筆相伴，終於「白髮千

---

[24]陳器文，〈孟瑤的本色與當行〉，《紀念揚宗珍（孟瑤）教授全國學術研討會演講》（臺中：中興大學中國文學系，2010 年 10 月），頁 1。

[25]吉廣輿，《孟瑤評傳》，頁 263～264。

[26]杜甫，〈秋興八首・其八〉。

莖雪，丹心一寸灰」[27]的遺書遺灰而去了，試問：淒涼不淒涼？

三、蕭瑟世

斯人已萎，斯人獨憔悴的走了，這個世界對孟瑤師沒有「冠蓋滿京華」的哀悼，沒有「斯文喫盡斯文痛」的珍惜，人一走，當年的杯杯恩茶釃茶就涼去了，空餘一片蕭蕭瑟瑟、蕭蕭瑟瑟……

孟瑤一生歷經四個世界：教育界是她終身諄諄不倦的生活世界；由教育界轉進文藝界，是她終身筆耕不輟的心靈世界；由文藝界進入小說界，是她終身心遊神想的虛構世界；由小說界融入戲曲界，是她終身繾綣不移的影音世界；由戲曲界淡入頤養界，形成她蕭索寂寞的垂暮世界。清官樂在一介「清」上，孝子樂在「孝」上，忠臣樂在「忠」上，饕餮樂在「饕餮」上，而孟瑤，自覺「一片荒蕪」的孟瑤，會不會樂在「一片荒蕪」上？

孟瑤前半生在中國現代文學的洪荒世界裡，是一個自我放逐的歌者，但傷知音稀。她的文學世界，是「默默地蜷縮一隅，少應酬，少交際，不夤緣豪門，不譁眾取寵，默默地將歲月化成文華，將生涯拓成心路，默默地歌，默默地吟，就這樣寂寞地走過來了。她一年一年地寫，111 部作品一部一部又一部淪沒在當代黨同伐異、交光互影的文壇，幾乎是『也無風雨也無晴』……她就這樣在中國現代文學的一個黑暗狹小的角落裡，孤獨地亮起了一盞燈，寂寂寞寞寫出了孟瑤的創作世界」[28]。

孟瑤大半世活在大學講臺上，一襲藍衫，滿頭秋霜，時而神氣激揚，如瀾翻如泉湧；時而澹然忘世，語默動靜平淡安然。陳器文對乃師教學世界的刻畫非常鞭辟入裡：

> 孟瑤師不耐訓詁，不暇句讀，算是大而化之學派，單只教人感動興起，今日回想起來，原來可以稱之為「感性教育」，為年輕學子提供一種情調

[27]杜甫，〈鄭駙馬池臺喜遇鄭廣文同飲〉。
[28]吉廣輿，《孟瑤評傳》，頁 126～127。

氣氛，一種生命美學。[29]

孟瑤身後的學術世界只有四本碩士論文。最早是筆者在香港「新亞研究所」提出的《孟瑤評傳》，但「原先我是研究清代詞宗納蘭容若，並以〈納蘭詞冷暖〉作碩士論文，資料蒐齊了，剛寫完三章，忽然驚聞孟瑤老師病重入院的消息，衷心忐忑，怕無從彌補老師的憾願，天人交攻之下，決定冒險換題重寫，趕在一個半月內匆匆草就，算是對師生十年情誼的交代」。[30]內容包括孟瑤身世背景、手稿函札、丰采翦影、書目書影、創作通論、作品專論、小說綜論、評價地位、參考書目、採訪及評論引得、生平寫作年表，潦草趕出，希冀可以略窺孟瑤的全貌。

五年後，曾鈴月以〈女性、鄉土與國族——戰後初期大陸來臺三位女作家小說作品之女性書寫及其社會意義初探〉為題，撰寫「靜宜大學中國文學系」碩士論文，「分別從性別位置、鄉土意義與國族打造三方面分析徐鍾珮、潘人木、孟瑤三位作家的作品，並配合實地的田野調查，企圖透過女作家個人的口述歷史了解其思想及書寫的脈絡」，以孟瑤為論文三主軸之一。

十年前，陳芳明指導黃瑞真以〈五〇年代的孟瑤〉為題，撰寫「政治大學國文教學碩士學位班」碩士論文，「深入孟瑤在民國五〇年代的文本中，所隱含的深刻意義」。

六年前，何宜蓁以〈孟瑤移民小說研究〉為題，撰寫成「中正大學臺灣文學研究所」碩士論文，「梳理孟瑤從閨秀文學轉向寫實主義文學的原因，進而探討移民小說中的文化意涵」。

其餘旁及孟瑤的博碩士論文請參見輯五「研究評論資料目錄之學位論文」。

---

[29]陳器文，〈用情至深，奈何人世悲涼——懷孟瑤師〉，《臺灣日報．副刊》，2000 年 10 月 27 日，31 版。

[30]吉廣輿，〈自序〉，《孟瑤評傳》。

現代作家大都已有影音光碟的紀錄寫真，孟瑤沒有趕上這個新潮，只留下了一些書影和相片。「國家圖書館」早期有張錦郎於 1994 年編輯的「當代文學史料影像與全文系統」，其中有孟瑤一檔，早已消失；現有「當代名人手稿典藏系統」收錄孟瑤 45 件「手稿」，卻全部是印刷品，無有一件真跡；子網頁「臺灣華文電子書庫」沒有一本孟瑤的書；「數位影音服務系統」只收四檔孟瑤的廣播節目，根本就是聊勝於無。之後，1970 年，孟瑤的小說《飛燕去來》曾改編為電影《家在臺北》（*Home, Sweet Home*），由張永祥編劇、白景瑞執導，獲得第八屆金馬獎及亞太影展獎。此外，孟瑤現存的影音資料只剩下四種：

孟瑤，〈李亞夫〉，南投：臺灣書店出版；桃園縣政府教育局製作，1980 年。

徐躍，〈滄浪浮釣舟，紅塵出遊俠——小說家孟瑤〉，臺北：生龍錦鳳傳播公司，1995 年。

應鳳凰，〈五十年代文藝雜誌及作家影像資料庫〉，臺北：臺北教育大學，2006 年）

世新大學，〈世界華文文學資料庫〉，臺北：世新大學世界華文文學典藏中心，2007 年）

如此而已，如此罷了。

42 年筆耕塵與土，111 部著作雲和月，孟瑤那整整活了 81 年洗濯俗翳的歲月啊，臺灣就是這樣怠慢、漠視文學家小說家的！

四、獨往矣

孟瑤石火電光的生涯，如斯輾轉過盡。

造化弄人一如斯，當她幾乎跑完全程才發覺誤失在起跑點時，歲月已捨她而去；當她「未加磨礪」就提筆上陣鏖戰多年，待得筆鈍失機才認知錯失了文學素養與技巧時，人已垂垂老去。她終身最大的憾恨是：

我暗自驚嘆:「時不我與!時不我與!」生命的火熔鑄了藝術靈魂,但當藝術靈魂知道怎樣放射光芒時,生命的火卻日就黯弱!文學創作過程何嘗不如此,精力充沛時只知胡亂塗鴉,等到知道艱難了,觀察入微了,卻又力不從心。[31]

孟瑤是畢生逞力使氣的女豪傑,絕少「力不從心」之時,任憑塵俗如何羈絆,她依然曲突馳騁,揮舞抑鬱憤懣的戈矛迎戰,絕不一自餒;任憑世人如何聚訟紛紜,她寧可鮮血淋漓的搏擊,硬是要死守心靈受傷的尊嚴,也絕不一低頭;即使在一枕清冷的暗夜瞿然驚起,怨懟自己的幾暈幾厥,後悔自己的英明與昏聵,她仍然不能脫盡縱橫習氣,頂多暗暗帶著一點憔悴出門,帶著眼光裡那種不能融解的冰冷看人,誰都不知道她是一咬牙就自我禁錮的死囚。你不要輕易觸碰她的倫理荊棘銅牆,一不小心刮到了,她立時三刻赤日炎炎,威光逼人;你若蓄意牴觸踐踏她不容一侵犯的信念沙場,可得小心那萬劫不復的絕交絕往活招,她一眨眼生殺縱奪而來,一瞬間孤標峭絕而去,你只能懷抱著永遠難以復起的沉疴自絕而去。她一生稜角崢嶸的個性,是期期被逼拶出來的,是次次在懸崖絕壁下捨身活命熬來的,她一生唯有六獨往,容不得絲毫閃避:

(一)獨往童:她九歲時失去母愛,後來嚴威的父親續弦了,有了難相處的後母,又有六、七個兄弟姊妹,「孩子們吵翻了天,一聲『爸爸回來了!』各自便都像老鼠怕見貓樣的,分別悄然歸洞,兒女所能享受的唯一天倫之樂,就是爸爸帶著一家大小去看戲」。[32]這樣的大家庭,使她打小就萌發了獨來獨往的個性。

(二)獨往生:她五歲入私塾,六歲轉到「漢口市聖公會附設小學」,十歲隨父親到「江蘇省立南京女子中學實驗小學」就讀,16 歲插班「漢口

[31]孟瑤〈自傳〉:《孟瑤自選集》(臺北:黎明文化公司,1979 年 4 月),頁 11。

[32]孟瑤,〈我竟如此步伐凌亂〉,《我的第一步》(臺北:時報文化出版公司,1979 年 1 月),頁 208。

市立第一女子中學」，20 歲離家遠赴重慶「中央大學」讀歷史系，在大學畢業前那 20 年學生生活，她先後輾轉換讀四校，幾乎都是孤身一人面對陌生的環境，二獨往，形成她往後適度的冷靜與距離。

（三）獨往妻：她 24 歲與大學同學張君在重慶締婚後，時局逐漸混亂；26 歲搬到成都任教，旋即應聘到四川省簡陽縣；隔年懷抱著長子沿三峽回到漢口，30 歲在上海生下二兒，次年跟隨政府播遷至臺灣。幾番千里跋涉，又漂泊又流亡又離婚，三獨往，那幾年滋長了她獨守空閨的孤寂性情。

（四）獨往母：她 26 歲在成都生下長子，30 歲在上海生下次子，次年揹揹抱抱攜兩兒渡海來臺灣，在臺中落腳，卻又在兩兒十餘歲未成年時同赴新加坡生活，更安排次子 15 歲即赴美國讀書，長子 18 歲也赴美攻讀，亂離年代連番奔波轉折，讓兩兒都能在美國接受完全教育，用心固然良苦，卻從此四國天涯遠隔，母子不能相望相親，兒孤母孤家孤內外孤，四獨往，她從此孤單一人空寂棲身臺中的大學宿舍，遍嘗隔世苦滋味。

（五）獨往師：孟瑤先後任教於重慶「廣益中學」、四川「簡陽女子中學」、嘉義「民雄高級中學」、「臺中師範學校」、臺北「臺灣師範大學」、新加坡「南洋大學」、臺中「中興大學」、佛光山「叢林佛學院」、「中國佛教研究院」，前後五十年輾轉三國十校的教學生涯，一方面為了現實生活而不辭鬼家活計，一方面又得在紫陌紅塵中寂然凝慮的醒醒睡睡，五獨往，她那些年閉門絕戶日夜趕稿排遣鎮日寂寥，形影相弔阿者誰？

（六）獨往人：她一生活在「興來每獨往，勝事空自知」的水窮處，活在不肯自縛於生死情識的狂妄與執著圍籬裡，可這千古聖賢都不易掙脫的牢籠，豈是她能輕易掙脫得了的？她又何能擺脫？「只要面對自己，那怕只一剎那，也總是衷心戚然，五內如焚！」[33]，忍，忍吧，這大半生都咬牙忍過來了，都豁著打落牙和血吞下去了，還有甚麼豺狼虎豹沒遇過？還有多少心寒神傷暗暗流淌的清淚沒有流淌完？六獨往，她半生連七情六慾

[33]孟瑤，〈我竟如此步伐凌亂〉，《我的第一步》，頁 209。

都忍成了危巖：

> 就像她散步時，會忽然顛跌倒，卻不要人扶，咬咬牙，又搖搖晃晃硬撐起膝蓋，吐一口氣，說：『沒事——沒事——』
> 她半生忍著一口簡省氣，認了命；卻到死都憋著一口不認命的犟氣。[34]

她還真的到死都忍著一口獨來獨往的孤寂氣，令聞者辛酸，知者謂之心憂。陳器文追念孟瑤師生前最後一次月下獨往的身影，斯情斯景，令人愴然淚下：

> 二十世紀最後一個教師節、秋分，只知道孟瑤師難得地在人聲初靜的臺北巷衖中散了一回步，久久地看著月亮。
> 事後，據孟瑤師口中常唸著的「我家老二」回憶說：當時很有幸福的感覺，心中想著，以後要常常陪媽媽出來散散步。然而，兩三日後孟瑤師就住入醫院，沒有太多的痛苦，昏迷後就沒有再醒過來。整個過程突然地教家人措手不及，乍聞之下也教繞在她身邊二十多年的學生們難以接受，但這就是孟瑤師的行事風格，她的本色。[35]

也許，杜甫〈觀公孫大娘弟子舞劍器行〉的詩句，最能形容孟瑤師的獨往矣：

> 梨園子弟散如煙，女樂餘姿映寒日；
> 金粟堆南木已拱，瞿塘石城草蕭瑟。

[34]吉廣輿，〈一種窒息入高懷——懷孟瑤師示寂十年〉，《紀念揚宗珍（孟瑤）教授全國學術研討會論文集》，2010 年 10 月，頁 94。

[35]陳器文，〈用情至深，奈何人世悲涼——懷孟瑤師〉，《臺灣日報．副刊》，2000 年 10 月 27 日，35 版。

輯四◎
重要評論文章選刊

我竟如此步伐凌亂

◎孟瑤

我出自一個戲迷家庭，爸爸無戲不與：皮黃、曲藝、話劇、電影……樣樣都愛，但他治家嚴，菸、酒、博奕……不許進門。在家，他是一尊莊嚴的偶像，孩子們吵翻了天，一聲：「爸回來了！」各自便都像老鼠怕見貓樣的，分別悄然歸洞。兒女所能享受的唯一天倫之樂，就是爸帶著一家大小去看戲。

一次，一家人去看阮玲玉的《故都春夢》，回家，我竟文思潮湧，想寫小說，便在一本練習簿的後面，寫下了題目：「誰是兇手」。一個複雜的故事，寫完了還不滿一頁，那年我念小學五年級，也會囫圇吞棗地讀些小說，看看自己所寫，橫豎不是那麼回事，紅著臉便把它撕了。

兒時在南京，念南京女子中學實驗小學，是一個試著實現一些新教育理想的學校：每週有懇親會，讓學生有機會發揮他遊藝方面的才能，也有由學生主持自由販賣的福利商店，以考驗學生誠實的品德，另外還有一種跳班制，根據某種理由，學生可由某年級的上學期，跳過下學期而升至高一年級的上學期。不知為什麼，我也曾跳過一班，從而失去了學「分數」的機會，今天證明這做法不合理，好像是由於這個緣故，我的數學頭腦總是一團糟，使我六年的中學階段一直為數理所苦，天天在不及格的恐懼中，閒情逸致少了，我沒有時間拿起我的筆，寫些我真正想寫的什麼。

大學念的是歷史系，愛玩，鬼混了四年，拿到一張文憑，接著又落入人生最大的陷阱中：結婚、生孩子，忙著為衣食奔走。不久輾轉來到臺灣，定居臺中，在師範教書，眼前一個在抱、一個在泥地打滾的孩子，課業重、家務更重，終日神形不接，困頓萎靡。只有在學校降完旗，吃完晚飯，夕陽猶自戀戀時，才稍得閒暇，凝注四周灑下的暮色，落入沉思。只要面對自己，那怕只一剎那，也總是衷心戚然，五內如焚。不曉得心裡有什麼東西想往外衝，用雙手也按捺不住；也不曉得外面有什麼東西包圍過來，用雙手也抓握不牢！眼前一片影影綽綽，飄飄忽忽！就這樣癡坐在操場邊的土墩上，不知何以自處，也不知何以自了！終於我想到，還是該寫點什麼，至少這是一種疏導！於是偷偷地買了一刀稿紙，偷偷地寫，偷偷地寄，嗯，刊出了，稿費來了，稿費，與窮教員的戔戔收入比，還不菲。心想，多寫些吧！於是東一鋤頭，西一斧頭地揮舞下去，跌跌撞撞，毫無步伐，偶一回頭，很感失望。就像一個不常自照的人，忽然興奮地舉起了鏡子，總以為有一二眉眼處足以自醉，卻不想竟被那醜陋嚇了一跳，掩鏡徬徨，心有不甘，於是又拾起鏡子，仔細端詳，撫眉弄眼之餘，總希望有一二可努力處，那麼，好好加以勾繪吧，便悄悄地在心坎上貼了一個條兒：「成名，成名！」

我想我應該全力以赴去寫小說。

這一段日子，我埋頭努力，用心讀，用心寫，心裡最服膺王維「雪中芭蕉」的故事：王維畫的一幅雪中芭蕉，朋友告訴他說，雪地無芭蕉，應該割蕉加梅，這位詩人卻固執地回答說：「因為雪中沒芭蕉，我才這樣畫！」多可愛的矯情！偉大的作家原有權利以他的那支彩筆，任情地塗抹宇宙的。編個故事吧，也許並不難寫，這些日子不是也懂得些章法？什麼無雷同，無罣漏，什麼「草蛇灰線，伏脈千里」，就這樣，我寫了第一個長篇《美虹》，但越看它越像田間的稻草人，假得連雀鳥都嚇不倒。於是我告訴自己：「寫你自己曾看見或者真知道的！」平凡寡味的生活，我曾看見什麼又真知道什麼呢！於是在夕陽下冷落的操場踱蹀，搜索腸枯，我想到剛畢業的那一年，在重慶南岸一個教會學校教書的日子，山腰間一片精緻的建築，山峰的塔影，窗外的樹蔭，夜半的松濤，日暮的鵑啼……多美麗的將近兩年的歲月！多可懷念的一二特殊人物，尤其是那位與我同桌而食的護士小姐，隻眼麻面，實在太醜，但相談相交之後，她又那樣可親可愛；就在這一絲懷念中，蔓生出滴滴靈感，我便用第一人稱寫了《心園》，好像彩聲有了，我的膽子就更大，而且稿費又真引誘我，東拼西湊是一篇，胡謅亂道又是一篇，精力充沛，寫作欲又強，經驗與領悟更增加了信心。我為自己訂下寫作標準：「古典的筆，寫實的眼睛，浪漫的心！」敝帚自珍，有幾本創作私心還十分喜愛，如《磨劍》，如《孿生的故事》，如《兩個十年》，如《盆栽與瓶插》。這一段日子我真快樂，因為時日排遣了，稿費到手了，而且所用的筆名成天晃來晃去，知道的人也多了，如此這般，又怎能不陶醉？直到一件事令我憬然而懼：有人想買我的《黎明前》，因手頭無書，很希望它能再版，但稍作探聽，才知道並沒有出版商肯做這種投資！寫作前既沒有「藏之名山，傳諸其人」的審慎，它自會如蜉蝣似的朝生夕死，是必然的命運。那麼，為什麼要以有限的生命做如此無聊的浪擲呢？

的確，生命是如此浪擲了！

天底下沒有不付代價的收穫，想撈水底的月亮也得先縱身下去！我這一段寫作歲月也只是一場「馬拉松」，卻不幸還沒有能至終點，我就先自踉蹌倒下！頭髮白了，血壓高了，頭腦瞶昏了，雙手顫慄了！胡亂地躍身而下，水底並沒有真月亮，卻付出了幾乎沒頂亡身的代價，所製造的竟是一些旋生旋滅的垃圾！這憬悟真使我惶恐無似，於是這一年多以來，健康在生死之間徘徊，情緒更栗六難安，時日虛擲，隻字不出。但我還是不肯輸這口氣，跑道還沒有完呢！終點還沒有到呢！我又慢慢地從地下爬起來，拂去渾身泥濘，輕撫血綻痛傷，再望望那誘人遠處，我認真地告訴自己：「起來，你必須跑完全程」，於是我又悄悄地在心坎上貼上第二個條兒：「成功，成功！」

成名是水底月，成功是三不朽，檢討得失，發現自己第一步就錯了，為什麼這樣步伐凌亂呢？應該先有個通盤計畫，終身以之，就像巴爾札克安排他的「人間喜劇」，左拉計畫他的「洛根、麥卡爾特」那樣，窮畢生精力去實現一個理想，而我，竟如此零割了自己的才情！那麼一切從頭做起，好的開始是成功的一半，好好地寫四部可以連貫而又能獨立的小說，以辛亥、五四、七七、今天，這四個大時代為背景，反映出這古老民族內心深處的喜怒哀樂！

計畫有了，那麼鼓足氣力拿起你的筆！就在我再度想拿起筆之先，我告訴自己：「這筆鋒得犀利如刀，游刃而入！」但是我剛一動手，吃了一驚：「這筆，怎麼其重如椽？」再一睜眼，又吃了一驚：「這筆，怎麼其頹似帚？」發現了這真相，真是欲哭無淚。

我一生只喜歡兩件事：唱戲與寫作。說到唱戲，我自幼好「余」成癖，但由於時空的限制，既不能程門立雪，連親聆演出的機會也沒有一次。迷迷戀戀，也不過抱著那「十八張半」啃之不已，雖全力以赴，所得結論卻是「終隔一層！」說到寫作，我小學五年級就開始塗鴉，中學六年無暇旁騖，大學卻又選讀了歷史系，在寫作上沒有受過專業訓練，最多只有「票友」的成績，其結果也還是「終隔一層」！

檢討得失，我犯了兩個嚴重的錯誤：第一，我沒有開始走好第一步，沒有計畫，沒有目標，於是迂迴曲折，奔馳不到終點。本來，人的有用生命不多，禁不起揮霍，所以還沒有來得及「從頭做起」，我已垂垂老去！第二點錯誤，我所把握的不是一支鋒銳似刀的筆，其所以鈍，是因為未加磨礪，學養與專業訓練就是那石墩，而我竟沒有找到。歲月不再來，時光又虛度，機會失去，只好輕輕撕去心坎上的第二個條兒。

上面是我的由衷之言，前車之覆，後車之鑑，今天想以寫作為終身職志的人很多，謹以此奉獻給要走第一步還沒有開始的同好！

——選自《中國時報》，1978 年 11 月 4 日，12 版

自傳

◎孟瑤

我本名揚宗珍，「揚」是揚子雲之「揚」，但我家與這位大文豪有什麼淵源，父親似沒有提起過，所以不敢高攀。我是民國八年（1919 年）五月廿九出生在漢口市，祖籍卻是武昌的青山。我對青山的回憶十分遙遠，只記得兒時在故鄉，每逢清明必返鄉祭祖，孩子們的心目中，不過多一次遠遊的機會而已。印象最深的是母親病逝南京，歸骨故鄉後，全家人去掃墓，看到那一坏黃土，我不禁淚下如雨。

我祖父是儒醫，以醫德稱頌鄉里，又是一名孝子，《夏口縣志》上有他的事跡，家裡的客廳上也有政府所賜一額橫匾，上面寫的是「天性純篤」。自曾祖至我父親是三代單傳，因此父親的脾氣很大，但卻很努力，雖然「門衰祚薄」，在他的支應下，日益發皇。

我母親生了 12 胎，被養活的只五個兒女，大哥、二哥、我、妹妹、弟弟。因為我前面有兩個姊姊沒有長大，所以雖在重男輕女的家庭中，我依然是父母的掌上明珠，媽常摟著我，吻著我，親暱地叫著：「珍珍姑，珍珍姑！」

北伐成功奠都南京，父親也趕著去「做官」，先帶著媽媽、我和弟弟到任，其餘的人就與祖母住在原籍。所以我的童年在南京打發的！母親因為住慣了漢口，非常討厭喝井水、點油燈、走碎石路；但我卻對這些留下了極美好的回憶，水車的咿呀聲，機房的扎扎聲……嗯，我們家後面就是機房，一個人坐在上面「拉花」，一個人坐在下面「投梭」，一幅聞名中外的織錦緞便慢慢完成。還有呢，一群歡歡樂樂的婦女養她們的蠶寶寶，採桑、繅絲……一幅古老社會的行樂圖，再加上「槳聲燈影的秦淮河」，人聲嘈雜的夫子廟，騎驢登山，採蓮下水……太美了，太美了。

我兒時念的是「南京女子中學實驗小學」，接著又念「南京女中」，學未畢業母親去世，接著父親調職武漢，我們又回了故鄉漢口，我插入漢口市立女子中學一直念到高中畢業。那年適逢七七、八一三，所以在畢業宴上同學都痛哭失聲，因為烽火戰亂，都不知重逢何日！就在這昂揚的士氣、頻仍的轟炸中，政府遷到重慶，那時我參加了全國第一次的大學會考，被分發到國立中央大學的文學院歷史學系，學校已遷沙坪壩，父親便讓大哥、二哥和我先到重慶，然後慢慢籌備舉家西遷的計畫。

到了重慶，離開學的日子還早，不知憂患的三個孩子，除了吃吃喝喝外，每夜都鑽進戲院聽戲，就在敵機轟隆聲中，我打發著我生命的黃金段，抗戰艱苦地持續著，抱定「抗戰必勝」的信心，我順利地念完大學。

父親在家裡是一尊不容侵犯的偶像，孩子們在他的嚴威籠罩下，每像老鼠一樣地瑟縮著，但一逃開他的視線，依然歡忭跳踉、無法無天。我念書一向不用功，尤其中學課程，文理並重，我卻沒有絲毫數學頭腦，所以成績總是勉強可以過關，能過關，也就算逃過了父親的耳目。到大學課業比較專精，我應該念得很出色，但又因我生性疏略，做不到「博學、審問、慎思、明辨」的工夫，「做學問」之門是早已對我封閉了的，幸虧我從小就喜歡「舞文弄墨」，因此很自然地走向創作道路。

對於創作，我一向自卑，因為沒有受過嚴格的專業訓練，不過由於愛好，「擇善固執」而已。雖然從小學就開始寫，但腕弱筆禿，只能算是序幕，正式登場，該是來臺以後。最早我向《中央日報》的「婦女週刊」投稿，第一篇名「弱者，你的名字是女人？」，我就開始用父親為我起的號孟瑤為筆名，這些雜稿都沒有保存，所以無法記錄；但是我連續所寫的十幾封〈給女孩子的信〉，都有單行本行世。我寫長篇的歷史是這樣的：

《美虹》（十六萬字，民國 41 年 4 月完稿，連載於《自由青年》，重光出版社民國 42 年初版）

《心園》（八萬五千字，民國 41 年 11 月完稿，連載於《暢流》半月刊，暢流出版社民國 42 年初版）

《危巖》（二十二萬字，民國 42 年 5 月完稿，連載於《文藝創作》，中華文藝獎金會民國 44 年 3 月初版）

《幾番風雨》（十四萬五千字，民國 43 年 3 月完稿，連載於《自由中國》，自由中國出版社民國 44 年 1 月初版）

《蔦蘿》（五萬五千字，民國 43 年 4 月完稿，連載於《文藝月報》，民國 45 年自費出版）

《窮巷》（十二萬四千字，民國 43 年 6 月完稿，連載於《暢流》半月刊，暢流出版社民國 44 年 9 月初版）

《柳暗花明》（五萬字，民國 43 年 8 月完稿，連載於《今日婦女》，今日婦女於民國 44 年 4 月初版）

《追踪》（七萬一千字，民國 43 年 11 月完稿，連載於《大華晚報》，國華出版社民國 44 年 7 月初版）

《黎明前》（五十萬字，民國 45 年 5 月完稿，連載於《大華晚報》，明華出版社於民國 48 年 12 月初版）

《夢之戀》（五萬二千字，民國 44 年 4 月完稿，未連載）

《屋頂下》（九萬五千字，民國 44 年 7 月完稿，連載於《聯合報・副刊》，自由中國出版社於民國 45 年 5 月初版）

《斜暉》（八萬四千字，民國 44 年 12 月完稿，連載於《自由中國》，自由中國出版社於民國 46 年 5 月初版）

《鑑湖女俠秋瑾》（十一萬五千字，民國 45 年 7 月完稿，由中央婦女工作委員會於民國 46 年 10 月初版）

《鳴蟬》（六萬字，民國 45 年 7 月完稿，自費於民國 46 年 4 月初版）

〈蘭心〉（五萬九千字，民國 46 年 3 月完稿，連載於《聯合報・副刊》，未出書）

《曉霧》（七萬二千字，民國 46 年 6 月完稿，連載於《海風》月刊，

大業書店於民國49年元月初版）

《迷航》（八萬六千字，民國 46 年 7 月完稿，連載於《婦友》雜誌，由大中華圖書公司民國48年5月初版）

《亂離人》（八萬六千字，民國 47 年元月完稿，連載於《自由中國》，由明華書店於民國48年3月初版）

〈杜鵑聲裡〉（五萬五千字，民國 47 年 1 月完稿，連載於《中華婦女》，與〈流浪漢〉、〈斷夢〉合訂本由力行書店於民國48年9月初版）

《流浪漢》（四萬六千字，民國47年5月完稿，連載於《自由談》）

〈斷夢》（四萬一千字，民國 47 年 5 月完稿，連載於《中華日報・副刊》）

《生命的列車》（八萬字，民國 48 年元月完稿，連載於《新生報・副刊》，由大業書店於民國50年7月初版）

《含羞草》（七萬四千字，民國 48 年 5 月完稿，連載於《中華日報・副刊》，大業書店民國50年9月初版）

《荊棘場》（十萬字，民國 48 年 6 月完稿，連載於《徵信新聞・副刊》，由力行書店民國49年5月初版）

《小木屋》（四萬五千字，民國48年11月完稿，連載於香港《星島晚報》，作品出版社於民國49年9月初版）

《危樓》（十五萬字，民國 49 年 7 月完稿，由《文壇》季刊連載，文壇社於民國51年6月初版）

《浮雲白日》（二十六萬字，民國 50 年 9 月完稿，連載於《中央日報・副刊》，大業書店於民國51年2月初版）

《却情記》（七萬字，民國 50 年元月完稿，連載於《薰風》雜誌，大業書店於民國51年9月初版）

《食人樹》（十萬字，民國 50 年 12 月完稿，連載於《聯合報・副刊》，大業書店於民國51年6月初版）

《太陽下》（十萬五千字，民國 51 年 12 月完稿，連載於星加坡《蕉

風》雜誌，皇冠雜誌出版社於民國 55 年初版）

《畸零人》（十八萬字，民國 53 年 7 月完稿，連載於《聯合報・副刊》，皇冠於民國 55 年初版）

《翦夢記》（十八萬二千字，民國 54 年 6 月完稿，連載於《中華日報・副刊》，皇冠於民國 55 年初版）

《孿生的故事》（三十一萬字，民國 54 年 10 月完稿，連載於《中國時報・副刊》，皇冠民國 56 年初版）

《紅燈，停》（十二萬字，民國 54 年 12 月完稿，連載於《自由談》，皇冠民國 57 年初版）

《退潮的海灘》（十四萬三千字，民國 55 年 7 月完稿，連載於《皇冠雜誌》，皇冠於民國 56 年初版）

《群癡》（十萬字，民國 55 年 9 月完稿，連載於《新生報・副刊》，皇冠民國 57 年初版）

《踩著碎夢》（十萬字，民國 56 年 4 月完稿，連載於《大華晚報》，皇冠民國 57 年初版）

《這一代》（三十萬字，民國 56 年 7 月完稿，連載於《徵信新聞報・副刊》，皇冠於民國 58 年初版）

《飛燕去來》（十五萬七千字，民國 57 年 9 月完稿，連載於《中國時報・副刊》，皇冠於民國 58 年初版）

《磨劍》（十六萬字，民國 58 年 2 月完稿，連載於《中央日報・副刊》，皇冠於民國 58 年初版）

《三弦琴》（九萬字，民國 58 年 7 月完稿，連載於《中華日報・副刊》，皇冠於民國 59 年初版）

《望斷高樓》（八萬字，民國 58 年 9 月完稿，連載於《自由談》雜誌，皇冠於民國 59 年初版）

《杜甫傳》（十四萬四千字，民國 58 年 10 月完稿，連載於《新生報・副刊》，皇冠民國 59 年初版）

《弄潮與逆浪的人》（十五萬字，民國 59 年 1 月完稿，連載於《中國時報・副刊》，皇冠民國 62 年初版）

《長夏》（十萬字，民國 59 年 8 月完稿，連載於《大華晚報》，皇冠於民國 61 年初版）

《兩個十年》（四十萬字，民國 60 年元月完稿，連載於《中國時報》，皇冠於民國 61 年出版）

《英傑傳》（十三萬六千字，民國 60 年 5 月完稿，連載於《大華晚報》，皇冠於民國 62 年初版）

《龍虎傳》（二十七萬二千字，民國 61 年 3 月完稿，連載於《中國時報・副刊》，皇冠於民國 63 年初版）

《長亭更短亭》（十七萬五千字，民國 62 年 10 月完稿，連載於《中華日報・副刊》，皇冠民國 63 年初版）

《驚蟄》（十四萬五千字，民國 63 年 5 月完稿，連載於《中國時報》，由該報於民國 65 年初版）

《盆栽與瓶插》（十三萬二千字，民國 64 年 12 月完稿，連載於《中央日報・副刊》，遠景出版社於民國 65 年 7 月初版）

〈浮生一記〉（十五萬字，民國 65 年 5 月完稿，連載於《文壇》，尚未出書）

《滿城風絮》（十三萬二千字，民國 65 年 8 月完稿，連載於《中華日報・副刊》，純文學出版社於民國 66 年初版）

一面抄錄這簡略的寫作史，一面汗顏無地，自民國 41 年正式握管起，我幾乎日以繼夜在「多產」下粗製濫造，雖然由於稿約多，也是自己不惜於把自己貶為一名「寫匠」，思之可嘆。這樣不計成敗的胡亂塗鴉，不僅消耗了筆墨，浪擲了光陰，而且折損了健康，弄得疾病纏身。自民國 65 年 8 月迄今，整整有兩年的時間，我體衰力弱，無法伏案。

這 52 部長短高低不齊的作品，多一半只「覆瓿」而已，但也有些是我「敝帚自珍」的。如《心園》，因給了我寫作的信心，便對它十分偏愛，這以下如：《黎明前》、《屋頂下》、《斜暉》、《亂離人》、〈杜鵑聲裡〉、《浮雲白日》、《太陽下》、《畸零人》、《翦夢記》、《孿生的故事》、《這一代》、《兩個十年》、《磨劍》、《盆栽與瓶插》、《滿城風絮》……等。另外《杜甫傳》、《英傑傳》、《龍虎傳》，凡以「傳」名書的，都是根據成書改寫的歷史小說，我是學歷史的，有歷史癖，假若有時間，我還想寫點三國人物。

民國 51 年以後幾年，我去了南洋，因為課業繁重，又適應新環境，創作較少，但由於教「小說」、「戲劇」，也趁空將所蒐集的資料，編著了《中國小說史》與《中國戲曲史》，其目的也不過為了教學方便，將講義擴編成書而已，說不上有什麼其他貢獻。此二書先由文星書店出版，現改由「傳記文學」繼續出書。

這二十多年的寫作歷程，我是以長篇為主，偶然報章雜誌索稿，也常寫些短篇應卯，短篇本來難寫，因為取材必須是「一瞬間的不朽」，其可把握處稍縱即逝；否則以一般材料寫作，不是不精采，便易成「長篇小說的故事大綱」，所以每視寫短篇為畏途，因為取材既不易，再加上秉性粗疏，不能精雕細鏤。就這樣，我零星短篇也成二個集子，一是幼獅文化公司於民國 51 年出版的《孟瑤自選集》，一是由皇冠民國 61 年出版《孟瑤短篇小說集》。

我是一個沒有受過專業訓練的文學愛好者，卻不想終身竟以寫作為職志，摸索徘徊，這一條道路走得十分迂迴：開始，我是服膺浪漫主義的，我以為寫作的人應該有特權用他的彩筆，為現實的宇宙增加一些「美」；但自從「人造花」泛濫於街頭巷尾，我又非常羞慚不安地告訴自己：「我寧可去愛一朵哪怕已經蔫萎的真花，因為她有生命！」從此我才向「現實」摸索，這事實可以從我後來的幾部小說中得到證明。

由於兒時經常隨家人到戲院消磨時光，我是傳統戲劇的熱烈愛好者。我曾被一名演員的精湛演技迷倒，覺得她無論一舉手一投足一瞬目一高歌，無不優美絕倫、爐火純青；但一到後臺，再看見她汗濕重衣幾乎癱瘓時，我暗自驚嘆：「時不我與！時不我與！」生命的火熔鑄了藝術靈魂，但當藝術靈魂知道怎樣放射光芒時，生命的火卻日就黯弱！文學創作過程何嘗不如此？精力充沛時只知胡亂塗鴉，等到知道艱難了，觀察入微了，卻又力不從心！我在想，上天若能再賜我民國 50 年前後的盛旺生命力，再假我以三五年有用歲月，我將苦心經營出一部像樣作品，以補前愆！

承黎明文化事業公司的寵邀，我又再有機會編一部自選集，長篇不能入選，短篇又非所長，躊躇徘徊，終於厚顏地選出了 14 個短篇，一個中篇，也算是我寫作過程中的一個紀念。

孟瑤民國 67 年 8 月於臺中

——選自孟瑤《孟瑤自選集》

臺北：黎明文化公司，1979 年 4 月

我的童年生活

◎孟瑤

「今天坐轎子，今天要坐轎子！」

孩子們滿腦子都是興奮，擠在這小都市的一角，連一點青草都不易看見，忽然有機會去「鄉下」上墳，真是一種不易的快樂，就難怪一夜都不能睡得安穩了。

我的故鄉是武昌青山，自祖父以儒行醫，鄉居漢口，每年總要返鄉掃墓，那時交通不便，雖然近在咫尺，卻又是船，又是轎，向歷代祖先祭掃完畢，為了從容，也為了對鄉村風光的流連，總要留宿一夜，接受一次老親們招待豐腴的晚餐，孩子們的約束也鬆了，可以率性而行。這真是最值得回憶的片刻。而且長輩們在紙灰飛揚中，常不免悲從中來，這感情孩子們連一絲也沾染不到，只一次，我看到母親的新墳，不自覺哭倒在地。

誰都對故鄉依依戀戀，唯有我卻如此寡情，十歲以前在故鄉，高中時又曾回來，但我卻對漢口始終冷淡。奇熱的夏天，毫無格調的「里弄」房屋，人情稀薄的水陸碼頭，沒有氣魄的小型都市……是因為她擁抱我的時間不長麼？我倒覺得我所依戀的是更能勾起兒時回憶的南京。

十歲左右隨父母去南京，那時剛定都不久，百廢待舉；過慣都市生活的媽媽，無一處不抱怨：沒有自來水，井水太鹹，不堪入口；馬路殘破，車行其上，會顛斷了腰肢；電燈雖有，也少，又不亮；什麼都遠，供求極不方便……可憐的南京，雖然六朝金粉，但幾經滄桑，尤其太平天國亂後，要恢復元氣，卻不是嗟咄間事。

但是，我愛南京，我愛南京的住，從第一眼我就愛南京的住：「啊，好大的院落！」我從心裡喝采了，它不像漢口的里弄，房子擱在房子上，變成三樓，跑來跑去都是樓梯擋著。外面是五步就跨完的小天井，打開大門，下面踩的，是冷淡無情的水泥道路。

我們首先落腳的，好像是爸服務機關的行館，院落很大，我看見了青草離離，樹影婆娑，行不幾步，還有井呢，我第一次看見井。還有池塘呢，我好像也是第一次看見池塘！後來聽說，這地方是隨園舊址，可惜我那時太小，印象模糊依稀！

不久，我們遷到居住較久的淮清橋畔，那是「三進」的大屋，第一進好像是被房東保留的，他不常來，來時，多半帶一批朋友，圍坐在一起，演奏國樂，像《梅花三弄》之類，我有時小老鼠似的，順著牆沿溜進去，被他捉住了：「嗯，小丫頭，念書沒有？」我畏瑟地點點頭。他又問：「會不會唐詩？」我睜著大眼睛，不懂；他又說：「我教你！」

「打起黃鶯兒，莫教枝上啼，啼時驚妾夢，不得到遼西！」

這是我接受的第一首唐詩，我最愛它，至今，我也最愛唸，唸時，必是打起一口南京腔！

其餘兩進是我們的。祖母、父親母親、大哥二哥弟弟、我和妹妹都住下了，住得寬敞，兩進房屋之間，有院落，最令我難忘的是，打開後門就是秦淮河，我最愛的秦淮河！

去過南京或要去南京的人，都知道秦淮河，多一半人很失望，常常會說：「虛有其名，什麼槳聲燈影，文人真會騙人！」我一點也不這樣想，秦淮河，她消磨了我可愛的童年！每天丟下書包，我就往河邊跑！

許多人抱怨秦淮河的河水不清不碧，我卻更愛這兩岸風光，看，一個船夫撐著竹篙讓木船欸乃而前！看，對岸的老漁翁正搬起漁罾，銀色的鯉魚正在裡面跳來跳去！看，又一條畫舫過去，裡面傳來悠悠的簫管聲！那裡，有一婦人在擣衣；這裡，又有一姑娘在淘米！

週末，或者得暇，父親也常帶我們遊秦淮，從夫子廟到第一公園，我最愛聽槳聲，也會偷偷地輕輕地去「撩水」。忽然一隻小船划了過來，攀住船舷，一張含笑的臉與俏麗的身影：「老爺，要聽什麼唱？」媽總是有些緊張，向爸爸遞眼色：「快讓她們走！」

南岸，看不完歌臺舞榭的殘影，要是今天，我就會問：「那裡住著董小宛？卞玉京？李香君？」

除了後門外的秦淮河，離家的不遠處還有一座「機房」，那是錦緞的出產地，我第一次看見木機，歲月如「梭」的梭！一個工人坐在下面丟梭來去，一個工人坐在上面「拉花」，慢慢地，慢慢的，一梭來一梭去，那舉世聞名的錦緞便巧妙完成。還有呢，養蠶、繅絲……我以前沒見過，以後也永遠見不到了！

我愛南京，我愛南京的行！媽媽不愛南京的碎石頭路，我卻最愛，愛它的顛簸，看，送水車來了，力夫推它蹣跚而行，涼水點點滴滴拋灑下來！看，小驢隊擔著什麼來了，在日影下長嘶漫步！看，馬車來了，我最愛坐馬車，南京的馬車分敞篷與轎車兩種。我更愛坐敞篷車，看不盡往來如織的行人，尤其是得得的馬蹄聲，比什麼音樂都美，我最愛聽，永遠聽不厭，人坐在裡面，被不平的路面弄得晃來搖去，真有趣。

那時，母親還沒有生病，爸也正值他生命的黃金段，所以遊興甚濃，星期或假日，我們從沒有等閒度過。南京的名勝又多，真是遊不完看不厭。

記得一天半夜，我被母親輕輕叫醒：「珍珍，快起來！」

我朦朧中被母親抱起，踉蹌到馬路邊，媽不斷催促：「快，總理奉安車快到了！」那年正是孫總理由北平移靈南京，奉安於紫金山的「中山陵」。喪儀隊靜靜地從眼前過去。執紼人都穿著長袍馬褂，不知什麼力量，也使我流下眼淚。

中山陵是我們常去的地方，不只是追隨父母，有時與同學騎小驢，騎腳踏車，那時女孩子騎車的不多，一個調皮的男生從斜刺裡殺來，使我狠狠地摔倒，傷了腰，它使我痛苦至今。

我更愛明孝陵，一路上那麼高的石人石馬，再加上荒煙蔓草，我雖在兒時，也忍不住冒出陣陣淒涼。和鄰近的中山陵比，總覺得它是被冷落的，所以依戀著，不忍遽去。但是，諸多名勝中，最使我戀戀不能去懷的，莫過於雨花臺了。隨家人消閒，或隨學校郊遊，來這裡的次數太多了，蒼蒼茫茫，找不到那裡是注意的焦點：沿路賣石子的小販？俯拾即是的彩石？處處都令人駐足，這古刑場，引起你澈骨的淒寒。老師說：「這是明成祖殺方孝孺的地方；那燕王逼死了建文帝而篡位，讓方孝孺草詔；這位老先生寧肯誅十族也不執筆；成祖一怒，殺了他的九族，外帶一名學生！雨花臺石子多紅色，這是他們的血啊！往日專制帝王，只要人一犯錯，有時並沒有犯錯，像方孝孺，就可以被殺好幾百口子！你們是我的學生，要小心啊！」他半開玩笑地笑了半天，才又加上幾句：「你們放心，現在革命成功了！」

莫愁湖，好像有座「勝棋樓」，爸說：「這是明太祖與徐達下棋的地方，徐達贏了，都不敢贏……」後來，我多念了一點書，我所最不喜愛的，莫過於明太祖以下，他這一系列的歷代帝王了！

我愛南京，我愛南京的吃。

朋友們都譏嘲我沒有舌頭——不是個知味的人，我又不「饞」，所以不擅烹調，不夠資格談「吃經」，我懷念南京的吃・是懷念那一份情調，誰都知道「南京鴨子」舉國聞名，所以滿街都是鴨子店，下午三、四點鐘，剛煮好的鴨子上市，每家店門口都擠滿了人切些鴨子當晚飯菜。我所更懷念的是「吃早茶」，星期天爸爸才有空帶一家人去吃早茶，多一半是夫子廟「六朝居」，乾絲、小籠湯包，最可愛的是蟹黃包的季節，回憶加上兒時的懷念，我一直覺得沒有一個地方的蟹黃包比「六朝居」更美。雖然我所到的地方並不多，也一定有比南京更美的早茶；但，誰讓我是拌合著兒時的歡樂與天真一起咀嚼的呢？

我愛南京，因為南京網織了我的童年！滿街的「老虎灶」（賣熱水的）吃食店，滿路的水車驢隊，滿耳的「生果仁」（花生米）老菱角的叫賣聲；雨花臺放風箏、夫子廟踢毽子；玄武湖採荷葉、荷花、蓮蓬、藕……網織了我歡樂天真的童年！那時，媽媽還沒有生病，家庭和睦又幸福！童年的腳印，飛撲到各個街頭巷尾，這裡是朱雀橋，那裡是烏衣巷，這裡是桃葉渡，那裡是庫司坊……以後，只要讀到這些地方都勾起我幸福的童年回憶。只為那時媽媽還沒有生病！可惜這幸福的日子並不長，接著媽媽就生病了，而且在南京去世！

不久，我們就從南京回到故鄉，父親另找到他的伴侶，於是屋子裡的歡笑聲也少了，因此對南京的懷念越來越多，也越來越濃。

勝利復員去上海路過南京，她的面貌改了，已經不是我兒時的南京了，一片現代的建築消融了我溫馨的回憶！我悵惘地悄然離去，像離去我的童年！

——選自《明道文藝》第 58 期，1981 年 1 月

讀書與教書

◎孟瑤

我的讀書生活

我出生於民國八年，還趕上了念私塾。

由於吵著要和兩個哥哥一起去念書，爸媽就將我送了去。我印象很模糊，只記得上面坐的一位白鬍子老先生，下面長木桌上坐滿了一群小猢猻，我大概小到不能撞到老師的眼裡，我不記得我曾念過什麼私塾的書，很快，我便被送進正式小學，唸起：「狗、大狗、小狗；大狗跳，小狗叫；大狗跳一跳，小狗叫一叫」來。我已記不起這小學的名字，但我記得是在這裡學的注音字母，它使我受益很大；而且我現在知道，與我差不多年齡的人，會注音的人並不多。隨即，我去了南京，念的是江蘇省立南京女子中學實驗小學，我是從三年級念起的。這學校是實驗性質，有許多新的教育理想在這裡實施，譬如自辦消費商店、每週的遊藝會、講演辯論比賽……另外還有一種跳班制；假若成績好就可以由三年級上學期跳到四年級上學期。我就曾跳過一班，由於沒有念三年級下學期，我的算術留了一大段我所不了解的空白，我至今對於數理一塌胡塗，除性不近外，應該是受了它的影響，使我從初中到高中，必費很大的力，才能勉強過關，至今回憶，餘痛猶在。

我由實驗小學直升南京女中，由於貪玩，數理又差，學業成績非常不理想，幸虧念完初二，舉家返鄉，我進入了漢口市立女子中學的初三，直至高中畢業，參加全國第一次統一考試（即今日的聯考），被分發國立中央大學，那已是抗戰的第二年。

一個人在求學的過程中，找不到他真正的興趣所在，是回憶中最痛苦的事。因為它不僅使學習過程迂迴，有時因為覺悟得太晚而補救無由。對我說，正是如此。回憶我參加統考填志願的事，可發一哂，當時只填四個志願，第一志願是中大歷史系，第二是中文系，第三是醫學院，……我想假若我真被分發醫學院，大概只一開始，就會被轟跑。

我愛中大，尤其愛抗戰時期沙坪壩的中大。更愛的是沙坪壩中大的柏溪分校。

對日本的侵略誓死長期抵抗的號角一響，一些著名的大學都計畫內遷，許多學校的內遷，真是千辛萬苦跋涉艱難，譬如西南聯大。我們學校卻得天獨厚，由南京乘船赴重慶，走得十分從容，那時是羅志希老師主持校政，報紙上就有這樣的漫畫：羅校長上船後又匆匆下船，人問他幹什麼？他回答說：「我記得還有一個電燈泡沒有拿！」

中大遷重慶後，沙坪壩的重慶大學贈予後面一大片山地，遍是松林，我們稱它松林坡，那裡消磨了我們多少美麗的白日與黃昏，教室與宿舍環坡而建，學生們就在軍號聲中，笑聲中，跋涉來去。

由於學生太多，舊址施展不開，就在離沙坪壩幾十里地的柏溪設分校以容納一年級的學生，地址由嘉陵江溯江而上。在我一生中，沒有看見過比嘉陵江更美的水流，她秀麗蜿蜒的身影，在群山萬壑間悄然而出。尤其冬天，澄碧見底，我們乘船順流而下，常常輕易地拾起河床裡的小石子。

當然，更可愛的是柏溪，這一條潺潺溪流從不知名的遠處流向嘉陵江，兩岸石壁峭立，由人工開鑿了一條通道，可以拾級而上，石壁間常有工人鑿石建屋，發出丁丁響聲，引人遐想。山頂是一片平地，蓋屋子，竹架瓦頂石灰牆，眼看一兩天內就完成一幢，我們住了進去，輕易地可以在牆上用手指寫下自己的名字。

我捨不得松林坡的晝夜晨昏，我捨不得柏溪的風晨雨夕。當然我對她們的情義還不止這些，我更捨不得環繞著我的良師益友。抗戰時的中大，真是名師如雲，但我都等閒錯過，我錯過了程門立雪的摯誠，也錯過了朝夕攻錯的光陰。我是那樣淺薄幼稚，又那樣貪玩偷懶。

在中大的四年中，除第一年被柏溪的風光迷倒，每日只徜徉在山麓水畔。到了校本部，卻也知道念一點書，最早，是「點」(舊書沒有標點，故習慣稱「精讀」曰「點」)《史記》、《漢書》，我當然是熱愛《史記》的，它激起我無比震撼，但只不過震撼而已，卻從不想做更深入的研究，以後濫竽學宮，我有機會講《史記》固令我興奮，卻也汗流浹背——我有什麼研習心得敢於介紹這一部偉著呢？

三四年級，我聽中文系的課程最多。唐圭璋老師將他《宋詞三百首箋》初稿借給我，命我在暑假研習，由小令而長調，由北宋而南宋，我的興趣遞減，我讀書是從來不肯出汗的。盧冀野老師教「曲選」，我只被他的神情與幽默逗引得呵呵大笑，從不想向這一代名師討教一兩手絕活，唉！

大學四年，我始終在中文系與歷史系裡打轉，檢討舊事，我似應該多鑽外文系才對，這樣，我可以多一種文字工具，多涉獵一些世界名著，多接受一些寫作上的專門嚴格訓練。那麼，即或像今天這樣，我竟以「寫小說」胡亂打發一生，也不會一看見自己的「作品」就臉紅自卑了。

戀戀於文學天地的人，都應該先讀書；但由於先天秉賦的不同，卻有「研究」與「創作」兩條路線，由我們自由選擇與發展，我屬於後者，所以讀書態度是隨興所之，讀書範圍也只偏愛於「史」與「集」。

我特別熱愛詩、詞、曲；我認為這是傳統文學中的瑰寶，值得細心研讀，它培養我們的情致，也訓練我們駕馭文字的能力；但我不喜歡「用舊瓶裝新酒」，因為前賢已將這種形式發揮至極致，我們後繼無由，必須另闢蹊徑。

我更愛讀「史」，這不僅因為我出身歷史系，也因為我國的史書最全，令人愛不釋手的名著太多；因此可以涉獵其間，樂而忘返。但寢饋日久，既感到一些失望，也泛起一絲雄心。失望的是：諸多史冊中，除少數像《史記》中的「列傳」，寫得那麼活潑生動外，餘皆失於刻板與簡略，因此勾起我一絲雄心，想為我所崇拜的人物司馬遷、關漢卿……寫傳；不僅考出他們的身世，還要發掘他們的內心……但想想自己生性的粗疏，讀書態度的草率，怎麼夠資格從事於如此謹嚴的工作？幾番躊躇，終不敢動筆。如今生命向盡，還能改正我的讀書態度麼？還能有機會從事於我所最嚮往的「傳記文學」麼？

我的教書生活

此生我只幹過一行職業——教書。也許因為那時文學院畢業出來的學生多一半教書；也許因為我本熱愛教書這一行。

我所教的第一所學校是重慶南岸廣益中學，那是一所私立的貴族學校，就在南山的文峰塔下，一片古歐洲式的建築，聳立在一串年輕人的笑聲中。從江邊拾級而上，在松風與桂枝的飄香中，我已經沉醉了，如今又被這些景象打入眼底，我暗自嚷起來：「一定留下了，終老是鄉了！」見了校長，他又給我一間頂樓居住，傾斜的屋頂，明亮的窗戶，我往小鐵床上一躺，又暗自嚷起來：「一定留下了，終老是鄉了！」誰讓我從「抗戰期間一切從簡」的學校設備，忽然面對「戰前標準」呢！我的第二部小說《心園》就是以這學校做背景的。

至於教書，那真是「初生之犢不畏虎」，校長利用了我年輕人的熱情，先是兩班國文，變成三班，不久他又含笑地誇讚我：「你教得真好，學生都愛你，如今還有一班高中歷史，你也接過去吧！」

一口氣教三堂課也不累，又覺自己這一點「學問」應付這群毛孩子也自「游刃有餘」，鈴聲一響，挾著書便去了！好，問題來了，一個陌生的字打入眼裡：「唸什麼？怎麼講？」一陣熱潮從腳底升向腦際，差一點暈倒，一分鐘比一世紀還長，幸虧曾強迫學生必備字典，情急生智，便讓他們查，看誰最快……這件事至今印象猶新，也是從這天起，我粉碎了「游刃有餘」的想法，永遠戰戰兢兢，臨深履薄，雖然教過無數次的課程，也永遠戒慎恐懼。後來變成毛病了，我提前退休，除了那兩年疾病纏身外，上課太緊張，也是理由之一。

因為移家成都，我離開了廣益，不久就接了簡陽縣立女子中學的聘書，簡陽離成都很近，又是一十分富庶的小縣，在那裡，我過了我這一生中唯一一次充滿農村情調的歲月。逛街的時候，忽然想買點什麼卻忘了帶錢，不必發愁：「老師，你就拿去吧，什麼時候有空再來付錢！」更令人至今懷念不止的是逢三六九趕集的日子，各鄉鎮的農戶攜來欲出售的貨品，再換回他們所欲買進的。你看見那年輕的農人羞羞澀澀地剪幾尺花布，那一定是偷偷塞給他新婚妻子的；你看那老年的農人歡歡樂樂買一大方豬肉，一定是回去與一家大小打牙祭的……這富庶無憂的農村生活，只怕今後再也找不回來了！

勝利復員我離開了那裡，去到上海，不久便一船到了臺灣。到了臺中，臺中，我的第二故鄉。

我在臺中師專找到工作，依然教文史課程。

由於老師的提攜，我向前跨了一大步，我到了臺北，進了師範大學。先在中文系教基本國文，後又兼了一班「新文藝」。第一次跨上講臺，我渾身出著冷汗，深感惶悚的是覺得不夠資格，事實也正如此，至今回憶，在我一生教學的過程中，沒有比這一年更失敗，更令我難過的。只為我不是個能做學問的人，畢業後又忙於謀生，腹笥太儉，以什麼去為人師？幸虧這羞愧之心策勵了我，我似乎是從這時起，痛改了「不求甚解」的讀書態度。以後，手不釋卷的生活，倒著實充實了我自己不少。

這幾年的教讀，在非常緊張的狀態中過去。

接著，我到了星加坡的南洋大學。這在我一生中，又向前跨越了一大步！我的教讀生活，我的寫作生涯，我的人生境界，都感到一種擴張與發揚的快樂！這感覺是一上飛機，就開始有了的。我第一次坐飛機，第一次懂得什麼叫「海闊天空」「鵬程萬里」！我像一隻井底蛙忽然生了翅膀，我也立刻憬悟，古人為什麼說：「讀萬卷書不如行萬里路」，我想這感覺是每一個侷居斗室，忽然闖入一片新天地的人都會有的。

美麗的星加坡，可愛的南洋大學。我說星加坡美麗，是因為我第一次看見一個都市像一座花園；我說南洋大學可愛，那是因為她提醒我：「得天下英才而教育之，一樂也」的神聖莊嚴的責任！星加坡是英語世界，但華人卻占百分之八十。那些赤著腳揹著小包袱去南洋打天下的可愛可敬的華僑祖先們，只要他們能站住腳，就不忘照顧他的妻兒親友；只要他們喘口氣，就不忘說中國話認中國字的責任，有華僑的地方就有華語學校，但只止於中學，他們不以此為滿足，竟相互勸導，集資辦了一所華語大學，她，就是南洋大學，不忘祖先的父兄將他們的子弟送了來，希望吸取這五千年文化的乳液，來哺育長成！在這種氣氛中走上講臺，你會立刻知道，這不只是你的噉飯地，你要為經師，而且要為人師。

我在南洋大學擔任的課程是「小說」、「戲劇」、「新文藝」。「新文藝」是我教熟了的，「小說」、「戲劇」雖然對我最不陌生，但想到必須有系統的教授，便十分膽怯。我得怎樣努力，才不致誤人子弟呢？幸虧南洋大學有一座藏書非常豐富的圖書館，使我日坐書城，樂而忘倦。人說教學相長，我卻覺得我所擷取的知識，遠比我所能給學生的為多，由於這幾年中忙於編講義、找資料，不但使我在教學上充實許多，而且這幾年的忙碌沒有白費，根據教學時有系統的分類，以及教材的不斷補充，我就憑藉它寫成了《中國戲曲史》與《中國小說史》，雖然這兩本書只是材料的蒐集與整理，不是什麼有價值的研究心得報告，但畢竟對有心於這兩門學問的人，做了簡明有系統的入門介紹。

幾年後，我又回到臺灣，回到我的第二故鄉臺中。

臺中省立農學院由於改制為大學，增設了文學院與理工學院，文學院新設中文系，我便任教於此。所擔任的課程是「新文藝」、「中國文學史」，第二年「新文藝」由別人接去，我開「史記」。

回顧我學習過程，常覺得應念外文系比歷史系更合適，其實，這想法並不絕對正確，因為我不僅極愛涉獵文史方面的書籍；而且研讀所得，對於我教學與寫作裨益也很大。我的幾部歷史小說《英傑傳》（漢高祖故事）、《龍虎傳》（漢武帝故事）、《忠烈傳》（南明故事），自覺比向壁虛構的文藝小說為強，在我的教學生涯中，也是教了「文學史」與「史記」以後才漸入佳境的，而這兩方面的成就，都是四年的歷史系為我打下的基礎。

我教「文學史」，希望能達到兩個目的：一、中文系學生應從對中國文學所必須具備的基本知識中，尋求自己的研究範圍；二、從文學發展的軌跡中找到自己創作的方向。能對學生隨時做有系統的介紹並做必要的啟發，這點小本領恐也是讀歷史系的四年中耳濡目染所得。至於《史記》，從我第一眼接觸它即受到無比震撼，我便將司馬遷筆下的一股勃鬱辛辣之氣導給我的學生，我神情激動，他們眉飛色舞，我熱切地希望能給他們一把鑰匙，以便慢慢開啟這燦爛滿眼的寶庫。我希望能誘發他們讀這部偉著的真正興趣。我常鼓勵因為「前途黯淡」而垂頭喪氣的中文系的學生：「不要為職業發愁，也許你將來不得不改行當一名小工；但是你若有了真正研讀興趣，就是有了真正安身立命之處，走進《史記》，可以使你終身受用！」

安身立命處！我常常向我中文系的學生提到這一句話，我們可以屈就任何職業以為噉飯處，卻必須把握一真正興趣所在，它，才是你生命的舵，在這工商業社會的險風駭浪中才不會失去方向，才不會沒頂亡身！根據自己的性向，找到那生命的舵吧！慎思明辨，心細如髮，找一個喜歡研究的專題吧，脫下為生活奔走汗濕了的衣襟，在一燈如豆下，細細研讀你的學問！觀察敏銳，感受強烈，找一個文學創作的題材吧，丟下杯盤帳簿，在一燈如豆下，慢慢創作你的作品！這是終身以之的大事業，早晚，在不斷地孜孜矻矻中，上天絕不會辜負你的辛苦耕耘！

幾年後，由於系裡同仁的抬愛，讓我負責系務，幾番推脫不得，只有硬起頭皮擔下。我是連一絲行政才能也沒有的，只好為自己立下一個戒律：「公正、無私」，幸而這一段時間風平浪靜，我才暗自鬆了一口氣。但是，就在這時，我忽然病了，體重銳減，滿臉黑雲，神思恍惚，眼看已到鬼門關口，到各大醫院檢查，也找不出病因，朋友們以為我患肝癌，已不久人世，我自己也覺得生命向盡，自顧不暇，應該讓賢，於是提前辦了退休。

退休，轉瞬又一年過去，成天胡吃悶睡，體重增加了，黑雲退卻了，兩眼又恢復了往日的神采——我又活過來了！如今終日無所事事，覺得時日是這般難以打發，回首教讀生涯，竟是滋味無窮，不勝依依戀戀！

——選自《明道文藝》第 59 期，1981 年 2 月

我的嗜好

◎孟瑤

許多雅人的嗜好，如蒔花藝草，養鳥餵魚，庭園布置，室內裝潢……我都一無所愛，我只愛引吭而歌——唱京戲。

這當然是由於家庭環境，身為戲迷，到我兄弟姊妹已經是第三代了！兒時常見父親約來三朋四友，吹彈歌唱；晚飯後全家出動看戲，更是經常的娛樂節目。雖然繞著家人的腳踝轉來轉去，畢竟男女有別，媽媽管教我的口頭禪是：「姑娘家……」弦外之音是：「女孩兒家這是不可以的……那也不行！」「唱」戲自在嚴禁之列。家有清唱，我只能旁聽；出外看戲，我只能觀賞。雖然如此，由於耳濡目染，畢竟培育了我對戲劇的品味。

我有「唱」的資格，那是進了大學以後：抗戰的第二年，我中學畢業被分發中央大學，去了以後，那真是離籠飛鳥、脫韁野馬，似乎是，在這一段時間，我才無意間發現我有很好的酒量，也有悅耳的歌喉。

「你唱得試試！」

「我……從來不會！」

「人總有頭一次嘛！」拿胡琴的朋友努力鼓勵我。

我按住心跳，引吭而歌：「白虎大堂奉了命……」我唱了一段《搜孤救孤》，竟被大家鼓掌，從此膽子大了，抓住胡琴就不放手。有時癮發了，就在大宿舍也「乾」唱起來，這是一種干擾，因此這嗜好也是最不被別人歡迎的。我們這一夥「中大平劇社」的朋友，常被趕到「偏遠地區」的第八教室，才好意思放膽地敲打彈唱。同學有自北平來，坦誠求教，才知道什麼叫「板眼」，什麼是「鑼鼓經」。從此中魔似的，路上也在哼，睡覺不忘

拍。睡下鋪的同學急了，大聲問：「喂，你是不是又發擺子了？」(「擺子」即瘧疾，那時同學們的普遍疾病)

說來慚愧，我雖如此沉迷，由於沒有到過北平，所以，我既沒有看過好戲，也沒有從過名師，只是衷心愛慕，對這傳統的舞臺藝術，頂禮膜拜而已，胡亂品嚐後，終於只嗜一味——余叔岩，他那十八張半唱片變成了聖經，我鑽研迄今，從未厭倦，他那種舉重若輕、行雲流水的神韻，真是「仰之彌高，鑽之彌堅」。

凡對這一行有酷嗜的人，絕不以「清唱」為滿足，必思更上一層樓而「粉墨登場」。關漢卿不也是「自敷粉墨，偶倡優而不辭」麼？但「粉墨登場」談何容易？只為我國戲劇是載歌載舞的，歌的部分可以多聽、摹擬……日久天長，總有一二似處；舞則不然，不是多看、摹擬……可以奏效的，舞蹈動作的實現靠腰腿的功力來完成，好的腰腿又非自幼苦練不為功，否則舉手投足必一無是處。這就是為什麼許多票友（也有少數例外）唱戲，常被觀眾刻薄地予以譏嘲。實在因為那副木偶像令人發噱！但話雖如此，有此一嗜的人依然我行我素，自我陶醉一番。多一次失敗經驗，多一番正確認識！由於自己的愚行，反映出傳統藝術的精美，從此更是鍥而不捨，並一再告訴自己：「稱我們的戲劇為中國歌劇是不正確的，因為西方歌劇，歌而不舞，芭蕾，舞而不歌；只有我們的戲劇才是載歌載舞的。我的演出不能得心應手，是意料中事，今後，我會更加努力！」更何況當你今晚有演出而闖入後臺，真像闖入一個夢境。你看見張飛與秦瓊在握手言歡，又看見嬌美的孫玉嬌忽然粗聲粗氣地大發雷霆，而自己也正準備「袍笏登場」……等到卸卻歌衫，洗盡鉛華，再向臺前多望一眼，又不禁增加一些「曲終人不見，江上數峰青」的悵惘；哎，真是人生如戲。

我個人第一次粉墨登場則是在大一時同樂會中唱〈坐宮〉的四郎，駙馬冠加上狐尾，怎麼這麼重呢？穿上「行頭」怎麼連手都出不來，怎麼「耍」水袖呢？穿上靴子怎麼像踩高蹺，寸步難行中怎麼轉身？怎麼走挫步呢？水紗怎麼勒得這麼緊，使我頭暈想吐呢？……演出效果，不問可知，卻依然不自量力，同學每次演出，必不後人，除正戲外，由於人手不多，劇務讓我再「跑」一個〈上天臺〉的郭娘娘，也「欣然就道」！我也曾像許多人戒賭一樣地戒過戲，只為它在我一生中增加過許多困擾，但是也像那些戒賭的人一樣失敗！有很長一段日子我曾洗口不唱，後來有機會去星加坡南洋大學任教，被一位同仁硬拉去了「平社」，聽見鑼鼓聲，不自覺引起一陣強烈的激動；再看見一位印度朋友舉起大鑼興致勃勃地敲打時，連眼圈都紅了，我大漢天聲，竟然遠被海隅！衷心立刻漫起了少有的驕傲感，又再度揚升起在這一方面的酷嗜。

我在南洋大學開戲劇一課，雖然引起我無比惶悚，卻是我終身受益不盡的事。是從這一天起，戲劇不僅是我的一種嗜好、一種排遣，而且是我必須終身追求的學問！教學以前要編講義，編講義以前，要將有關書籍做廣泛地涉獵！這樣，我才有機會與先賢們朝夕共處，我精讀他們的作品，也產生了「雖不能至，心嚮往之」的雄心。這一段日子，我有系統地讀了一些書，它幾乎使我的閱讀興趣，由文史轉向戲劇。

由星加坡回臺灣，又是一個很好的反芻機會，坐臥在理想環境裡，往日所吸收的，都經過良好的消化，變成無上營養。臺北，看戲的機會多，軍中劇團經常演出，再加上票友戲，使我不斷地觀摩與吸收，自覺在境界上又跨越了一大步。

在這一段日子，也曾有許多朋友勸我寫劇本，我暗自悔嘆：念大學時有那麼多名師，我都等閒錯過，如今以什麼為憑藉？我的那點詩詞曲的素養夠麼？我的寫作技巧在哪裡？寫什麼？憑什麼寫？何況戲本對戲劇演出來說，至多只有一半生命，那一半是由演員賦予的！沒有演員來問津，怎麼提得起寫作的豪興？正自徬徨時，竟意外地接受了郭小莊小姐的拜訪，她組織「雅音小集」，以「傳統戲劇的新生」為理想，希望我能為她寫個劇本。暢談之下，志同道合，我這個學歷史又曾編寫過《中國戲曲史》的人，一直認為我國戲劇自歌舞、傀儡戲、南北曲、崑曲、皮黃……以後，將有一嶄新的下一代要誕生。現在，正是為它催生的時候。自己愛好了一輩子，應力盡綿薄……，於是一諾無辭。經思索研討後，決定改編〈六月雪〉，盼能恢復關漢卿《感天動地竇娥冤》的原貌。事先，一點也不敢洩露消息，怕反對的呼聲打散了我的寫作勇氣。

「如此廣為大眾喜愛的程派名劇，你為什麼要改寫？」

「郭小莊是花旦，怎麼能演節烈的竇娥？」

但是我心裡深埋著幾許信心：

「關漢卿原著太精采，我正可假借這日月之光！」

「郭小莊有性格，正可扮飾這有性格的竇娥！」

偷偷寫好，偷偷排練，終於公布消息了，反對之聲果如所料，好在信心沒有動搖，努力的結果，終於受到許多觀眾（尤其是年輕觀眾，他們才真正是傳統戲劇的接棒人）的鼓勵和支持。許多謬獎使我由衷慚愧，由於這一份鼓勵，我將再接再勵，不斷地寫，專心專意地寫，這不但使我找到我該努力的目標，而且給予我退休生活以無比的充實。

我的嗜好給了我這樣多的安慰，我是知恩的，因此也想提醒並鼓勵大家要趕快找到、或者培養個人嗜好。它不僅是生活的排遣，也是生命的定力。為生活奔走的人緊張什麼呢？拖著疲乏的身心回來，看見小園花草欣欣向榮，不自覺疲倦都盡，精神愉悅；已經退休的人徬徨什麼呢？逗逗鳥、弄弄魚、集集郵，也可以忘倦，也可以有寄託。

人，怎麼能沒有好的嗜好呢？

——選自《明道文藝》第 61 期，1981 年 4 月

我與寫作

◎孟瑤

小孩子容易滿足，壁報上登了文章，比賽中得了一打鉛筆和一個小墨盒，或者一「紙」獎狀，會高興得逢人便道。

我念小學時的成績最好，得到這一方面的鼓勵最多，也最引以為驕傲。進中學後，每為數理所苦，文史書籍便成為我的避難所，然後胡亂塗鴉，寫些零碎不成形的東西。

我愛念書，念的都是些「閒書」，當然其中以小說最多，從而心裡升起一陣壓抑不住的暗潮：「我也能寫！」這欲望雖然一再被壓抑，在讀小說時依然非常注意寫作技巧：「他是用什麼方法表現他所欲表現的？」

我覺得我應該寫，偷偷地買回稿紙，向壁虛構一些故事，卻不知如何著手？還是寫些短小的吧！那比較容易，於是寫了，寄了，有的被退回，有的被刊登，還有些許稿費呢！有時很滿足，有時卻這樣告訴自己：「這不夠！」

來臺灣，在臺中師專教書，雖是生命力最盛旺的時候，情緒卻陷於低潮，衷心所鬱積的塊壘，需要澆溶、疏導；於是雖有沉重的課業，雖有纏手的孩子，終於百忙偷閒，我開始寫，正式地寫，在課業的縫隙裡，在家務的縫隙裡，在睡眠的縫隙裡！先試些短稿，向《中央日報》婦女版投了一篇：〈弱者，你的名字是女人？〉得些好評，開始有了信心，計畫一個長篇《美虹》，發表於《自由青年》。信心有了，貪念更大，恨不能三頭六臂、日以繼夜地寫，為了興趣，也為了療飢！但這橫衝直撞的野馬，被理性收勒住：「慢一點，用些心，寫個像樣的！」思慮沉靜下來，忽然文峰塔影，南山風光闖入眼底，衷心一動：「這可以寫！」於是我寫了《心園》，是一部至今為我所偏愛的小說。

也許由於「頗獲好評」，因此稿約多了，我變成一名寫匠，一批粗製濫造之作大量問世。我還有些自知之明，每看見「著作等身」四個字就會引起一陣寒慄，而對於那些以一書傳世、甚至於以一詩一文傳世的文人，不禁嚮往膜拜之至。在這一段忙碌的寫作歲月，陸續地竟有四十多部小說印行問世，當然旋生旋滅；就是被自己敝帚自珍的，也只《心園》、《黎明前》、《磨劍》、《孿生的故事》、《盆栽與瓶插》、以及幾部歷史小說《英傑傳》、《龍虎傳》、《忠烈傳》而已。

一天，忽然一位朋友深深嘆息說：「人們總喜歡幹他最不能夠幹的工作！」我衷心一驚：「我恰巧如此！」

我不應該以寫小說浪擲我的一生，致命之處有兩點：一、我沒有受過嚴格的專業訓練；二、我沒有多采多姿的人生經歷。我寫，由於我的喜愛；我寫，憑藉我的觀察。如今，我像一名久經戰場的老兵，雖從未參加作戰決策，也從不知道戰爭全貌，但畢竟「終身戎馬」，燈下無事，也談談櫛風沐雨中的實際感受：

以篇幅論，短篇最難，它必須能抓住「瞬間的不朽」，然後以最經濟的手法定影在稿紙上；它篇幅雖短，體積雖小，其價值卻像一粒鑽石或一顆珠寶……所以非有最敏銳的觀察、最豐富的經驗不為功。許多人因為它容易寫完而輕易視之，是最大的錯誤。長篇小說需要最精密的組織、最充沛的精力，也不是初學的人應該輕於嘗試的。初學，應以中篇為宜，三五個人物，三五萬字，照顧起來比較容易，信心有了，經驗有了以後，無論長短，便無往而不利。

故事的進展，可以依時間為序，也可以相反地以回溯的方式寫出；敘述的方法，可以第一人稱或第三人稱，第一人稱以「我」為中心寫出，易寫而且親切，若篇幅太大，則極容易有偏枯與疏失之病；而且必須有「我」在場，有時在安排上會遭遇困難。我寫《心園》是第一人稱，「我」

是那位貌醜而有內涵的護士，她默愛著許多人，關切著許多人，但在情理上卻不能處處涉足，我記得我在處理上曾遭遇無法解決的困難。因此想到《茶花女》中阿芒在瑪格麗特殉情後的回憶：她臨終、他不在場，便不得不以書信與日記作為補充，這便是為挽救第一人稱所有缺失而運用的技巧。用第三人稱寫就方便得多，因為作者在局外，他眼前有一個小舞臺，他運用自如地處理舞臺上的每一個角色。但是，假若你沒有足夠的經驗，沒有通盤的計畫，到時不僅會手忙腳亂，而且有太多的人物被忽略，太多的情節沒交代。

在動筆前，必須先有一通盤的寫作計畫，那就是結構，許多小說讀後抓不住重點，許多小說給人凌亂壅塞之感，就是因為沒有結構，才失於剪裁。至於經營結構的方法，有人只打腹稿，腦子裡有一幅藍圖，有人卻逐條有計畫地寫出。我是只習慣於打腹稿的；但《黎明前》是三四代人的故事，《龍虎傳》是漢武帝身邊無數英雄豪傑，使我不敢輕率，都是列一大表，再根據它慢慢進行。

我愛寫長篇，原由於對自己在組織結構上有信心，往日讀習各名著，最注意及此，也特別愛《紅樓夢》，以為是夠終身咀嚼研習的範本，因此不忘「草蛇灰線，伏脈千里」的訓誨。寫作時：用伏線、有呼應、忌重複……處處用心用意。日久了，自我檢討，才知道自滿處，也正是失望處：「這多麼匠氣！」寫作的難處就難在此：不能沒有技巧，又必須看不出技巧經營的痕跡！天衣無縫，斧鑿無痕，溶技術於藝術！譬如蒔花，又要錯落，又要有致！

寫作，文字是它唯一表達工具，所以文字的運用與錘鍊，是寫作的人必須全力以赴的。誰都知道兩則有名的故事，王安石的「春風又綠江南岸」中的「綠」字是幾經推敲才最後決定的；歐陽修寫〈晝錦堂記〉中有「仕宦至將相，衣錦歸故鄉」，文成送出，又命快馬追回，所修改的，也只不過加了兩個「而」字，成「仕宦而至將相，衣錦而歸故鄉」，以氣韻論與原句就不可同日而語了。造句的長短疾徐，用字的輕重秩序，在成文的效果上，關係都非常重大。據說曾國藩的湘軍打太平天國時，在皖贛一帶頗不順利，且曾自殺過。他向朝廷報告戰況，曾有「屢戰屢敗」的句子，被一名家改成「屢敗屢戰」，意味就完全不同。又據說某人騎馬出遊，不慎斃一路人，自陳罪名有「馳馬傷人」句，被師爺改成「馬馳傷人」，一字顛倒，罪名與責任立刻減輕。明乎此，寫作用字，能不慎乎？

由於個性與才情，寫作過程，有快有慢，有人倚馬可待，七步成詩；有人嘔心瀝血，難成一字。寫作過程的快慢難易雖不一定與成敗成正比；但對一般人而言，多斟酌，多修改，多錘鍊，是寫作過程中必須要留意的事。切不可自命天才，文成可以不易一字。我個性卞急，文章寫得快，每每失之於草率，我常在寫完後命令自己：「留下，多看幾遍！」但秉性難移，文成總為自己留下無窮後悔。

一篇作品的完成，就好像完成一幀圖畫，尺幅之內，該表現的都表現了。我非常愛齊白石晚年的畫，幾個青菜蘿蔔；一隻螃蟹兩隻蝦……每每令人百看不厭。畫面那麼簡單，內涵那麼生動，用筆那麼精鍊……這真是藝術的極致！反觀自己，不禁臉紅，為什麼如此壅塞？不知剪裁，沒有取捨……齊公是由「蟬翼」的脈絡分明，達到「蝦蟹」的疏落有致。我的寫作，要經過怎樣的辛苦跋涉，才能達到這種境界呢？

小說的確浪擲了我一生的歲月。至於戲劇，必須由導演與演員賦予它多一半的生命，所以我雖做了一輩子戲迷，卻沒有揚起這一方面的創作興趣；直至最近機緣，才為「雅音小集」的郭小莊小姐寫了些傳統的舞臺劇。由於這一類的寫作，是傳統戲劇在蛻變過程中的試探，成敗與否，只有證諸來日了。

寫作，不僅是絞盡腦汁的事，也是浪費時日、消磨生命的事，它需要時間，又不是只有時間就能成功。我們有時間可以整理庭園、清潔打掃……寫作的人若只有時間，沒有寫作靈感與情緒，則雖終日伏案，也不能成文。所以，有志獻身寫作的人，第一要會安排時間，第二要能把握靈感。可是在今日忙碌的社會，安排時間難，把握靈感更不易；但若每天都能有固定的寫作習慣，則文思會像日日疏濬的河床一樣，總是比不疏濬為暢通。

燈泡光殘，夜色闌珊，困倦的老兵，在不盡欲言中，輕撫痠軟的四肢，痛定思痛，不禁唏噓低徊不已。

——選自《明道文藝》第 60 期，1981 年 3 月

我的書房與書桌

◎孟瑤

我常常笑著對朋友們說：「我這一輩子，身為一個女人，沒有梳妝臺；當了一輩子寫匠，也沒有書房，甚至於書桌。」沒有梳妝臺，我說，我本是最少照鏡子的女人；沒有書房，甚至於沒有書桌，我就難以解嘲了。

做女兒，我與妹妹同居一室，我們共有一張大書桌，漢界楚河，鴻溝為界，誰也不許越雷池一步。「你的字典怎麼放到我這裡來了呢？」「你看，你的硯臺，你的毛筆……」一言不合，就打起枕頭仗來，一次，她的枕頭擊中了我的手工課剛做好的一座愛神石膏像，掉在地上砸了個粉碎，氣得我幾個月都沒有理她。這些糾紛，都只為我們沒有獨用書桌。

抗戰時至重慶沙坪壩念書，一個大統艙的女生宿舍，每人倒是有一張書桌，這上面卻是梳子、鏡子、面盆、書籍……道地的一張百寶桌。大家圍在一起，剝花生，聊閒天，想念書的多半去圖書館，而書桌，早已失去了埋頭苦讀的功用。

畢業後，我在一所私立學校教書，那是一所歷史悠久的貴族中學，古老的歐式建築矗立在南山上，最是念書的理想環境。學校給我一間古建築的頂樓，窗外蒼翠的古樹幾乎向你伸出手來，再隱約著杜鵑的啼聲，真是啟迪文思，讀書寫作的好地方。學校也給了我一張書桌，它雖被川流不息的課業壓倒，但我畢竟有了一張真正的書桌，從這上面，我開始在寫作途中起步。至於擁有書房，自是不曾有過的奢求。

舉家遷往成都後，我又到鄰縣的一所女中教書。這安詳的小鎮，樸質的學生，讓我過了幾年值得留戀、值得回憶的美好歲月。卻不可諱言的是，學校設在一座會館裡，十分簡陋，所給我的居處，就是神殿的一角，用木板隔成的一小間，可以撐開的木窗，光可「見」人的小油燈，一桌一椅一榻，那木桌，該是書桌了，這上面卻排滿書籍、作業、奶瓶、尿布……那時老大還在襁褓中，孩子夜啼，一燈如豆，隱約中木窗外忽然伸出一隻手來，我吃驚大呼，原來木窗忘了上栓，小偷竟然也想打一個不夠有書房，甚至不夠有書桌的寒士的主意。

勝利復員，我輾轉來到臺灣，來到臺中，我情深似海的臺中，在臺中師專任教，那時教職員宿舍還沒有，學校在教室後面給了我一間小屋，除鐵床外，還有一張長而大的木桌，由於它的大，就派了諸多用場，這一頭用餐，那一頭改作業，推開這一切，老二常常爬上去睡午覺。

不久，我去了臺北師大，好不容易爭得一間斗室，自是作於斯、食於斯、寢於斯了，雖然簡陋，畢竟也有一桌一椅一榻，那時，我寫作甚勤，那一桌該是「純」書桌了。只是它這可驕傲的命運維持了不久。老大第一次聯考未中，我讓他北上念補習班，他見了我的面第一句話就是；「媽，我可不吃包伙。」為了他能安心念書，我只好謹如兒命，在門外走廊上買得小爐小几，洗手作羹湯了。也因此室內的那一書桌又跌落到書桌餐桌兩用的身分。

我有機會去新加坡南洋大學任教幾年，學校設備極佳，我分得兩房一廳的宿舍。那時老二隨行，母子二人各據一室，不久，他赴美就讀，我變成擁有臥室、書房、書桌的高級念書人了。算來，這是此生唯一的一次，如此豪奢。

返臺後，我又回到我摯愛的臺中，在中興大學任教，學校給了我一幢平房，前後一房一廳，沒有書房，卻畢竟有一「純」書桌。不久，學校計畫改建四層公寓，我又為疾病而苦，終於提前退休，買了一間小套房，準備終老於斯了。

屋子是 12 坪，除掉公共設施，真是一間斗室，自又是作於斯，食於斯，寢於斯。朋友看見我那一張小書桌，鋪上桌布用餐，抓開桌布寫作，便搖頭嘆息：

「你怎麼能寫得出東西來？」

承楹、海音賢伉儷作中部之遊，走進小屋，承楹皺皺眉，憐惜地望了我一眼：「你怎麼可以窩到這樣的小地方？」

這一句話給了我很大的震動。我忽然想到，天下沒有比我更虐待自己的人。布衣粗食，住，也僅能容膝。為什麼我不能有一幢更大一點的屋子，有臥室、書房、客廳？此念一動，我有了遷居的打算。原來與世無爭，如今想「爭」得一像樣的居處，卻又被近日飛漲的房價嚇倒。摸摸羞澀的阮囊，只好自嘲地笑自己：「你原是一名不該有書房，甚至於書桌的寫匠！」

——選自周聯華等著《書房天地》

臺北：中華日報出版社，1988 年 12 月

金縷曲
送別孟瑤

◎琦君[*]

君有行期矣。是悠悠、浮雲白日，送君千里。人世幾番風雨恨，聚散也真容易。把雅集從頭細記。杯酒縱談今古事。戰方城滿座春風起。清一色，夜如水。　花明柳暗心園裡。倚危樓，斜暉脈脈，詩懷無際。（孟瑤嘗謂最愛宋人詞「過盡千帆皆不是，斜暉脈脈水悠悠」之句。）青眼相看俱未老，共慶黎明前夕。有幾個如君才氣。最喜相逢龍抱柱，橡膠園、好夢多如意。雞尾會，二三子。

孟瑤才華橫溢，著作之豐，朋輩中無與倫比者。《浮雲白日》、《幾番風雨》、《柳暗花明》、《心園》、《危樓》、《斜暉》、《黎明前》，皆其暢銷小說。特誌之以博一粲。孟瑤喜方城之戲，而屢戰屢北。清一色雙龍抱在手，雖「汗流浹背」，而笑語琅琅不絕。其豪情逸興，可以想見。此次應新加坡南洋大學之邀，往主國文系教席。行期在邇，友好曾為餞別。吟杜老「若為後會知何地，忽漫相逢是別筵」之句，能不黯然，因賦此為贈。朋輩且戲謂孟瑤此去無妨求田問舍，置橡膠園一座，為他年朋儔晏飲笑樂之處，孟瑤已笑諾。故我等都以「未來的橡膠園主」稱之。至於篇中「好夢」二字何所指，質之孟瑤，當更為莞爾也。

——選自《中央日報》，1962 年 7 月 9 日，6 版

---

[*]本名潘希珍（1917～2006），浙江永嘉人。散文家、小說家，著有《煙愁》、《紅紗燈》、《桂花雨》等散文集。發表文章時為臺灣高等法院法庭書記官。

俞大綱先生序

◎俞大綱*

兩年前，孟瑤應南洋大學的邀請，去新加坡任教，我和梁實秋先生，不約而同的，勸她在講學和寫作之餘，整理一下中國戲劇史。我的理由是：孟瑤對中國戲劇具有熱愛和認識，稍加深入研究，必能獲致一些創見，再用她那枝流麗的筆，把中國戲劇的本質和風貌勾勒出來，使我們的天才劇作家如關漢卿、高則誠一流人物，和他們所創造的高度舞臺藝術，從歷史的劫灰中再度站起來，顯露他們的真面目和真精神。

孟瑤確能不負我們的期望，在兩年之中，完成了這部長達四十萬字的《中國戲曲史》。

中國戲曲史是一門極不易攻治的學問，從事於這門學問的，不僅要具備文學鑑賞力，要對中國古代的音樂和舞蹈的組織和風格有所認識，更其重要的是要懂得戲劇原理，再通過學術性的研究，藝術性的批判，才能完成一部接近理想的中國戲曲史。我們不能苛求孟瑤這部戲曲史，實現我們的全部理想，但她至少朝著這方向走，並且已具有相當的成就。

孟瑤這部著作是承繼王靜安先生的《宋元戲曲史》，和日本學者青木正兒的《中國近世戲曲史》後，一部最令人滿意的中國戲曲史。王先生的《宋元戲曲史》，是劃時代的著作。他引用清儒治經學的考證方法，來研究中國戲劇的淵源和前期發展情形，使數百年來沒人理會的文化寶藏，一旦豁然呈現於人間，放出萬丈光芒。他的影響所及，使近數十年來的中西學

---

*俞大綱（1908～1977），浙江紹興人。戲劇學家、京劇作家。發表文章時為中國文化大學中國戲劇學系系主任。

者研究範圍，跳不出他的如來掌心，最多不過是憑藉新發現的片斷史料，做補充或局部的修正。孟瑤此作，宋元部分，網羅這些修正和補充的意見，盡了一番搜集和抉擇的工夫，這對王書而言，是有不可磨滅的功績的。加之，她運用極為活潑的口語來駕馭一堆瑣碎而複雜的史料，讀來似較王先生過分嚴謹的考據文字生動些，更適合於一般讀者的接受。

近代戲曲，是孟瑤此作最精采的一部分。且看她對青木正兒的《中國近世戲曲史》所下的批評：「以一個外國人研究中國這種高深的舞臺藝術，在品味與鑑賞方面，何嘗不是隔著一層。」可以推知她對近代戲劇研究，頗為「自負」。這份「自負」，是從艱苦的研究和親身體驗所培養出來的一身文繡，足以顧盼自豪的。孟瑤本人，對近代戲曲音樂，有頗為精湛的了解，舞臺體驗也具備，在品味與鑑賞方面，達到一塵不隔的境界，並非難事。因此，這一部分顯得很精采，也盡了藝術批評的職責。

孟瑤是我的六姊大縝和七姊大絪的學生，也是我們家庭每一分子的好友，經常做我們的座上客。文學和藝術，原是我的家庭傳統癖好，我們兄弟姊妹日常談話的範圍，總離不了文學和藝術的疇範。每看過一本小說，或是一齣戲，一張影片，我們可以做三五天不斷的討論，孟瑤往往也參加一分子。大家在討論時，照例發揮我們的家庭民主精神，時常兩三個人爭著同時發表意見，誰的嗓門高誰就可以滔滔不絕的往下說，從來不要求獲致結論。孟瑤這部著作中，多少反映了我們家庭對戲劇的意見，因此，孟瑤此作對我們而言，無疑的極具有親切感。

我們認識孟瑤二十多年了。二十多年的流光，徘徊於我們的生命中，沖積成無數值得懷念的片斷。今天，我們弟兄在臺灣的只有我和我的長兄大維和八姊大綵，依然經常和孟瑤相聚，依然經常的討論及爭執對小說和戲劇的觀點，而孟瑤的老師大縝和大絪，在「骨肉流離道路中」的世局下，已有十多年沒有音問來，在燈下，我給孟瑤寫這篇序言，另有一種情懷是寫不出來的。

俞大綱民國54年3月26日深夜序於臺北

——選自孟瑤《中國戲曲史》

臺北：傳記文學出版社，1969年12月

孟瑤的三種樂趣

◎夏祖麗*

有許多人認為孟瑤寫的小說取材廣泛、筆法灑脫、內容豪放，讀起來像是出自一個男人的手筆。

這也許是和她的性格有關，她給人的印象是豪邁不拘的名士派。她不注重服飾，也不喜歡裝扮，平常總穿一襲深素色的旗袍，已經花白的頭髮剪得短短地披在頭上。前年她的大兒子結婚時，幾個好朋友非要她打扮一下不可，她被逼得沒辦法，才穿了一件深紫紅色的旗袍，塗了淡淡的粉，擦了淺淺的口紅，這可以算是她除了當年結婚以外的一次正式化妝。

孟瑤在寫作時、教書時、做事時或處理日常生活時都有她獨特的性格和方式。她一個人住在臺中中興大學的教授宿舍裡，平日自己洗衣、燒飯、收拾屋子，料理自己的生活。也許是多年來的獨居生活養成了她比較孤僻的性情。她不喜歡社交，也不善於社交，隔個半年來臺北一次，也只是找幾個知己的好朋友聊聊天，打打小麻將或看看平劇而已。

我也就是趁著她來臺北時訪問了她。那天她穿了一襲淺灰色的旗袍，短短的頭髮沒有做過，也沒有灑膠水，顯得有點鬆散，她在說話時，不時用手把頭髮往後攏攏。偶爾也點根菸抽。

生活單純，應酬少，寫作又勤快，於是她的作品便源源不斷。十多年來，她已寫了三十幾個長篇小說，出版了二十多本單行本，像最早期的《心園》和《窮巷》。後來又有《浮雲白日》、《黎明前》、《幾番風雨》、《食人樹》、《含羞草》以及最近幾年的《磨劍》、《這一代》等。她寫完一個長

---

*作家。發表文章時為《婦女雜誌》編輯。

篇，只休息半個月就又開始寫另外一個了。

孟瑤比較少寫散文或短篇小說，她認為寫長篇小說有兩個最重要的原則：必須記憶好和有耐心，否則就很容易半途而廢。有人寫小說喜歡先寫出一個大綱，然後依著大綱去寫。孟瑤卻是喜歡隨手就把心中的故事寫下來，寫完以後再修改，最後再潤飾，她每本小說都要寫過三遍才算完成。

除非正寫到興頭上，她是很少熬夜寫作的。因為每天上午她都有課，必須早起。她寫稿不喜歡有任何人打擾，即使那個人在另外一間房間裡不說話也不吵都不行。所以她在寫作前一定先把一切家事做好，打發走了送東西的、取東西的或送信的人，然後沏上一杯濃濃的香片或清茶，關起門來靜靜地寫。她常說這叫「閉門自居，自得其樂」。

孟瑤的小說裡有許多故事背景都是發生在辛亥革命時或抗戰時期的，這是因為她是湖北漢口人，她的家鄉曾有許多人參加過革命的行列，她自小就聽到很多那段時期的事，而自己是成長於抗戰時期，那時她正在念大學，她曾眼看到或親身經歷過許多動人的事情，給她留下深刻的印象，激發她寫作的動機。

像她寫的曾得過嘉新文藝獎的一本小說《這一代》，就是描寫抗戰時期八個年輕人的故事，這八個到後方念書的大學生中有五個是男的，三個是女的，他們有一次同乘一條船渡過嘉陵江，遇到大霧和大浪，船差一點翻了，結果是有驚無險。經過了這次意外驚險，這八個本不認識的大學生自然而然地熟悉起來。他們要紀念這次霧中同船的事情，就組織了一個「霧舟社」，決定在每年的這一天相會一次。整個故事就從這裡展開。從抗戰勝利、大陸淪陷一直到來臺灣，「霧舟社」聚會從沒有斷過，只是事變境遷，每年的聚會總不能全部人都到齊。這八個人的生活背景不同，性格不同，抱負不同，各人也就有了不同的遭遇。整個故事都是以大時代為背景，以人物為主角，反映大時代中各種類型人物的遭遇和結局。

以抗戰為背景的小說很多，孟瑤這本《這一代》所描寫的不只是抗戰那段時期年輕人的故事，而是一直發展到他們步入中年，它也就是現在許多中年人的故事。

讀孟瑤的小說不難發現，她描寫各類型的人物很成功，尤其是她描寫那些婚姻失敗、性格堅強、自力更生的女人。

在寫作外，教書可以說是她的生活重心。她說：「我從中央大學歷史系畢業後就一直教書，這一輩子可以說沒有做過別的工作。頭兩年是教本行歷史，後來就一直教國文了。」

當初孟瑤在中央大學雖然是念歷史，但她卻經常到國文系去旁聽上課。

當年在中央大學曾教過孟瑤課的黎東方教授，有一次曾開玩笑地說，他準備刻一個圖章，上面刻五個字：「愧為孟瑤師」。他的意思也就是說，孟瑤今天的成就及名氣，連他都自嘆不如。

目前她在中興大學教「史記」、「中國文學史」和「新文藝」三門課。這些年來，她一直沒有離開教書工作，主要是她的興趣大。在人多或有生人的場合裡，孟瑤是不太說話的；在教書時卻是口若懸河，很受學生歡迎。

民國 52 年時，她曾接受新加坡南洋大學的邀請，去講學了四年，她在那裡教「新文藝」、「小說史」和「戲劇史」三門課。

說起戲劇，她的興趣和成就並不遜於寫作。她酷愛平劇，也許是和她學歷史和中文有點關係，但最大的原因還是受她父親的影響，她的父親酷愛平劇，從小她就常跟著父親去聽戲。

她初到南洋大學教書時，梁實秋和俞大綱兩位教授曾鼓勵她在講學之餘研究研究中國戲劇史，將來整理出來出版一部書。於是她就利用空閒的時間來研究，果然在兩年之內完成了一部四十萬字的《中國戲曲史》。俞大綱先生認為她這部著作是承繼王靜安先生寫的《宋元戲曲史》和日本青木正兒寫的《中國近世戲曲史》以後的一部最令人滿意的中國戲曲史。

她對於戲劇的根本觀念認為是這樣：無論中外，戲劇的起源都是由三種力量促成的。這三種力量是：初民的宗教情操，崇拜祖先及英雄的觀念和人類的模仿的天性。她覺得要研究中國傳統戲曲，應該從音樂、舞蹈和故事三條線著手，因為戲劇不外乎悅耳（音樂）、娛目（舞蹈）和賞心（對人生悲歡離合的陶醉）。

另外她還撰寫了一部《中國小說史》。這套書是介紹中國歷代小說的起源和演進，列舉許多有名的舊小說，把它們分類和批評。

她認為現在有些小說創作者歧視中國舊小說，還有一些輕率的人模仿中國舊小說，而一般人又不願意花時間去看舊小說，造成了大家對舊小說不重視的現象，這是不對的。大家實在應該多看重舊小說，因為許多好的舊小說不論在內容、時代背景、寫作技巧上都是有價值的。她寫《中國小說史》的目的也就是希望大家對中國的舊小說有正確的評價。

在寫作教書之餘，孟瑤最大的樂趣就是唱戲和聽戲了。她參加了臺中友聯票社，每個星期一、三上午又私下吊嗓。她唱的是余（余叔岩）派老生，偶爾也粉墨登場。她最喜歡演唱的幾齣戲是《打鼓罵曹》、《搜孤救孤》、《四郎探母》和《洪羊洞》等。她在這一方面很肯用心。

談到唱戲，孟瑤會特別起勁兒的。她說：「演戲不僅能忘我，而且有一種洩導作用，因而是現實生活中最好的調劑。我國傳統戲劇的演出形式是寫意而象徵的，所以最難把握的就是神韻，而歌者或演者也以能把握箇中神韻為最大快樂。因此愛好平劇是一道窄門，不僅不容易進去，進去了也不容易出來。平常，我以能高歌一曲為快樂，假若有機會袍笏登場的話，那就會陶醉得不知今世何世了。」

要她把唱戲和寫作兩事比較，她覺得唱戲是純消遣，是只樂不苦；寫作是苦中作樂，各有巧妙趣味。

她喜歡平劇，也就對故都北平有一分偏愛。她常說她最遺憾的事是沒有去過北平。她對北平的一切都很嚮往，每當她在一個場合裡聽到京片子或聊北平，她就會特別興奮。因此她也特別交來自北平的朋友，當他們談起北平的風土人情時，她總是很陶醉地坐在一旁傾聽著。

學歷史、教中文、唱平劇、喝中國茶，從這些嗜好看起來，孟瑤似乎是典型的中國派。她的確也是這樣。她什麼都不洋，卻有一件事非洋不可，那就是喝酒非喝洋酒不可。她喜歡自己做一兩樣下酒的小菜，倒上一杯威士忌或白蘭地酒，吃喝得津津有味。

孟瑤的那種豪放，不受家庭拘束，不喜裝扮的性格，加上她的灑脫的文筆，使得她給人一種男性化的感覺。但是只要認識她深的人都知道她並不是個粗線條的人。就拿她對朋友來說，她的朋友不算多，但只要她引為知己的朋友，她會對他們非常細心。她對朋友很慷慨，自己卻省吃儉用，不肯浪費一個錢。

她那種發自內心深處的細膩的母愛，更是文藝界中人所稱道的。這些年來，她一直辛苦地教書、寫稿，把一頭又黑又亮的頭髮都寫白了，還不是為了使兩個兒子能得到更好的教育和全心的照顧。

孟瑤那種自由自在、堅強獨立和才氣橫溢的氣質，把她襯托出一種坦然純樸的美，這也是她可愛可敬的一面。

——選自夏祖麗《她們的世界：當代中國女作家及作品》
臺北：純文學出版社，1973 年 1 月

矢志獻身寫作的孟瑤

◎應平書*

兩年前，在病魔的纏身之下，名作家孟瑤女士從中興大學提前退休。當時，她自己以為心愛的寫作生涯可能難以繼續。

沒想到經過兩年的靜養，在排除冗務之下，不但無名沉疴不藥而癒，在身體神奇的康復之後，她又重新提起了筆，接連寫了兩個長篇——《望鄉》及《一心大廈》。

《望鄉》是她在大病初癒之時，到美國探親，所見所聞心有所感之下，嘗試著再度寫作，描寫的是現代留學生的生活。在寫完《望鄉》之後，她對自己的健康情況有了信心。因此，片刻不停的馬上寫《一心大廈》。

《一心大廈》是以一位成功的女企業家及兩位初入社會的年輕女性為主幹，描寫在急速變遷下的現代社會中，固有的倫理親情及道德觀念面臨的衝擊及考驗。孟瑤以近年來成長最迅速而目前又正面臨困境的建築業，作為她小說的背景，正是象徵這一時代的多變性。

也許有人認為女性的生活圈子狹小，寫作層面不容易擴大。但是，寫了近四十部長篇小說的孟瑤卻不如此想。她認為敏銳的觀察力及細心的感受可以彌補這方面的不足。就像《一心大廈》所寫的故事一樣，並不一定要她親身經歷；但這是由於她近年生活的一項感受。她故事中的主角，也並不一定是真實的人物，但她盡量的把所見、所感，用筆真實的描寫下來。

---

*作家。發表文章時為《國語日報》編輯，現任中華民國專欄作家協會理事長、中國婦女寫作協會理事長、臺北崑劇團團長。

卅多年來，除了前兩年的一場大病，使她停筆之外，可以說她的筆不曾生過鏽。這位酷愛寫作的「老作家」卻自我解嘲的戲稱：「『煮字療飢』則是最初逼迫自己的原動力。」當然，不可否認的，在大陸來臺之初，一般人的生活比較清苦，教育工作使她能有較自由的時間，可以用來寫作，這自然成為一條最可行的途徑；再加上，她有恆心、有毅力，就這樣從第一部長篇小說《美虹》開始，她一部接著一部，埋頭苦幹而不覺其苦。

這麼多年來她的生活就是課堂、稿紙、鍋鏟；而偶爾的聽聽戲，和三五同好清唱一番就成了她最大的享受。但在兩年前，她從教育崗位退了下來，離開那工作了一輩子的講堂，生活有了改變。

記得，在退休之時，還有不少人士邀她「兼課」，但她以一句「緣盡了」回絕了。至於對平劇狂熱的愛好，隨著年齡的增長，也不像年輕時有那麼高的興致。只有寫作，她從來不覺得厭倦，也成為她退休後最大的精神寄託。

退休。雖然是為了健康情況不好，但對這位忙碌一輩子的教授而言，剛開始還真不習慣，每天無所事事，心裡真是難受；再加上生病不敢寫小說，真是苦悶，一直過了半年才慢慢習慣。所以，一俟身體稍微許可，馬上又提起筆。寫作使她的生活又充實了。

孟瑤女士記得剛剛踏入文壇之時，她高興起來可以寫一天。那時，她只要一有空，可以不分晝夜的振筆疾書。漸漸的，她停止了晚上寫作，用來聽戲、唱戲以調劑身心。那時。她還沒有想到是精力夠不上了。直到這兩年，她只在早晨才有精神寫，到了下午就要休息了。

儘管每天寫作的時間只有短短的三小時，但她還算是「快手」，只要一提筆，寫起來就很快，一個長篇不需要多久，初稿就能完成，可是完成之後，她一定要再修改兩、三次以上才會自認滿意。

隨著年齡的增長，孟瑤越來越常客觀的檢討自己的作品。她認為，作家的作品和她個人的性格有著極大的關聯。她謙虛的指出，像她是屬於大而化之的人，又有點粗枝大葉。所以，她的作品大多數層面都很寬廣，但有時就不夠細膩。有時，她也會想到如果在某個細節再強調一下就更好，但她就是改不來，還不如保持本色更自然些。也因為如此，她三十多年來一直致力於長篇小說的創作，就是長篇比較能發揮其所長，而不會無法開展。

對許多作家而言，寫長篇最大的困難，就是在文思不能順暢時，往往「闖不過去」。但對孟瑤而言，堅持到底的個性，使她嚴格要求自己，一定要「闖過去」，就這樣一次又一次的考驗，終於使她收穫豐盈。

不過，唯一令她感到遺憾的，就是沒有一位好的經紀人幫她好好的經營，使她的四十部長篇，出版凌亂，而經常有讀者不知如何才能買到她的書。

雖然，曾經有朋友向她建議，將舊作重新處理一番做有系統的出版。但是，孟瑤女士則認為有這整理的時間，她寧可再寫一個長篇，因為寫作，對她而言，是一種快樂的泉源，使她感到生活充實。

就像《一心大廈》那位成功的女企業家，在功成業就之後，頓然覺悟，終於毅然拋棄一切，追尋自己的志趣所在，這多少也像是孟瑤今日生活的寫照。

今後她將依然以著述為己任，在《一心大廈》完成以後，她將鬆弛一下精力。然後，仍將筆耕不輟。

可惜的，這位一向不願事先預開「支票」的女作家，在數年前，曾發下豪語，要寫四部獨立而有關聯的故事，背景是從辛亥革命到五四，再由七七事變到今日反共基地的這一代青年的悲歡離合，以及愛國愛民的情景。但歷經這場大病之後，她有點感到力不從心，致遲遲不敢動筆，她恐怕這個承諾再也不能兌現了。

但是，令人高興的是，她相信在十萬字左右的長篇方面，自己是游刃有餘。也希望在她有生之年，有更多更好的作品獻給讀者。

——選自孟瑤《一心大廈》

臺北：九歌出版社，1982 年 6 月

婆娑一嫗扮四郎

◎林海音*

孟瑤最近來信了，她說雖被兩個孫兒女吵吵鬧鬧，但情緒反而比在臺歡悅穩定，我想她必是樂在含飴弄孫了。但隨後她就又報告一件真正的樂事，那就是金素琴今年七十大慶，舊金山的朋友們要為金大姐祝嘏，預備彩排，約孟瑤唱〈坐宮〉，她已經答應了，她說：「我婆娑一嫗，又將扮演英俊的楊四郎了。」

我接到她的信，趕忙找出她扮演英俊楊四郎的劇照來，這是她前幾年為崇她社義演所拍，果然是粉嘟嘟的一張嫩臉。記得那天下臺後，她一定要我們給她意見，我說我不懂戲，一切看法是直覺的，我對她的感覺是使我想起少年時在北京聽戲，所看到的童伶和童伶之音，總之，很可愛。彩排四郎，她有過幾次經驗了，此番應當更是駕輕就熟了。

孟瑤實在著迷平劇，甚於教書和小說寫作，當然，後兩者是她賴以生活的職業和收入。她在大學畢業時的志願就是得天下英才而教之，她教了半輩子書，名下也出了不少出色的學生，像中華日報社長黃肇珩，就是對揚老師最敬重的當年師大的學生。

小說嘛，三十年前一本《心園》，奠定了她在文壇上的寫作根基。喝！她寫了不少長篇、短篇小說，把她要藉小說抒發的，都寫出來了，她是個辛勤的工作者。她名士派不修邊幅，第一次見到她，是一襲陰丹士林旗袍光腳穿皮鞋，那時我們都給《中央日報》的「婦家版」寫稿，這樣開始結

---

*本名林含英（1918～2001），苗栗人。散文家、小說家。發表文章時為純文學出版社發行人兼主編。

交的，有三十多年了。也因此，可以想見她是如何的怕受拘束，怕和陌生人打交道。有一年她忽然問我：「認識師大的楊希賢教授嗎？」我說：「聽說過，不認識，幹嚒？」原來她要為大兒子向楊希賢的女兒求婚，她們的兒女都在美國。她拉了我同去，後來則由我權充大媒，送了定婚禮去。

在臺北，她到我家最舒服，進門扔下皮包，把自己往長沙發上一扔，連老姊夫何凡進來都懶得起身，只「嗨」一聲。也難怪，這幾年她一直被腰疼所纏，這次臨出國前在臺北忽然發作，還趕回臺中去扎針推拿了一番，才整裝上的飛機。

婆娑一嫗，當然是她過於自嘲之詞，但我想她也確實願意我找出她的四郎之照亮給讀者吧！

——選自《聯合報》，1983 年 5 月 27 日，8 版

集學問、小說、戲劇於一身的孟瑤

◎鍾麗慧*

一提起「孟瑤」，總會替她冠上「小說家」的頭銜，因為三十多年來，她從未間斷地寫下五十餘部小說，累積七百餘萬字的成績；另外，她還有個正式的頭銜——「揚宗珍教授」，曾任教於臺中師範、臺灣師範大學、新加坡南洋大學、中興大學，並以中興大學中文系主任身分退休；她是戲迷、票友、戲劇學者和劇作家。

孟瑤的成就豈只是「著作等身」足夠形容的！簡直是「千手觀音」。

讀小學五年級時，就開始寫作了

民國八年出生於漢口市的孟瑤，早在就讀於江蘇省立南京女子中學附屬小學部五年級時，就在練習簿上寫小說了。可是，一直到民國 38 年來臺灣，任教於臺灣省立臺中師範學校，才開始正式寫作。在《中央日報》陸續發表了〈給女孩子的信〉散文。但是，她心想：「自己應該在小說上努力才是。」

於是，民國 41 年發表兩部小說，一是在《自由青年》連載的《美虹》；一是在《暢流》連載的《心園》。

《心園》是她十分喜愛的一部小說。故事背景是她自沙坪壩時代的中央大學歷史系畢業後任教的第一所學校——重慶南岸的私立廣益中學，主人翁就是這所山上教會中學的老校長，終生從事教育工作的心路歷程。她

*作家。發表文章時為《自立晚報》編輯，現已退休。

說，當時在廣益中學教書時，並不特別喜歡那個地方，等到了上海、臺灣以後，就很懷念山上的風光，不時回憶那段日子，所以，就自然地以那個地方為背景了。更重要的是這部小說奠定孟瑤的文壇地位，此後稿約不斷，成為編輯爭相邀稿的著名女作家。

民國 42 年完稿的長篇小說《危巖》，獲得當時頗具權威的「中華文藝獎金會」獎助，於民國 44 年出版。

三十年來，完成五十多部作品

此後，身為兩個男孩母親的她，開始過著「丟下粉筆，拿起鍋鏟；放下鍋鏟，就拿起筆」的忙碌寫作生涯。下面一長列的寫作年表，是她筆耕的成績；更是她辛勤努力的證明：

民國 43 年，寫了長篇《幾番風雨》、《窮巷》、中篇《蔦蘿》、《柳暗花明》和《追踪》等五部。

民國 44 年，寫成中篇《夢之戀》、長篇《屋頂下》和《斜暉》等三部。

民國 45 年，完成五十萬言巨著《黎明前》、長篇《鑑湖女俠秋瑾》和中篇《鳴蟬》等三部。

民國 46 年，則寫了〈蘭心〉、《曉霧》和《迷航》等三部中篇小說。

民國 47 年，完成《亂離人》、〈杜鵑聲裡〉、〈流浪漢〉和〈斷夢〉等四部中篇小說。

民國 48 年，又完成了《生命的列車》、《含羞草》、《荊棘場》和《小木屋》等四部中篇小說。

民國 49 年，寫成長篇小說《危樓》。

民國 50 年，再寫成長篇《浮雲白日》、中篇《却情記》和《食人樹》等三部。

民國 51 年，寫了長篇小說《太陽下》。

民國 53 年，寫了長篇小說《畸零人》。

民國 54 年，又完成三部長篇小說《翦夢記》、《孿生的故事》和《紅燈，停》。

民國 55 年，完成兩部長篇小說《退潮的海灘》和《群癡》。

民國 56 年，也完成兩部長篇小說《踩著碎夢》和《這一代》。

民國 57 年，寫了長篇小說《飛燕去來》。

民國 58 年，完成四部長篇小說《磨劍》、《三弦琴》、《望斷高樓》和《杜甫傳》。

民國 59 年，則完成兩部長篇小說《弄潮與逆浪的人》和《長夏》。

民國 60 年，寫成兩部長篇小說——四十萬字的《兩個十年》和《英傑傳》。

民國 61 年，完成二十七萬餘字的《龍虎傳》。

民國 62 年，寫成長篇小說《長亭更短亭》。

民國 63 年，寫成長篇小說《驚蟄》。

民國 64 年，寫成長篇小說《盆栽與瓶插》。

民國 65 年，寫成長篇小說《浮生一記》和《滿城風絮》。

民國 66 年，寫成長篇小說《一心大廈》。

民國 68 年，完成二十五萬字的《忠烈傳》和《望鄉》。

民國 72 年，完成長篇小說《女人・女人》。

長篇小說《這一代》，榮獲「嘉新文藝獎」！

在這五十餘部小說中，《這一代》曾獲「嘉新文藝獎」。《這一代》寫的是抗戰時期那一代青年的故事，五個男生和三個女生共乘一艘船到大後方進大學，在嘉陵江遇到大霧和大浪，差一點翻船，死裡逃生後八個原本不相識的大學生組成了「霧舟社」，約定每年的那一天聚會一次。

故事就從抗戰、勝利復員、大陸淪陷一直到臺灣，以這段大時代為背景，而八位主角的遭遇卻不相同，正代表著這個時代各種類型人物的遭遇。

孟瑤的小說中有許多是以辛亥革命、抗戰、大陸淪陷到臺灣為背景。諸如她自己喜歡的《黎明前》，和最近在《華副》連載完畢的〈女人・女人〉。

孟瑤說，〈女人・女人〉是一部具有紀念性的小說。因為她醞釀許久，動筆不久就生病，臉部發黑，暫停寫作，直到病癒後，再動筆就很快地完成了。〈女人・女人〉寫自辛亥革命起的四個時代的女人，第一個是辛亥革命時期，也就是孟瑤的祖母時代，這個時代的女人講求順德，完全沒有自我。第二個是「五四」時代，也就是孟瑤的母親時代，這個時代的女人為理想而犧牲，諸如為爭女權、爭婚姻自由而犧牲幸福。第三個是抗戰時期，也就是孟瑤親身經歷的時代，這個時代的女人是三頭六臂，什麼事都得自己挑起來，否則就過不了關。第四個時代就是現代的女人，除了負擔家計之外，還有社會責任，個個都是兩肩沉重。

孟瑤在〈女人・女人〉小說中成功地描寫了中國近代婦女的不同遭遇和不同責任，其剖析之深刻、憐憫慈悲的情懷，和小說結構的經營嚴謹，實為一部中國婦女史詩。

此外，臺灣三十年社會的轉型、時代的變遷，也是她所關心的，如她喜愛的《磨劍》；及以臺灣時代的年輕人為藍本的《亂離人》，甚得林語堂先生讚賞，他並請外交官時昭瀛譯成英文。

另外，觀察敏銳的她，前兩度赴美探望兒子，都讓她的觀察和思想轉化成小說，一是第一次去美國回來寫成的《盆栽與瓶插》，她以盆栽和瓶插來比喻生活在美國屋簷下的留學生，難以深植在大自然的土地上，好像無根的盆栽或瓶插。這部小說連載期間引起極大的回響。二是《望鄉》，這是她第二度到美國回來，寫下留學生之間彼此照應、關心和懷念臺灣，不忘故國的情懷。

近年來，歷史系畢業的她鍾情於歷史小說創作，她最喜愛寫晚明的英雄兒女故事的《忠烈傳》。她心目中還有不少歷史小說腹稿，讓我們拭目以待吧！

擅長寫長篇小說的她認為，寫長篇小說必須記憶好和有耐心，否則，很容易半途而廢。她就是一個不寫大綱的小說家，她總把醞釀許久的腹稿信手寫下來，然後，再修改、潤飾。以她的「多產」看來，她實在是位天生的小說家。

完成《中國戲曲史》、《中國小說史》等名著

教書，是孟瑤生平唯一的職業，三十多年來，出身歷史系的她，一直教授中文系的課程，她曾開過「史記」、「中國文學史」、「新文藝」、「小說史」和「戲劇史」等課程。其實當她就讀「中央大學」時，便是中文系的常客，她曾旁聽胡小石的「楚辭」與「中國文學史」、盧冀野的「曲選」和唐圭璋的「詞選」等名師的課。

以中文學者的身分，民國 54 年孟瑤完成了兩部獨步古今的著作——《中國戲曲史》和《中國小說史》。這兩部著作是從她在「南洋大學」的講義，再三修訂、增補而成的。

俞大綱先生認為她的《中國戲曲史》是：「承繼王靜安先生的《宋元戲曲史》，和日本學者青木正兒的《中國近世戲曲史》後，一部最令人滿意的中國戲曲史。……她運用極為活潑的口語來駕馭一堆瑣碎而複雜的史料，讀來似較王先生過分嚴謹的考據文字生動些，更適合於一般讀者的接受。」（見《中國戲曲史》序）

然而，孟瑤卻謙稱：「這本書只是我教學講義的補充，因此，著手起來並不困難。其次，當然是因為戲迷家庭的傳統喜愛，而且，從喜愛中發現你所喜愛的正面臨抉擇，是新生還是死亡？變成了你最憂心的一個問題，於是，忍不住提筆，寫下了你的所感、所覺、所懼……希望能引起同好者的注意，共同商議一個挽救的良方。」「皮黃若想不步崑曲的後塵退踞於地氈、書架、藝術之宮；則怎樣永遠活躍於舞臺，正是我想寫一本戲曲史的最大衝動。」

同時，她也完成《中國小說史》鉅著，有系統地介紹中國歷代小說的

起源和演進，並且，把著名的中國古典小說分類並加以批評。希望確定中國古典小說的價值。她對中國古典文學的特點，曾說過：「別的我們不談，我們在這就光講章回小說好了，章回小說能夠在中國流行幾百年是有原因的，第一個結構精密，每個人物與每個人物間的關係絕對不會讓讀者感到突兀，看看《水滸傳》裡的一零八好漢吧！每個人與每個人之間的地位、衝突、關係都擺得相當理想，除了人物之外，時景的安排也是絕對的自然流暢，這就是中國古典小說結構上的優點；再者古典小說的布局錯落有致，言詞流暢，尤其是過場嚴密緊湊，情節起伏多變，而且，在每章每回之間必然有『欲知後事如何，且聽下回分解』的吸引力，讓讀者非一口氣讀完不可；這也就說明了章回小說的文字、結構、人物、情節、過場等等方面也都必然是安排得緊湊合理且吸引人的……」「以我本身的經驗來說，中國古典文學的價值和地位是不容忽視的，我本身受一本《史記》的影響最大，而這一本書也時時讓我感到終身受用不盡，《史記》中的一小章句都可能影響到我的作品中的養分，所以，有人說只要精讀一部偉大的中國古典文學，終身受用不盡，這句話是不錯的……」（見雁蕪天的〈往下紮根為了要開更美麗的花——孟瑤女士訪問記〉）。

是戲迷、是票友、也是劇作家

多年來，孟瑤是位著名的戲迷、票友，近兩三年更成為郭小莊「雅音小集」的劇作家。

出生於戲迷家庭的她，從小就跟著父親看戲，因為她無法和哥哥們一樣平等的看那樣多的戲，那樣自由地和名伶交往，那樣不在乎地鑽後臺，於是，她說：「我竟因此立下了一串偉大的志向：我看戲的機會雖有，不是不能隨心所欲麼？『哼！』我心裡暗想：『總有一天我去做那個賣零食的小僮，我把我成天埋在戲園子裡！』我不是不被允許和那些舞臺上的英雄美人做朋友麼？早晚我要從這些人中間贏得一群知己。我不是不被允許隨便鑽後臺麼？總有一天，我要好好地學唱，然後，施朱敷粉，袍笏登場……

而且，不止此也，我還要做學問，從書本裡鑽研出一套道理來。」（見孟瑤〈戲與我〉）。

她立下的一串偉大的志向，後來都一一實現了。第一要「贏得一群知己」。最具代表性的是與金素琴交往，先是從臺中趕到臺北來看金素琴的戲，後經友人介紹認識，進而相知；為她寫下〈金素琴舞臺生涯回憶錄〉，在《傳記文學》雜誌上連載。去年金素琴 70 歲生日，孟瑤和旅居舊金山的票友，為她粉墨登場，孟瑤唱〈坐宮〉扮演英俊的楊四郎，為她的知己祝嘏。

第二是「施朱敷粉，袍笏登場……」任教於「中興大學」時，她參加「臺中友聯票社」，每個星期一、三上午又自己吊嗓。她唱余（余叔岩）派老生，最喜歡演唱《打鼓罵曹》、《搜孤救孤》、《四郎探母》、《洪羊洞》等等。自教職退休後，除了赴美含飴弄孫外，她仍在臺中獨居，因為臺中天氣較臺北好些，主要還是票友多，前一陣子還在臺中彩排一次，有趣的是票友全是上了花甲之年，特別在戲場門口畫個老太太做請進狀，表示上臺的全是老太太。

她談唱戲的興致比談小說大，她曾說：「演戲不僅能忘我，而且，有一種洩導作用，因而是現實生活中最好的調劑。我國傳統戲劇的演出形式是寫意而象徵的，所以最難把握的就是神韻，而歌者或演者也以能把握箇中神韻為最大快樂。因此，愛好平劇是一道窄門，不僅不容易進去，進去了也不容易出來。平常，我以能高歌一曲為快樂，假若有機會袍笏登場的話，那就會陶醉得不知今世何世了。」（見夏祖麗的〈孟瑤的三種樂趣〉）。

第三是「做學問，從書本裡鑽研出一套道理來。」民國 54 年寫成的《中國戲曲史》就是這項志向的實現。

為了開拓新戲路，編劇甘苦備嘗

這兩年她又多了一項興趣，就是替郭小莊的「雅音小集」寫平劇劇本，處女作是《竇娥冤》，近作是《韓夫人》。當初郭小莊成立「雅音小集」計畫演出改良平劇時，孟瑤也是保守派，認為今天的皮黃在舞臺藝術上的成就，已臻極致。多一筆就是敗筆，多一動就是醜態。後來，眼看著「國軍文藝活動中心」的觀眾，逐漸老成凋謝，影響舞臺上的演出情緒；反觀郭小莊卻能吸引一批年輕的觀眾，於是，孟瑤轉而主張平劇可以「變」，讓它試探一條新路，當然，「雅音小集」仍是篳路藍縷，未能盡善盡美。

當初郭小莊請孟瑤為她的新戲寫劇本時，懇談許久後，孟瑤才答應。於是，孟瑤就以郭小莊的長處為特定人物，尋找適合她演唱的戲，她認為郭小莊的腰腿功夫好，因此，第一齣戲選的關漢卿的《竇娥冤》為素材，加以編寫，和傳統的程派名戲《金鎖記》有所不同。當時「雅音小集」從策畫到演出歷盡波折。此後，孟瑤幾乎成了「雅音小集」的「特約編劇」，今年演出的《韓夫人》，也是她建議的戲碼。原定九月返國的孟瑤，禁不住郭小莊的催促，臨時提前回來看戲。

編寫劇本成了孟瑤現在最感興趣的工作。她說，寫平劇劇本最容易排遣時間，有時候為了找一個適合的韻腳，一枯索就是半天。此外，劇本比小說過癮的是可以把人物活現在舞臺上。

若不是積半世紀以上的看戲、唱戲經驗，和早年學過填詞，那能駕輕就熟的寫起平劇劇本呢？！不久，孟瑤又要和郭小莊討論明年的戲碼了，寫好初稿交由朱少龍編腔，孟瑤再檢視有無「倒字」（不合韻的字）才能定稿。一年一度的編劇使孟瑤忙得更帶勁兒，精神氣色都比前些年發病時好多了。

三十多年未歇筆——寫白了頭！

一頭花白的短髮，總被形容為：「寫白的！」的確，三十多年來，她不僅從未歇過筆，還是個多產作家。但是，回顧她的寫作生涯，她總謙虛的說：「那些小說，潦草得很！」「我是學歷史的，我十分清楚的！」「我一生只喜歡兩件事：唱戲、寫作。說到唱戲，我自幼好『余』（余叔岩）成癖，但由於時空限制，既不能程門立雪，連親聆演出的機會也沒有一次，迷迷戀戀，也不過抱著那『十八張半』啃之不已，全力以赴，所得結論卻是『終隔一層！』說到寫作，從小學五年級就開始塗鴉，中學六年無暇旁騖，大學卻又選讀了歷史系，在寫作上沒有受過專業訓練，最多只有『票友』的成績，其結果也還是『終隔一層』！」（見孟瑤的〈我竟如此步伐凌亂〉）。

坦誠、率直是訪問孟瑤的感覺，多年前如此，現在更是。她一直保持真樸的生活態度，簡單的生活需求，名士派的打扮，從前見她總是藍色、灰色的旗袍；這次見她則是素色的套裝，不施胭脂。談小說、談戲、談世事都如她的文筆灑脫、豪放。儘管她不喜歡家庭的拘束，但卻不失為細膩的母親，這次北上就是為了幫返國任教於臺灣大學的二兒子整理住處。每一時代的「女人女人」，當了母親以後，一切都心甘情願了。

孟瑤就是兼具她小說〈女人．女人〉中每個時代女人的特性。克盡母職時屬於第一代；追求理想時屬於第二代；親身經歷了第三、四代。在學問、寫作和戲劇上，她表現得是中國文人的風骨和雅致，令人又敬又愛。

——選自《文藝》第 184 期，1984 年 10 月

我愛孟夫子
記孟瑤

◎劉枋[*]

前不久，在顧正秋女士的大公子結婚喜筵之上，和名作家孟瑤女士同席。——我之所以如此說，是站在純客觀的立場發言，其實我和孟瑤由相慕、相識而相交，已有卅多年的歷史，雖非「刎頸」，但已絕對「莫逆」。

那天在座的十來位女士先生，有的同姓，有的同鄉，有的同學，有的同曲（同是曲會之友），別人說孟瑤和我是同文，我說：「非也，她的名氣比我高的太多。」但接著我說：「我們是同劉迷」。

這話別人聽了一愣，不知其所以，而孟瑤卻已大笑，說：「放眼文壇，還真是只有妳我二人，同此一迷。」

蓋劉迷者，即迷劉雲若的小說是也。遠在四十多年之前，大陸上當時暢銷的小說（章回體的社會小說）有南張北劉之說，南張是說南方有名作家張恨水，北劉即是北方有名作家劉雲若。那時我正讀中學，對於課外書籍，本著「開卷有益」的觀念，真是無所不讀，從謝冰心的《寄小讀者》，到什麼江湖奇俠，無不廢寢忘食的去一心閱讀，其中最迷的是劉著《紅杏出牆》、《春風回夢》、《春水紅霞》、《舊巷斜陽》。

民國 42 年春，我初訪孟瑤，由小說而談到各種舊說部，原來她也是讀盡劉雲若所有作品的一個「劉迷」。

猶記那天情景：下午時分，麗日散熱，我在臺中師範教職員宿舍門前探頭而望，只見一位藍衫女士，在院中躬身沐髮。她抬頭見我，即問：「找

---

[*]劉枋（1919～2007），山東濟寧人。散文家、小說家。發表文章時為金甌女子高級中學國文教師。

誰？」

「孟瑤。大概是妳。」

她笑了。「何以見得？」

「想當然耳。」因我早從通信中知她是瀟灑率真，頗有男兒風範的人。

「妳是劉枋？」

「一點沒錯。」

「比我想像中漂亮。」

以上算乍見時的客套，接著在她一屋四用（客廳、書房、飯廳、臥室）的藤椅上落坐，各捧一盞濃濃香片，扯開話匣子，縱談今古文學作品。她說：「我不諱言，有很多不被認為是文學作品的，其內涵比一般淺薄的文藝腔要深厚的多，也許妳不大看這些東西。」

而我，正是大看而特看的。當時。或她或我，提出劉氏的任何一部小說，對方必接著說其中某一個人物寫的如何傳神，某一點情節寫的如何突出。我和她乃由「談得來」而交往日深。

僅讀孟瑤小說，未見過她本人的人，大概很難想像她的體貌如何，因她小說中的女性主角，千態萬種，不易把握說那個是她本身。和她相識的人，同性大多喜歡她的坦率，不拘小節，不忸怩作態，異性則有人覺得她欠缺一份女性的溫婉。

她很「上像」——有開莫拉費司，照片中她眼大有神，臉上輪廓清楚，不能稱曰「漂亮」，但有性格。而她本人自認為是「又黑、又醜」，她常笑別人的濃妝豔抹是「醜人多作怪」，因此自己便不花心思在衣履穿著上，「做頭髮」、「化妝」更和她無緣。

從邁出中央大學之門，她一直是人之患——在好為人師，她也以除了教書，別無所長自居。寫作是利用過剩的精力，以及消磨富裕的時間。

她亦菸亦酒，但前者限於「伸手牌」，後者是絕不「獨飲」，近年也學會了搓麻將，但輸贏在新臺幣 1000 元以上者不來。（這是民國 69 年的行情，前兩年只肯參加五六百元出入的小局）不能說她是個「律己極嚴」的「方正」人，而她的原則是堅定的。

她酷愛國劇，專工鬚生，在大學時代，即經常登臺，直到今日，戲癮未減。因此她平時舉手投足，頗有男性味兒。而當掛上髯口，裝成鬚眉時，那清脆高昂的聲腔，以及眉宇之間，卻又依稀可尋出女兒態。有人說這是她走票唱戲的一大障礙。其實她唱只是為了自娛，並不非要娛人，又何必管那麼多。

有的人年老而頭髮不白，說是「蒙不白之冤」，孟瑤剛好相反。韓愈是年未四十而髮蒼蒼，而視茫茫，這位當代女作家，和唐代大文豪是「有志一同」。在我們相識未久時，她即每年增添華髮了，如今，早已「蒼蒼」滿頭。她並不因此而傷感於老之將至，反自詡：「本人一切純真。誰像妳們，染的！」

她的婚姻不太美滿，和先生分手已將近卅年。但直到今日，他未重娶，她未再嫁。那位張君是個忠厚老實的好好先生，當年兩人同意，課餘他拉胡琴，為她「吊嗓」，婚後，他把胡琴高掛，不再彈此調。而他是河北人，經常以麵食果腹。她籍貫湖北，每餐非米飯不飽。因此有人說孟瑤是被丈夫餓跑了的。

她和名作家陳之藩的夫人王節如女士名分是半師半友，因她在中大讀書時，王女士任「女生管理」之職，實際上是情同姊妹。王女士是遜清旗人，生活一切，均極講究，能言善道，和人相對，談笑風生，和孟瑤的一切馬虎，木訥寡言剛好是兩個極端。孟瑤說：「她愛說，我愛聽，所以一點也不衝突。」我經由孟瑤的介紹，拜識我們官稱的「王先生」，也二十多年了，在她兩人之間。我「取法乎中」，有耳朵也有嘴巴。我們過往相當密切，所以也有人說我們是「鐵三角」。每天定時通電話，開始便說：「是我，例行公事」。三天不見，碰頭時會說：「好久不見了。」

前年暑假後，孟瑤自中興大學中文系系主任職位上退休，整個的由臺中遷到臺北定居，（所謂「整個的」是對她過去時而臺北時而臺中兩頭跑的情形而言）真是無官一身輕了，可是苦命勞碌慣了的人，不會享清福，孟瑤本來就有些性急，如今更變本加厲，你若和她訂約最少她會早到半小時。那天，結伴去吃任（顧正秋是任顯群夫人）家喜酒，在電話中我說：「五點鐘在王先生那裡聚集，我有事不能早到，妳千萬別又冒場」。等我四點五十五分鐘到達，她早在沙發上高臥了二十多分鐘了。

她既愛唱，當然也愛聽戲。每逢有國劇公演，她一定是去「拔頭旗」——未開演而早到——可是在終場的前幾分鐘，便又坐而不安，想著搶先離去了。我常說：「孟瑤，人生苦短，我們來日無多，妳忙的是什麼？」

她說：「人本來的毛病，越老越會嚴重，我也想不忙，可是控制不了。」

人的一生中，誰也免不了有些糗事，和孟瑤相交二十有七年，這之間，她當然有過不少別人聽來有趣，她自己想起臉紅的事情，可惜我不善於幽她人一默，而她也不是個十分有幽默感的人，為了不傷友誼，談她的限度只好止於此。

她的寫作成就在此不一一頌揚，但是要請讀者知道，她非亞聖後裔，她的尊姓大名是揚宗珍，那值得頌揚的一宗珍寶，不是木易忠貞。

——選自劉枋《非花之花》

臺北：采風出版社，1985 年

傾蓋論交，白首如故

◎楊念慈*

劉枋大姐寫了一本《非花之花》，照她自己的說法，這是一本以糗人為樂的書，而被糗的對象，就是和她同輩分的一批文壇舊友，第一篇寫的是孟瑤，第 28 篇是我。

寫我的那一篇，劉枋大姐曾經不只一次的暗示，或者索性明說，「楊念慈不怎麼看得起女人」，唬得我心驚肉跳，好好的做了一番檢討；和劉枋大姐相識相知四十年了，關於我們建交之始「稱兄道弟」的那段經過，劉枋大姐敘述得很清楚，我的記性和悟性都不及她好，任憑我怎樣在那些前塵舊事中挖掘翻攪，也想不起四十年前那個「年未而立」的毛頭小伙子，在言語行事上出過什麼差錯，以至於在我最敬愛的劉枋大姐面前，落下這麼一樁罪過。今天，我也來寫孟瑤，話是從劉枋身上說起，首先要替我自己辯護的，「楊念慈不怎麼看得起女人」，那絕對是個誤會，對那些年歲相若的同輩文友，大部分我都是敬之愛之，有加無已，雖然也有少數人是我「不怎麼看得起」的，卻和性別完全沒有關係。

孟瑤和劉枋都是「五四運動」那年出生的，比我只大了一兩歲，自大陸來臺的作家群中，民國八年出生的人很多，二十年前，她們曾經湊在一起過「八百歲」，交往頻繁，形跡親密，簡直就像結了幫派似的，我就因為這一兩歲之差，沒有資格參加她們的「生日會」，在這批「大姐級」的老朋友面前，一直服服貼貼的以「小弟」自居，而且，這份兒情誼正在向下一

*楊念慈（1922～2015），山東城武人。小說家。著有《廢園舊事》、《黑牛與白蛇》、《少年十五二十時》等數十部小說，曾任中興高級中學、臺中第一高級中學、天主教曉明女子高級中學等校國文教師。

代延續，呼姐喚妹，稱兄道弟，都不只是表面俗套一般客氣的稱謂而已。

幾年以前，應鳳凰和鍾麗慧兩位小姐，聯合執筆，在《文藝月刊》開闢了一個叫做「文壇奠基者」的專欄，訪問師範的那一篇，師範老弟舊事重提，還特別說到他第二個長篇小說《穀倉願望》是在我擔任編輯的《自由青年》上發表的，今天我猛然想起，孟瑤大姐的第二個長篇，也是那個時期在那份刊物上和讀者見面的，發表期間，作者和編者總會有些書信往返，那正是我和孟瑤大姐締交之始，那篇小說原以「叛逆的女人」為題，出書時才改名「美虹」的，不久之後，我趕稿累得吐血，便辭掉編務，離開臺北，以養病為名，在豐原郊外大社村江楓兄家中住了一段日子，孟瑤大姐當時在臺中師範學校教書，還曾經冒著溽暑，到那個村莊去探望我一回，當時我住的那座古厝，是當地一位張姓地主的宅第，重門疊戶大院落，四周有竹木圍繞，雖然不像我故鄉老寨子那般廣闊，具體而微，也頗有幾分「耕讀傳家遠，詩書繼世長」的味道；在庭院中、大樹下，搬幾把藤椅，和孟瑤大姐、江楓夫婦圍桌而坐，聚談甚樂，彼此都知道，這個朋友是交定了。

其後我身體稍好，轉往員林一所專為收容山東流亡學生特設的實驗中學教書，星期假日，臺中市成了我尋親訪友的去處，孟瑤、張秀亞兩位大姐、張漱菡小妹、還有端木方老哥，他們幾位的尊府，我都常做不速之客，再後來，我也轉到臺中市任教，來往起來就更方便了，我寫過一篇〈幾位老臺中〉的散文，極言那段時間和他們幾位良朋益友談文論道之樂，那篇散文裡說過的，這裡就不再絮叨。

孟瑤寫了一輩子小說，教了一輩子中國文學，她本人卻是中央大學歷史系畢業的，雖說文史不分家，到底不是「本科系」；偏偏在我們那一代的身上，頗多這類情況，和孟瑤在中大歷史系同班同學的，就有小說家潘人木大姐，和散文家王聿均老哥，剛好這兩位和我也都是極要好的朋友，卻是各有因緣，分別訂交，並非由孟瑤居中介紹；三個念歷史系的同班同學，不約而同的走上文學這條道路，而且都大有成就，不能不說這是一個異數，有心整理文學資料的人，倒不妨做一番探索，我可以供應很多資料。

從「臺中師範」升上「臺北師大」，再應聘到「南洋大學」任教，孟瑤大姐在外頭飄蕩了不少時候，期滿回國，接下中興大學的聘書，終於又回到臺中落了戶；民國 64 年，她被迫接下系主任的職務，邀請了兩個老朋友到系裡任課，一個是琦君，教「散文」；一個是我，教「小說」。琦君的課很叫座，可是教了沒有多久，人就到美國去了；我的課一教就教了整整十個年頭，甚至當孟瑤自己因身體不好辦了退休，還以老大姐的口吻教訓我說：「以學生為重，別跟著我湊熱鬧！」她退休之後，大部分時間還住在臺中，只是深居簡出，很少在外面活動，二十年前就已經灰白了的那一頭「清湯掛麵」，一直被我認為是孟瑤大姐「美的焦點」，如今完全是銀色的了。

寫到這裡，才發覺要說的話都還沒來得及說，說出來的只不過是我和孟瑤大姐數十年來交往的一個概要，讀者們從這裡所得到的信息，最多也只是；「哦，孟瑤和楊念慈是老朋友了！交情不錯。」也許我執筆之際，想要表達的正是這個意思。年輕的朋友們，倘或對我們這些老朽還有些許興趣，除了讀我們的書，也請注意一下我們做人處事的風格，「傾蓋論交，白首如故」，你不覺得這份兒情誼也有幾分動人之處麼？

——選自《文訊》第 41 期，1989 年 3 月

一腔熱血，要賣與那識貨人

◎白崇珠*

本名揚宗珍的孟瑤師，第一次給我們上課時，先為自己正名；「我是提手『揚』，不是木易『楊』，旁人經常搞錯，不過次數太多，有時我也會懶得費口舌，木易楊就木易楊吧！」她略顯無奈、又透著豪爽與詼諧的表情，引得哄堂大笑。

和大文學家揚雄同姓的孟瑤師，也同有一枝健筆。勤耕半生，寫出七十多部小說，以長篇的大塊文章居多，是名符其實的著作等身。因為移作筆名的別號較本名更為人熟稱，竟也有粗心的新鮮人稱呼她孟老師。

揚老師一頭花白的短髮、常年著一襲素淨旗袍，站在講臺上、兩眼炯炯有神，既流露出豪邁的丈夫氣，又難掩一種對人世的款款深情。她的讀者想必會發現，她呈現在小說中的風格也是如此。

揚老師教我們的是「史記」和「中國文學史」兩門課。她愛票戲、能唱老生，也許是這個緣故，平日說話字正腔圓、中氣十足，我們聽課時倒有個好處，不容易瞌睡。

中央大學歷史系出身的她，雖然楚材晉用，教中文系的課，也同樣注重時空背景和歷史觀念。《中國文學史》、《中國小說史》、《中國戲曲史》這些著作都是她講課重史的產物。

不過，她教「史記」更重性情兩字。記得講司馬遷、韓信、項羽時，她的語調時而慷慨、時而蒼涼，有血有肉，令人印象特別深刻。她也寫歷史小說，像是《杜甫傳》、《英傑傳》、《龍虎傳》和《忠烈傳》。

---

*作家。發表文章時為《漢聲》編輯，現已退休。

回想起來，她似乎較偏愛悲劇英雄和不遇的才士。她常提的一句話是水滸好漢說的：「一腔熱血，要賣與那識貨人。」中國人講「知遇」，識貨的人和精采的時代都要遇得上才行。

孟瑤師自己念書時，正值國家動亂的抗戰期。有一回上課，談及年少時光，整個人立刻顯得意氣風發。她說；「我很有幸，是那個大時代的前排觀眾。」苦難的時代彰顯了人的昂揚奮進，精神價值超越物質之上，她邊說邊瞟著講臺下，我們這些未經憂患的後生晚輩：「我們那個時代的青年可是有光有熱的。」讓我們一時之間，都既慚又羨起來。

記得一次偶然的機會，在孟瑤師的宿舍裡，見到一幀懸於內室牆上，她年輕時的側影玉照，照片裡的雙瞳清亮靈澈，不由令人佇足端詳，至今難以忘懷。事後細想，青春固是引人之處，然而難道不是時代的淬勵激發，才使人雙目清亮有神嗎？

時代環境變了，社會轉型，人們的價值觀念和行為也迥然不同了。在孟瑤師的小說中，不乏這類題材和今昔的感懷。我不是孟瑤師的入室弟子，不足以談論她的作品，我的同班同學吉廣輿倒有這樣一段文字：

> 在她一本本平凡平淡的小說累積匯合之後，原本貌不驚人的庭市，忽然間四面八方全湧進來各式各樣的男女老少中國人，忽然間，原本死氣沉沉的世界一變而為聲氣相應的鄉野——孟瑤小說的風格不是點，甚至於不成線，而要在整個的作品層面上展現……她的 72 部小說合起來看，竟然就是變亂中國的投影。

孟瑤師的作品成就如何，有待小說評論家的析論，但是她曾說；「一個偉大的小說家，應該是時代的代言人。」可以肯定的是，她也自覺的企圖朝此方向落筆。

孟瑤師從教室退休後，很長的時間都為疾病所苦，師生們去看她，表面相談甚歡，私下卻都頗為感慨。然而我覺得儘管是在病中，孟瑤師始終都還保有一種女子少見的軒昂氣質。她見識過一個精采的時代，自己也活得多采多姿，她的一腔熱血賣給了一代代的學生，以及無數的讀者，只不知道她是否遇上了識貨的人呢？

——選自《文訊》第 41 期，1989 年 3 月

綵筆昔曾干氣象，白頭今望苦低垂

縱觀孟瑤的心象世界

◎方杞*

孟瑤一生最心儀杜甫，她的第一部歷史小說就是《杜甫傳》，而杜甫的兩句詩，恰可借來形容孟瑤的人文生涯，映襯她在文壇的丰采與滄涼。

孟瑤的綵筆，是民國成立以來，小說創作最多最繁穀的。從民國 40 年寫到現在，短短 43 年中，孟瑤出版了 66 部小說，總字數高達一千零五十四萬三千字，雖然她自稱「多一半只覆瓿而已」，量雖龐大，質非上乘，卻也已著作等身，成為中國最勤奮的小說作家。如果在國外，這樣的作家或會被國家尊崇供養，但在人文寥落的今日臺灣，不僅孟瑤的小說於書市竟已凋零殆盡，幾成絕響；她本人亦沒沒無聞，鬱鬱度日。這種現象不只發生在孟瑤身上，還有許多可尊敬的文學藝術家亦老景淒涼，一方面反映了臺灣經濟社會的膚淺庸俗，一方面也凸顯了政府對文學作家的涼薄心態。國家的「專業優秀作家制度」一天不建立，就一天難有真正偉大的作品出現。

滿頭白髮秋霜，現年 75 歲的孟瑤，默默活在臺中市區的一角公寓裡，身骨子仍然硬朗。她於民國 77 年在美國加州大學圖書館寫成的四十萬字歷史小說《風雲傳》，最近在臺灣出版，鋪陳兩宋時代的忠奸英雄、情愫兒女，雖然不算傳世鉅著，卻頗為入木三分。因為歷史輪迴現象所造成的殷鑑作用，這部史傳的若干情節與中國、臺灣政治現勢隱隱有些脗合，臺北

---

*本名吉廣輿。散文家、小說家。發表文章時為佛光出版社顧問，現為義守大學通識中心教師。

的專權賣寵，北京的傾軋掙扎，都有些巧合的脈絡可尋。自從高陽先生溘逝之後，很多人浩歎歷史小說恐怕會隨著他及身而斬，中國史傳文學再也不會有新風光了，孟瑤的《風雲傳》恐怕是最後一個異數，為需要相當史學根柢及文學素養才能撰述的歷史小說畫下了一個寂寞的句點。

對於現代青少年來說，孟瑤也是一個陌生的名字。當孟瑤每天清晨獨自走過臺中中港路去買菜時，沒有人知道這位白髮皤皤婦人的枯手曾經創作千萬字的小說；當孟瑤彳亍於街道，躊佇於校園時，沒有人認識這位白髮蒼蒼的女士就是中國現代小說史上的大家。她孤寂的身影，印證了一個文學時代的沒落。

白髮千莖雪

孟瑤的小說背景，都在她的一頭白髮上，隨著她的身世更迭，隨著現實環境的變化而鋪敘，晚期的作品尤其明顯透出時代的滄桑。

本名揚宗珍的孟瑤，民國八年出生在漢口市，祖籍是武昌青山。她的童年在南京度過，「留下了極美好的回憶，水車的咿呀聲，機房的扎扎聲……一幅古老社會的行樂圖，再加上『槳聲燈影的秦淮河』，人聲嘈雜的夫子廟，騎驢登山，採蓮下水……太美了，太美了」。後來因為母親去世，父親又調職，才轉入漢口市立女子中學，抗戰烽火中考入重慶沙坪壩的國立中央大學，就讀歷史系。民國 31 年大學畢業後，展開了她長達 38 年的教學生涯，先後在重慶私立廣益中學、四川縣立簡陽女子中學、臺灣省立臺中師範學校、國立中興大學中國文學系、新加坡南洋大學、佛光山中國佛教研究院等校開課教授，她的半生都在講臺與黑板之間度過了。陸人居陸，水人居水，她的部分小說裡也零零散散呈現出師道色彩，可惜都很貧瘠，沒有一本專力描敘春風化雨的教育小說，實在是一個缺憾。

孟瑤的個性剛強，豪放軒昂，是個「女中丈夫」，喜歡直來直往，不喜拖泥帶水。她在教學與寫作上恣意馳騁，呼風喚雨，家居生活卻極其簡略儉省，尤其獨居日久，不屑營營役役，對於生活裡的瑣碎雜務更不上心。

她大部分小說都在一張老舊搖晃的靠牆舊桌椅上寫出，不以為簡陋；她廚下的炊具食料極少，三餐向不費心張羅，然而她卻是個高品味的美食家；她住宅的電燈開關與插頭不多，只有六、七個，她卻總記不住什麼開關管什麼燈，一律貼小紙條註明指引，十幾年不變；有時連自己的家門都找不到，忘了要出門還是歸家。她酷愛戲劇，幾乎終身浸潤其中，能清唱能票戲，演《馬鞍山》扮《四郎探母》，登臺一個人，下了臺還是那個相，個性黑白分明得緊。你不惹她，她和藹有禮，一碗水往平處端，讓你口服心服；你敢惹她，你就不是你媽媽養的，滿天霹靂雷雨風，包你被吹颳打得發昏第十三章[1]，認不清家門方向……罷喲！這樣一個「窮年憂黎元，歎息腸內熱」的孟瑤，半生頑強如石，年紀都活到她的小說裡面去了。

孟瑤的小說淵源地是臺灣，「雖然從小學就開始寫，但腕弱筆禿，只能算是序幕，正式登場，該是來臺以後。最早我向《中央日報》的『婦女週刊』投稿，第一篇名『弱者，你的名字是女人？』，我就開始用父親為我起的號孟瑤為筆名」，由於孟瑤全部小說都是民國 38 年以後在臺灣落筆的，所以刻畫那個時代前後變遷的角度獨深，六十餘部小說或寫社會，或記民情，或抒亂離世相，或做精神映照，涓滴匯為大海，孟瑤遂成為臺灣近四十年本土社會演化的一個代言人。由於她的本行是歷史，對於臺灣社會在彌合轉型時期的劇痛感受殊深，「面對今天由農業社會向工商業社會轉型的脫胎換骨中，就是最遲鈍的人也一樣會痛徹心腑的！」孟瑤小說一貫擺脫政治色彩，致力於民間現實生活及精神層面的深耕易耨，雖然角度有限，不夠精緻，卻多少刻畫出國家在亂離時代一個層面的滄桑。

丹心一寸灰

孟瑤自承「對於創作，我一向自卑，因為沒有受過嚴格的專業訓練，不過由於愛好，擇善固執而已」。孟瑤未曾受過正統文學寫作教育洗禮，無

[1]「發昏第十三章」即「生不如死」之意。取《老子》第十三章：「何謂貴大患若身？吾所以有大患者，為吾有身」為作者戲作。

從提升小說寫作的技巧與境界，終於造成她的小說不能超越通俗層次進入藝術境界的詬病，對於這個遺憾，孟瑤終身耿耿於懷：

「我是一個沒有受過專業訓練的文學愛好者，卻不想終身竟以寫作為職志，摸索徘徊，這一條道路走得十分迂迴……因此每篇小說的寫作過程，姑不論其好壞，卻都萬分艱辛，也因此它消耗盡了我的健康，一如一個母親望著自己正在成長的兒女不自覺已白髮盈頭。」

力不從心，使孟瑤一開始寫作就陷溺文字苦海而無從自拔，然而她本身沒有高自期許也是癥結：

「自民國 41 年正式握管起，我幾乎日以繼夜在『多產』下粗製濫造，雖然由於稿約多，也是自己不惜於把自己貶為一名『寫匠』，思之可嘆。這樣不計成敗的胡亂塗鴉，不僅消耗了筆墨，浪擲了光陰，而且折損了健康，弄得疾病纏身……體衰力弱，無法伏案。」

雖然如此，在那個荒寒的大環境下，孟瑤的耗神力耕，還是獲得了肯定的掌聲：《危巖》獲中華文藝獎、《這一代》獲嘉新文藝獎……當她的眼界越來越提升，角度越來越寬廣，寫情越來越細膩的時候，孟瑤小說的天空就開始流雲飛捲，風絮沐雨了。

孟瑤小說最大的優點，不幸也是最大的缺點——平實、恬澹。

當代許多小說名家，不乏能獨樹一幟者，如：張愛玲善寫意象、白先勇擅長運用文字語調及隱喻技巧、姜貴長於舉重若輕的布局，蕭麗紅長於生化古誼古風，康白長於直指人心的鉤情……一個個似驚濤駭浪或洄漩波紋，在人眼可見處翩翩起舞，唯獨孟瑤無有。

沒有特別經營的意象。

沒有刻意鋪展的技巧與布局。

沒有炫目的文采及筆調渲染。

都沒有。

孟瑤的小說沒有豔麗包裝，沒有八股口號，沒有炫奇立異的情節，沒有搬神弄鬼的招數，她只是平平實實寫出了人間的悲與喜，靜澹訴說生命的一點華采、幾多滄涼。她寫親情，訴友誼，歎家變，道國殤，映現梨園風光，燭照世代頹景……她的小說價值不靠一二本獨特的魅力，也不在某幾本表面的風光，她的風格是整體的，在一本本平凡平淡的小說累積匯合後，原本貌不驚人的庭市，忽然從四面八方全湧進來各式各樣的男女老少中國人，作揖致禮，跳踊呼號，原本輕聲細語的庭院忽然一變而為聲氣相應的大鄉野——孟瑤小說的風格不是點，甚至於不成線，而是在整體的作品層面上展現，與一般作家以點取巧，力求精緻，單獨看來美麗斑斕，組合後卻缺乏大格局大氣魄迥然不同。

孟瑤作品的題材取向相當廣泛，因而形成了多層次的小說視野，66 部作品約可歸納為八種：

人情小說——或寫父母兒女的孝慈，或寫男女婚姻的情誼，或寫青少年及中、老年人轉折的心路，或寫鄉里社會善變的私交……。這一形態的小說有 23 部，是孟瑤小說世界的正色。較具代表性的有《心園》、《群癡》、《四重唱》、《弄潮與逆浪的人》、《磨劍》、《驚蟄》、《女人‧女人》等。

世變小說——孟瑤在時代環境之變遷及社會轉型上著墨，有心描繪離亂社會之滄桑。這一型小說有七部：《危巖》、《黎明前》、《生命的列車》、《亂離人》、《食人樹》、《這一代》、《兩個十年》。

歷史小說——孟瑤依古史作新義，將生平最忻慕心儀的英雄名士衍化再生於現代，是她對歷史本行不能忘情的一種交代。這一類型的小說有五部：《杜甫傳》、《英傑傳》、《龍虎傳》、《忠烈傳》、《風雲傳》。

梨園小說——孟瑤終身不能忘情紅氍毹氍上的風光，她對國劇浸潤之深、感懷之強，凌駕所有名家之上，一部《孿生的故事》刻畫坤伶的甘苦，獨標一格，真是「梨園子弟散如煙，女樂餘姿映寒日」了。

化育小說——《太陽下》及《長夏》專寫青少年問題，宜獨立為一類另加看待。

移民小說——《盆栽與瓶插》、《望鄉》、《春雨沐沐》三部，針對海外遊子的客心悲切及有色人種的歧視心態，示現了中國人在海外掙扎圖存的情結。

短篇小說——有《遲暮》、《孟瑤短篇小說集》、《孟瑤自選集》及《孟瑤讀本》四種，呈現多樣化的風貌。

童話小說——有《荊軻》、《忘恩負義的狼》、《治水和治國》三種，是說書給小朋友聽的。

當代中國作家中，能以這樣大格局、廣角度寫成上千萬字小說的，恐怕只有孟瑤一人。

現在的中、老年讀者，或許還記得當年孟瑤小說的風光氣象。如今呢？孟瑤小說絕版的絕版，星散的星散，一一風吹雨打萍飄盡，只剩下一部《風雲傳》還在苦撐；而孟瑤女士也自白頭低垂，垂垂老去了。四十年來筆耕，66 部小說，一回首踉踉蹌蹌，踽踽涼涼，真是「不如醉裡風吹盡，可忍醒時雨打稀」了。

對矢志獻身小說創作的孟瑤來說，寂寞是最好的恭維，冷落是最高的禮敬。

中國現代小說史上已鐫刻了她的名。

——選自《中國時報》，1994 年 10 月 15 日，34 版

多產作家孟瑤（揚宗珍）

◎王琰如*

老友孟瑤，本名揚宗珍，湖北漢口人，民國八年生，重慶沙坪壩中央大學歷史系畢業。四十多年來，我以亦師亦友的感情和這位鼎鼎大名的作家交往，因為我的恩師吳子我先生（曾任彰化女中校長，及教育部督學，於民國 60 年車禍謝世）是她學長；舍弟王重敏（中大藝術系畢業）是她學弟。她初來臺灣，任教於臺灣師範學院（後改師範大學），和蘇雪林、謝冰瑩、趙友培（已故）、梁實秋（已故）諸教授均為同事，曾一度應聘赴南洋大學擔任客座教授。返國後，轉往臺中中興大學執教，後在中文系系主任任內退休。若干年來，課餘之暇，行有餘力，執筆為文。三十多年前，撰寫中篇小說《心園》，在《暢流》半月刊連載，在我手上，為她邀畫家設計封面，出版單行本問世。雖然市面上早已找不到這樣一本小說，但眾多文友，無不津津樂道，稱讚孟瑤的《心園》，是一本頂呱呱的好作品。那天，我給在臺中居住的孟瑤電話，我希望她手上還有這本書，她卻說：「幾次遷徙，這本書也許要到臺北的屋內找去，下個月我將北遷，到時候再找出寄給你吧。」

《心園》，很可能是孟瑤來臺後第一本力作。《暢流》半月刊的發行，是虧本生意，需要靠出版叢書賺錢和貼補。如張漱菡的《意難忘》、公孫嬿的《雨中花》、孟瑤的《心園》、馬燕齡（馬君是馬英九的叔父，鶴齡兄之弟，近況不知如何，他也是鐵路局某站站長。湘人與我有緣，我在湘潭株

---

*王琰如（1914~2005），本名王琰，江蘇武進人。散文家、小說家。發表文章時為中國婦女寫作協會常務理事。

州住過三年）的《孤帆遠影》、楊璦音的《誰的過錯》等，都暢銷一時。我希望孟瑤把《心園》找出來，至少讓我有重讀好書的機會。

孟瑤個性坦率、豪爽，有男兒風，從不知塗脂抹粉、濃妝豔抹為何事。當年在沙坪壩時，課餘雅好平劇，同學張君，為她操琴，從此結緣，誰知婚後的張先生，卻將胡琴掛了起來。因此好姻緣就此結束。分手以後，一個未娶，一個未嫁。他們有兩個愛兒（下面我要寫《風雲傳》的誕生，正是孟瑤在大兒子家作客時，百無聊賴中，去到大媳婦工作的加州大學圖書館看書，給了她一個再次詳讀宋史的機會，才動筆撰寫的），一在美，一在臺。老二張欣戊，是臺大心理系教授，不放心老母獨自在臺中生活，決定接來臺北同居，可見兒子們的孝心，值得欣慰。孟瑤和張先生也時有來往，真所謂「君子絕交，不出惡言」，像他們這樣一對君子之交的怨偶，我生平尚未見過第二對！

孟瑤孜孜矻矻，勤於伏案寫作，平時生活簡單，一切大而化之，不知道趕時髦，當然衣著也極簡單樸素。最喜歡的佳餚是豆腐，紅燒、白煮、涼拌，無不相宜，湖北人最講究喝各種慢燉細熬的濃湯，對孟瑤來說，只好放棄。只有豆腐，既營養又實惠，不用洗，不用揀挑，料理起來最為方便，又節省許多有用的時間，她的生活原則，就是如此。孟瑤與友好餐聚時，善飲，我們都會敬她幾杯。她也吸伸手牌香菸，近年也早已戒絕了。由於她伏案太久，坐的時間多了，以致形成腰痠背疼、腿軟，不良於行的毛病。

記得在民國 61、62 年，那段時間，孟瑤應余夢燕（已故）主持的崇她社之邀，和再興中學校長朱秀榮女士同臺合演《四郎探母》一劇，孟瑤飾演四郎楊延輝，朱秀榮演鐵鏡公主。孟瑤扮演的楊四郎，扮相奇佳，一出臺亮相，眼前一亮，就博得滿堂彩。一句「金井鎖梧桐……」又是如雷掌聲，真讓她過足了戲癮！孟瑤私底下和金素琴大姐交情深厚，青衣祭酒的名角，給了她不少指點，當非無因。我有幸在臺下欣賞此劇，至今印象深刻。當年崇她社眾家姊妹捧場，八位了不起的宮女粉墨登場，都是一時女中豪傑，有熊芷（已故）、高梓、唐舜君、邵幼軒、孫培德……等人。劇作家魏子雲兄剛巧坐在我旁邊，禁不住對所有演出的各位女士，讚不絕口，她們雖是票友，水準都屬上乘，這樣一次盛會，可說是空前的，也只有余夢燕有此魄力。

孟瑤的多才多藝，於此可見一斑。她也難得寫散文，出過一本散文集，書名是《給女孩子的信》，另一本散文較多的則是黎明文化公司出版的《孟瑤自選集》。

我自幼喜愛閱讀，可說是個書蠹，無論章回小說、列朝演義……我都有濃厚興趣。假如時光倒流，我會選擇歷史系，讀歷史小說，當然比讀枯燥乏味的歷史較有興趣，但無論如何，歷史是一面鏡子，透過小說，比較容易接受，也比較容易產生濃厚的興趣和印象。

孟瑤教書之外，一生從事小說創作不遺餘力，她的許多小說，我都有機會看到，也有我不曾寓目的，則有《黎明前》、《亂離人》、《孿生的故事》、《這一代》、《盆栽與瓶插》、《滿城風絮》、《英傑傳》、《忠烈傳》（晚明英雄兒女）等。另外她編有《中國小說史》、《中國戲曲史》，及《中國文學史》等，說她著作等身，絕非虛語。

我最欣賞她的兩本歷史小說，一是寫漢武帝故事的《龍虎傳》，黎明文化公司出版；另一就是《風雲傳》了。《風雲傳》寫兩宋的英雄兒女；《龍虎傳》全書三十餘萬字，作者對漢武帝劉徹有極詳盡的描寫，但有一事，為李陵與匈奴交戰，兵少失敗被擒，他沒有死節卻投降了敵人，武帝憤怒中殺了李陵全家，司馬遷為好友說了幾句公道話，武帝一時不諒，使他備受痛苦的以宮刑懲罰，但武帝仍惜其才，往後還是給了他官職。司馬公忍辱偷生，繼承父志，隱祕的完成了偉大著作《史記》，並且為唯一愛女覓得佳婿。楊敞是個膽小如鼠之人，唯其他膽小，才能保護這一對母女，直到他的外孫手上，才將《史記》公之於世。孟瑤寫武帝，也寫司馬公也。這是值得一看的「歷史」小說，有金屋藏嬌的故事，也有卓文君和司馬相如的故事；至於衛青和霍去病為國爭光，擊敗匈奴的故事，更是漢武帝時代最值得大書特書、驕傲的一頁了。

《風雲傳》厚厚的兩大本，分上下兩大冊，天衛文化圖書公司出版。可見孟瑤投注了無比的智慧和心血。她所敬仰的王安石，書中一開始就是寫這位詩人、也是政治家的崇仰和欽敬，有精湛的鋪敘。但不得人緣，人稱拗相公的宰相，數起數落，為反對黨所忌，使忠心為國的這位政治家一籌莫展，他的新法雖有神宗皇帝支持，也挽回不了失敗的命運。全書寫兩宋的英雄兒女故事，有宋朝前後兩朝，對文人及政府官員待遇非常優厚，對外則積弱無能，一再在外交上失勢，遼、金兩國，需索無度，國庫空虛，徽欽二宗蒙難，終至國家到了無法收拾的局面；但北宋、南宋兩朝，卻產生了無數詩人和詞人，如王安石、三蘇、歐陽修、范仲淹、李清照等，都留下了千古不朽、輝煌的文化遺產。書中英雄兒女故事指不勝屈，還是讓我們自己來細讀吧。雖然龔鵬程先生在〈《風雲傳》導論〉有極詳盡的評論，不過歷史是歷史，小說是小說，我們讀小說的人，也只好截長補短了。無論如何，寫這樣的長篇鉅著，孟瑤的氣魄是驚人的！作為她一個四十多年的文友和讀者，唯有向她說一句：「你實在了不起，希望你保持健康，再拾這枝如椽大筆，在人生途程中，留下更多更光榮的紀錄！」

——選自王琰如《文友畫像及其他》

臺北：大地出版社，1996 年 7 月

用情至深，奈何人世悲涼

懷孟瑤師

◎陳器文*

20 世紀最後一個教師節、秋分，只知道孟瑤師難得地在人聲初靜的臺北巷衖中散了一回步，久久地看著月亮。

事後，據孟瑤師口中常唸著的「我家老二」回憶說：當時很有幸福的感覺，心中想著，以後要常常陪媽媽出來散散步。然而，兩三日後孟瑤師就住入醫院，沒有太多的痛苦，昏迷後就沒有再醒過來。整個過程突然地教家人措手不及，乍聞之下也教繞在她身邊二十多年的學生們難以接受。但這就是孟瑤師的行事風格，她的本色。

若說，許多人的一生行事採用的是加法，孟瑤師行的卻是減法，生活中、生命中，一切人情世故，一切講究裝點，一切攀枝帶葉的東西，都是可免則免，一來不慣繁瑣累贅、一來最怕人情負擔。雖然是女人，孟瑤笑說自己做女人最吃虧，一是從來不逛街、二是從來不買花衫香粉、三是從不吃零食；記得有次伴送孟瑤師回家，路過水果攤，孟瑤師把些黑皮柳丁抓入袋子給錢就走，這是個很小的事件很家常的動作，卻讓一旁的我留下難忘的印象，就像很難想像這位桃李天下著作等身的作家、系主任，看來也有錢也有閒，卻常丟個牛肉湯塊在鍋裡泡飯打發三餐一樣，人們常常為了吃好一點穿美一點「精益求精」，為了食不厭精、膾不厭細絞掉多少腦汁與精氣神，若把挑好揀好拿大的心思放淡，無可無不可，恐怕才真正夠格成為自由人。

---

*發表文章時為中興大學中國文學系教授，現已退休。

孟瑤師買書看書，看完送人；守在圖書館裡寫書，完成《中國戲曲史》、《中國小說史》及《中國文學史》後出版，也就人與書兩相離，那怕是自己寫的書也不疼惜也不留；作家方杞為老師寫評傳時，南來北往找資料，計孟瑤師五十餘年的寫作生涯發表總字數約一千一百萬字共七十本以上的著作，都是在各圖書館、舊書攤尋得，孟瑤師自己書架上多的是稿紙，再就是為數戔戔的一兩本《聊齋》、《陔餘叢考》，然而去者不留，孟瑤師甚至對稱得上是嘔心瀝血的洋洋著作自嘲說：聊供「覆瓿」而已。有次孟瑤師讀完當時年不滿二十的林懷民描述同性苦戀的小說〈轉位的榴槤〉後，驚羨不已，竟無端自卑起來，形容自己「華髮盈巔、心拙筆禿」。事實上，當今四五十歲的人都看過孟瑤小說、孟瑤電影，《給女孩子的信》不僅風行而且被盜印出版不絕。即使遠在異邦也有孟瑤的愛讀者，《老藝人》、《老婦人》、《歸途》等曾英譯流傳，民國 86 年倫敦大學教授 Edel M. Lancashire 將長篇小說《滿城風絮》一書英譯為"*Talk of the Town*"後出版，有這麼幾位天涯海角異邦人士為知音，應是堪可告慰的肯定，但對孟瑤師來說，看得很淡，寵辱不驚。

作為一個人、一位老師、一位學者，以及數年的系主任，孟瑤師說得上事事素簡無沾黏，不結交士林名流、不出席行政會議。但作為一個母親，恐怕連她自己兒子也沒想到，孟瑤師內心是慼愧的。從孟瑤口裡聽到的「我家老二」，常會誤以為老二是個懵懂少年，誰知早就是位獨當一面的學者；然而不論當今的「老二」是否有名望地位，如果生命可以重來，孟瑤師說是絕不會把「我家老二」小小一個人送到國外去，讓他自己一個人長大，那個孑然的幼小身影，即使眼前擺著明亮笑容的現成老二，似乎也換不去抹不掉。從母性心理的角度揣想，會不會孟瑤師對人世聲色的愛眷之意就此掏空？說到這裡，容易讓人想到古典小說的〈杜子春三入長安〉，恁是如何不沾不染的金剛之身，一旦扮起母親角色護著膝下幼兒稚子，全身都成痛處。

接近孟瑤師的人都知道她喜愛戲曲，聽戲、看戲、教戲、編寫劇本，積極帶動系中師生對戲曲俗文、詩劇、地方小戲的編排演出，本人也樂於躬逢盛會粉墨登場，票戲反串《馬鞍山》(俞伯牙鍾子期故事)、《擊鼓罵曹》、《林沖夜奔》等末路英雄，最令同學印象深刻的是「雅音小集」演出《竇娥冤》、《王魁負桂英》及白先勇《遊園驚夢》舞臺劇，孟瑤師帶隊北上觀賞，說劇場、說鑼鼓、說人物、說扮相、說身段，師生喁喁踏月而歸。

說孟瑤師愛戲，卻又不在於戲臺上的聲色，而是愛戲中那股興會淋漓，愛那些衝創體制九死不悔的人。上起課來，每當提起歷史人物英雄角色，必然情隨境轉，講西楚項羽的自刎烏江、伯夷叔齊的餓死首陽、講到司馬遷如詩如歌的鬱勃情懷，講刺客豫讓的漆身為厲吞碳為啞，一路追蹤到《水滸傳》裡的阮家兄弟，孟瑤師拍拍後腦，說阮小三「這腔熱血、只賣給識貨的」，全班無不動容。讀文學史，讀到《九歌‧少司命》:「悲莫悲兮生別離、樂莫樂兮新相知」、讀杜甫〈聞官軍收河南河北〉的「白日放歌須縱酒，青春作伴好還鄉」，每個年輕的臉龐都發熱；學校放長假時，家住臺北的同學相約乘坐夜車，從天黑坐到天亮，一路高談闊論，不約而同感受「青春作伴好還鄉」的情景。孟瑤師不耐訓詁、不暇句讀，算是大而化之學派，單只教人感動興起，今日回想起來，原來可以稱之為「感性教育」，為年輕學子提供一種情調氣氛、一種生命美學。

上課後來感到有些無趣、又為自己這點「無趣」的感覺暗暗心驚，孟瑤師時年六十提出辭呈提早自系主任職退休。所謂大隱隱於市，孟瑤師蝸居在人來人往的十坪小室裡，瓦斯爐放在陽臺上便於燒水煮粥，一床一几一風扇一架書酣然自足，斗室自顧，滿意的說：這樣打掃起來方便。自此棄絕往來應酬，有時北上找小孫女取樂，子媳軟求硬勸翻了臉仍堅持獨居，只跟三五知交票票戲吊嗓子，跟三五老學生歲末小聚一番。孟瑤師學者氣質濃厚，常以嚴苛的標準質疑自我的著作，然而風簷展書讀，孟瑤長篇《亂離人》、《磨劍》、《驚蟄》、《滿城風絮》等小說，不嘩眾、不炫學，誠實地講歲月的故事，卻都像是配上柴可夫斯基的第六號交響曲，反覆搓揉著一種愴痛的感受，縱使流金年代仍不免滄桑，隱然流露出人世永恆的悲涼——人世的悲涼始終是孟瑤師生命的主旋律。

——選自《臺灣日報》，2000 年 10 月 27 日，35 版

一種窒息入高懷
懷孟瑤師示寂十年

◎吉廣輿

十年前，孟瑤師滌盡人間煙火氣的纏縛，完成自己靈魂華采的最後洗禮。

十年後，重新省視孟瑤師的小說，別有一種窒息入懷的感覺。

如果她沒有經歷半生烽火亂離的風月，如果她沒有「綵筆昔曾干氣象，白頭吟望苦低垂」的創作風光，如果她不那麼終身鍾情紅氍毹氍上的風情，那麼，她不過是一介「不以生累其神，不以情累其生」的剛介女子，她的靈魂也不過是處窮獨而不悶的靈魂，她筆下的華采也不過是光采紛寂的文藝陣仗，她低沉的西皮搖板二黃崑曲也不過是舞臺上的聲腔唱工，再怎麼活，也活不到窒息的境地。

可她一生耿耿介介周旋人前，到頭來，到頭來呵到頭來，卻落得一種窒息入高懷。就像每次陪她吃飯的時候，她眼神時而怡悅，時而激越，時而清淡，離去時，眉眼總在蕭索處。

一、一種

一：一即一生。孟瑤師年輕時，有一種生息入壯懷，會打架，活得率直；中年時，有一種氣息入平懷，還會吵架，活得率真；晚年時，有一種聲息入老懷，偶而勸勸架，活得淡泊；往生後十年，只餘一種窒息入高懷，遠離所有框架，安享一種滄涼的自由。

種：播種、種下。孟瑤師年輕時，播種在教育界的講壇，愛教書，卻不耐煩照本上課，只倚以為職業；中年時，播種在文藝界的小說壇，愛寫作，卻不炫學，不賣弄技巧，只倚以排遣寂寞；晚年時，播種在戲曲界的紅氍毹氍，愛看戲聽戲寫劇本，卻不耐煩社交結交攀交，只倚以自娛娛人；往生後，播種在悠悠忽忽的棲泊之壇，也無煩惱也無娛。

她把一生播種在某種自行其是的誤讀與解讀之中，就像明明寫了 65 部小說，自家書架卻一片蕭瑟。

二、窒息

窒息，是她對自己一生的誤讀，誤以教育、小說、戲曲三配方來安身立命。

那窒了她半輩子生息的配方，一是教育界的講壇。她半生春風化雨，以學生為山水桃花源，可惜山不高，水不迴，桃花桃花開不香，一下了講臺，她的教書生涯可是愈教愈寂寞吶。

那窒了她半輩子氣息的配方，二是文藝界的小說壇。她半生伏案筆耕爬格子，為疊疊小說白了髮又白了頭，只可惜，那案頭踽踽涼涼，筆管磨磨損損，亢直背脊爬成了佝僂背，她那些著作等身的風華小說，一轉眼，盡被風吹雨打萍飄去吶。

那窒了她半輩子聲息的配方，三是戲曲界的紅氍毹氍。她半生清唱教唱又票戲，一不惜施朱敷粉，二不惜袍笏登場，三哪三，她三不惜自縛於生死情識的戲窟，戲臺上一栽栽進孤峰頂上沒了身，戲臺下一栽栽進紅塵浪裡沒了頂吶。

得稚嫩英才而教之，人生一樂也，孟瑤一樂也；得喜怒哀樂而盡情排遣於筆下，任英雄豪傑箇箇揚眉長嘯高歌，人生二樂也，孟瑤二樂也；得得得神韻，阿阿阿搖板，鑼鼓聲中不知今世何世，絲弦陶陶然不知今夕何夕，人生三樂也，亦孟瑤三樂也。

可她教遍英才，英才熱衷名利軒冕之榮，她只能如之何何；英才得意放懷丘壑之樂，她也只能書空咄咄；唉呀呀，如此偽善之教，有限之教，不如不教也罷，率直孟瑤一何可樂？

可她筆下人生場景幻幻來，門徑大開：天橋邊，但教有錢的捧錢場，沒錢的捧人場，四鄉八鎮扶老攜小闔家歡，是人生恍然如幻；西門町，飯食街，上班族也西裝革履，勞工雇傭也汗濕浹背，滿街老少百態橫陳，那現實情境恍惚都是幻。放下筆，完稿掩卷時，夜窗殘月家寂寂，夫也不聞聲，兒也無聲聞，一女何所歡？一室何所樂？不如不寫也罷，率真孟瑤二復何樂？

可她耳畔煥然怡然縈繞著嘯歌浩唱的千百風韻，梨園子弟俱懷逸興壯思飛，女樂餘姿欲上青天覽明月，這邊廂抽刀斷水水更流，那邊廂舉杯消愁愁更愁；今兒個兒唐皇漢武百年禮舉刑措，小民百姓歌舞昇平，好一番盛世風華！明日裡白頭宮女唏噓泣訴天寶遺事，千萬里哀鴻遍野白骨燒，都一片末世悲慨！啊，想李白在世不稱意，便千般想望明朝散髮弄扁舟去，可他生前畢竟散得、弄得了幾朝幾日？且如今在世不稱意，空餘一室清寂，一枕清冷，淡泊孟瑤三有何樂？

昔年孟瑤師遙將一點淚密密封緘，封緘處，至今緘愁不忍窺。就像拿她的小說給她重看時，她一臉恍若舊識如逢故人，卻又陌生得緊的表情，相識相望不相親，三分無奈，七分窒息。

三、入

她自行其是的誤讀與解讀，封緘了許多不忍窺的密密愁，入口化為課堂的春風，入手變成柳暗花濃的小說枝葉，入耳翻飛成瀰天海風碧雲的繾綣舊夢，入心……呵，一入心，她會在沉沉暗夜瞿然驚起，看一生兔起鶻落的老懷秋夢都飛起灰滅的餘燼……

就像她手上的東西，常常抓不牢，會不小心掉落一地……

四、高懷

高懷，是她對自己一生的解讀，她竟以教育、小說、戲曲三方劑來安身立命。

她教遍英才，英才雖有限，可她仍然迷濛的張望、張望，努力給春風秋雨中的山水桃源找到一處青春的園圃歸依。

她筆下人生場景幻幻來，雖然一女無所歡，一室無所樂，可她仍然定定的垂頭抒寫、抒寫，奮力為夜窗殘月的愛憎恩怨找到一個穩妥的歸宿安置。

她耳畔煥然怡然縈繞著嘯歌浩唱的千百風韻，雖然空餘一室清寂，一枕清冷，可她仍然癡癡的按牙拍淺斟低唱，在純淨忘我的愛戀絃音中，傾力排遣人生最後宿命的冷暖與炎涼，割捨與決絕。

她的桃李滿天下，臨死竟不膩一人；小說流布人間，寧死也不一棄筆；戲曲相隨伴終身，至死猶不一回悔。滔滔浮華塵世裡，幾人識得這般高懷？就像她散步時，會忽然顛跌倒，卻不要人扶，咬咬牙，又搖搖晃晃硬撐起膝蓋，吐一口氣，說：「沒事——沒事——」

她半生忍著一口簡省氣，認了命；卻到死都憋著一口不認命的犟氣。

老師：您現在還好嗎？很久沒有看見您了，我們都很想念您！

——選自「紀念揚宗珍（孟瑤）教授全國學術研討會」

中興大學中國文學系主辦，2010 年 10 月 29 日

集戲劇小說學術於一身的作家——孟瑤

◎應鳳凰*

◎黃恩慈**

「我寧可去愛一朵哪怕已經蔫萎的真花，因為她有生命！」

從此我才向「現實」摸索，這事實可以從我後來的幾部小說中得到證明。

——孟瑤

1950 到 1960 年代的小說家之中，創作量最多的當推孟瑤女士。從 1950 年以〈弱者，你的名字是女人？〉正式踏入文壇開始，到 1994 年最後一部作品《風雲傳——兩宋的英雄兒女》完成，共出版了七十多部作品。不僅創作量驚人，更橫跨創作、學術、戲劇三者之間而游刃有餘。時至今日，孟瑤的文名似已被許多讀者淡忘，藉這次女作家系列介紹，讓我們重新審視這位身兼學者、作家，更兼戲劇家於一身的孟瑤，到底憑藉怎樣的力量，如何不畏艱辛地走過這條文學之路。

豐富精采的成長經歷

孟瑤，本名揚宗珍，湖北漢口人，1919 年 5 月 29 日生於漢口市。祖父是儒醫，以醫德稱頌鄉里。孟瑤的母親生了 12 胎，被養活的只五個兒

*發表文章時為成功大學臺灣文學系副教授，曾任臺北教育大學臺灣文化研究所教授，現已退休。

**現更名為黃新詠。發表文章時為成功大學臺灣文學研究所碩士生，現為恆春基督教醫院企發室主任。

女。因為前面有兩個姊姊不幸夭折，所以雖在重男輕女的家庭中，孟瑤依然是父母的掌上明珠，母親常摟著她、吻著她，親暱地叫著：「珍珍姑，珍珍姑！」北伐成功後定都南京，孟瑤的父親被調到南京當官。因此她的童年是在南京打發的。母親因為住慣漢口，非常討厭喝井水，點油燈，走碎石路；但孟瑤卻對這些留下了極美好的印象，這是她童年回憶寄託的所在。童年光景中，最令她津津樂道的是，出生在一個戲迷家庭：從祖父到父親都為戲癡迷。雖然父親嚴格管教孩子，對於看戲卻有極大的自由。孟瑤甚至偷偷學起父親到後臺與演員討論的習慣，小孟瑤上行下效的將戲癮越養越大，這樣的興趣一直持續到當了學者、作家的孟瑤。

1934 年孟瑤插入漢口市立女子中學一直念到高中畢業。1938 年她參加了全國第一次的大學會考，被分發到國立中央大學文學院歷史系。此時戰爭已爆發，學校遷到沙坪壩，父親便讓孟瑤與哥哥們先到重慶。這段期間，孟瑤自認是一生最無憂無慮的日子，碰巧作家潘人木也與孟瑤同班。中央大學名師如雲，除了上歷史系的課之外，她也同時旁聽中文系胡小石、盧冀野等人的中國文學課程。雖然抗戰日子辛苦，可是這一群大學生盡情揮灑青春，四年裡孟瑤與從前一樣跟著大家看戲聽戲，參加平劇社與同學互相切磋。此時遇到了航空系的張君，1942 年畢業後隨即與之結婚。

創作與教書的生活

1949 年來臺，最初於民雄高中執教，旋即應聘於臺灣省立臺中師範學校。1950 年向《中央日報・婦女週刊》投稿，便開始用父親起的號：「孟瑤」為筆名。1952 年於《中央日報》連載「給女孩子的信」專欄。同年開始發表小說，一是在《自由青年》連載的《美虹》[1]；一是在《暢流》連載的〈心園〉，頗受好評，至此以後便專注經營長篇小說。1953 年以《危巖》獲得中華文藝獎金，在文壇嶄露頭角。

[1]編按：連載時名為〈叛逆的女人〉，成書出版時才更名《美虹》。

對於小說體裁，孟瑤自認較適合寫長篇，她說：「短篇小說最不好寫，因為取材必須是『一瞬間的不朽』，精緻耀眼如寶石，可把握處稍縱即逝；否則以一般材料應付，不是不精采，便易成『長篇小說的故事大綱』。」所以她多年寫作都以長篇為主，只有偶然報章主編索稿，才寫些短篇。1962年她應梁實秋先生之邀，赴新加坡南洋大學任教，教授「新文藝」、「中國小說史」、「中國戲劇史」課程，這也開啟了孟瑤撰寫文學史的契機。1964到 1966 年間，陸續出版了《中國戲曲史》、《中國小說史》，1973 年更完成三十七萬字的《中國文學史》鉅作。三史的完成，不但使她在學術上有一張亮麗的成績單，1969 年起孟瑤更開始一連串「歷史新探」，以歷史題材撰寫多部歷史小說，展現出與 1950 年代專注愛情主題的不同風貌。

孟瑤來臺後主要在教育界服務，尤其中興大學服務整整 11 年之久。在她擔任中興大學系主任時，大大加強現代文學的課程，禮聘琦君、王慶麟（瘂弦）等人來授課。在學業之外，孟瑤也曾自掏腰包讓學生辦藝文活動，節目年年創新令人刮目相看。此外，她對戲劇的熱愛，一生未曾稍減，公務繁忙之餘，仍舊熱心投入戲劇表演。在臺中任教的十幾年裡，孟瑤不僅參與過公演，更與戲迷朋友組成友聯票社，替郭小莊的「雅音小集」改編傳統戲曲《感天動地竇娥冤》、《韓夫人》等。這些成果，無疑成全她幼時對戲劇的夢想，也擴增她的藝術與學術領域。

橫跨各領域之暢銷作家

孟瑤創作力驚人，發表的題材、範圍尤其多樣。正式踏入文壇的數十年間，七十多部作品涵蓋的類別有長短篇小說、學術著作、劇本、散文、童話，涉足領域多元。她曾自言創作心得：「對於創作，我一向自卑，因為沒有受過嚴格的專業訓練，不過由於愛好，『擇善固執』而已。」大陸學者劉登翰曾將孟瑤小說分為三類：一是以描寫愛情為題材，讚揚美好的情愫與人格的一類，如：《心園》、《曉霧》等；二是揭示社會人生問題，如：《飛燕去來》；三是表現傳統文化精神的歷史小說，如：《杜甫傳》等。撰寫《孟瑤評傳》的吉廣輿，則把孟瑤漫長的創作歷程分為五期，依內容分成：1、世變小說，如：《亂離人》；2、人情小說，如：《美虹》；3、梨園小說，如：《孿生的故事》；4、移民小說，如：《盆栽與瓶插》；5、歷史小說，如：《龍虎傳》。總體而言，孟瑤小說以描寫愛情、親情的通俗故事居多，簡單易懂為大眾所愛讀，被稱為瓊瑤之前的暢銷女作家。中晚期寫的歷史題材小說，也是女作家之中較少人嘗試的領域，其通俗性、能吸引廣大讀者，是孟瑤文學的重要特色之一。

孟瑤早期小說以《心園》為代表，也深受她本人喜愛。故事背景是她畢業任教的第一所學校：重慶私立廣益中學。她創作出個性迥異的兩位女主角亞玟與曰涓，一個性格活潑外放、自由無拘，另一個外表有缺陷、個性自治嚴謹，兩人同時愛上校長田耕野；作者有意藉著這三角戀情，闡釋愛與美的最終意義。同時期作家張秀亞分析《心園》，認為：「這本小說中的每個人物都有其不同性格……那個被『美』開除了的曰涓，代表作者心目中最高的美，正如亞玟代表了詩，而耕野代表了藝術的精神。」

——選自《明道文藝》第353期，2005年8月

回首群友話當年（節錄）

◎彭歌*

還有幾位朋友，不算是春臺的基本成員，他們偶來參加，盡興而返，和我們也存有一種特殊的情意。

孟瑤

一位是小說家孟瑤，原名揚宗珍，和生人初見面時，一定要聲明，是「提手的揚，不是木易楊」。除了漢朝的揚雄之外，我只見過這麼一位姓揚的。

孟瑤以《心園》成名，《危巖》之後佳作連連。她和潘人木是我最佩服、創作力最旺盛的作者。《傳記文學》曾刊有她的小傳，對她的作品介紹甚詳。

孟瑤為人灑脫，頗有鬚眉豪邁之風。她的酒量非常好，但不常飲。她很不喜歡把作家依性別分類的說法。「作家就是作家，為什麼要挑明了女作家？」

孟瑤原在師範大學任教，一度被南洋大學聘去，回臺後在臺中農學院（後來的中興大學）任教。每來臺北，必和我們相會。

在寫作之外，她也從事戲曲研究，寫過一部《中國戲曲史》。她自己很會唱戲，達到「內行」水準。有一年，她和復興學校朱秀榮校長公演全本《四郎探母》。她的唱念作表，中規中矩，是臺北文化界一大盛事。可惜她

---

*本名姚朋。曾任職於《臺灣新生報》、《中央日報》、政治大學、臺灣大學、臺灣師範大學等，現已退休。

粉墨登場只有那麼一次。

——選自《文訊》第257期，2007年3月

衣帶漸寬終不悔
訪孟瑤談小說寫作及其他

◎邱苾玲*

登堂——出乎其外，觀其經緯

「千萬別跟我談學問，學問我不懂。」她似認真似調皮地說著，語氣間充滿一片親切，望著她明亮有神的眸子，那神情使我想起子夏說的：「君子有三變，望之儼然；即之也溫；聽其言也厲。」可不是嗎？起初遠望之，但見其容態之莊重及孤索，不易親近；而今就近見之、感受之，又覺她溫和可親，是師長，亦是親長。

小說家孟瑤女士，本名揚宗珍，國立中央大學歷史系畢業，現任國立中興大學中文系主任，教授「史記」、「中國文學史」兩門課程。授課之餘，潛心致志於小說創作，已出版者迄今凡四十餘部之多，真可謂著作等身，不愧為文壇上的長青樹。除了眾所周知的文藝作品外，在學術著作方面還有《中國文學史》、《中國小說史》及《中國戲曲史》，對於傳統中國文學貢獻良多。

談起在大學授課，她有她獨特的方式，可說是理性與感性的交融，更是思想與意象的發揮。炯炯有神的瞳孔，充滿了感情；加上一口宏亮的京片子，更引人入勝，所以廣為學生們所歡迎。筆者常想：若沒有深厚的學養為背景，她如何能有這般動人且令人心服的授課成果？又如何能寫就一部部充滿哲理意味的學人派小說？儘管女士的文名隆於學名，但也絕非她

---

*發表文章時為《儂儂》主編，現已退休。

所自謙的「我不懂學問」。

多數人只知道她是小說作家，而不知她的另一看家本領——唱戲。其實，孟瑤對於平劇的喜愛，與對寫作的熱情，是不分軒輊的。前些年她參加了臺中的友聯票社，在教書、寫作之餘，就與同好在這兒拉拉唱唱的，好不自在。孟瑤的老生與女作家劉枋的青衣，是文壇為人所稱道的雙絕！看她粉墨登場，唱起《四郎探母》、《搜孤救孤》等幾齣拿手好戲時，真令人為之擊節三嘆。

以教書、寫作為經，戲劇為緯，構成了她十分中國的生活方式，學歷史，涵蘊了她民族的情懷；教中文，譜就了她敦厚的氣質；寫小說，繽紛了她素淡的生活；唱戲，使她體會了另一種舞臺人生，你能想像那是一種怎樣的生活？的確，有一種東西比世界還廣大，那就是心靈！而她——孟瑤，就是一個用心靈去生活的人。

入室——入乎其內，窺其堂奧

對於小說的寫作，孟瑤的看法還是較保守的，她以為一篇小說之所以成為小說，最主要的是要有故事、人物、結構三要素。人物的塑造是小說中最重要的問題，其次故事的發展要有巧妙的安排，最後將故事、人物加以組織、刻畫，才能完成一部小說。

小說，依其篇幅可類分為長篇、中篇、短篇三部分。孟瑤解釋說：「我們對於小說的篇幅往往有一個很混淆的觀念，以為長篇是篇幅長的，而短篇小說與長篇小說一樣，只是篇幅短了點，這是錯誤的觀念。」根據她的看法，長篇與中篇可歸為一類，短篇另歸一類，它們性質不同，前者採直線發展，而後者係橫切面發展。我們可說中篇是長篇的簡化，但不能說短篇是中篇的再簡化。

對於一個有意從事小說創作的人來說，他也許曾徘徊於這三種體裁之間，往往內心裡蘊育著一個題材，卻不知何種體裁較適合自己寫作。為此，筆者請孟瑤再細談這三種創作形式上的差別。

首先，她很智慧地定義了短篇小說：「在一瞬間所把握的人生不朽面。」胡適的定義是：「用最經濟的文學手段，從銳角中描寫事實中最精采的一面，而能使人充分滿意的文章。」由此我們了解，短篇小說不在於敘述，或向讀者報告一個首尾俱全的故事；而在於表現、描繪人生中最精采的一段。所以，短篇小說較不易寫。作者必須隨時注意掌握住那一瞬間的靈心慧思，而以精湛的筆法表現；同時也必須具有最高的經濟才能、卓越的獨創性和不凡的匠心。再者，其在文字上與組織力的要求，也較中、長篇小說為高。短篇小說之字數雖無硬性規定，然通常以一萬字之內為恰當。

至於長篇小說的定義，她說：「廣泛而整體地觀察人生，再將其錯綜複雜的關係，通過藝術手腕而表現出來的文體。」既然要求廣泛而整體，故要特別注意其文體的嚴密性與統一性，切勿流於凌亂。長篇小說的題材俯拾即是，重要者在於作者如何在大量可資運用的資料中，選擇一些具有意義和可能性的題材，並且把握住其一致的邏輯結構。話題轉入中篇小說：「運用長篇的手法、結構、觀點，而人物較少、事件較簡、分量較輕的作品。」很清楚地，中篇可說是最容易寫的，既無須短篇的處處攻心於把握人生的不朽面，又沒有長篇小說的嚴密組織。其寫法大抵和長篇走同一路線，差別僅在於篇幅不若長篇之多，情節不若長篇之繁罷了。

孟瑤的作品大都是長篇小說。問她創作的整個過程時，她說：「通常先有個靈感，然後就這樣慢慢『胡』編下來嘛！」據她說，她每本小說都要寫過三遍才算完成：先是因靈感而編寫出草稿，然後將之整理起來，最後再予以文字上的潤飾。究竟是不是真如她所說的那麼輕鬆簡單的「胡編」？這只有「如人飲水，冷暖自知」了。事實上我們能體會：一個把生命交給寫作的人，寫作對她是再嚴肅不過的事了，無論是痛苦或快樂，她都在那裡取得最適合於自己的詮釋，做最富性靈的根植。一抬頭，接觸到她的滿頭銀絲，那種白，透著一種寂寞的感動力，不關年齡的白。

孟瑤雖是小說作家，但卻充滿著詩人氣質。因之引發出筆者一個問題：「小說家和詩人，其生命氣質是否相同？」她沉思一會：「我認為這是兩種完全不同的氣質。文藝創作範圍不外戲劇、散文、小說和詩。而詩是文學作品中境界最高的，必須有特殊的氣質和秉賦，而且還須具特別敏銳的感受。所以，我認為寫詩須憑天才，是很揮灑的；而寫小說則憑苦力，一步一步地寫下來，好比蓋房子一樣，一塊一塊地堆起。」大體上，詩比較屬於主觀感受的表達；小說則是客觀體察的敘述，這其間會有什麼相通處？或者在超越某種層次之上時，它們是一體的發揮，是脈絡相通的？

自古以來就有「文以載道」和「文以言志」兩種爭論，所以談到小說本身是否應負有使命時，她說：「這問題相當於文學上的有浪漫派和寫實派，浪漫派主張發展個性，重視主觀的熱烈的情感與豐富的想像；寫實派則著重實驗的精神，客觀的事實，而作現實的描寫。前者等於『文以言志』；後者則是『文以載道』。」孟瑤早期的小說傾向於浪漫派，那時她認為文學只要美化人生即可。之後，觀念改變了，認為人生很多值得我們反應的，而小說有責任也應該把現實人生反映出來。故其整體精神一轉浪漫而為寫實。

孟瑤一再提醒「技巧」的重要性。她說：「寫小說光有材料不夠，譬如蓋房子，光只有磚、瓦、木頭是無法蓋好的，而如何蓋好房子，就是靠技巧。技巧的嫻熟與否完全在於多看多寫，尤其中國舊小說中值得模仿之處很多，這是中國人的一種財富，深厚的財富。可是許多從事新小說創作者，卻寧願在翻譯小說上去找，事實上，翻譯等於是二手貨，第一手的光芒幾乎都消失了！身為中國人而未曾利用中國本身的財富，實在是很大的損失！」

在她的小說裡，自傳性成分大不大？她很快地回答：「不很大，因我一向是封閉自已的人。」接著馬上又補充：「當然，也不是完全沒有，譬如民國 65 年出版的《盆栽與瓶插》，其中就有我本人的影子，我個人覺得，這部小說是我所有作品中表現自己最多的一部。」《盆栽與瓶插》是她幾年前赴美探親一年的感觸，描寫一群留美學生的生活，深刻地表達出存在於他們之間絕對不同的價值觀與民族意識。孟瑤表示她非常喜歡這部小說，覺得自己好像寫出一點什麼來。至於早期的《心園》，稍後一些的《磨劍》，也一直為她本人所喜愛。《心園》描寫一位寂寞女孩的心境，對於人性的分析、人物內心情感的描寫，都相當生動。《磨劍》描寫社會變遷中一些小人物掙扎的痛苦心靈，刻畫社會現象非常成功。

任何一位作家之所以成功，除了主觀的才情之外，另有客觀的影響背景。詢及對她影響最大的一部書時，她很幽默地說：「我覺得我很忘恩負義哪！實在說不上來哪部作品特別地影響我，不過，中國舊小說對我影響很大，這是毋庸置疑的。」

其他

中國文學可行之途徑很多，但她特別提到「傳記文學」，她認為中國人受儒家影響，喜歡隱惡揚善，凡是史料方面的東西，寫出來的千篇一律都是聖人形態，頌揚的多，貶抑的少，故不夠真實，人物形象之刻畫也不夠深刻。甚至有些大家、重要人物，竟也沒有詳細的記述，孟瑤很是感嘆：「譬如以前我寫戲曲史時，找徐文長的傳記，明史裡頭才二、三行。像如此一位在各方面都有成就，尤其在戲劇上更有卓越貢獻的人物，竟這樣地被一筆帶過，……所以，我很希望這一代的年輕人好好往這方面去努力，做好傳記文學的工作。」

前陣子《中國時報・人間副刊》推出一系列的「當代中國武俠小說大展」，登時掀起一陣武俠風。筆者邀孟瑤談談她對武俠小說的看法。她以為：「每個國家都希望有一種屬於自己特色的文學，而我們的武俠小說最能表現出我們國家的特色。中國武俠小說從司馬遷的游俠列傳以來，應該已為我們立下了一個很優良的傳統。他以一支奔放的筆，為市井豪客勾出了可愛的面貌。繼游俠列傳之後，寫民間市井的游俠也有，如唐朝段成式作的《酉陽雜俎》，宋朝吳淑的《江淮異人傳》，這兩部書大概是繼承司馬遷游俠列傳後一個系統下的作品了。此後，宋人『說話』中的公案小說，便秉承了這種精神繼續發揮。但由於『說話人』的寫作技巧較為拙劣，他們的話本又沒受到文人的重視，所以一直沒有定型而出色的作品問世。這一朵美麗的花是到了清代才盛開的。清代的兩本俠義小說《兒女英雄傳》和《七俠五義》，相當的不錯。我認為這一系列就是中國武俠小說的傳統。」

「雖然我國俠義（武俠）小說，源遠流長，一直到今天，依然是產量最多、讀者最眾的一大流派，然而很遺憾的，武俠小說在中國正統小說中並沒有爭取到正式的地位，這完全要怪多數作者對自己的寫作每每掉以輕心，不是當遊戲之筆，就是當一種謀生的工具。尤其民國以來，一直到現今流行的武俠小說，雖然其精神仍不脫傳統的『忠』、『義』範疇，但故事情節每流於荒誕不經，不近情理，使我國優良的武俠小說傳統幾乎斷絕。」她本人也喜歡看武俠小說，問她有可能棄文藝小說而寫武俠小說嗎？她笑而不答，接著說：「我個人認為寫武俠小說要注意歷史和地理背景，即時間和空間要把握好。」

她一向是個勤於寫作的人，前不久剛出版一部小說《滿城風絮》。問她今後有何寫作計畫？她露出一個苦澀的表情：「最近正處於『創作陣痛』的狀態中，因為目前構思了一個大計畫，想就辛亥、五四、抗戰七七以及今天這四個時代，寫出四部小說。抗戰和今日是我所親身經歷的時代，寫來比較熟悉；至於五四，我是五四那年才出生的；至於辛亥那個時代就更別說了。但我寫辛亥那部分反而較為熟悉，因為我是湖北人，加上父親是辛亥革命一分子，以前常聽父親談起，耳熟能詳，頗有親切感。所以，現在最感棘手的就是『五四』這部分了。不過，儘管困難雜陳，我是不會放棄的，非得闖過去不可，況且一旦放棄，整個情節就連不上了，計畫勢必泡湯！」

一部小說之所以感人，乃因為有一個偉大時代做背景，她一再強調，真正偉大的小說家，應該是一位「時代的代言人」。回顧六十年來的中國，歷經過多少的苦難！多少血淚斑斑的歷史值得我們去寫！所以她決定寫！寫出在苦難中掙扎、在動盪中成長的中國以及中國人，為我們這個偉大的時代留下一個真實的紀錄，永恆的回憶。

餘音

柳永〈鳳棲梧〉:「衣帶漸寬終不悔，為伊消得人憔悴。」其所呈現出來的情境，對孟瑤之於寫作的一往情深而言，不啻是一種最佳的寫照。

——選自《出版與研究》第 14 期，1978 年 1 月

一生筆耕幾人知
專訪著作等身遠遯山林的小說作家孟瑤

◎姚儀敏*

山靜得似乎能聽到落葉墜地。

紗窗外，南風交出了接力棒給西風，放眼好一片涼颼颼的初秋氣息。

樹梢的一抹寒蟬已在長久嘶鳴後倦累了，四周真個是只剩下推門聲。

只見她安逸地靠在床榻上，閒適的垂著手足，不願因為任何一舉一動干擾到眼前這般良辰美景。這就是孟瑤，著作等身的小說家，筆下汪洋恣肆、令人嘆為觀止的文壇一大耕者。她含笑迎入我的到來。

記得十多年前曾拜望她時，她那灰樸樸的髮絲已毫不留情的褪祛本色，呈現為一種莊穆的神采；而今，再添滄桑，她在外貌上卻沒有多大的變化，依舊一襲薄衫，滿頭秋霜，只是笑起來的時候少了點系主任的豪情與矜持，卻多漾起了一份慈藹柔意。看到她這麼坐著，悠然閒在，直讓人聯想到禪榻上的修行者；正巧，她的房間位居慧淨精舍二樓一隅，而慧淨精舍則座落於佛光山所屬的禪院內。

「我是因為塵世繁囂，臺中的房子鄰近商場太吵了，才上山來暫住；目前還不知道習不習慣這種幾近息交絕遊的日子，長住下來？」她說，佛光山的生活，好處是閒靜超逸，一整天可以完全自己擁有；壞處則是離群遠遯，無法和故人常聯絡、多往來。

---

*發表文章時為《中央月刊》主編，曾任國防大學通識教育中心教師，現已退休。

自甘澹泊平生

當瓊瑤的鴛鴦蝴蝶小說風靡海內外時，另一位和她齊名但格調不同的小說家孟瑤，就顯得黯淡岑寂多了。

寫作迄今將屆四十載的孟瑤，儘管她筆下多圍繞著人世情誼打轉，其實她的個性再澹泊不過了，即使在她「當紅」的時候，她也不喜歡被人簇擁諛愛，更不習於譁眾取寵的身段，這數十年的文壇，她幾乎是「也無風雨也無晴」的走過來。「也不知為什麼，我自小個性就是這樣，記得幼時有一次要去吃喜酒，媽媽要我換上一套鮮麗的新衣裳，我怎麼也不肯，到後來挨了一頓打，還是不願穿上，連喜酒也吃不成了。」

再看她的居室，只有一床、一櫃、書桌一張及木椅兩把，就是全部擺設了，和時下裝潢競妍的住宅風格實在大異其趣；她的起居日程，則更單純，每天，多半迎著滿眼的晨曦起身，而在閃亮星光的注目下歇息。「有時日間天氣很好，我就沿著林道走走，心情也很輕鬆愉快；走了一段路，休息過一陣，再開始走。不過最近痛風的老毛病屢犯纏身，即使短短的一條路，仍然舉步維艱，以往好像沒這麼困難辛苦。」

聞此一席話，好像我輩所走的路是在對面矗立著，中間隔一道被一片錯綜複雜的生活遮蔽的迷障；她就像一個柔和的發光體，帶給周遭無比的溫暖、光明和警醒，我很榮幸上山來拜見她。

生命的列車疾馳而過

孟瑤本名揚宗珍，「揚」是揚子雲的「揚」，不過她不大知道她家與漢朝這位大文豪有什麼淵源，一向不曾高攀。民國八年出生於漢口市，祖籍是武昌的青山，童年她曾隨父親「做官」上任，在南京留下了一段極美好的回憶。抗戰期間，她畢業於中央大學歷史系，由於從小喜歡舞文弄墨在文學課程上表現出色，便選擇中文為執教課目。歷任師範大學、新加坡南洋大學中文系教授、中興大學教授兼中文系主任，現已退休。曾以《危巖》一書榮獲中華文藝獎，《這一代》獲嘉新文學獎，多年來她寫作不輟，作品多達 69 部，平日喜好國劇，尤擅崑曲。

這短短的兩百來字，足將她的甘苦生涯一筆帶過，的確，人生如寄，任誰也留不住繁華。尤其性急如她，很輕易的就把其間穿梭的波瀾起伏，省略了去，然而「如人飲水，冷暖自知」，很多滋味是綿綿密密盤踞心頭，一世也淡忘不掉的。

「很奇怪，我現在回憶裡盡是在南京打發童年的那段生活。記得從我家後門出去，就能望見秦淮河，小時我常站在河邊看船，特別是愛看一些舊東西，譬如像井、油燈、碎石路……還有隔壁的織造府，一間老舊機房裡，水聲的咿呀聲，機杼的扎扎聲，嗯，我想像著一個人坐在上面『拉花』，一個人坐在下面『投梭』，一幅聞名中外的織錦緞便慢慢完成。還有呢，一群歡歡樂樂的婦女養她們的蠶寶寶，採桑、繅絲……一幅古老社會的行樂圖，再加上『槳聲燈影的秦淮河』，人聲嘈雜的夫子廟，騎驢登山，採蓮下水，太美了，太美了。……」

一支筆演出自己

往事在她沉緬低吟中一幕幕的浮現：嚴肅的父親；無憂的少年時代；中學畢業宴上適逢七七，同學們別後不知重逢何日而相顧痛哭失聲；到重慶念大學時活躍的黃金段，任教於成都鄉下時的田野生活經驗；勝利復員，坐木船過三峽走了近一個月種種，聽得我心醉神馳。

學歷史的她，洞明因果，認為這些東西才真是她所有的珍藏，就像一部小說的背景支撐著整個架構般重要。「我很感謝艱苦歲月、烽火戰亂，及一切磨難給我的歷練，數十年來，如影之隨形，響之隨聲。現在我一聽到別人叫苦，就想起《詩經》上說的『誰謂荼苦？』的心情，只有吃過真正的苦，才能不在乎苦的滋味吧？」難怪她把名利看得浮雲輕，更在衣食住行各項物慾上都沒有非分的求索。

她唯一的執著，是創作。

提起創作，讓信守「沉默是金」的孟瑤談興大發。她說：「我這輩子最沒偷懶、最肯賣苦力的一件事，就是孜孜矻矻的用一支筆耕耘這片文田。」言下頗有那麼點篳路藍縷、披荊斬棘的豪情壯志，我們若從那盈抱的龐大書陣來推測，她當真是三魂七魄盡付寸管，八斗高才俱成文華！

「年輕時，總覺得文章是自己的好，尚存有藏之名山、傳諸其人的想望。可是——」她嘆了口氣，很認真的搜尋辭彙：「現在卻認為自己的書不可能走進歷史，故不曾刻意收集保存；偶爾要翻一些作品，手邊沒有的，還得藉助圖書館或私人典藏。」冷靜看待自己，是需要極大的智慧的，卻也相當殘忍。

才華到底成何物

孟瑤對於她自己的作品及生活上點點滴滴，一向惜言如金，在寫作上她可以像導演般安排好舞臺，再呈現給大家看，有一份成就感。但對於生活則務求平實，多年來她過的都是丟下碗筷就拿筆、丟下粉筆拿原子筆的忙碌日子，「實在是乏善可陳」她笑著說。退休後一切都看淡了，更只有看看古書，排遣時間，自言「老幹無枝」，眼看著人家枝繁葉茂，花團錦簇，也徒有羨慕，卻力不從心了。

在她那多采多姿的六十餘部小說中，各種題材都有，就是沒有她自己，甚至連影子都是隱隱約約的，看不真切。唯一的《盆栽與瓶插》是她表現自己最多的一部，為十幾年前赴美探親一年的感觸，寫幾個留美學生的生活，發展出不同的價值觀與民族意識。

其他的作品，多半採用高瞻超然的角度取景，讓靈感自動送上門來的。她謙稱，「我這幾十部長短高低不齊的作品，多一半只『覆瓿』而已。」但也有些是她珍愛的：「如《心園》，因給了我寫作的信心，便對它十分偏愛。」另外如《黎明前》、《屋頂下》、《斜暉》、《亂離人》、〈杜鵑聲裡〉、《浮雲白日》、《太陽下》、《畸零人》、《翦夢記》、《孿生的故事》、《這一代》、《兩個十年》、《磨劍》、《盆栽與瓶插》、《滿城風絮》，都是她創作力最豐沛時期的產物，足堪推為代表。

盈抱的龐大卷帙

「對於創作，我一向自卑，因為沒有受過嚴格的專業訓練，不過由於愛好，『擇善固執』而已。雖然從小學就開始寫，但腕弱筆禿，只能算是序幕，正式登場，該是來臺以後。最早我向《中央日報》的『婦女週刊』投稿，第一篇名『弱者，你的名字是女人？』我就開始用父親為我起的號孟瑤為筆名，這些雜稿都沒有保存，所以無法記錄；但是我連續所寫的十幾封〈給女孩子的信〉，都有單行本行世。後來寫長篇，前後六十餘部。」

她不吝於把人生觀察投影為文字，發乎至中的摹寫悲憫情懷，其中包括對婚姻、對男女情感、對青少年教育、對社會轉型，以至於民族氣節各種深刻的剖視析論，直可敲金戛玉，擲地作聲！較可惜的是，她往往用歷史的眼光來批判自己，貶抑自己，就像照相時焦距調得太遠，反而失之模糊了。其實她的作品近些年受市場冷落，是有行銷及宣傳上的弱點，焉能盡歸咎於作者？當年國內外各大報社的副刊競相連載孟瑤小說之盛況，正足以肯定它的社會價值。

談起那時侯她身居文藝的核心，也有一段身不由己的往事。「自民國 41 年正式握管起，我幾乎日以繼夜在『多產』下粗製濫造，雖然由於稿約多，也是自己不惜於把自己貶為一名『寫匠』，思之可嘆。」

戰勝癌症與停筆

這樣多方接稿，加上教職與案牘的雙重勞頓奔波，不僅使她浪擲了光陰，消耗了筆墨，更折損了寶貴的健康，弄得疾病纏身，欲振乏力。

民國 64 年，孟瑤接掌中興大學中文系主任的重擔，不久罹患腸癌，突感心口無法一致，嚴重時甚至必須扶著牆走。民國 65 年 8 月到 67 年之間，整整有兩年，她體衰力弱，以致無法伏案。為免耽誤教學及系務運作，她辦理辭職退休，離開了 35 年來日夕講學的杏壇崗位。「幸而，命不該絕，在榮總遇到一位名醫為我治療，幾乎是藥到病除，讓我從鬼門關繞了一圈回來。」在幾瀕臨死亡邊緣那一霎，她才感到健康的重要，生命的可貴。

退休後有一段時期無所事事，她很惶恐，想拿起筆再寫，卻力不從心。「寫過一兩篇東西，但是連自己的眼睛都通不過」，身體狀況強烈的感染到她的情緒，讓她一度頹喪萬分。用孤清的生命，磨礪出藝術的光芒，是孟瑤一生的寫照；但是當藝術光芒照耀大眾時，曾幾何時她已經瀕臨生命之火的衰歇。

「我曾被一名演員的精湛演技迷倒，覺得她無論一舉手一投足一瞬目一高歌，無不優美絕倫，爐火純青；但一到後臺，再看見她汗濕重衣幾乎癱瘓時，我暗自驚嘆：『時不我與！時不我與！』」

她從傳統戲劇舞臺上的一片明鏡，反射透視到現實人生，有感而發：「生命的火鎔鑄了藝術靈魂，但當藝術靈魂知道怎樣放射光芒時，生命的火卻日就黯弱！文學創作過程何嘗不如此？精力充沛時只知胡亂塗鴉，等到知道艱難了，觀察入微了，卻又力不從心！」才情如她，竟有如此「時不我與」的感慨，聞之更教人鼻酸！

她一直希望能再出現民國五十年前後的旺盛生命力，苦心經營出一部代表出來，奈何這項心願遙遙無期。

視寫短篇為畏途

對於小說的寫作，孟瑤自認為較適合寫長篇題材，雖然中篇的長度最好寫。這三十多年寫作歷程，她都以長篇為主，只有偶然報章雜誌索稿，才寫些短篇應卯。

「短篇小說最不好寫，因為取材必須是『一瞬間的不朽』，精緻耀眼如寶石，可把握處稍縱即逝；否則以一般材料應付，不是不精采，便易成『長篇小說的故事大綱』。」她往往視寫短篇為畏途。就這樣，她的零星短篇也成兩個集子，一是幼獅文化公司於民國 51 年出版的《孟瑤自選集》，一是由皇冠民國 61 年出版的《孟瑤短篇小說集》。

談到風格偏好，她說：「我是一個沒有受過專業訓練的文學愛好者，卻沒想到終身竟以寫作為職志，摸索徘徊，這一條道路走得十分迂迴：開始，我是服膺浪漫主義的，我以為寫作的人應該有特權用他的彩筆，為現實的宇宙增加一些『美』；但自從『人造花』泛濫於街頭巷尾，我又非常羞慚不安地告訴自己：我寧可去愛一朵哪怕已經蔫萎的真花，因為她有生命！」從此她開始著眼現實，為社會人情探索把脈，這個趨勢可以從她後來的幾部小說中得到證明。

久別文壇的她，在自我評價上的這些隻字片語，已成空谷足音，彌足珍貴！

無限燦爛的夕陽

在我採訪前一刻，她正打算再次握管，重新開始寫作。「總不能老是看書打發時間，盡鑽古籍的漏洞吧。」她所指的「鑽古籍漏洞」，是因為古書字體大，用不著放大鏡也看得清楚。窗下，只見一套《史記》疊沓散置，不知她已翻看到哪一頁？

佛光山上的秋意原就來得早，雖有陽光，多半被叢林遮蔽住了。孟瑤這間禪房正好面對著斜坡，更顯得薄涼襲人，在我揮手之際，登時瞥見戶外一片晚霞益增燦爛的迎來——

——選自《中央月刊》第 24 卷第 10 期，1991 年 10 月

味吾味處尋吾樂
淺析孟瑤的心象世界

◎吉廣輿

我自平生愛此聲——孟瑤的小說世界概論

在中國現代文學的洪荒世界裡，孟瑤是一個自我放逐的歌者。

但傷知音稀。

一襲藍衫，滿頭秋霜！她走過半世紀的中國，以一支健筆耕耘出一片文學的園圃，前後 72 部作品，使她成為中國現代文壇唯一「著作等身」的作家，幾乎與民國竝立，當代無人能及。

當許多別有懷抱的作家紛紛舞文弄墨，隨波逐流地抒寫功名富貴、時髦人性以至鄉土、國愁、情戀之餘，孟瑤默默地蜷縮一隅，不應酬，不交際，不夤緣豪門，不譁眾取寵、呼朋引伴，默默地將歲月化成文華，將生涯拓成心路，默默地歌，默默地吟，就這樣寂寞地走過來了。

她一年一年地寫，七十餘部作品一部一部淪沒在這個交光互影的文壇，幾乎是「也無風雨也無晴」。在她岑寂的小說世界裡，沒有讀者瘋狂的叫囂和掌聲，沒有文壇月旦的刀光與劍影，沒有花開，沒有風舞，有的是春日遲遲，是長夜漫漫——她就這樣在中國現代文學的一個黑暗狹小的角落裡，孤獨地亮起了一盞燈，寂寂寞寞地寫出了孟瑤的小說世界。

有人聽到她的聲音嗎？

在這個塵世上，被癡迷人群簇擁謏愛的，未必有什麼好。有時反而不如空谷跫音令人聞之深喜。

歷史會證明：一時絢爛，千古朽寂。

第一次聽人說起孟瑤的人和她的作品，就深受震撼——她的人，忍得住淒涼；她的書，耐得住寂寞！

孟瑤的小說，是茫茫紅塵裡的一縷空谷跫音。

觀古今於須臾——孟瑤的小說作品分期分類

在孟瑤 72 部作品中，品類複雜，大多數作品主題不同、格調不同、寫法不同，甚至於性質迥異，使人對作者的痛下功力深覺折服，當代中國文壇能這樣眾美畢陳的作家並不多，而我們在展視孟瑤的小說世界時，也很容易被作品的紛紜並現弄得目眩神迷。

為便於析解孟瑤帙多卷繁的小說內涵起見，我們先依這些作品的整體涵蓋面做一個分類，從時空交替的經緯中，整理出孟瑤作品的類涵。

由於性質特殊，孟瑤的有關崑曲劇本等作品如《竇娥冤》、《四郎探母》、《打漁殺家》等不在本篇討論的範疇之內。另三部學術著作《中國文學史》、《中國戲曲史》、《中國小說史》及三部兒童故事：《荊軻》、《治水與治國》、《忘恩負義的狼》亦均不列論。

另外，慚愧的是：由於蒐購困難，許多早期的作品無法羅致，站在文學討論的立場上，既缺乏對物證作品的審理，自無從夸言分析，所以部分絕版之作品亦不在討論內涵之列，包括《美虹》、《幾番風雨》、《蔦蘿》、《窮巷》、《柳暗花明》、《追踪》、《夢之戀》、《屋頂下》、《斜暉》、《鑑湖女俠秋瑾》、《鳴蟬》、〈蘭心〉、《迷航》、《流浪漢》、《小木屋》等 22 部外，本篇所能分類涵蓋的，實際上只有 49 部。

我們先從時間上分期，以作品寫作年代之先後為經，來看看作者在不同的年分、不同的心境下，如何經營她的意象世界。這方面，孟瑤的小說可以分為五個時期：

試練期（流浪期）

在民國 47 年（39 歲）之前，是孟瑤的「煮字療飢」時期，談不上酷愛寫作，談不上刻意經營，只是公餘的玩票性質——一來有些情緒無法排遣，書卷與粉筆間俱無從寄託，寓之為文自然比較容易怡情遣懷，於是一部又一部的小說就綿綿生出了；二來呢，當時公教人員環境清苦，而稿費雖然戔戔不濟，卻畢竟可以小小紓解作者之家庭負擔，在別無長籌之下，孟瑤伏案疾書，於稿約不斷的局面中，寫出了一部部流利曉暢卻失之粗疏的小說來。

這一時期的小說盡是早期作品，內涵大致相同，都圍繞著人世情誼打轉，或將親朋男女之情繫在行囊間，或將家園屋宇之色化為心上的風鈴，格調是浪漫的，態度是寫意的，就只是要述說一個感人的故事，或傳達作者在生活裡一種取捨的觀念，一種認可的思緒。

手法上大多平鋪直敘，尚未能脫離民國以來言情小說的軌轍，內容也無非喜怒哀樂、生離死別，缺乏警醒獨特的意識。在同時期作家及作品中，並未見突出性。

這是孟瑤以一個歷史學者首度進入文藝園圃，而心醉神迷的時期，她的寫作經驗由此開展，她的經營手法、運作技巧，以及對文字意象的掌握運用，都是從這個時期出發，可以說是初試新聲。

這段時期有兩部小說十分獨特，是孟瑤的小說世界中兩塊晶瑩的玉石：《危巖》和《黎明前》。

《危巖》獲得民國 43 年的中華文藝獎基金會頒發的中華文藝獎（今日國家文藝獎前身），當時的教育部長張道藩曾經特別為文推崇，稱譽作者「連一句對話、一個小動作，亦均揣摩心理，絕不放鬆」，有「一寫十九萬字的真正魄力」！這本書的得獎及普受矚目，對作者生出了絕大的鼓舞作用，也奠定了作者日後孜孜矻矻從事小說創作的基礎，這是孟瑤甫出道即受到社會的肯定對待。

其次是《黎明前》，全書五十萬餘字，是孟瑤小說世界中最龐大的里程碑，總字數空前絕後，也是唯一一部從辛亥寫到七七的時代小說（我們在討論孟瑤的小說歷程時，一定不能忘記她是學歷史的，歷史是她的本行）。這部大塊頭書由香港明華出版社於民國 48 年初版後，直到民國 67 年才由臺灣學人文化公司重版，目前市面上尚有部分餘書，並未能引起讀者及文藝界的矚目。作者在信牘中提及本書時，亦只有寥寥數語：「這是我三十多歲時的作品，說不上好，但處處看出精力旺盛，如今體力衰竭，實不勝回顧之情。」

屬於這一時期的作品，從初次在《中央日報》發表的《給女孩子的信》起，到在《自由談》連載的《流浪漢》止，共計 23 部，時間是從民國 38 年遷臺（30 歲）起，到民國 47 年（39 歲）止，共計九年。作品有：《給女孩子的信》、《美虹》、《心園》、《危巖》、《幾番風雨》、《蔦蘿》、《窮巷》、《柳暗花明》、《追踪》、《黎明前》、《遲暮》、《夢之戀》、《屋頂下》、《斜暉》、《鑑湖女俠秋瑾》、《鳴蟬》、〈蘭心〉、《曉霧》、《迷航》、《亂離人》、〈杜鵑聲裡〉、〈斷夢〉、〈流浪漢〉等 23 部。總字數約為二百四十二萬二千餘字。

蛻化期（磨劍期）

從這一時期開始，孟瑤逐漸顯示出專力於小說創作的傾向和趨勢，而不再是業餘、排遣的性質，這一段時期的許多作品都逐漸看得出在技巧和意境上的用力了。

這一時期自民國 48 年（40 歲）發表在《中華日報》的《含羞草》起，到民國 56 年（48 歲）在《中央日報》連載的《磨劍》為止，共計八年 19 部作品，三百四十九萬六千餘字：《含羞草》、《生命的列車》、《荊棘場》、《小木屋》、《危樓》、《浮雲白日》、《却情記》、《食人樹》、《太陽下》、《畸零人》、《鷇夢記》、《孿生的故事》、《紅燈，停》、《退潮的海灘》、《群癡》、《踩著碎夢》、《這一代》、《飛燕去來》、《磨劍》。

這一期的小說風貌變化非常大，而且已擺脫了早期說故事的鬆懈感，開始認真經營意象了。隨著小說題材的日見廣泛，小說結構上也呈現了精緻的自覺，使這一期的小說逐漸具有文學的面目與取向，也逐漸進入當代文藝的核心，這可從這一時期的小說大多被國內外報社的副刊接納看出來：當孟瑤的小說開始被《中央日報・副刊》、《聯合報・副刊》、《中國時報・副刊》、《中華日報・副刊》、《新生報・副刊》、《大華晚報・副刊》競相連載時，孟瑤的小說價值就正式被社會肯定了。

之所以造成這種現象的原因，一來當然是由於作者本身奮勉自惕的自我期許，二來也與環境的變遷有關：這一段時期，作者辭去了省立臺中師範學校的教職，應聘赴新加坡南洋大學講學，不數年（四年）又返國擔任國立中興大學副教授，兩地奔波講學，使所思所見更加波瀾壯闊，形成了這一時期「磨劍比試」的特色。

這段蛻化的過程中，有幾個突變可以注意：

首先，作者因在南洋大學任教的因素，結集出版了《中國戲曲史》、《中國小說史》，這兩套史學著作和十年後在中興大學結集的《中國文學史》都代表了作者的某種自我交代和心願了了——在筆耕紙耘的歷程中，作者依舊戀戀不忘自小浸淫喜愛的戲曲和大學時用心用功的史學，一念在茲，便發而為這一類中國文學歷史的學術著作。

其次，作者功力大進，由早期平均五、六、七、八萬字一部的中長篇，一躍奮進至平均十餘萬字的長篇水平了。如《浮雲白日》二十六萬字，《畸零人》十八萬字，《孿生的故事》三十一萬字，《這一代》三十萬字⋯⋯，可以探知作者逐漸運轉自如、深淺隨意的筆力，大非昔日吳下阿蒙了。

《孿生的故事》和《退潮的海灘》可以代表上述的轉變。《孿》是題材上的突破，是作者唯一運筆刻畫梨園行徑和戲劇辛酸的小說，也是中國現代文學作品裡，真正深入戲曲生命的力作。《退》則是技巧上的突破，是作者首次用雙線插敘倒敘的手法經營的第一部小說（這種手法在第三、四期的幾部小說如《三弦琴》中有更深沉圓熟的運作），顯示了作者決心掙扎出傳統言情小說平鋪直敘的窠臼而另創新局的意圖，這，正是一個成功而不朽的作家應有的自我提升心態。

當《這一代》獲得當年的「嘉新文藝獎」時，作者並未自滿自足，而更加用心磨礪以須，終於墾拓出了孟瑤小說世界中的文學光彩了。

精神期（驚蟄期）

從民國 58 年（49 歲）起，孟瑤的小說生命是真正如蝶蛻繭般地成熟了，由於多年寫作經驗的累積及嚴肅的自我錘鍊，這一時期的小說無論在布局架構與設色定義上，都呈現了端整的造型，也呈現了圓熟的風貌，有幾部作品甚至於玲瓏剔透流轉無痕，一無草灰蛇線可尋，質與量的雙重提升，使孟瑤在當代作家中穩健成熟地頭角崢嶸了。

從當年在《中華日報》發表匠心獨具的《三弦琴》起，至民國 63 年（55 歲）《中國時報》連載的《驚蟄》止，作者先後完成了《三弦琴》、《望斷高樓》、《杜甫傳》、《弄潮與逆浪的人》、《長夏》、《兩個十年》、《英傑傳》、《龍虎傳》、《長亭更短亭》、《驚蟄》、《忠烈傳》等 12 部作品，總字數為二百七十三萬九千餘字。數量減低而分量反見提升，一消一長之間，顯示出作者求精不求多的寫作方針。

這種筆工意整的匠心布置，可以從幾部作品中看出端倪：

在《三弦琴》、《望斷高樓》、《長夏》三部小說中，作者出人意表地採用了高格調低字數的寫作立場，三部小說分別低落為九、八、十萬字，一改前期動輒十餘二三十萬字的水平，而作者在技巧手法上的用心求進尤其令人稱道：《望斷高樓》承襲《退潮的海灘》的經營手法而更精熟，將雙線並行的逆推技巧做了更圓滿的發揮，這種時空相併的寫法到了第四期《浮生一記》而登峰造極，不惟締造了作者小說世界的一個特色，也開創出本國小說寫作技巧的一個成功典範，是很值得注意的一件事。

《三弦琴》更顯示了作者痛心除舊的痕跡，在運用「繁絃、衰絃、弱絃」布置兩男一女近、往、遠的推溯過程中，作者「企圖打碎習慣的順序，時時做新的試探，而分散了我太多精力與情緒，因此寫得既吃力，結果又令人失望。這多年的寫作，很少像這部小說給了我這樣多的痛苦。」（引見原書第六頁）

同期的《長夏》三度突顯了作者這種自我超越的努力：從頭到尾全部用日記的寫法，是孟瑤小說中獨一無二的「日記體」，難得的是其間波瀾起伏十分大，又一改往昔的周詳筆調而完全精簡了文字，令識者為之擊節。

而更令人矚目的，還是作者一連串嘗試的「歷史新探」——將杜甫、劉邦、項羽、韓信、漢武帝的古事今寫的《杜甫傳》、《英傑傳》、《龍虎傳》以及由「明史」改寫的《忠烈傳》，是孟瑤的小說世界中全然相異的另一種風貌。對於從歷史系出身的孟瑤而言，她一直對杜甫蹭蹬、韓信侘傺、司馬遷萎蹶的史實心動魂牽不能自已，將之以小說筆觸再現金身也是平生所願。可惜由於歷史資料的囿限，作者耗費了極大的精神去裁剪彌合，反而受拘受縛無法做天馬行空的發揮，太遷就歷史正統，而失去了自我的特色，無法像某些專寫歷史小說的人一般自我作古、譁眾取寵，未免可惜。然而到《忠烈傳》一出，卻扭轉了整個頹局，全書大氣磅礴，凜凜然將有明一代的悲壯史蹟真實重現，近代小說能寫到這種境界的尚未之有，是孟瑤小說世界中一顆閃亮的珍珠，看起來有熊熊烈火燎原高燒的氣象。

到《驚蟄》出，結束了這一時期豪放軒昂的精神。

浮沉期（風絮期）

民國 64 年（56 歲）5 月，孟瑤臨危受命接掌中興大學中文系主任的重擔，系務紛歧萬端，「人事亂，情緒亂，無法握管」，她極力支撐大廈於將傾，甚至透支了自己的健康，到民國 66 年（58 歲）因健康惡劣，血壓過高，已無力擔荷而終於辭職退休，離開了 35 年來日夕講學的杏壇時，系務行政工作已嚴重傷害了她的小說生命——不能光前亦無從裕後了。這一段時期她為中興大學中文系學生奉獻了自己，也扼殺了孟瑤的名山事業。

大病一場。

這二年內她還是寫出了《盆栽與瓶插》、《浮生一記》、《滿城風絮》三部小說，共四十一萬四千餘字。這三部小說各有特殊意義：

《盆栽與瓶插》，是孟瑤的小說中，意象最精緻的異國小說，也是她首度開筆寫留學生心態的新局。

《浮生一記》，是孟瑤在寫作技巧上最大一次的突破，創造了屬於她專有的「雙線技法」，國內迄今無人敢於大篇幅的嘗試。

《滿城風絮》，孟瑤「以為是自己最後一個長篇了」。

民國 67 年起，身體大壞，幾瀕臨死邊緣，醫師宣告：不能再寫了。於是，出現了《孟瑤自選集》[1]告別文壇。

民國 68 年，孟瑤 60 歲，體重銳減，了無生望。

民國 69 年，61 歲——三年的休養與停筆，掙扎在病魔與生命之間，孟瑤浮沉無定，時也命也，不道人生大憾如斯。

劫後期（復甦期）

到民國 70 年，孟瑤竟然戰勝了肝癌，活下來了。

然而，精神已受極大損耗，不能再如以前那樣縱情揮霍，誠所謂「精力充沛時只知胡亂塗鴉，等到知道艱難了，觀察入微了，卻又力不從心！」（見《自選集》序），這段時期雖然遵醫囑不能多寫，孟瑤卻還是堅忍果敢地重新出發了：民國 70 年的《望鄉》，民國 71 年的《一心大廈》，民國 72 年的《女人・女人》，民國 73 年的《春雨沐沐》、〈戲墨〉，都是十餘萬字以下的中長篇，劫後餘生，掙扎創作的痕跡太明顯，精力耗損的消息太濃重，生命的火光日就黯弱，使識者傷恨不能竟讀！

最難得的是：在這種困境下，孟瑤仍然「在美國加州大學坐了將近一年圖書館，讀《宋史》，讀箚記，集中精力」寫下四十萬字的《風雲傳》，令人驚心震服！

我們衷心希望：孟瑤大難不死，還能創造出不朽的偉大小說，為這個國家的坎坷作見證，為民族文化的流離作傳真！

以時間為經，可以覘知孟瑤的小說歷程。

以空間為緯，可以瀏覽孟瑤的小說品類。

論述類——僅有最早期的《給女孩子的信》一種。

[1]編按：此指 1979 年 4 月黎明文化公司出版之《孟瑤自選集》。

學術著作類——有《中國戲曲史》、《中國小說史》、《中國文學史》三種。

歷史小說類——有《杜甫傳》、《英傑傳》、《龍虎傳》、《忠烈傳》、《風雲傳》五種，都是依古史作新義。

選集類——有《孟瑤短篇小說集》及《孟瑤自選集》、《遲暮》三種，均以短篇小說為主。

革命小說類——有《黎明前》、《危巖》。很能刻畫民國一種風貌，八股反共而不落俗套。

世變小說類——藉時代環境之變遷及社會之轉型而抒寫人心之迷茫失所，有批判時代及社會的筆觸。這一類的小說有五部：《生命的列車》、《亂離人》、《食人樹》、《這一代》、《兩個十年》，很能寫出中國的一些滄桑變化，也很能替流離的社會把脈。

人情小說類——或抒寫父母子女的親情，或抒寫親朋或戚友的友誼，或抒寫青少年以至中老年人不同心路的愛情，或寫家園之情、孤獨寂寞之情、文化意識之情、婚姻之情……。這一型的小說占了孟瑤作品的絕大多數，是孟瑤小說世界的正色、基調，前後有 23 部之多：《曉霧》、《含羞草》、《浮雲白日》、《危樓》、《畸零人》、《翦夢記》、《退潮的海灘》、《心園》、《荊棘場》、《踩著碎夢》、《群癡》、《紅燈，停》、《却情記》、《磨劍》、《飛燕去來》、《三弦琴》、《望斷高樓》、《四重唱》、《弄潮與逆浪的人》、《長亭更短亭》、《滿城風絮》、《驚蟄》、《女人‧女人》。早期的作品也大多屬於此類，孟瑤對「情」之一字的種種看法，盡在此中。

化育小說類——《太陽下》及《長夏》寫的都是青少年問題，宜獨立為一類另眼相看。

梨園小說類——只得《孿生的故事》一部，寫平劇春秋頗有特色。

異國小說類——《盆栽與瓶插》、《望鄉》、《春雨沐沐》三部小說，寫的都是海外遊子的客心悲切，也都微有回歸祖國的心態，很能寫出中華兒女在海外掙扎奮鬥的情結。

童話類——《荊軻》、《忘恩負義的狼》、《治水和治國》三種。

孟瑤的小說世界裡最成功的一點，即是時空的交織交感，真正能「觀古今於須臾」！

時人不解余心樂——孟瑤的小說作品風格初探

孟瑤小說的最大優點，不幸也是最大的缺點：

平實，恬澹。

在當代諸家中，不乏能在小說世界中獨樹一幟者，如張愛玲善寫意象，白先勇擅長運用文字語調及隱喻技巧，司馬中原善於剖陳時代內涵及民族性情，蕭麗紅長於生化古誼古風、姜貴長於舉重若輕的布局、康白長於直指人心的鉤情、陳若曦長於社會諷刺的暗筆、張系國擅長主線渲染的賦興……一個個似驚濤駭浪或洄漩的波紋，在水平線人眼可見處翩翩起舞，唯獨孟瑤無有。

沒有特別經營的意象。

沒有特殊鋪陳的技巧如意識流等。

沒有炫目的文采及筆調渲染。

都沒有。

別人五光十色的熱鬧她都無有，她只有平實、恬澹。

水面上是平靜無風無浪的水波，然而，水下卻有無數暗流、漩渦、海嘯點、激流洶湧——她的小說價值不在表面的風光，不在一本二本獨特的展現魅力，她的風格是整體的，宛如七寶樓臺，拆開來即不成片段；又像未經琢露的天然鑽石礦，有渾淪天然的氣象。

在她一本本平凡平淡的小說累積匯合之後，原本貌不驚人的庭市，忽然間四面八方全湧進來各式各樣的男女老少中國人，忽然間原本死氣沉沉的世界一變而為聲氣相應的鄉野——孟瑤小說的風格不是點，甚至於不成線，而要在整個的作品層面上展現，與一般作品以點取巧，單獨看來美麗斑斕，組合後卻缺乏大格局大氣魄迥然不同。

孟瑤的七十餘部作品中，絕大多數都有一條看不見的內層鎖鍊貫串著

——或寫家、或寫國、或寫人、或寫情、或嫉世、或道故、或嘆學、或傷情、或論愛……合起來，竟然就是中國近三十年來蛻化的寫照。

她把整個時代蛻變的痕跡刻畫出來了，把近代中國的各種衝激各種轉型影現出來了。她的 72 部小說合起來看，竟然就是變亂中國的投影。

中國，就是孟瑤小說的風格。

這種風格經由她多樣的小說意識融鑄而成——她對婚姻的看法，對社會轉型的看法，對歷史造化的看法，對家國沒落的看法，對詩歌戲劇蒙塵的看法，對青少年教育的看法，對男女感情的看法，對家族頹喪的看法，對民族氣節的看法，對……，這些分別散落在她每一部小說中的意識情節，都有共同的連貫性，出之於她一貫的人生觀察了悟，每一種都可以做相當透視剖論。是很可以細讀慢品的。

整體統觀，我們可以發現孟瑤的小說風格大有研究的餘地，很可以做詳盡的析論，以下僅摘要簡述一二：

獨具韻味的語法句型：孟瑤的小說對話之精鍊流走，國內除姜貴外不作第二人想。兼以出語敦厚，有聲情綰合的高妙（京片子原是中國語型中最玲瓏有致者）。比如運用語尾助詞「麼」即十分出神入化，當代僅有康白之「吶」勉強可以相提並論。

豐盈的戲劇架構：作者浸潤崑曲多年，下筆有時不免帶有豐饒的戲劇張力，以之架構為強烈的劇情及轉折，不是一般的「故事性強」，而是「劇力」！

細膩的心理刻畫：孟瑤的小說常有一種漩渦式的風格，她成功地運用了深沉的心理分析技巧，使讀者於剎那間陷身其圍，成為小說中人的化身而不自覺，無影無痕，洵為心理高手。

豪放的行為意味：由於作者性格反映的影響，孟瑤的小說世界充滿了一片豪放軒昂的行事意味。

翱翔的時空意識：七十餘部孟瑤的小說世界中，最憾人心弦的，是作者無所不在的一種強烈的失落感——對國家興衰、社會劇變之控訴，對瀕臨解體的舊式人情社會的哀憐，對面臨危機的傳統中國文化的鄉愁，對青少年迷失的情性，對婚姻下墮的形態——作者以今與昔作對比，以古和今來相較，無限悵恨。可以說：作者的小說世界只有三個主角，一是過去，一是現在，一是未來，七十餘部小說盡是中國時空交替的明鏡。

悲憫的長者心態：一般寫小說者若非出之於尖銳的斬割凌遲，便是出之以譁眾取寵的性、纏綿綺麗的愛、黑暗呻吟的鄉土生活、殺伐攘奪的社會寫實……，而孟瑤只是以一種悲憫的長者心態，作「哀矜勿喜」的剖視。

許多作家及其作品之研究析論，往往長篇累牘不勝枚舉，可供參考之資料所在多有，唯孟瑤及其作品幾乎一無所有，完全被國內之文學批評界冷落了。

百年遺稿天留在——結論

文章千古事，我們可以把孟瑤的小說留給歷史去裁決吧！

對於一個真正矢志獻身小說創作，而且真能力行踐履的作家而言，寂寞是最好的恭維，冷落是最高的禮敬。

我們也只好期待：且看百年之後猶有孟瑤遺稿天留在！

中國文學史上已鐫刻了她的名。

或許我們還能做些什麼？

——選自吉廣輿編撰《孟瑤讀本》

臺北：幼獅文化，1994 年 7 月

去此界以入彼界

孟瑤小說定論

◎吉廣輿

世界華文文壇的現代小說作家中，論創作歷程之綿長、數量之豐碩、字數之繁穀、成書類型之多樣，又橫跨文、史領域而著作等身者，首推孟瑤女士（1919～2000）。漫漫 42 年的時間，完成堂堂 89 部作品，總字數超過一千一百六十一萬七千餘字，其中包括 65 部世變、人情、梨園、移民、歷史等類型的小說，當代更有何人能及？然而孟瑤師於民國 89 年（2000）10 月 6 日辭世前，不僅她的小說於書市竟已凋零殆盡，幾成絕響；她本人亦沒沒無聞，鬱鬱度日。一轉眼十年悠悠忽忽水流雲逝去，國內文壇眾聲喧嘩嘈雜，新秀舊人交替落馬，孟瑤的小說已經完全銷聲匿跡，幾乎淡出了現代讀者的記憶版圖，成為中國現代小說史冊裡一個寂寞的名字，宛如一縷空寂的絃音，在繁華綺麗的文壇逐漸逸失，徒然殘餘無限滄涼……

老師的皤皤白髮猶在眼前，可她的一切風采卻成了天寶遺事。回首昔年風雲盛況，再看看今時文壇涼薄之霧，遍布華林，甚至孟瑤小說舊本希覯，可資日後索閱、稽考的原始資料已極有限，不免有些唏噓。雖然老師一身所有，都出於素心與達觀，本不希求名聞利養，但我們這些曾經親炙或私淑她的門人，總該為她的身後之事做些什麼吧？十年蓋棺論定，在她去世十週年的今時，為她的小說世界留下一些定論，也該是時候了。

以下先從「人書二界」總綰孟瑤的人、孟瑤的書，次從「生涯四界」論定她一生的四面轉折，再以「殞世六界」為孟瑤小說世界留存完整的研究文獻，最後回歸「天人二界」的悼念。由於事涉「定論」，非我一人觀點所能決，還要仰仗大雅方家的公決，不得不大量引用各家能會通其血脈的讜論，以資徵信，雖然有失學術分寸，但為了替孟瑤小說多留一方歷史的後照鏡，為後世重新檢點「現代小說」的定位時[1]，能反思小說作家出入時空的位置，追心如影，那麼，這一些「倒影」，還是有必要的。

一、人書二界

孟瑤的小說世界，淵源於她的人和書：她的人，藉著一支綵筆影影綽綽投影到小說書中，能去此入彼；她的書，凡百經歷的情節都是她人格人品的化身，也能出能入。近身瞻仰她的身影，由人界以入書界，應是孟瑤小說的第一定論。

（一）人界

孟瑤的為人，在現實生活上，可以歸納為三種境界：年輕時，規規於法度之中；中年時，另有磊落耿介蟠於胸中；晚年漸次滌盡人間煙火氣的纏縛，完成自己一生孤梗靈魂的洗禮。

在精神生活上，她是那種必須「不以目視，而以神遇」的性情中人，用王弼（226～249）「得意在忘象，得象在忘言」的觀念[2]來形容，她恰恰有「忘象」的性情、「忘言」的性格。她對自己「忘象」性情的自剖最傳神：

> 只要面對自己，那怕只一剎那，也總是衷心戚然、五內如焚。不曉得心裡有什麼東西想往外衝，用雙手也按捺不住；也不曉得外面有什麼東西包圍過來，用雙手也抓握不牢！眼前一片影影綽綽，飄飄忽忽！[3]

---

[1]王德威〈狸言流言，巫言莫言〉一文提出：「當代小說呈現以下問題：『小說』是說書講史還是起乩卜巫？是大眾藝術還是獨門絕學？是量產還是手工製造？是眾聲喧嘩還是喃喃自語？是中州正韻還是海外跫音？」見《聯合文學》第297期（2009年7月），頁113。

[2]王弼，《周易略例》卷十〈明象〉載：「然則忘象者，乃得意者也；忘言者，乃得象者也。得意在忘象，得象在忘言……故言者所以明象，得象而忘言；象者所以存意，得意而忘象。」

[3]孟瑤，〈我竟如此步伐凌亂〉，《我的第一步》（臺北：時報文化出版公司，1979年1月），頁209。

這「一片影影綽綽，飄飄忽忽」，就是她活在人世間的漂泊性情，她用一生去掌握自己的意念，卻掌控不了這心象。對孟瑤老師知之最深、親炙最切的陳器文認為「人世的悲涼始終是孟瑤師生命的主旋律」[4]，她對孟瑤師「忘象」性情的追述，可謂一鎚定音：

> 若說，許多人的一生行事採用的是加法，孟瑤師行的卻是減法，生活中，生命中，一切人情世故，一切講究裝點，一切攀枝帶葉的東西，都是可免則免，一來不慣繁瑣累贅，一來最怕人情負擔。[5]

這種「不慣、最怕」式的「可免則免」性情，不只映現「得之我幸，不得我命」的豁達心態，而且投射到現實生活中，就成為另類「忘言」的性格。孟瑤的文壇老友劉枋（1919～2010）於此言之鑿鑿：

> 同性大多喜歡她的坦率，不拘小節、不忸怩作態，異性則有人覺得她欠缺一份女性的溫婉。她很上像——有開莫拉費司，照片中她眼大有神，臉上輪廓清楚，不能稱曰漂亮，但有性格。[6]

這種心中有定象而反映在現實中的「忘言」式習性，示現在女性最鍾意的妝扮方面的一個顯例，就是「無緣」的積習：

> 她常笑別人的濃妝豔抹是「醜人多作怪」，因此自己便不花心思在衣履穿著上，「做頭髮」、「化妝」更和她無緣。[7]

至於她日常示現在師生之間那種「望之儼然，即之也溫」的個性，那

---

[4]陳器文，〈用情至深，奈何人世悲涼——懷孟瑤師〉，《臺灣日報》，2000年10月27日，31版。
[5]陳器文，〈用情至深，奈何人世悲涼——懷孟瑤師〉，《臺灣日報》，2000年10月27日，31版。。
[6]劉枋，〈我愛孟夫子——記孟瑤〉，《非花之花》（臺北：采風出版社，1985年9月），頁9。
[7]劉枋，〈我愛孟夫子——記孟瑤〉，《非花之花》，頁9。

種「得意」時望之儼然的氣象，和「得象」後即之也溫的性格，門下弟子之一的邱苾玲深有體會：

> 乍見她，感受到一種從眉宇裡升起的冷冷的超越……
>
> 細看她，感受到一種既浪漫又莊穆的氣象……
>
> 回想她，這一切又都轉化為一種異樣的情緒，深沉而活潑，屬於她的那種孤寂的熱鬧，單調的多樣，豪邁的柔意……[8]

這真是志意外諭之言，字字以心為師，把孟瑤的性格由表相滲透到內在，又由內在形諸表相。而我對「半生頑強如石，年紀都活到她的小說裡面去了」的老師的個性，好歸於「忘惹」界：在她面前，既可以因得意而忘象，也可以因得象而忘言，更可以因得意得象而無惹無不惹無所不惹。因為她既有那種不能輕攖其鋒的犟脾氣，又有和風熙日的柔情愫，你儘管孺子般跟她直來直往鬥嘴罵俏打天下，愈是天寬地闊無所遮瞞，她愈以孺子對待孺子，滿室溫馨得緊；你若膽敢以俗子面目現身糾纏，用人間煙火氣纏縛過去，嘿嘿嘿……你就算活得不耐煩了，也千萬不要惹她老人家一根手指頭筆直戳將過來，否則，立時三刻天地玄黃宇宙洪荒：

> 個性黑白分明得緊。你不惹她，她和藹有禮，一碗水往平處端，讓你口服心服；你敢惹她，你就不是你媽媽養的，滿天霹靂雷雨風，包你被吹颳打得發昏第十三章，認不清家門方向……[9]

孟瑤的人生三界如是。她於現實生活的性格上，入而能出，不喜相諍，也幾乎不染世俗慾樂；精神生活的性情中，出而不入，卻真是一介直

---

[8]邱苾玲，〈訪揚宗珍老師——孟瑤〉，《中興文苑》第4期（1973年8月），頁17。

[9]方杞，〈綵筆昔曾干氣象，白頭今望苦低垂——縱觀孟瑤的心象世界〉，《中國時報》，1994 年 10 月15日，34版。

暢本懷活過半生的女英豪。

（二）書界

孟瑤的書，從民國 38 年（1949）開筆結集，寫到民國 80 年（1991）體衰力弱無法握管為止，在那風雨飄搖的 42 年中，她完成了 89 部作品，包括長篇小說 65 部、學術史三部、劇本二部、散文三部、童話故事 16 部，另有未結集著作七部，以及五十餘篇論述文，總字數高達一千一百六十一萬七千餘字（不含論述文），可把她的一頭青絲全熬成了白髮。

這龐大的孟瑤書界，列出來琳瑯滿目，在拙著《孟瑤評傳》中已有完整書目、書影可資全覽[10]；但因該書於民國 86 年（1997）倉卒成稿，漏列了 11 本童話故事，今將童話故事書目 16 部補正如下，以存全貌：

《忘恩負義的狼》（臺中：臺灣省教育廳，1969 年 4 月）

《荊軻》（臺中：臺灣省教育廳，1974 年 2 月）

《治水與治國》（臺中：臺灣省教育廳，1971 年 12 月）

《楚漢相爭》（臺中：臺灣省教育廳，1974 年 2 月）

《漢武帝》（臺中：臺灣省教育廳，1974 年 12 月）

《大明帝國》（臺中：臺灣省教育廳，1975 年 4 月）

《從晉朝到唐朝》（臺中：臺灣省教育廳，1975 年 4 月）

《三國鼎立》（臺中；臺灣省教育廳，1975 年 4 月）

《大宋帝國》（臺中；臺灣省教育廳，1975 年 10 月）

《大清帝國》（臺中：臺灣省教育廳，1975 年 10 月）

《中國歷史上的名臣賢相（上）》（臺中：臺灣省教育廳，1978 年 5 月）

《中國歷史上的名臣賢相（下）》（臺中：臺灣省教育廳，1978 年 5 月）

[10]吉廣輿，《孟瑤評傳》（高雄：高雄市立文化中心，1998 年 5 月），頁 84～119。但書影部分尚缺七本絕版書影，由應鳳凰收入《五十年代文藝雜誌及作家影像資料庫》（臺北：臺北教育大學，2006 年），可點閱 http://tlm50.twl.ncku.edu.tw/index.html。

《中國歷史上的英雄國士（上）》（臺中：臺灣省教育廳，1978 年 5 月）

《中國歷史上的英雄國士（下）》（臺中：臺灣省教育廳，1978 年 5 月）

《中華民國》（臺中：臺灣省教育廳，1981 年 4 月）

其餘各類著作無誤，不再贅引。

孟瑤的小說，也有三世界：五種創作時期、五種小說類型、四種藝術風格，她把千變百態的人情世相，都周旋於文字之中了。

五種創作時期是：試練期（流浪期）、蛻化期（磨劍期）、精神期（驚蟄期）、浮沉期（風絮期）、劫後期（復甦期），詳見《孟瑤評傳》第二章第一節。[11]她把衷心的寂寞投注在鍾情一世的小說撰述上，汲汲伏案爬格子，民國 48 年（1959）甚至有一年內同時趕寫四部小說、連載五部小說、出版六部小說的空前絕後紀錄，寫作之勤奮令人咋舌！到頭來卻像她最心儀的杜甫（712～770）一般，「綵筆昔曾干氣象，白頭吟望苦低垂」[12]了。

五種小說類型是：世變小說、人情小說、梨園小說、移民小說、歷史小說，詳見《孟瑤評傳》第二章第二節。[13]她的小說題材幾乎迥然不同，量變引起質變，敏感的讀者很容易發現她筆下一貫悲憫的寫作形式，聽到她深藏書卷中隱隱嘆息的聲音。

四種藝術風格是：悲劇美感、衝創意志、漂泊情結、孤獨意識，詳見《孟瑤評傳》第四章各節。[14]她用小說文字投射的圖象，不是文字情境的藝術加工，也不是光怪陸離的寫實圖騰，反而接近抒情美學的傷逝特徵。

[11]吉廣輿，《孟瑤評傳》，頁 129～141。

[12]杜甫，〈秋興八首之八〉：「昆吾御宿自逶迤，紫閣峰陰入渼陂；香稻啄餘鸚鵡粒，碧梧棲老鳳凰枝。佳人拾翠春相問，仙侶同舟晚更移；綵筆昔曾（一作遊）干氣象，白頭吟（一作今）望苦低垂。」見《全唐詩》卷二三〇‧〈杜甫〉十五。

[13]吉廣輿，《孟瑤評傳》，頁 142～158。

[14]吉廣輿，《孟瑤評傳》，頁 261～346。

二、生涯四界

孟瑤一生，經歷四種轉折境，是她文學創作的溫床：

民國 31 年（1942）8 月，她 24 歲起，告別學生的黃金歲月後，投身教育界，開啟生涯第一個歷久彌新的主題，把無怨無悔的青春盡數付與菁菁學子，歷時整整 37 年。

民國 38 年（1949）2 月，她 31 歲起，又從教育界側身文藝界，開啟生涯第二個敬而遠之的主題，把弱水與烽火的體驗盡付與一管搦筆，歷時 51 年之久。

民國 41 年（1952）4 月，她 34 歲起，從文藝界晉身小說界，開啟生涯第三個貪嗔痴愛的主題，把喜怒哀樂的情懷悉數付與方格稿紙，歷時 39 年有餘。

民國 52 年（1963）1 月，她 45 歲起，又從小說界躋身戲曲界，開啟生涯第四個水磨耳朵的主題，把鑼鼓絲絃的樂趣盡付與西皮二黃，歷時長達 37 年之多。

民國 68 年（1979）8 月，她 61 歲起，終於從戲曲界安身頤養界，開啟生涯第五個利衰苦樂的主題，把拂塵除垢的餘年盡付與雲淡風輕，歷時 21 年才告終。

這四種起起伏伏的轉折生涯，或慈親愛語，或少欲知足，或希求無聞，或斷情絕欲，種種真情鬱志在她筆下澎湃奔瀉，形成孟瑤小說的第二定論。

（一）從教育界側身文藝界

大學畢業前，她過著一般少艾女子的家常生活，並未自覺後來會成為文壇的常青樹。她曾經自我調侃：「大學念的是歷史系，愛玩，鬼混了四年，拿到一張文憑，接著又落入人生最大的陷阱中：結婚、生孩子，忙著為衣食奔走。」[15]當她應聘站上重慶嘉陵江南岸「私立廣益中學」文史教員的講臺時，也未曾想過從此一生流離於成都鄰縣的「縣立簡陽女子中學」、臺灣嘉義的「民雄高級中學」、「國立臺中師範專科學校」（現「臺中教育大學」）、「臺灣省立師範學院」（現「臺灣師範大學」）、「新加坡南洋大學」、「臺灣省立中興大學」（現「中興大學」），一口宏亮的京片子，陪伴她活過終身諄諄不倦的教育世界。

當她從教育界側身文藝界，下了講臺磨磨墨，起先只寫散文隨筆，在轉進過程中，她開始「留下自己的文績」，文學史的記載是：

> 1950 年代初期，政治專治主義厲行全島，「戰鬥文學」口號充塞文界，林海音、孟瑤、郭良蕙等三位女性作家，就是在這個期間步入文壇。她們並沒有被這種洶湧的浪潮捲入，而是根據自己的觀察與體驗，抓住時人的心緒、女性的際遇等問題，反映社會人生。同時，又以互異的素材、感受和筆調，鎔鍊個人創作的風格，在臺灣當代文學的演進中，留下自己的文績。[16]

由於時代環境的薰染，孟瑤等「一大批女作家被時局動盪的波濤迫及到了臺灣，和臺灣本省的不多的女作家匯聚，形成了臺灣文壇 1950 年代的第一個女作家群」[17]，古繼堂評斷她們是「臺灣女性文學的奠基者、開拓者和引路人」：

> 她們進入臺灣文壇時大都是二十幾歲到三十幾歲的年紀，正處於創作盛期，剛剛安定下來，作品便紛紛問世，無疑她們把大陸的文藝經驗帶到了臺灣，促使了臺灣文學和大陸文學的結合。所以，她們既是臺灣的第

[15]孟瑤，〈我竟如此步伐凌亂〉，《我的第一步》，頁 209。

[16]劉登翰、莊明萱、黃重添、林承璜主編，《臺灣文學史・下卷》（福建：海峽文藝出版社，1993 年 1 月），頁 44。

[17]古繼堂，《臺灣小說發展史》（臺北：文史哲出版社，1992 年 3 月），頁 174。

> 一代女作家，又是大陸去往臺灣的文學使者。她們的創作，一方面填補了臺灣文學中女性作品的空白，另一方面啟開了臺灣女性文學的創作道路……是臺灣女性文學的奠基者、開拓者和引路人。[18]

黃重添對於孟瑤在文藝界的腳色，也有類似的評價：

> 孟瑤、林海音、鍾理和等，作為嚴肅的現實主義作家，他們的創作必然要直切人生，面向當時現實生活中存在的為世人共同關心的普遍問題，進而引發人們在審美過程中去探索社會的癥結，去思考人生的未來。孟瑤就是帶著關注婦女命運的創作動機步入文壇的。[19]

這一份「關注」，正是孟瑤終身筆耕不輟的心靈世界。

（二）從文藝界晉身小說界

孟瑤第一部長篇小說《美虹》完稿後，初試雛聲，就一頭栽入小說界，穿上自我澆鑄的鐵靴，翻翻騰騰無了時，從此幾乎專一撰寫小說，再難自拔，晉身於中國現代小說幽暗隱微的一方狹小角落裡，孤獨地亮起了一盞燈，成為一介自我放逐的歌者，但傷知音稀。

她用平實恬澹的素筆，寫平凡普通的小人物，顯示生命裡誰都無可赦免的悲愴與忻愉，成為臺灣三十餘年社會眾生蛻變的寫照。對於孟瑤的小說，當時文壇公認「孟瑤的作品，似都經過細心的經營，對人物心理的刻畫，著墨尤多」[20]；莊明萱認為「孟瑤的小說創作，傾向不盡相同，水平也參差不齊」[21]；黃重添則注意到「主題意識」和「傳統的文化心理」：

> 孟瑤等老作家的創作更多是反映女性在封建道德倫理枷鎖下的不幸人生

[18]古繼堂，《臺灣小說發展史》，頁 174～175。
[19]黃重添，《臺灣長篇小說論》（臺北：稻禾出版社，1992 年 8 月），頁 93～94。
[20]尹雪曼總編纂，《中華民國文藝史》（臺北：正中書局，1975 年 6 月），頁 471。
[21]劉登翰、莊明萱、黃重添、林承璜主編，《臺灣文學史・下卷》，頁 53～55。

> 遭遇，其主題意識與我國傳統道德倫理小說一脈相承。[22]
>
> 臺灣的婚姻倫理長篇小說 1950 年代出版不多，影響較大的有孟瑤的《心園》、《屋頂下》與林海音的《曉雲》……她們的作品，是一部半封建半殖民地舊中國的婦女婚姻史，是作家探討中國婦女問題的形象紀錄……這三部小說都承襲了五四以來中國現代文學的反封建主題，寫出了美好的人性在傳統的道德倫理沉淤中的被扭曲，從而表明了包括臺灣在內的中華民族的歷史積習與傳統的文化心理包袱是多麼的沉重。[23]

對於自己龐大的小說世界，孟瑤自謙「汗顏無地」[24]，曾經沉痛的告白：

> 自民國 41 年正式握管起，我幾乎日以繼夜在「多產」下粗製濫造，雖然由於稿約多，也是自己不惜於把自己貶為一名「寫匠」，思之可嘆。這樣不計成敗的胡亂塗鴉，不僅消耗了筆墨，浪擲了光陰，而且折損了健康，弄得疾病纏身。[25]

在小說的荒原上盡情馳騁近四十年後，她才驚愕發現「精力充沛時只知胡亂塗鴉，等到知道艱難了，觀察入微了，卻又力不從心」[26]，在動輒揮灑十數萬字的時候，她於筆下孜孜尋繹英雄豪傑或社會眾生的出路，卻渾忘了自家千古文學的歸宿；等到最後病痛纏身了，才憬悟缺乏小說藝術技巧的悲哀，才駭然發現山積的小說創作竟淪落到通俗小說的地界。四十年筆耕，65 部小說，一回首踉踉蹌蹌，踽踽涼涼，真是「不如醉裡風吹盡，可忍醒時雨打稀」了。

---

[22]黃重添，《臺灣長篇小說論》，頁 106。
[23]黃重添，《臺灣長篇小說論》，頁 90～91。
[24]孟瑤，〈自傳〉，《孟瑤自選集》（臺北：黎明文化公司，1979 年 4 月），頁 9。
[25]孟瑤，〈自傳〉，《孟瑤自選集》，頁 9～10。
[26]孟瑤，〈自傳〉，《孟瑤自選集》，頁 11。

黃重添對孟瑤小說世界的認知是：

> 我們讀孟瑤等老作家的作品時，往往會為人物的不幸遭遇感到沉重、憐惜，甚至引起心靈的顫動。[27]

這一份「顫動」，正是孟瑤終身心遊神想的虛構世界。我對孟瑤的小說世界也曾有一結論：

> 對矢志獻身小說創作的孟瑤來說，寂寞是最好的恭維，冷落是最高的禮敬，中國現代小說史上已鐫刻了她的名。[28]

（三）從小說界躋身戲曲界

孟瑤自承：「我一生只喜歡兩件事，唱戲與寫作」[29]，這兩件事如影隨形陪伴她度過一生。早年，戲曲先於小說；中年，小說凌駕戲曲；晚年，戲曲又江山如昔皮黃重光。她一生橫跨二界：年輕時，由戲曲界誤入小說界，由此界入彼界；經歷半生筆耕滄桑之後，滿頭白髮的孟瑤又重新返璞歸真，從小說界回歸戲曲界了。

幼年浸潤於戲曲世界，是後來孟瑤小說世界的胚胎。她形容這種自幼汲吮的乳水是：

> 我出自一個戲迷家庭，爸爸無戲不與：皮黃、曲藝、話劇、電影……樣樣都愛。[30]

---

[27]黃重添，《臺灣長篇小說論》，頁 114。

[28]方杞，〈綵筆昔曾干氣象，白頭今望苦低垂——縱觀孟瑤的心象世界〉，《中國時報》，1994 年 10 月 15 日，34 版。

[29]孟瑤，〈我竟如此步伐凌亂〉，《我的第一步》，頁 212。

[30]孟瑤，〈我竟如此步伐凌亂〉，《我的第一步》，頁 208。

由於有這樣一位對戲曲「樣樣都愛」的父親，她幼年就對唱作唸表等舞臺藝術耳濡目染，形成一個與亂世絕緣的精神世界，擁有少女夸張奇誕的玄想與祕戀。她回憶裡的聲光來源是：

由於兒時經常隨家人到戲院消磨時光，我是傳統戲劇的熱烈愛好者。[31]

這種「熱烈愛好」，淵源有自，使她醉心老生戲而成為余叔岩迷，也因此締結了青年時代的姻緣。民國 27 年起，她到重慶念「國立中央大學」歷史系，「當年在沙坪壩時，課餘雅好平劇，航空系同學張君，為她操琴，從此結緣，誰知婚後的張先生，卻將胡琴掛了起來，因此好姻緣就此結束」[32]，她一生唯一的一段好姻緣由戲曲伊始，也由戲曲告終，關鍵即在於箇中三昧：

她酷愛國劇，專工鬚生，在大學時代，即經常登臺，直到今日，戲癮未減。因此她平時舉手投足，頗有男性味兒。而當掛上髯口，裝成鬚眉時，那清脆高昂的聲腔，以及眉宇之間，卻又依稀可尋出女兒態。[33]

孟瑤終身不能忘情紅氍毹氍上的風情，她對京戲浸潤之深，感懷之強，凌越一般文壇名家之上；對於坤伶的甘苦，尤其別有會心。所以在經歷世間風風雨雨之後，她對「梨園子弟散如煙，女樂餘姿映寒日」的管絃風光特別憾憾，追念起來也不乏隱隱太息的餘音：

我曾被一名演員的精湛演技迷倒，覺得她無論一舉手一投足一瞬目一高歌，無不優美絕倫、爐火純青；但一到後臺，再看見她汗濕重衣幾乎癱瘓時，我暗自驚嘆：「時不我與！時不我與！」生命的火鎔鑄了藝術靈

---

[31]孟瑤，〈自傳〉，《孟瑤自選集》，頁 11。

[32]王琰如，〈從《心園》到《風雲傳》——記多產作家孟瑤〉，《青年日報・副刊》，1995 年 9 月 13 日，15 版。

[33]劉枋，〈我愛孟夫子——記孟瑤〉，《非花之花》，頁 10。

魂，但當藝術靈魂知道怎樣放射光芒時，生命的火卻日就黯弱！[34]

當孟瑤的生命火焰也「日就黯弱」時，她終於對自己的戲曲世界沉沉回首，重重浩嘆：

我自幼好「余」成癖，但由於時空的限制，既不能程門立雪，連親聆演出的機會也沒有一次。迷迷戀戀，也不過抱著那「十八張半」啃之不已，雖全力以赴，所得結論卻是「終隔一層」！[35]

由於這種「終隔一層」的心態作祟，她幼年跟隨嚴父「無戲不與」的一家大小去看戲，便只是娛樂；青年時代關起門來，「抱著那十八張半」對聲學唱，也只是興趣；中年以後披掛上臺，業餘性「票」上幾齣，只好純粹聊以自慰兼慰人；晚年在二簧搖板聲中，陶陶然不知今夕何夕，也成為她排遣「餘生苦短」的精神遊戲了。

民國 72 年 3 月，京劇名伶金素琴 70 大壽時，美國舊金山僑界為金氏祝嘏，約孟瑤唱〈坐宮〉，她就喜孜孜的越洋寫信給文壇耆宿林海音，說：「我婆娑一嫗，又將扮演英俊的楊四郎了」，與孟瑤相知甚稔的林海音因此感嘆：

孟瑤實在著迷平劇，甚於教書和小說寫作，當然，後兩者是她賴以生活的職業和收入。[36]

這一份「著迷」，正是孟瑤終生繾綣不移的音聲世界。

[34]孟瑤，〈自傳〉，《孟瑤自選集》，頁 11。
[35]孟瑤，〈我竟如此步伐凌亂〉，《我的第一步》，頁 208。
[36]林海音，〈婆娑一嫗扮四郎〉，《剪影話文壇》（臺北：純文學出版社，1984 年 8 月），頁 35～36。

（四）從戲曲界安身頤養界

孟瑤於民國 68 年（1979）8 月退休後，先以為罹患肝癌，於次年底飛赴美國舊金山治病，預立了遺囑；後來鎮日無事，又拾起久已擱置的筆，一口氣奮力撰寫了九部小說，又在美國加州長子家及加州大學圖書館中，耗費四年殺青四十萬字的《風雲傳——兩宋的英雄兒女》，為她的小說創作畫上了休止符。民國 77 年（1988）2 月回歸臺灣，在臺中中港路的小公寓裡將養將息；三年後，應邀隱居佛光山，在「中國佛教研究院」開講《史記》，精神一振，為晚年一大轉捩。民國 82 年（1993）3 月，受兒孫堅請，遷回臺中；三年後又遷居臺北次子家頤養，生命的火光日漸荏弱，四年後悄然辭世。

那時，老師已於信中吁嘆：「被長江後浪所吞噬，應該是坦然接受的事實，回首前塵，一片荒蕪」。

這一份「坦然」，正是孟瑤蕭索寂寞的垂暮世界。

老師石火電光的生涯，如斯輾轉過盡。

她一生歷經這四個世界：教育界是她終身諄諄不倦的生活世界；由教育界轉進文藝界，是她終身筆耕不輟的心靈世界；由文藝界進入小說界，是她終身心遊神想的虛擬世界；由小說界融入戲曲界，是她終身繾綣不移的音聲世界；由戲曲界淡入頤養界，形成她蕭索寂寞的垂暮世界。清官樂在「清」上，孝子樂在「孝」上，忠臣樂在「忠」上，饕餮樂在「饕餮」上，而孟瑤，自覺「一片荒蕪」的孟瑤，會不會樂在「一片荒蕪」上？

三、殞世六界

孟瑤殞世之後，成就了她的極簡人生，而這個名聞利養的現實世界為她做了什麼？對她那巍巍 65 部小說又有什麼安頓或崇仰？身後寂寥或哀榮的文碑，可以視為孟瑤小說的第三定論。

遺憾的是：我們這個民族已經有太多光前裕後的偉大作家，歷代文壇已經有太多的燦麗光芒在彼此交鋒、對話，文碑如山，相形之下，孟瑤一貫沉寂無聲，也無有燦爛光采。

可恨的是：我們這個國家長年只敬京華冠蓋不敬素心人，一身素服的孟瑤如今只能踽踽涼涼長眠一隅，她半生嘔心泣血而自謙「塗鴉之作，覆瓿而已」[37]的 65 部小說，竟真真一語成讖，成為絕響，碑上文字已斑駁荒滅。

舉目澆薄炎涼之時，我們這些親炙她門下的不肖弟子，還能為她做些什麼？

以下書目的部分內容，十年前曾應「國家圖書館」之邀，以〈孟瑤研究資料目錄〉為題，發表於《全國新書資訊月刊》第 27 期，原不該冷飯新炒；但事隔十年，又有若干可供研究孟瑤小說的新資料陸續出現，卻無人肯耗時費事略加彙集整理，思之未免可惜。考慮今後可能乏人費心鑽研孟瑤小說，對孟瑤文學創作的研究可能畫下一個句號，而本次研討會也可能是國內外以孟瑤作品為主題的最後一次學術研討會，斯人已萎，作品也已凋零殆盡，我很希望能為日之夕矣的孟瑤小說做最後一次搖旗吶喊，為老師日薄崦嵫的文學世界略盡最後一點綿薄之力，因此不避詬恥，再加彙整，力圖求全，但願能為後世的孟瑤研究保存一份信實可徵的文獻。「荊棘林中下足易，月明簾下轉身難」，唯獻曝之忱充盈寸心，深望碩彥諸君知我諒我。

茲依未結集書、期刊文獻、學位論文、文學評論、採訪報導、影視傳播六項界域，一一臚列知見所得書目，謹備日後目錄學檢索之需。詳目請參見輯五「評論資料目錄之學位論文」。

這些寥寥餘音，就是孟瑤殞世之後的極簡人生。

---

[37]吉廣輿，《孟瑤評傳》，頁 70。

四、天人二界

孟瑤的小說世界一被生死羅網籠罩後，迅即失光失色，天容暗，海色冥，原本在她小說裡亢聲放歌的失路英雄俱俱啞了聲，一個個只餘愁顏與哀鬢。

孟瑤活著時，那一大落腳色人物跟著她吃香喝辣，要風光有風光，要情識有情識；一旦主翁歸天，天人永隔，森羅萬象一時皆現，那些角兒，唁！那些失根的角兒呀，竟紛紛雨打風吹去了……

現在還有人醉心於孟瑤的小說嗎？曾經有許多讀者悠悠然出入於她的書界，「讀此書時，此身已非我有，截然去此界以入于彼界，所謂華嚴樓閣，帝網重重，一毛孔中萬億蓮花，一彈指頃百千浩劫，文字移人，至此而極」[38]，現在還有這種能在孟瑤小說世界中「截然去此界以入于彼界」的知音人嗎？

天人永隔之後，孟瑤小說「同言情小說區分開來」的魂魄，仍然在文學史的角落裡隱隱飄浮：

> 從其總體看來，她的創作豐盛，居同期作家前列。她的創作傾向經過轉變而服膺於現實主義。她的寫作富有特色，取材廣泛，內容豪放，筆法灑脫，既超越了那種乾澀無力的口號式作品，又同言情小說區分開來，因此，她在五、六十年代的臺灣文壇上，即成為一個有重要代表性的作家。[39]

國家圖書館對孟瑤「寫作風格」的評價，是將她視為「近代變亂中國的投影」的時代座標：

---

[38]梁啟超，〈論小說與群治之關係〉，收入《飲冰室文集》卷三「學術類」二。
[39]劉登翰、莊明萱、黃重添、林承璜主編，《臺灣文學史・下卷》，頁55。

作者在自傳中稱創作之初「服膺浪漫主義」，其後方轉入對「現實摸索」，如《一心大廈》中有對時代劇變的描繪。而其長篇歷史小說，則可說是近代變亂中國的投影。[40]

而孟瑤生前就已經預見了身後的炎涼光景：

我這輩子最沒偷懶，最肯賣苦力的一件事，就是孜孜矻矻的用一支筆耕耘這片文田！……年輕時，總覺得文章是自己的好，尚存有「藏之名山，傳諸其人」的想望，……現在卻認為自己的書不可能走進歷史。[41]

人到情多情轉薄，而今真個悔多情，她嚴格鞭撻自己一生的定評是：

檢討得失，我犯了兩個嚴重的錯誤：第一，我沒有開始走好第一步，沒有計畫，沒有目標，於是迂迴曲折，奔馳不到終點。本來，人的有用生命不多，禁不起揮霍，所以還沒有來得及「從頭做起」，我已垂垂老去！第二點錯誤，我所把握的不是一支鋒銳似刀的筆，其所以鈍，是因為未加磨礪，學養與專業訓練就是那石墩，而我竟沒有找到。歲月不再來，時光又虛度，機會失去，只好輕輕撕去心坎上的第二個條兒。[42]

造化弄人一如斯，現代文壇對孟瑤小說似乎已「集體失憶」，這冷暖炎涼的塵世還會說些什麼？我只能掩臉浩嘆：

在這個塵世上，被癡迷人群簇擁謏愛的，未必有什麼好，有時反而不如空谷跫音令人聞之深喜。孟瑤的人，忍得住淒涼；孟瑤的書，耐得住寂

---

[40]中華民國國家圖書館《當代文學史料系統》：http://www.2.ncl.edu.tw/mp.asp?mp=2。

[41]姚儀敏，〈一生筆耕幾人知——專訪著作等身遠遯山林的小說家孟瑤〉，《中央月刊》第 24 卷第 10 期，1991 年 10 月，頁 114。

[42]孟瑤，〈我竟如此步伐凌亂〉，《我的第一步》，頁 212～213。

寞；孟瑤走過半世紀的中國文壇，江山多嬌，才人輩出，她是「白髮千莖雪，丹心一寸灰」的文膽。[43]

——選自「紀念揚宗珍（孟瑤）教授全國學術研討會」
中興大學中國文學系主辦，2010 年 10 月 29 日
——於 2017 年 11 月 27 日修改

[43]吉廣輿，《孟瑤評傳》，頁 10～11。

小說家之外的孟瑤
從「女性散文」與「孟瑤三史」論其文學史定位

◎羅秀美[*]

一、前言[1]

眾所周知，孟瑤（1919～2000）以小說知名於世。小說是她文學表現中的代表文類，小說家也是孟瑤在現當代文學史中的定位，如今文學史對她的接受亦聚焦於此。

如同許多 1950、1960 年代渡海來臺的女作家，身兼女學者的孟瑤也不例外，也具備文壇與杏壇雙棲的身分。其雙重身分認同的現象，促使本文回觀 1950 至 1970 年代初期的歷史語境，以觀察孟瑤一輩女作家的主體認同如何呈現。是以，本文發現孟瑤於遷臺初期（1950 年）即嘗試結合女性處境與報刊發表模式為女性／自我發聲；其後又在講學於新加坡南洋大學（今新加坡國立大學）與回臺任教中興大學之際，撰著學術專著以確立學術自我的向度。職是，本論文對於孟瑤這兩個階段裡較少為人所關注的文類——「女性散文」及「孟瑤三史」特別感到興味。前者是孟瑤遷臺初期的發聲之作——〈弱者，你的名字是女人？〉（1950 年）與《給女孩子的信》（1953 年）[2]這一系列「女性散文」；後者則是「孟瑤三史」——《中國戲曲史》（1964 年）、《中國小說史》（1965 年）與《中國文學史》（1973 年）等

---

[*]中興大學中國文學系副教授。

[1]本論文原名〈女人，在書寫中詩意的安居——試論孟瑤的知性散文兼及現當代文學史對孟瑤的接受〉，發表於 2010 年 10 月 29 日「紀念揚宗珍（孟瑤）教授全國學術研討會」（中興大學中國文學系主辦）。案：感謝諸位論文審察委員的細心指正，特此誌謝。

[2]孟瑤《給女孩子的信》版本眾多，詳後第二節所述。

三部史論／教科書。本論文意欲藉此以掘發孟瑤之「知識女性」的形象之建構，是否可由此兩大類文本的表述中，得到更多證明？意即欲證明此兩大類文本較諸其眾多知名的小說創作，是否亦有證成孟瑤之作為「知識女性」形象的可能性。

但識者必然發現，在上述兩大類文本寫作（與出版）的二十餘年間，同時期的孟瑤亦大量產出長篇小說，自 1953 年 5 月出版第一部長篇小說《美虹》後，同年 9 月出版了散文集《給女孩子的信》[3]，其後一直到了 1973 年《中國文學史》出版的同年 1 月，孟瑤也推出了長篇小說《弄潮與逆浪的人》，扣除三部短篇小說集，20 年間總計出版了 44 部長篇小說[4]，意即一年約兩部左右的高產量。易言之，自 1953 年開始推出作品，除散文集《給女孩子的信》外，孟瑤幾乎皆以長篇小說為創作主力；甚至於 1964 至 1973 年接連出版「孟瑤三史」等三部大部頭史論／「教科書」的十年內，亦同時推出了 18 部長篇小說。簡言之，孟瑤遷臺後由青年至中年最精華的二十餘年間，即已締造如此驚人的成績，甚至其後一生皆如此；直至暮年的 1994 年，已年逾七十的孟瑤仍推出了她人生的最後一部長篇小說《風雲傳》，其人之堅毅實不可小覷。細述孟瑤的創作歷程，顯示其小說創作上驚人的創作量，也是一般現代文學史（論）大多止及於其「小說」成就，並以此為孟瑤的文學史地位定調的主因。

是以，就目前所見的文學史（論）而言，大多著眼於其小說成就上。[5]

---

[3]孟瑤的著作目錄，目前以吉廣輿，〈孟瑤研究資料目錄〉，《全國新書資訊刊》第 27 期（2001 年 3 月），頁 34～42 最完備。然而，吉廣輿認為《給女孩子的信》初版於 1954 年 2 月。臺北市政府文化局／閱讀華文臺北／華文文學資訊平臺〔孟瑤──作品目錄〕http://www.tpocl.com/content/writerWorks.aspx?n=C0227（2013 年 3 月 1 日確認），亦以 1954 年 2 月為準。然筆者訪得更早之版本，為臺中中興文學出版社出版 1953 年 9 月初版，職是以此為準。

[4]尚未包含 1957 年的傳記《鑑湖女俠秋瑾》與 1970 年《杜甫傳》，以及《荊軻》等 4 部兒童文學。

[5]大部分文學史／論多將孟瑤定位為「小說家」。文學史部分，如古繼堂《臺灣小說發展史》（臺北：文史哲出版社，1996 年 10 月）、古繼堂主編；古繼堂、彭燕彬、樊洛平、王敏合著《簡明臺灣文學史》（臺北：人間雜誌出版社，2003 年 7 月）、劉登翰；莊明萱等《臺灣文學史》（北京：現代教育出版社，2007 年 9 月）、樊洛平《當代臺灣女性小說史論》（臺北：臺灣商務印書館，2006 年 4 月）等文學史著作。較特別的是，劉津津、謬星象編著《說不盡的

以 1996 年古繼堂的《臺灣小說發展史》為例，該書對孟瑤的描述如下：「孟瑤，多產作家，在大陸時期就開始創作，目前已有中、長、短篇小說集數十部。……這批女作家中，以寫小說為主的有……孟瑤……等。」[6]、「1950 年代臺灣女作家的小說，雖然有影響的作品不少，例如長篇小說中的林海音的《曉雲》、郭良蕙《心鎖》、孟瑤《心園》……等等」[7]、「1949 年國民黨遷臺時，大陸上一批女作家隨國民黨去臺。比如……孟瑤……等等。她們到臺灣生活稍加安定之後，便又投入創作，寫出了一些愛情作品。」[8]此外，2003 年古繼堂主編的《簡明臺灣文學史》將孟瑤列人「第十二章　臺灣女性文學的勃興」的「第二節　臺灣的女性小說」。綜合以上敘述，孟瑤的文學史定位，無疑地是以「（言情）小說家孟瑤」為主流論調。其餘大量可見的現當代文學史（論）亦大多同唱此調。

相較之下，孟瑤的「女性散文」（1950、1953 年）以及「孟瑤三史」（1964～1973 年）幾乎隱形於一般文學史（論）中，未見評述。是以，若一般文學史（論）也將孟瑤寫作小說以外的文類一併討論，是否有可能「建構」或「拼湊」出不同的孟瑤形象：不（只）是「（言情）小說家」，還有其他的形象，如女教師／學者？是以，本論文擇取孟瑤較少為人所討論的「女性散文」及「孟瑤三史」其來有自。

然而，孟瑤之「女性散文」及「孟瑤三史」如何能夠建構她作為一名

俠骨柔情——臺灣武俠與言情文學》（福州：福建教育出版社，2009 年 9 月）則將孟瑤列為臺灣「言情文學」作家。論著部分，如齊邦媛〈江河匯集成海的六〇年代小說〉，《霧漸漸散的時候——臺灣文學五十年》（臺北：九歌出版社，1999 年 10 月）等、邱貴芬〈從戰後初期女作家的創作談臺灣文學史的敘述〉（《中外文學》第 29 卷第 2 期，2000 年 7 月）、范銘如〈臺灣新故鄉——五十年代女性小說〉，《眾裡尋她——臺灣女性小說縱論》（臺北：麥田出版公司，2002 年 3 月）、梅家玲〈五十年代臺灣小說中的性別與家國——以《文藝創作》與文獎會得獎小說為例〉，《性別，還是家國？——五〇與八、九〇年代臺灣小說論》（臺北：麥田出版公司，2004 年 9 月）等。學位論文部分，如吉廣輿〈孟瑤評傳〉（香港新亞研究所碩士論文，1997 年），黃瑞真〈五〇年代的孟瑤〉（政治大學國文教學碩士班 95 學年度碩士論文），何宜蓁〈孟瑤移民小說研究〉（中正大學臺文研究所 99 學年度碩士論文）等都是。

[6]古繼堂，〈第五編第三章臺灣女性作家群的形成〉，《臺灣小說發展史》，（臺北：文史哲出版社，1996 年 10 月），頁 174。

[7]古繼堂，《臺灣小說發展史》，頁 176。

[8]古繼堂，《臺灣小說發展史》，頁 364。

知識女性的意義與價值，本文試圖以「知識女性」（female intellectual）與「博學婦女」（learned women）以定義孟瑤的主體身分。首先，「知識女性」（female intellectual）的概念，部分借用艾德華・薩依德（Edward Said）《知識分子論》（*Representations of the Intellectual*）論及現代「知識分子」（Intellectual）[9]的主要身分即為「學者」與「作家」的概念。而齊邦媛也曾以「知識分子」評說過孟瑤：「她是以知識分子積極肯定的態度寫作」。[10]是以，本文結合上述概念，定義孟瑤為身兼「作家」與「學者」雙重身分的「知識女性」（female intellectcual）。其次，「博學婦女」（learned women）則借用曼素恩（Susan Mann）《蘭閨寶錄：晚明至盛清時的中國婦女》（*Precious Records:Women in China's Long Eighteenth Century*）[11]的概念。曼素恩（Susan Mann）指出盛清時代（男性眼中）的博學婦女有兩類，一是以班昭為典範代表的女教師／學者形象。班昭具備多樣書寫才華，除參與《漢書》的書寫，也有專題論文《女誡》，更有詩詞、碑銘、奏摺等其他不同文類的書寫；「對於同時代的人來說，她代表了一個受教育的婦女所應成為的一切；她是個非常具有影響力的道德教師。她繼承並展現了自己的家學。」[12]另一類則是以謝道蘊為典範代表的「柳絮才」，她們是聰穎過人的天才，也是令男性感到有威脅性（以羞辱男性為樂）的女子。而這兩類女子形象是競爭而衝突的。《蘭閨寶錄：晚明至盛清時的中國婦女》的中心人物「惲珠」（1771～1833）便是前述女教師／學者的形象，是一位既擅詩作，又能編輯（研究）女性詩歌全集的博學婦女。就此言之，孟瑤多元的文學類型表現，與班昭或惲珠的典型近似，堪稱博學婦女的現代典範。是以，本論文借用上述兩個異名同構的概念，以定義孟瑤作為現代「知識女

[9]艾德華・薩依德（Edward Said）著；單德興譯，《知識分子論》（臺北：麥田出版公司，2000年2月）。

[10]齊邦媛，〈臺灣、文學、我們〉，《巨流河》（臺北：天下遠見文化公司，2009 年 8 月），頁506～507。

[11]曼素恩（Susan Mamn）著；楊雅婷譯，《蘭閨寶錄：晚明至盛清時的中國婦女》（臺北：左岸文化公司，2005 年 11 月），頁 182～191。

[12]曼素恩（Susan Mamn）著；楊雅婷譯，《蘭閨寶錄：晚明至盛清時的中國婦女》，頁 188。

性」／「博學婦女」的典範。然而，為行文方便，以及彰顯孟瑤之於現代文學史（而有別於班昭或惲珠）之意義，本文以「知識女性」統稱此一形象。

此外，由於女性往往較不被期待成為活動於公共空間中的「知識女性」，因此「對一向被剝奪公共空間權的女性而言，解決辦法有兩個，一是訴諸私領域的工作，一是訴諸教育。」[13]是以，對於「知識女性」而言，其寫作能力與知識創造力，都是她「通往未來與自由的路」。[14]據此，「知識女性」進入寬廣的學識世界，往往以作家和學者為主要身分認同。再者，知識分子的重任之一是「努力破除限制人類思想和溝通的刻板印象（stereotypes）和化約式的類別（reductive categories）」[15]，而「知識女性」經由「文學創作」與「學術創造」這兩重寫作能力，同樣地也是在破除傳統加諸女性身上的限制與刻板分類（女性歸屬賢妻良母）。是以，本論文擬針對「知識女性」在「文學創作」與「學術創造」上的表現，試圖為孟瑤找出一個（或許）有別於一般文學史（論）的「（言情）小說家」之外的「標籤」：偏向女教師／學者的「知識女性」形象。

職是，本論文的旨趣便在於考察如孟瑤一輩兼具文壇／作家與杏壇／教師（學者）雙棲身分的 1950 年代女作家，她們在生命空間劇變後的大時代裡，如何安頓自我。因此，本論文擬回觀 1950 至 1970 年代初期的歷史語境，以觀察孟瑤一輩女作家的自我主體之表述／認同如何呈現，以掘發她們在何種身分認同中找到安身立命的所在。是以，除了考察孟瑤大量的知名小說外，其他文類的表現有沒有可能幫助我們「拼貼」出「不一樣的孟瑤」或「更完整的孟瑤」？進而言之，本文擬通過探賾她的「女性散文」與「孟瑤三史」，以理解這些作品所透顯的孟瑤特質，與小說所呈現的，有何（異）同？此其一。

---

[13]羅莎琳・邁爾斯（Rosalind Miles）著，刁筱華譯，〈一些學識〉，《女人的世界史》（臺北：麥田出版社，2006 年 5 月），頁 182。

[14]羅莎琳・邁爾斯（Rosalind Miles）著，刁筱華譯，〈一些學識〉，《女人的世界史》，頁 182。

[15]艾德華・薩依德（Edward Said）著，單德興譯，《知識分子論》，頁 29。

其次，本論文對於孟瑤「女性散文」及「孟瑤三史」這兩類作品的定義取用是廣義的「文學」概念（包含「學術作品」在內）。是以，除「女性散文」系列外，「孟瑤三史」也在其列。同時，「孟瑤三史」在本論文的概念裡，既是史論，也是較通俗化的教科書，其寫作初衷與前述「女性散文」系列，同樣以學生與一般讀者為對象。是以，孟瑤這兩類作品，文類雖有別，然其寫作初衷所秉持的知性態度與教育讀者的理念，實有相通之處。進而言之，孟瑤在撰述此兩類作品時的自我認同，既是女作家，但顯然更偏向女教師／學者「教育」讀者的取向上。因此，本論文擬透過此二大類「通俗」文本：「女性散文」及「孟瑤三史」，一窺孟瑤藉此所呈露的自我表述／認同，是否較為偏向女教師／學者一面的學術女性形象上？此其二。

再者，承前所述，其預期讀者皆為學生與一般讀者，似以「教育」更多讀者為職志。更何況《給女孩子的信》曾是當代文壇之暢／長銷書的事實，以及曾兩度出沒於教科書中，皆可想見其「女性啟蒙導師」的形象。而「孟瑤三史」若置於民初以來的文學史寫作脈絡中觀察，無可否認地，確有專屬於她自己的史識與慧見。但本論文認為更有意義的是，「孟瑤三史」以學生與一般讀者為預設對象的通俗化寫作意圖，此由於她意欲以三史「教育」學生與一般讀者的女教師身分認同使然？或者只是她一向謙和低調的個性所致？由此又引出一個令人好奇的問題，「孟瑤三史」通俗化的特色，是否正足以解釋「孟瑤三史」於今日學界已然沒落的原因？此其三。

由此，本論文認為一般現當代文學史（論）對孟瑤的定位多為「（言情）小說家」（少數及於反共文學），大多僅述及孟瑤的言情小說，似暗示孟瑤的文學史地位僅以「言情」女作家為標誌，大多未見提及此兩大類偏向「教育」讀者的女教師／學者之身分認同下所書寫的文本，尤多忽視廣受歡迎的散文《給女孩子的信》。因此，本論文試圖探賾孟瑤小說之外的作品，以「補（文學）史之闕」，以便突顯孟瑤多元的文學表現，並藉此「拼貼」更完整的孟瑤形象——文壇／作家與杏壇／教師（學者）雙棲的知識女性。進而言之，時至 21 世紀的今日，孟瑤及其作品之被閱讀及研究明顯已然沒落的現實，是否與其寫作意識與態度較偏向女教師／學者的形象有關？或純然只是她一貫謙和低調、不問榮利的性格使然？以今日的文學審美觀重讀其言情小說及所有作品，確已較難引起大部分讀者的閱讀欲望。是以，面對其人其作已然「沒落」的現實，研究此議題，顯然是極大挑戰。此其四。

是以，本論文首先論及三十歲左右的孟瑤於 1949 年遷臺初期的「女性散文」系列[16]，其聚焦於女性的天職（家庭）與自己專業（事業）間的折衝與協商，以及女性的學養與修養等議題，其間所呈露的自我表述／認同為何；其次則論及「孟瑤三史」，這三部孟瑤於中年階段（1962～1966 年）遠赴新加坡南洋大學（今新加坡國立大學）因應教學撰寫的專著：史論／教科書，對於建構其女性／學術自我的表述／認同的意義何在；另一方面，「孟瑤三史」之通俗化與其為今日學界所遺忘的情形是否有關，亦值得探究。最後綜合上述，發現孟瑤之為知識女性的女性與學術自我的表述／認同，宜乎較偏向「教育」讀者的女教師／學者的向度；相較於一般現當代文學史（論）多以「（言情）小說家」定義孟瑤，顯然更具豐富的意涵。是以，本論文擬補足她的女教師／學者的知性形象；同時也藉此說明孟瑤其人其作之沒落（小說、「三史」），與此身分認同所展現的文學風格是否相關，這是本論文擬兼而論之的問題。

二、女性的聲音——以「女性散文」啟蒙女性，也自我表述／認同

「女性散文」意指孟瑤以女性處境為主題的散文。作為一代亂離人[17]的孟瑤，於風雨飄搖的 1949 年抵臺，旋即於次年正式展開寫作生涯。其首篇

[16]抵臺後的孟瑤，最早執教於嘉義省立民雄中學，旋即應聘省立臺中師範學校（1945～；臺中師專 1960～；臺中教育大學 2005～）任教（1949～1962 年），其寫作事業亦由此時展開。

[17]借用孟瑤長篇小說《亂離人》（臺北：明華書局，1959 年）的書名。

文章為刊登於《中央日報》的〈弱者，你的名字是女人？〉，造成不小的回響。其後，陸續於《中央日報》發表《給女孩子的信》計 20 篇，日後集結成書，風行一時。是以，其「女性散文」系列可說是孟瑤早年來臺後首先為讀者所接受的代表作品[18]，其中所觸及的女性的存在議題，幾乎可說是孟瑤一生創作中的最主要關懷所在。是以，「女性散文」系列的意義，並不下於孟瑤其他諸多小說創作，值得留意。

（一）自我表述／認同的開始──以〈弱者，你的名字是女人？〉開始發聲

孟瑤（1919～2000）自 1942 年畢業於中央大學歷史系後，即任教重慶私立廣益中學，這時也與大學同學張君締婚。1944 年舉家遷成都，長子張無難出生；並任教於四川省簡陽女子中學。1945 年抗戰勝利，辭去簡陽女中教職，抱著大兒子乘木船溯長江三峽返鄉。1948 年，次子張欣戊在上海出生。1949 年 2 月遷臺，初期任教於嘉義民雄中學，旋即應聘於省立臺中師範學校，並開始創作，在《中央日報》投稿第一篇〈弱者，你的名字是女人？〉，即用父親所取的別號「孟瑤」為筆名，自此立足於文壇。其後又在《中央日報》陸續發表〈給女孩子的信〉共 20 篇。[19]由此簡歷可知，孟瑤開始在臺灣文壇發出女性的聲音之際，已然身兼妻子、母親、教師等多重角色，以及新增的作家身分。是以，孟瑤在家庭與職場中所顯現的生命關懷，已然十分可觀。

孟瑤正式展開寫作生涯的首篇文章〈弱者，你的名字是女人？〉，刊登

[18]《給女孩子的信》的出版時間 1953 年 9 月，雖稍晚於 1953 年 5 月出版的第一部長篇小說《美虹》，但由於這 20 封信早已先後登載於《中央日報》上，是以，或可據此推估孟瑤的女性散文確實較小說更早為讀者所認識。

[19]其後的人生歷程續補如下：1955 年轉任臺灣師範大學國文系講師，1959 年升任副教授。1962 年 1 月赴新加坡南洋大學任教。1963 年，次子欣戊赴美攻讀大學。1966 年 8 月回國任教臺灣師範大學國文系。長子張無難赴美攻讀微生物碩士。1968 年開始任教於中興大學中文系。1971 年，長子張無難在美國結婚成家。1975 年初次赴美國加州探望兒孫；同年 7 月升任中興大學中文系主任。1979 年 8 月積勞成疾，自中興大學中文系退休，告別長達 37 年的教學生涯。1985 年 1 月，赴美國加州探望兒孫。1988 年 3 月，次子欣戊結婚成家。1991 年 3 月，隱居佛光山「佛光精舍」。1993 年 3 月，應兒孫之請下佛光山，遷回臺中。1996 年 3 月，遷居臺北次子家頤養。2000 年 10 月 6 日病逝臺北三軍總醫院。可見孟瑤一生對於家庭與職場的關懷始終如一。

於 1950 年 5 月 7 日《中央日報》「婦女與家庭」版（武月卿主編）第 59 期。[20]〈弱者，你的名字是女人？〉並非長文，簡潔有力的呈露了女性為兼顧家庭與事業的心聲。文章開篇即發出極為尖銳的呼聲，以表達所有知識女性的共同貼身難題：

> 每當自己不能振拔的時候，我總想起了這句話——弱者，你的名字是女人！
>
> 這句話像根針，總是把我的心刺得血淋淋地。是的，「母親」使女人屈了膝，「妻子」又使女人低了頭。[21]

孟瑤在文章開篇即如此吶喊，道出女性在家庭與個人理想間發生衝突時，總是選擇倒向家庭這一邊的無奈。此由於女性天生肩負著無可移易的天職——妻職與母職之故，因此女性往往在家庭與個人的折衝當中，選擇成為「弱者」。然而，「弱者」後面的「？」，其實也顯示了儘管孟瑤如此控訴妻職與母職對女人生涯自主的傷害，但也並非表示她對婚姻即全然地充滿抱怨或後悔，至少她說道：「家給了我一切，但，使我不願意的是：它同時也摘走了我的希望和夢。」[22]婚姻於孟瑤而言，既溫馨甜蜜又堅實可靠，只是也意味著必得同時犧牲自己的希望和夢，尤其是「有了孩子的女人，

---

[20]這篇正式在臺發表的處女作，孟瑤自己卻未留底稿。孟瑤〈孟瑤自傳〉:「最早我開始向《中央日報》的『婦女週刊』投稿，第一篇名〈弱者，你的名字是女人？〉，我就開始用父親為我起的號孟瑤為筆名，這些雜稿都沒有保存，所以無法記錄；但是我連續所寫的十幾封〈給女孩子的信〉，都有單行本行世。」《孟瑤讀本》（臺北：幼獅文化公司，1994 年 7 月），頁 6～7。案：孟瑤記憶中的發表園地「婦女週刊」，經查證實為「婦女與家庭」。可知，孟瑤對於自己的作品並無保存的習慣，以至於書寫自傳的同時，自己也很難加以引證討論。僅憑記憶確有其不可靠性，也令往後欲研究孟瑤文學發生困擾。如：陳器文〈用情至深，奈何人世悲涼——懷孟瑤師〉（《臺灣日報・副刊》，2000 年 10 月 27 日）、陳瑷婷〈論孟瑤五十年代（1950-1959）的愛情小說〉（《弘光學報》第 36 期，2000 年 10 月）、應平書〈矢志獻身寫作的孟瑤〉（《一心大廈》，頁 213）都曾提及孟瑤對自己著作的收集不甚在意。

[21]孟瑤，〈弱者，你的名字是女人？〉，《中央日報・婦女與家庭》第 59 期，1950 年 5 月 7 日，7 版。

[22]孟瑤，〈弱者，你的名字是女人？〉，《中央日報・婦女與家庭》第 59 期。

就像是一個最豪放的賭徒。」[23]是以，她在幸福的婚姻中，仍然感受到內心蠢動的希望和夢，不時竄出並攪動心湖：「而這種波瀾，又總是與家庭幸福成反比的；那就是說，當你知道自己有點作為的時候，也總是家庭瀰漫著層雲密霧的時候。」[24]職是，當女人的個人理想與家庭利益相衝突時，孟瑤又理性地選擇把自己再拉回家庭這邊。

同時，孟瑤自承曾經「有點近乎病態似地崇拜武則天」[25]，以及《居禮夫人傳》對她的巨大影響。以武則天為例：

> 她多麼蔑視「母親」與「妻子」這光華燦爛、近乎神聖的誘惑啊。而這可怕的兩個陷人坑，誰要邁過了它，震灼古今的勳業，便也隨著完成了。只是女人，所有的女人都慷慨地，自動地跪了下去。[26]

就 1950 年代的時代語境與今日相較，顯然女性所受到的束縛與壓抑更加明顯，孟瑤這段話中即呈露了當時諸多知識女性的共同心聲。顯然當時的孟瑤十分震懾於武則天因蔑視「母親」與「妻子」的角色而得以完成勳業的事蹟。但她也指出，絕大多數的女性並非武則天，大多數女性直接在「母親」與「妻子」的角色裡自動地跪了下去。而觀賞《居禮夫人傳》影片時，也使孟瑤受到極大的震蕩。這些在個人理想與事業上有獨立表現的女性典範，幾乎使孟瑤曾想要衝出「家」這個牢籠。

但文末，孟瑤自言「再定眼一看，孩子嬌癡如花，丈夫柔情似水，我無言地，讓夢想倒了下來，那時我想到的，就是這句話：弱者，你的名字是女人！」[27]是以，孟瑤由一開篇為「弱者」加上「？」，至文末，卻明確地改以「！」確認女人是「弱者！」這一現實，只因再有理想、再想成為

[23]孟瑤，〈弱者，你的名字是女人？〉，《中央日報・婦女與家庭》第 59 期。
[24]孟瑤，〈弱者，你的名字是女人？〉，《中央日報・婦女與家庭》第 59 期。
[25]孟瑤，〈弱者，你的名字是女人？〉，《中央日報・婦女與家庭》第 59 期。
[26]孟瑤，〈弱者，你的名字是女人？〉，《中央日報・婦女與家庭》第 59 期。
[27]孟瑤，〈弱者，你的名字是女人？〉，《中央日報・婦女與家庭》第 59 期。

「強者」，女人一旦面對家庭，便自覺地、自動地成為了「弱者」。是以，年方三十初試啼聲的孟瑤，以少婦之姿所發出的女人心聲，正是她自身的寫照，也是大多數身兼家庭與事業的女人之共同處境；當時，她對此衝突的思考，是以犧牲一邊以挽救另一邊的想法為主，考量的重點仍以家庭為主，亦符合她當時的生命處境與關懷。然而，後來的孟瑤，在女人兼顧家庭與個人理想這個議題上，是否有所改變，會是下一小節討論《給女孩子的信》時將持續追蹤的議題。

其實，《中央日報》「婦女與家庭」版早於 1949 年即問世，其中所刊登的婦女問題或性別議題，與晚近的相去不遠，甚至經常出現嚴肅的討論。依據林海音《剪影話文壇》回溯，此刊文藝性重於實用性，刊登較多的是關於婦女問題與生活散文小品類的文章，且作者多為 1949 年後渡海來臺的第一代外省女作家，除孟瑤外，張秀亞、徐鍾珮、琦君、鍾梅音、郭良蕙等 1950 年代的重量級女作家皆是。[28]這群女作家，或許因深受五四後新式教育的啟蒙，性別意識較為明顯；難怪來臺之初，即已展顯她們對性別議題的高度關注，甚至較諸今日亦顯前進，孟瑤這篇〈弱者，你的名字是女人？〉顯然即為箇中翹楚。

而孟瑤所拋出的問題，更是近現代以來所有知識女性恆常面對的普遍命題。該專欄編者武月卿也在此文前頭寫下一段編者的話：

> 案：本文所提出的問題，實為現社會中，成千成萬稍有抱負和理想的，已婚和未婚的女性苦思焦慮，費盡心機，始終未獲得適當解決的懸案。作者思想明敏，細膩深刻，你們文學造詣甚深，以委婉的文筆娓娓道出，更覺動人。讀者諸君，你們有什麼善策去解決這個問題，希望提出討論。[29]

---

[28]參考范銘如，〈臺灣新故鄉——五〇年代女性小說〉，《眾裡尋她——臺灣女性小說縱論》（臺北：麥田出版公司。2002 年 3 月），頁 19。

[29]孟瑤，〈弱者，你的名字是女人？〉，《中央日報・婦女與家庭》第 59 期。

武月卿指出折衝於理想與現實之間的女性難題，正是一樁「始終未獲得適當解決的懸案」，可謂妙語。她也藉由刊出孟瑤的散文，道出了所有女性的共同心聲。而這篇文章在當年也的確引發極大騷動，激發讀者對婦女處境與性別議題的熱烈討論。除武月卿主持的《中央日報》「婦女與家庭」版，同時《中華婦女》雜誌[30]也有對婦女處境的討論，亦引發不少回響。可見此一議題誠為當時諸多知識女性所熱衷探討的切身議題。

簡言之，孟瑤在報刊的首度發聲，是以同樣身為女性的立場，面向「婦女與家庭」週刊的女性讀者，道出她自己、也是眾多女性的共同難題。因此，孟瑤以〈弱者，你的名字是女人？〉標誌了她在臺灣文壇最初發聲的定位／形象——女人絕對不是弱者，反而可能是強者；並以其後的身體力行，證明了女人的最大可能／無所不能。這是孟瑤首度的自我表述。

（二）對女性「讀者」的啟蒙——收編於教科書的暢／長銷書《給女孩子的信》

自〈弱者，你的名字是女人？〉成名後，孟瑤一邊創作小說[31]，一邊撰寫專欄，「給女孩子的信」便是其中最知名者。起先連載於《中央日報》，直至 1951 年 7 月完稿；其後於 1953 年 9 月始出版單行本《給女孩子的信》。[32]全書由 20 封信組成，論題遍及與女性相關的各個層面，如讀書、健康、器度、交遊、婚姻、家庭與事業、女德、人生信念、性格修養等多項議題。全書大致可分為三大類，一是女性的身心健康：〈人生幾何——談惜時〉、〈舉翅千里——談健康〉、〈藝術起源於遊戲——談消閒〉、〈與天地競爭——談朝氣〉等四篇；二是女性的婚姻與人我關係：〈肝膽相照——談交遊〉、〈情之所鍾——談婚姻〉、〈魚與熊掌——談家庭與事業〉、〈豐潤自己的

---

[30]《中華婦女》雜誌於 1950 年 7 月 15 日由中華婦女反共抗俄聯合會（婦聯會）創辦。

[31]期間，1953 年 5 月《美虹》出版，同年 7 月《心園》出版。《心園》更是孟瑤自己十分喜愛的一部小說，也是孟瑤奠定文壇地位的一部重要作品。由於《心園》的誕生，孟瑤在 1950 年代臺灣文壇的地位遂由此確立，此後稿約不斷，成為紅極一時的知名女作家。

[32]孟瑤的著作目錄，目前以吉廣輿〈孟瑤研究資料目錄〉最完備。然而，吉廣輿認為《給女孩子的信》初版為 1954 年 2 月，然筆者訪得更早之版本，為 1953 年 9 月臺中中興文學出版社所出版者。

生命──談群居與獨處〉等四篇；三是女性的自信與器度：〈智慧的累積──談讀書〉、〈以天地為家──談器度〉、〈駕扁舟以探大海奧祕──談勤儉〉、〈風度與容止──談女德〉、〈擇善而固執──談人生信念〉、〈愛與美──談性格修養〉、〈機智的抉擇──談鎮定〉、〈行為的規範──談取與予〉、〈有為者當如是──談好勝與嫉妒〉、〈更上一層樓──談自知與自信〉、〈小不忍則亂大謀──談感情與理智〉、〈爭強取勝、精益求精──談勇敢與驕傲〉等 20 篇。可見孟瑤對女子教養所秉持的正面態度，務使現代女子成為身心健全、家庭與事業和諧、自信又有器度的女子，其關懷面向既廣且深。

此專欄緣起於孟瑤任教臺中師範學校的經驗。當時孟瑤與一群未滿 20 歲的年輕女孩談論做人做事的心得，尤其是讀書與婚姻議題。這些話題使她與學生的距離被拉近了：「為她們講一些做人的心得。更重要的是讀書與婚姻；當然，她們最感興趣的還是怎樣正確地叩入那婚姻之門，找個良伴，相依終身。」[33]也因為這樣的經歷，孟瑤乃將這些對女學生的期許發而為文。第一篇〈智慧的累積〉談讀書的重要性，便如此誕生了。孟瑤自承寫作動機：「對學生們的訓話，為什麼不能變得有系統一些？對學生們的訓話，更為什麼不能把它有系統地寫下來？……我要將它捕捉到紙上，我也這樣做了，頭一篇，我寫下智慧的累積，談到讀書的重要……多謝《中央日報・副刊》給我的鼓勵，她不僅使我有系統地寫完給女孩子的信，且也導引了我走向寫作的路途。」[34]可知，孟瑤寫作這 20 封信，一方面為的是對學生的訓誨能夠有系統的保存下來，恰好又有《中央日報》的邀稿，便直接促成了這 20 封信的誕生。

以其中談及女性的家庭與事業的〈魚與熊掌──談家庭與事業〉為例，文中提及兼顧家庭與事業是所有女人最困惑的問題，有一種人採取極端的態度，全然地偏廢任何一邊，但無論走那一條路都有痛苦，於是一生活在

[33]孟瑤，〈一份琢磨原璞的深刻用心──我怎樣寫〈智慧的累積〉〉，《中學課本上的作家》（臺北：幼獅文化公司，1994 年 10 月），頁 122～123。
[34]孟瑤，〈一份琢磨原璞的深刻用心──我怎樣寫〈智慧的累積〉〉，《中學課本上的作家》，頁 124。

矛盾與痛苦中。另一種人則是屈服派，完全不去思考這個問題，直接投入家庭，成為賢妻良母，做家庭的奴隸。孟瑤認為後一種人的問題，是整個教育的問題，無法細談；但前一種人的痛苦卻是值得同情，並且應當想辦法解決的。[35]孟瑤此文顯然與前述〈弱者，你的名字是女人？〉有所呼應，似乎也為了解開自己的類似痛苦而設文。因此，孟瑤也自承：

> 過去，我在觀察上所犯的錯誤，就是固執地把家庭與事業看成一個絕對衝突不能並存的東西，因此在處理上便只想挽救一面，犧牲一面。但事實上，我們若能制其機先，是可能同時把握兩面的。[36]

是以，孟瑤一改之前〈弱者，你的名字是女人？〉所秉持的確認女人是「弱者！」的態度，變成一種折衷的態度。接著，她提出兩點看法，以解決女人欲兼顧家庭與事業的問題，她認為最重要的關鍵在擇偶，若丈夫不但是精神上的愛侶，還是事業上的良伴，女人便能毫無困難地兼顧家庭與事業，也就能夠消除矛盾與衝突。[37]另外，孟瑤也提醒女孩子，未來物質文明的進步，女子消耗於家務的時間也將有所減少。[38]是以，孟瑤接著說道：

> 所以，作一個現代的女孩子，把家庭與事業看成永遠衝突，無法並存的

[35]孟瑤，〈魚與熊掌——談家庭與事業〉，《給女孩子的信》（臺中：中興文學出版社，1953 年 9 月初版。本文目前依據 1991 年 5 月臺南信宏出版社《給女孩子的信》版本。案：目前市面上所見之數種版本皆盜印本），頁 69～70。

[36]孟瑤，〈魚與熊掌——談家庭與事業〉，《給女孩子的信》，頁 71。

[37]孟瑤，〈魚與熊掌——談家庭與事業〉，《給女孩子的信》，頁 71。

[38]孟瑤：「物質文明越進步，家庭所能支用主婦的時間也越少（理想的物質設備減低了時問的消耗），換言之，也就是說家庭與事業的衝突越小。所以一個進步的國度裡，女人在這一方面的痛苦是極易克服的。目前中國，這一個問題特別能打擾每一個有名識有學問的女孩子，應該只是過渡時期的暫時現象，不久的將來，它是會被時代進步所遺棄的。將來國家上了軌道，一切社會的機構（托兒所，小學）會更普遍而理想；一切物質文明（電化、煤氣）會更廉價而實用。那麼，一個家庭主婦，想把自己的「全付」精力用之於家庭都不可能。而社會上每一個職業部門，卻都在向你招著歡迎之手了。」〈魚與熊掌——談家庭與事業〉，《給女孩子的信》，頁 71～72。

東西，是錯誤；因此想把其中的任何一個面犧牲掉，更是錯誤。目前我們最重要的工作，第一是努力於學問與技能訓練，其次是在你叩婚姻之門時，一方面要把握愛情，另一方面還不要忘記同時取得家庭與事業的協和。[39]

可知，此時的孟瑤已由之前〈弱者，你的名字是女人？〉對女人是弱者的「肯定」有了轉變。

然而，若回顧〈弱者，你的名字是女人？〉歷數女人身兼家庭與事業的無奈，細究其文脈，仍可發現孟瑤對於女人能身兼家庭主婦與職業婦女兩種角色引以為「榮」的隱微心思。就此而言，女人於孟瑤，可能不是「弱者」，反而是「強者」。整體言之，1950 年代的孟瑤在其「女性散文」系列中所呈現的女性處境，強調並不偏廢母職的「基／激進」觀點，顯然領先了 1970 年代諸多西方女性主義者對「母職」的解構態度。

進而言之，孟瑤這種對女性處境的折衷辯證態度，終其一生，大致多能在她的文本中呈現。如 1984 年出版的小說《女人・女人》[40]，年逾耳順的孟瑤自承這是一部具有紀念性的小說，她在書中刻畫了近代中國婦女的不同遭遇和責任，被譽為「近代中國婦女史詩」，也可說是孟瑤的「自傳體小說」。小說中，早年為爭女權而奮鬥的蘭芝，年近七十的她在臺灣卻是為一家老小服務的「母親」與「妻子」：「蘭芝欣喜自己一直很健康，真像一隻老母雞似的，展開兩翼，保護住這一家，心裡快樂得什麼似的。」[41]小說中另有一段描述她與先生林岐一起聽戲，為劇中溫順賢孝的「趙五娘」而多情善感：

林岐……。蘭芝反而勉強笑著安慰他：「我什麼事也沒有；不過心裡頗有

---

[39]孟瑤，〈魚與熊掌——談家庭與事業〉，《給女孩子的信》，頁 72～73。

[40]《女人・女人》1983 年完稿，連載於《中華日報・副刊》。1984 年由中華日報社出版。

[41]孟瑤，〈當代——臺灣〉，《女人・女人》第四部（臺北：中華日報社出版部，1984 年 9 月），頁 735。

感觸；你看，我從念書起就忙著爭女權，爭取女人的平等與自由；女權爭到後，女性的優美形象也失去了！今天，再找不到像趙五娘這樣的好女人，是不是？」

「話不能這樣說，」林岐道：「往日，也找不到像你，像朱品紫這樣的女人，是不是？」

「我有什麼了不起？」

「在教育園地裡默默耕耘，又是家，又是丈夫兒孫，三頭六臂似的辛辛苦苦一輩子。」

「你！」受到誇讚，蘭芝倒臉紅了。

「這是由衷之言，」林岐走近她身邊：「我不但感恩，而且覺得愧對你！」

「怎麼客氣起來了？」蘭芝倒笑了。[42]

小說中的蘭芝早年為女權奮鬥，後來為家庭丈夫兒孫奮鬥，既是「弱者」，也是「強者」。「弱者」與「強者」，於女人並非截然二分的身分，而是可以自在辯證的女性身分。是以，〈弱者，你的名字是女人？〉與《給女孩子的信》之於孟瑤，其所表述／認同的女性身分，亦可由此得到明證。

此外，整部《給女孩子的信》所呈現的知性氛圍與正面態度極為明確；亦可見孟瑤對於知識女性的知性表現較為關注。以第四封信〈以天地為家——談器度〉為例：

古語云：「器小易盈。」往日女人的生活圈子小，與人群的關係簡單，自然胸襟容量就不會大。這種情形的繼續發展，就造成女人性格上不能容忍的缺點。只是時至今日，時代變了，女人不但要有廚房，還要有辦公室；不但要有親屬，還要有朋友；不但要有家庭，還要有國家社會。因

[42] 孟瑤，〈當代——臺灣〉，《女人・女人》第四部，頁 867～868。

為她們的天地遼闊了，所以與人群的關係也複雜了！假若我們還是拿過去的容量來容納今日的一切，顯然是不夠的。我們要能對宇宙兼收並蓄，就必須先有一個能容納這一切的「大器」。所以，要做一個時代的女兒，修身的第一課，莫過於展開自己的胸襟，擴大自己的容量，多出門，多交朋友，多遊覽名山大川。看看天地之大，可以容我；看看我胸襟之大，也可以容物。……我要以天地為家，以萬物為友。[43]

可知孟瑤對女子的「器度」如何看重。她強調一個時代的女兒，其修身的第一課，應以展開胸襟為要。也應該走出去看看天地之大，以天地為家，以萬物為友。可見在孟瑤心目中，女性應該要能夠在傳統空間的拘限之外，開發自己的知性幅度。器量，正是她對女孩子的重要期許。而第十封信〈風度與容止──談女德〉中，孟瑤認為女人的成長不只倚賴讀書，還需要注意做人問題：

怎樣才是一個現代女孩子應有的風度與容止？……所以如何培養每一個女孩子良好的風度與容止，實在是件刻不容緩的事。但完成它的一方面靠學問的修養，一方面靠道德的規範。而所謂道德，它必須把握承襲舊傳統與迎合新潮流兩大任務。[44]

由此可知，孟瑤對於女孩子的修身課程，除了注重讀書求知，更強調良好的道德規範，並能揉合舊傳統與新觀念，以提出適合當今潮流的作法。因此，她仔細推敲班昭《女誡》的「四德」，並將班昭《女誡》中不合時宜者進行調整[45]，其中便提及女人的才華不應只在主持家務上，此外女性應努力充實內涵。

---

[43]孟瑤，〈以天地為家──談器度〉，《給女孩子的信》，頁 29～30。
[44]孟瑤，〈風度與容止──談女德〉，《給女孩子的信》，頁 79～80。
[45]孟瑤，〈風度與容止──談女德〉，《給女孩子的信》，頁 80～81。

職是，孟瑤對於現代女孩子的期許大致可見一斑。而孟瑤這些對年輕女孩子的絮語／期許，未嘗不是孟瑤的自我陳述／認同的投射？透過自我對她者的對話，孟瑤藉由「給女孩子的信」專欄（及結集專書）建構了一個所有女性的「想像的共同體」。在此由姐妹們所建構的想像空間裡，孟瑤自認為敢發表這 20 封信，「都是因為我站在同性的立場，覺得這態度比較更親切一些。」[46]孟瑤以其一貫的謙抑，自言與這些較她年輕的女孩子們對話，其實只是一種親切的家常，並非什麼說教的文字。無論如何，《給女孩子的信》之風行卻是不爭的事實。此書不僅是當年的暢銷書，也是至今為止的「長銷書」，孟瑤以其一貫淡定而自謙的態度，面對這 20 封信所得到的廣大回響：「這不是純文藝的東西，因此裡面沒有詩情畫意，而只是現實生活中的枝枝葉葉，樸質是它的特點，譾陋是它的過失。」[47]可見孟瑤對自己的作品，一貫地謙恭以對；而暢銷以後的毀譽，更一貫抱以寵辱不驚的態度。[48]

《給女孩子的信》之如此風行，除了可證明它的議題與內容深入人心、說理明晰足以服人外，盜版之風行亦有推波助瀾之效。[49]《給女孩子的信》至少有七種版本，且多為盜印本；但孟瑤對於自己作品被盜印不絕的現象，似乎「無動於衷」[50]，這也許和孟瑤對人世行「減法」對待有關。由

[46]孟瑤，〈跋〉，《給女孩子的信》，頁 171。

[47]孟瑤，〈跋〉，《給女孩子的信》，頁 171。

[48]孟瑤，〈跋〉，《給女孩子的信》裡提及自己對於這 20 封信的毀譽：「譽揚些什麼，這裡不提，指責我的，不外乎討厭這點板臉說教的酸腐氣。知道了這些反應後，我心裡即有所警惕。當然這些批評都是對的，但事先我並沒有注意及此，事後也就沒法補救了。」，頁 171。

[49]據吉廣輿，〈孟瑤研究資料目錄〉所示，《給女孩子的信》的版本，含盜版在內計四種版本。依筆者實際訪查所得，至少應有以下七種版本（以初版為準）：1.臺中：中興文學出版社，1953 年 9 月初版（吉廣輿：1954 年 2 月）；2.臺北：國華出版社，1955 年？月（吉廣輿：無）；3.高雄：大業書店，1973 年 5 月（吉廣輿：「5 月」）；4.臺南：標準出版社，1975 年？月（吉廣輿：無）；5.臺南：立文出版社，1977 年？月（吉廣輿：1980 年 1 月）；6.臺中：晨星出版社，1982 年 9 月初版（吉廣輿：1986 年 5 月初版）；7.臺南：信宏出版社，1991 年 5 月（吉廣輿：無）。這是目前搜訪的結果，但仍無法斷定這七種版本即為《給女孩子的信》的所有版本。

[50]陳器文，〈用情至深奈何人世悲涼──懷孟瑤師〉，《臺灣日報・副刊》，2000 年 10 月 27 日，35 版，曾經提及此點：「孟瑤師買書看書，看完送人；……那怕是自己寫的書也不疼惜也不留；……然而去者不留，孟瑤師甚至對稱得上是嘔心瀝血的洋洋著作自嘲說：聊供「覆瓿」

於這種「可有可無」的淡定，孟瑤不僅連自己的作品都不易搜齊，更遑論關注盜版之橫行。總之，自出版以來，歷經三、四十年歲月，《給女孩子的信》始終不曾絕跡於書市，可見其大受讀者歡迎之程度。

其後，成為暢銷書的《給女孩子的信》，也堂堂進入官方版教科書中。被選入教科書的有兩封信，即第一信〈智慧的累積——談讀書〉[51]與第十七信〈更上一層樓——談自知與自信〉。[52]這兩封信也隸屬於前述內容分類裡第三大類「女性的自信與器度」，尤其能夠彰顯孟瑤《給女孩子的信》對女子教養的知性層面與正面態度。

首先，以〈智慧的累積——談讀書〉被收錄的時間較長，影響較大。孟瑤認為女子培養讀書習慣特別重要：「習慣培養興趣，興趣支持習慣，你才能發現，在我們日常柴米油鹽，你爭我鬥的現實世界以外，還有一個多麼廣闊、沉寂、奧祕、或者是穆肅的天地，足夠我們流連忘返。」[53]是以，孟瑤認為讀書主要是提供女孩們在俗務勞形之際，得以沉潛的美好天地。尤其人會變老，但讀書卻使人們老得有智慧：「也有一個人，在他鬢髮衰歇的後面，卻隱藏著一種特別渾圓、通達、靈慧的氣質，無疑地，他們該都是曾經真正享受過讀書之樂的人。」[54]由此可知，孟瑤認為讀書能夠使人智慧圓熟，尤其是女孩子更應養成讀書的習慣，否則便容易在生兒育女、相夫教子的生活中，忘記充實自己：「你要想延長你生命的價值，便不能不在俗務以外，去攫取一些學問智慧；在現實生活以外，去開展一個精神世界。否則，十年以後，你將變成一個為眾人所厭棄的老蠢物！那麼，請記

而已。事實上，當今四五十歲的人都看過孟瑤小說、孟瑤電影，《給女孩子的信》不僅風行而且被盜印出版不絕。……但對孟瑤師來說，看得很淡，寵辱不驚。」

[51]收入「國立編譯館」之《國中國文》第5冊第11課；後也收入「部編本」《國中國文》第6冊第2課（2001年）。目前訪查的版本是臺北育成書局2005年1月出版者。

[52]收入「部編本」《國中國文》（選修）第3冊；後也被收入「九年一貫」《國中國文》第6冊（三下）第8課。目前訪查的版本是臺北康軒文教公司2005年2月出版者。

[53]孟瑤，〈智慧的累積——談讀書〉，《給女孩子的信》，頁8。

[54]孟瑤，〈智慧的累積——談讀書〉，《給女孩子的信》，頁9。

住，讀書吧！欣賞讀書之樂。」[55]是以，讀書於女子更有意義。

其次，第十七信〈更上一層樓——談自知與自信〉，孟瑤提及人生不僅是個大舞臺，也是個大機器，個人的角色是大是小，完全靠自知與自信。孟瑤尤其強調自知的重要性：「天下沒有做一件自己感覺興趣的事更容易獲得的成功，天下也沒有勉強一件自己最厭惡的事更容易招致的失敗，其中取捨之道，在於『自知』。所以自知的意義是明辨出自己的長處與短處，以便加以利用或避免，脆弱的一環，設法加強；堅大的部分，勤加使用。」[56]是以，「有了自知的正確合適的土壤，自信的花朵當然欣欣向榮。」[57]因此，孟瑤認為女孩子們應該學會自知與自信：「人生是一座舞臺，你必須學會怎樣把你自己當作一個演員，同時又作這一個演員的觀眾，當你在臺上有把握（自信）發揮自己的精采演技時，同時不要忘了坐在臺下寫出一份最客觀最嚴正的批評（自知），指出一切瑕疵與優異，然後，以自知作靈魂，以自信作衣冠，使這個出色的演員來演出這幕出色的戲。」[58]是以，孟瑤對女子的自知與自信有更高的期待。

簡言之，藉由向女學生絮語，也將自身的體會藉由文字傳達給更多的預設讀者——同性別的女孩子們，因此孟瑤在自我與他者的相互表述中，建構了想像的共同體，其啟蒙女孩子的意義甚為明確。

值得一提的是，與孟瑤同時代的女作家，亦曾以書簡／日記體式散文，給年輕人以「寄小讀者」[59]式的關懷，如謝冰瑩《綠窗寄語》、張秀亞《凡妮的手冊》與《少女的書》、艾雯《生活小品》、葉曼《葉曼隨筆》等，都是當時知名的同類型散文。

究其實，在 1950 至 1960 年代反共文藝政策高舉的同時，符應家國大敘述的反共懷鄉之作，無疑是主流。然而，一群渡海來臺的女作家卻在國

[55]孟瑤，〈智慧的累積——談讀書〉，《給女孩子的信》，頁 9～10。
[56]孟瑤，〈更上一層樓——談自知與自信〉，《給女孩子的信》，頁 143。
[57]孟瑤，〈更上一層樓——談自知與自信〉，《給女孩子的信》，頁 144。
[58]孟瑤，〈更上一層樓——談自知與自信〉，《給女孩子的信》，頁 145。
[59]借用冰心《寄小讀者》書名。

家機器所主導的意識形態之縫隙中，遂行其私我的小敘述，親切的絮語式的書簡／日記體散文乃應運而生。其中所絮語的內容多為女性的處境問題，與孟瑤《給女孩子的信》所提出之議題類似；或許亦與諸位女作家同時大多身兼教職有關，是以對「小讀者」有一種特別的關愛之情。然而，或許由於孟瑤《給女孩子的信》明晰的「說理」特質與「大器」取向，較諸其他同期同型作品較偏向抒情小我的絮語模式，較明顯地符應了 1950 年代國家文藝政策對健康寫實的要求；而兩度收錄於教科書以及長／暢銷四十餘年的事實，似乎更使得《給女孩子的信》具有較高的能見度。簡言之，孟瑤於《給女孩子的信》所呈現的「女性啟蒙導師」之形象似乎更顯著一些。

此外，除了以《給女孩子的信》成為 1950 年代的暢銷女作家外，孟瑤還有其他以女性成長／生命史為主題的小說，包括一部分與歷史小說重疊的女性傳記，如女詩人也是女英雄的秋瑾傳記《鑑湖女俠秋瑾》（1956 年 7 月完稿，1957 年 10 月初版），這部應中央婦女工作會之邀所撰寫的女性傳記，或許也能反映孟瑤的心象世界於萬一，即舞文兼弄劍的知識女性形象。此外，如前所述之小說《女人・女人》（1983 年完稿，1984 年出版）不只刻畫近代中國婦女的遭遇，其悲憫情懷更使它堪稱一部近代中國的婦女史詩，當然也可視為孟瑤的「自傳體小說」。時至 1994 年，年已七十餘的孟瑤，更展現極驚人的毅力，出版了人生最後一部長篇小說《風雲傳——兩宋的英雄兒女》，其中描寫女詞人李清照的部分，不免令人聯想孟瑤對女詞人的流離人生，該有相當知己之感。

簡言之，孟瑤由〈弱者，你的名字是女人？〉初試啼聲，直到以《給女孩子的信》引起文壇（及教科書）注目，其一系列女性散文所拋出的女性出處與存在議題，可說是 1950 年代極具分量的作品。而孟瑤也藉由對女性她者的知性對話，呈露了她對身為知識女性的自我表述／認同，較為偏向女教師／學者的形象。

三、面向學生讀者發聲的史論／教科書——「孟瑤三史」安頓學術自我

孟瑤除了 1950 年代初期以「女性散文」自我表述／認同外，也於 1960 至 1970 年代以「孟瑤三史」(《中國戲曲史》、《中國小說史》與《中國文學史》[60]）三部史論／教科書，安頓其學術自我。在龐沛的小說創作能量外，尚能交出如此驚人的學術成果，其人之勤勉不能不令人側目。值得注意的是，「孟瑤三史」不僅是學術論著，也是較通俗化的大學教學用書，更與孟瑤出身歷史系而任教中文系、同時熱愛戲曲等多元而豐富的背景有關。是以，「孟瑤三史」雖為孟瑤成年後的教學／學術心得之總結，但此三史與其自小即熱愛或萌發興趣的戲曲、小說與文學（教職）等重大事件亦有明確關聯。

如前節所述，孟瑤在「女性散文」系列藉由對女性她者的知性對話，呈露了她對身為知識女性的自我表述／認同，較偏向女教師／學者的形象。「孟瑤三史」與「女性散文」系列一樣，多半以學生與一般讀者為預設對象，其通俗化的寫作意圖，看似有意借三史以「教育」學生與一般讀者，是女教師／學者的身分認同使然？或只是她一向謙和低調、不欲張揚為學術論著的個性所致？進而言之，通俗化的特色，是否也正是「孟瑤三史」於今日學界沒落的原因？令人好奇。無論如何，至少在這兩大類文本中，孟瑤所呈現的「知識女性」的自我表述／認同，較偏向女教師／學者一面的形象，殆無疑義。

[60]孟瑤，《中國戲曲史》（臺北：文星書店，1965 年 4 月初版），本論文據傳記文學出版社，1969 年 12 月版。孟瑤，《中國小說史》（臺北：文星書店，1966 年 3 月初版），本論文據傳記文學出版社，2002 年 12 月版。孟瑤，《中國文學史》（臺北：大中國圖書公司，1974 年 8 月初版），本論文據 1997 年 10 月五版。案：前兩部於講學南洋期間即已完成，後一部則遲至回國任教中興大學時期（1968～1979 年）方才完成。廣義言之，三史皆可謂孟瑤中年階段的南洋講學之作。

(一)「孟瑤三史」的正向價值——突顯戲曲、小說「邊緣」與「通俗」的價值

由於「孟瑤三史」為孟瑤平生最重要的三部史論／教科書，且主題分別以她最重視的三件大事——戲曲、小說與文學（教職）為主。一方面透顯其歷史系出身而任教中文系的跨界背景，另一方面，戲曲與小說這兩項她的平生最愛，剛好也是長久被傳統／一般文學史邊緣化的「通俗」文類。然而，這兩項長久被邊緣化的通俗文類，卻被一向也為文學史所邊緣化的女作家／學者所重視，並且大書特書，如此便十足顯出孟瑤書寫三史的正向意義了。由此言之，孟瑤書寫三史的典範意義值得留意，意即孟瑤藉此欲呈露的自我表述／認同，是以「邊緣」(女作家、學者）論「邊緣」（戲曲、小說）的正向意涵，可見她身為知識女性的獨到眼光。

孟瑤書寫三史與她的「跨界」身分有明顯關係。孟瑤畢業於抗戰時期的中央大學歷史系，並旁聽於國文系名家，如胡小石「楚辭」與「中國文學史」、盧冀野「曲選」和唐圭璋「詞選」等課程。渡海來臺後，先是任教臺中師範學校（1949～1955 年），前述「女性散文」系列即撰著於此時。之後赴新加坡南洋大學任教（1962～1966 年），講授「新文藝」、「中國小說史」與「中國戲劇史」三門課程，奠下往後寫作三史的契機。1963 年孟瑤開始撰寫「孟瑤三史」。1964 年，《中國戲曲史》首先完稿，為「孟瑤三史」的第一部，也是孟瑤自己期望最高的一部。隔年 1965 年，《中國小說史》完稿。短短兩年左右，孟瑤極有效率的推出兩部學術論著，可見其人一貫的驚人毅力。回國後短暫任教於臺灣師範大學（1966～1968 年）；其後至中興大學中文系教授「中國文學史」、「史記」與「新文藝」等課程，直至退休止（1968～1979 年）。其間，孟瑤於 1973 年完成《中國文學史》，「孟瑤三史」至此確立。其出身歷史系而講學於中文系的「跨界」表現，在孟瑤身上的巧妙融合，即「孟瑤三史」的誕生。

孟瑤於 1978 年寫就的〈自傳〉曾提及這段撰寫三史的過往：「民國 51 年以後幾年，我去了南洋，因為課業繁重，又適應新環境，創作較少，但

由於教『小說』、『戲劇』，也趁空將所蒐集的資料，編著了《中國小說史》與《中國戲曲史》，其目的也不過為了教學方便，將講義擴編成書而已，說不上有什麼其他貢獻。」[61]展現一貫的謙抑態度。其弟子吉廣輿也曾提及孟瑤這段南洋講學的歷史：「作者因在南洋大學任教的因素，結集出版了《中國戲曲史》、《中國小說史》，這兩套史學著作和十年後在中興大學結集的《中國文學史》都代表了作者的某種自我交代和心願了了——在紙耕紙耘的歷程中，作者依舊戀戀不忘自小浸淫喜愛的戲曲和大學時用心用功的史學，一念在茲，便發而為這一類中國文學歷史的學術著作。」[62]由此可知，孟瑤之學歷史復又寫文學、戲曲等史學論著，於她正是「某種自我交代和心願了了」的意義。尤其是她認真面對生命之最愛與極有效率的任事態度，使她經常鞭策自己，才有如此成績。

首先，孟瑤最為偏愛的一部是《中國戲曲史》。孟瑤本著一腔熱情，將她對戲曲的熱愛，表現在票戲、登臺串演與編寫劇本以及撰寫學術史（論）上。[63]而戲曲一直是她教學與創作外最熱愛的另一生命：「由於兒時經常隨家人到戲院消磨時光，我是傳統戲劇的熱烈愛好者。」[64]孟瑤也謙稱：「當然是因為戲迷家庭的傳統喜愛，……希望能引起同好者的注意，共同商議一個挽救的良方。」[65]可知，寫《中國戲曲史》正與她自小對戲曲的熱愛有極大關係。而從小愛看戲的她，也曾立下將來研究戲劇的「志願」：「總有一天，我要好好地學唱，然後施朱敷粉，袍笏登場……而且不止此也，我還要做學問，從書本裡鑽研出一套道理來。」[66]是以，對登臺的喜愛與做學問的職業，再加上她對傳統戲曲式微所引發的使命感，遂催促她寫

[61]孟瑤，〈自傳〉，《孟瑤讀本》（臺北：幼獅文化公司，1994 年 7 月），頁 7。案：書寫此自傳時的孟瑤，不知何以未提及 1973 年即已出版的第三史《中國文學史》，箇中原由猶待考察。

[62]吉廣輿，〈味吾味處尋吾樂——淺析孟瑤的心象世界〉，《孟瑤讀本》，頁 17。

[63]中興大學任教期間，孟瑤在公務繁忙之餘，不僅參與戲曲公演，更與戲友組「友聯票社」、為郭小莊「雅音小集」改編傳統戲曲，可見其熱愛戲曲是全方面的投入。

[64]孟瑤，〈自傳〉，《孟瑤讀本》，頁 8～9。

[65]鐘麗慧，〈愛戲的教授小說家孟瑤〉，《織錦的手——女作家素描》（臺北：九歌出版社，1987 年 2 月），頁 68。

[66]孟瑤，〈戲與我〉，《文星》第 90 期（1965 年 4 月），頁 62～63。

作戲曲史：「皮黃若想不步崑曲的後塵退踞於地氈、書架、藝術之宮；則怎樣永遠活躍於舞臺，正是我想寫一本戲曲史的最大衝動。」[67]由此可見她存心想要保存並發揚京劇，使其得免於崑曲般走入歷史結局的用心，值得重視。

其次，以小說創作知名的孟瑤，也藉由《中國小說史》的寫作，傳達她對中國小說被傳統文學史邊緣化命運的看法：

> 小說屬於文學的一部門，它的價值應與詩歌、散文相並列。而且，假若我們相信文學不外反映人生，則小說比任何一種文體反映得更直接、更親切，也更熱烈，我們原沒有理由對這種文體予以歧視。但自班固《漢書・藝文志》不許小說入流以後，從此它便被打入冷宮，正統派文人常不屑對它掃去一眼。這種現象不僅使許多文學作品長期蒙塵，而且也因此延遲了小說應有的繁榮。[68]

孟瑤以其身兼文壇／作家與杏壇／教師（學者）的雙重身分，對中國小說備受冷落的命運予以正視，乃成就小說史。同時，孟瑤認為小說的主流是說書，亦即宋代的「說話」。這些「說話人」所流傳的「話本」就是白話小說的始祖。但孟瑤也認為「話本」為小說史的發展，造成兩種特殊現象，一是其流傳的話本夠文學水準的極少；二是說話人取媚聽眾對藝術的嚴肅性所造成的破壞。[69]是以，孟瑤認為由於這兩種現象，亦使得當今許多創作者更輕視舊小說：

> 這兩種現象，使今日的許多小說創作者，常對舊小說產生一種歧視心理。他們寧可徘徊、留戀於「擬翻譯」的境界，而不肯對舊小說一顧。

[67]鐘麗慧，〈愛戲的教授小說家孟瑤〉，《織錦的手——女作家素描》，頁 68。
[68]孟瑤，〈序〉，《中國小說史》（臺北：傳記文學出版社，2002 年 12 月），頁 1。
[69]孟瑤，〈序〉，《中國小說史》，頁 2。

> 另一批缺乏藝術良心的筆耕者，又緊緊追隨於「說話人」的足跡之後，故弄玄虛，以騙取讀者的趣味。這兩種態度，似乎都不是頂合理的。它使我們感到，在無理由的歧視與輕率的模仿之外，我們有將舊小說予以再認識的必要。[70]

可知，孟瑤亦藉此提出她對於當代「小說創作者」歧視舊小說的現象，以及另一批輕率模仿舊小說的筆耕者的看法，是以必須重新再正視舊小說，這也是《中國小說史》的寫作背景之一。是以，孟瑤擬將中國小說之「邊緣」與「通俗」的價值予以正視，遂有此書。而此小說史的特色在於孟瑤所論及的通俗文類：「變文」與「講唱文學」，且加以大篇幅論述，如「隨唐五代」章的「丙」節即專論「變文」；而「宋元」章的「乙」節則兼「變文」、「講唱文學」與「說話」等。此外，孟瑤也在「宋元」章的「乙」節與「明」章的「甲」節標舉「文言小說」與「白話小說」的類目，使古典小說的面目更加清楚而完整。可見，孟瑤小說史致力於正視小說這一向被邊緣化的通俗文類的用心。

最後，孟瑤在《中國文學史》的〈前言〉裡指出，「史」的寫作要有史學、史識和史才三者，而「史學有如散落的明珠，史識是那貫串散落明珠的彩線；至於史才，卻是如何使這一串明珠組合成一美麗的花序。」[71]三者缺一不可。其中，「史識」部分，孟瑤認為一般文學史著作不外乎兩類態度：

> 一是保守的，傳統的，以為中國文學的內容，除詩與散文而外，他無足論。這種滯礙的態度，為我們所不敢取。……另一類是躁進的，偏激的，以為一切文學皆來自民間。只有民間文學才有其真生命、真內容。

---

[70]孟瑤，〈序〉，《中國小說史》，頁2。
[71]孟瑤，〈前言〉，《中國文學史》（臺北：大中國圖書公司，1997年10月），頁1。

這種大膽的假設，也為我們所不敢取。[72]

是以，孟瑤認為現有的文學史恐大多有上述兩項偏重，一是以詩與散文為文學史的重心，忽視小說與戲曲的價值；一是以民間文學為一切文學來源的大膽假設，只有民間文學才有真性情、真內容。但這兩種取向的文學史，都是孟瑤認為較不可取的。[73]是以，孟瑤自認《中國文學史》最大的特色即是平等論及「平民的」與「文人的」文類，未偏廢任何一方。文學應該是內容與形式的相輔相成、平民的與文人的聲音相依為命：

文學，是由內容（內在的生命）與形式（表現的技巧）相輔完成。……文也好，質也好，形式與內容交相輝映，便是這一種文體的巔峰、極致……一整部文學史的發展，就是在這種內容與形式的相互消長中誕生其新生命，輾轉遞嬗，綿延不絕。平民的聲音，沒有文人的潤飾不會精美；文人的靈魂，沒有平民的滋補不會康強。他們相依為命，而且也只有在相依相遇的時候才會爆出火花，我們忽視任何一方面，都能造成無可挽救的殘缺。這部文學史，就希望能做到兩者兼顧。[74]

由此可知，孟瑤認為文學史的書寫應力圖兼顧「平民的」（小說、戲曲）與「文人的」（詩、散文）文類，也就是「民間／通俗文學」與「菁英文學」兩者之平衡，如此寫就的文學史才是具有史識的文學史。因此，她試圖在這部文學史中達到這種雅俗共賞的目標。

是以，「孟瑤三史」的寫作方向，既出於她對戲曲、小說的熱愛以及復

[72]孟瑤，〈前言〉，《中國文學史》，頁2。

[73]如：鄭振鐸，《插圖本中國文學史》（臺北：莊嚴出版社，1991年1月）便將歷來不為文人雅士所重視的彈詞、寶卷、小說、戲曲等所謂「俗文學」，以將近三分之一的巨大篇幅寫進了文學史裡，並為「俗文學」正名，堪稱前無古人之壯舉。然而，此論著較偏重俗文學，與一般文學史顧全整體的取向不甚相同。

[74]孟瑤，〈前言〉，《中國文學史》，頁2～3。

興／正視它們的使命感，藉此完成她自己對於學術自我的安頓。但更值得留意的是，孟瑤以《中國戲曲史》與《中國小說史》的寫作，說明了她對戲曲、小說這類被傳統文學史視為「邊緣」的通俗文類的重視；而她在《中國文學史》中平等重視詩、散文、小說、戲曲等四種文類的態度，更清楚的宣告她對中國整個文學史的完整概念——不偏廢任一文類，意即拉高了戲曲、小說的地位。

綜言之，孟瑤三史的寫作，彰顯了她個人跨界的學術生命之面貌。藉由寫史，她得以將生命中最重要的三件大事——戲曲、小說以及文學（教職），化為具有意義的史論／教科書，並以之安頓她自己的學術自我。

（二）樹立平易的風格或「學術性不足」？——「孟瑤三史」通俗化走向的相關問題

然而，「孟瑤三史」儘管有其安頓自我的意義，但卻朝向平易簡潔的通俗化方向撰就。整體言之，它們與當代諸多文學史相較，其學術性確實不大顯著，反而較接近課程講義的系統化整理；因此，確實可收一目瞭然之效。而這種「平易近人」的風格，可能也是她刻意預設面向一般讀者的寫作心態使然。再者，孟瑤一貫的謙和低調，或也是她不願高調張揚三史為學術論著的另一可能因素。無論如何，「孟瑤三史」的評價於 1960 至 1970 年代甫刊行之際即曾出現「雜音」，時至今日更幾乎匿跡於書市與大學課堂，卻是不爭的事實。其通俗化的平易風格，難道會是主因？

首先，《中國戲曲史》這部論著是三史中她所最自豪的，即使如此，孟瑤仍自承她寫作此書只有一個謙卑的目的：

> 由於一部理想戲劇史之不易竣工，所以本書的標準訂得很低，它只希望為愛好中國戲劇而且對這一門學問開始發生興趣的人士，做一點初步的領導入門的工作，所以在內容上只想做到脈絡分明，敘述條暢的地步。……但在取捨上凡較精深較專門的材料，都無法不割棄，原因是本書只想為中國戲劇勾畫出一個最簡單的輪廓，若讀者因看過這一本書而

引起了更深入研究的興趣……。[75]

可知，一向謙抑的孟瑤寫作這部戲曲史的預設讀者為一般對此門學問有興趣的人士，並無刻意標榜精深博大之意。反而是以簡單明瞭適合一般讀者為撰著標的，若讀者能夠因此而引發更大興趣且願意深入研究則更佳。是以，本書若以史論／教科書的角度視之，則更能見出其面向一般讀者的平易特色。

是以，《中國戲曲史》的書寫風格確屬平易近人，以「皮黃」這一章為例，計分「演出部分」、「演員部分」與「前途展望」三部分，呈現孟瑤論著一貫綱舉目張的特色。前二部分內容偏向教學講義式的陳述，盡顯其教科書的面貌，較難引文。但，除教科書／講義式的正文外，其前言部分的散文敘述，確有可觀之處。如「皮黃」章的前言（「演出部分」之前）：

從乾隆四十四年魏長生入京，首先帶來崑曲王座不穩的消息以後，接著乾隆五十五年的高宗八旬萬壽，四大徽班隨著花部其他戲班相繼而至，劇壇上一場熱鬧的殺伐便已開始，這一場戰爭，雖然穿插很多，卻終於被四大徽班的嫡子——皮黃取得皇冠。……但是根據自然之理，萬物盛極必衰，民國以後，皮黃的威勢已遠不如前，各地方劇卻又趁機崛起！這第二場征伐戰是不是會來？皮黃是不是還有可能繼續維持它的威勢？這正是我們所欲知道的。[76]

這段文字不僅十分明白曉暢，且略有說書人欲引人好奇的態勢。簡言之，不似（現今）學術論著趨向謹嚴的行文風格，反而較似一般小說或散文的行文語氣。第三部分「前途展望」亦然：

[75]孟瑤，〈前言〉，《中國文學史》，頁6。
[76]孟瑤，〈皮黃〉，《中國戲曲史》，頁453～454。

> 我們對皮黃勾畫了一個最簡單的輪廓後，從中我們發現一個事實，皮黃發展到今天，屬於它藝術的光輝，似已發揮盡致，它已活到了生命的頂點麼？以後的歲月，只有日漸衰退僵化麼？這是一種悲涼的預感，以一個愛好者的心情說，誰都怕這預感會成事實，卻誰也直覺到早晚有一天它會成為事實。興亡盛衰之理原是自然的鐵則，沒有誰能掙脫它。百餘年前，它從崑曲手中取得權杖，讓一個最精美的藝術做了那一場征伐戰中的悲劇主角。不想時換勢移，那不可一世的戰勝者，今日也面對著一個相同的命運。[77]

這一段慨嘆皮黃已然步上崑曲沒落之後塵的文字，其明白曉暢的通俗化／口語化特色，顯然與〈前言〉所述之預期讀者為一般對中國戲劇有興趣的愛好者有關。是以，孟瑤此書之通俗，確實有可能達到引發一般讀者的興趣之效。然而，若以後設之見，如此通俗之敘述文字，似非學術文章，反而更近似一般散文。因此，俞大綱認為孟瑤此作較同類型的王國維《宋元戲曲史》之文字更加活潑：「她運用極為活潑的口語來駕馭一堆瑣碎而複雜的史料，讀來似較王先生過分嚴謹的考據文字生動些，更適合於一般讀者的接受。」[78]可知，孟瑤《中國戲曲史》在語言表達上的活潑，確實使它更平易近人。而其他二史亦有類似特質。

然而，這種平易的風格，是否也與孟瑤對前行者類似之作所產生的「影響的焦慮」[79]有關，雖未便遽下定論，但仍引人好奇。如俞大綱即曾以她的《中國戲曲史》與王國維《宋元戲曲史》（1913 年）青木正兒的《中

[77]孟瑤，《中國戲曲史》，頁 593。

[78]俞大綱，〈俞大綱先生序〉，孟瑤《中國戲曲史》，頁 2。

[79]文學創作者對於前代作家作品往往有著微妙的「焦慮情結」，此焦慮反映在新人敢於向傳統決裂的氣慨，並有意迴避／消解傳統（先驅作家作品）對其作品的影響。因此，如何才能讓自己的作品顯得並未受到前人的影響，從而使自己也能躋身於強者作家之列，由此乃形成了布魯姆所謂的「影響的焦慮」。布魯姆認為，我們對前驅作品的理解是人云亦云，千百代「誤讀」下來的結果，因此「誤讀」先驅者的作品也就是樹立自己風格的途徑。以上敘述，參考徐文博，〈一本薄薄的書震動了所有人的神經（代譯序）〉，（美）哈羅德・布魯姆著；徐文博譯，《影響的焦慮：一種詩歌理論》（南京：江蘇教育出版社，2006 年 2 月），頁 2～3。

國近世戲曲史》（1930 年）相提並論：

> 孟瑤這部著作是承繼王靜安先生的《宋元戲曲史》，和日本學者青木正兒的《中國近世戲曲史》後，一部最令人滿意的中國戲曲史。王先生的《宋元戲曲史》，是劃時代的著作……他的影響所及，使近數十年來的中西學者研究範圍，跳不出他的如來掌心，最多不過是憑藉新發現的片斷史料，做補充或局部的修正。孟瑤此作，宋元部分，網羅這些修正和補充的意見，盡了一番搜集和抉擇的工夫，這對王書而言。是有不可磨滅的功績的。[80]

俞大綱指出孟瑤此作正是在王國維《宋元戲曲史》和青木正兒《中國近世戲曲史》（近世即明清）的基礎上所進行的集大成之作。雖然《宋元戲曲史》已具經典地位，但孟瑤仍在宋元部分進行修正與補充。是以，就續補而言，孟瑤之作對王國維《宋元戲曲史》已做出相當貢獻。[81]因此，孟瑤之作的貢獻在補足戲曲通史的完整度上。此外，孟瑤於近代（明清）戲曲的嫻熟，也「超越」了青木正兒。[82]

無論如何，孟瑤《中國戲曲史》較諸前行二作，雖是較完整的戲曲「通史」。但若就其整合戲曲史集大成而言，不禁令人好奇：孟瑤是否在前

---

[80] 俞大綱，〈俞大綱先生序〉，孟瑤《中國戲曲史》，頁 2。

[81] 其實青木正兒之作也是王國維的「續編」。由於王國維對宋元戲曲較偏愛，對於明清戲曲的評價偏低，認為明清以後的不足為觀。因此，王國維的《宋元戲曲史》只能是斷代戲曲史。而曾經向王國維請教的青木正兒，乃於 1930 年完成明清戲曲史專著《中國近世戲曲史》，算是《宋元戲曲史》的續編，如此乃形成一套較完整的戲曲通史。詳見滕咸惠，〈王國維中國戲劇史研究的成就與貢獻〉，《王國維戲曲論文集──《宋元戲曲考》及其他》（臺北：里仁書局，1993 年 9 月），頁 24～30。

[82] 俞大綱即指出這是因為他們的國籍與舞臺經驗之差異使然：「近代戲曲，是孟瑤此作最精采的一部分。且看她對青木正兒的《中國近世戲曲史》所下的批評：『以一個外國人研究中國這種高深的舞臺藝術，在品味與鑑賞方面，何嘗不是隔了一層。』可以推知她對近代戲劇研究，頗為「自負」。……孟瑤本人，對近代戲曲音樂，有頗為精湛的了解，舞臺體驗也具備，在品味和鑑賞方面，達到一塵不隔的境界，並非難事。因此，這一部分顯得很精采，也盡了藝術批評的職責。」（俞大綱，〈余大綱先生序〉，孟瑤《中國戲曲史》，頁 2），可知孟瑤於近代戲曲論述方面的精采，主要來自於她的「自負」──學問根柢外，復有實際的舞臺經驗。是以，孟瑤之作遠較青木正兒更多了一份對近代戲曲的理解，是可以想像的。

二作的巨大影響下，自知頗難超越，乃轉而建立自己的風格，並以「通俗化」取勝？

其次，《中國文學史》儘管具備嚴正的立場要為中國小說發聲，以及正視它的價值。但孟瑤仍以其一貫的謙虛面對這部小說史的寫作：

> 提到對我國舊小說的爬梳整理，自以周樹人氏為第一人，他的《中國小說史略》，是一部不朽的開山之作，但由於成書過早，所以無法容納許多新資料，尤其是最重要的講唱文學部分。這就是為什麼，雖然珠玉在前，作者還敢再整理出一部《中國小說史》的理由。當然，本書的寫作，自還是以《中國小說史略》（以後簡稱周氏《史略》）為依據，再加入所能採擷的新資料，企盼能予我國舊小說以正確的評價。
>
> 作者只做了一點蒐集、補充的工作，將一盤散落的明珠，以自己思想的線另串成一組花序；用別人的金線，以自己的心裁另織成一襲新衣；假若它還能發出一些光彩，這光彩是由明珠的閃耀與金線的奪目來完成的。作者只分享了在貫串時與組織過程中的快樂。[83]

因此，可見她自認是做蒐集與補充的工作，並且只是分享一點組織新舊資料時的快樂，於此可見她的自抑。

而孟瑤自承《中國小說史》的寫作，是以魯迅（周樹人）《中國小說史略》[84]（1923 年）為依據，再加入一些所能採擷的新資料而成的。但孟瑤自陳敢於在魯迅《中國小說史略》後再著一部《中國小說史》，主要由於魯迅《中國小說史略》成書較早，對於新資料，尤其講唱文學部分不夠完備，而孟瑤自認能夠補充此一新資料，理應有較諸前作更能提升舊小說地位的價值。孟瑤正視變文與講唱文學，已如前述，此不贅言。需要指出的

---

[83]孟瑤，〈序〉，《中國小說史》，頁 3。

[84]郭沫若，〈魯迅與王國維〉：「王先生的《宋元戲曲史》和魯迅先生的《中國小說史略》，毫無疑問，是中國文藝史研究上的雙璧，不僅是拓荒的工作，前無古人，而且是權威的成就，一直領導百萬的後學。」《宋元戲曲史》附錄（上海：古籍出版社，1998 年），頁 160。

是，魯迅《中國小說史略》論及晚清小說僅及於三種類型：「狹邪小說」、「俠義小說及公案」與「譴責小說」，未對晚清風行的「科學（幻）小說」加以著墨。[85]同樣地，孟瑤亦未曾及於「科學（幻）小說」。然而，孟瑤僅討論「譴責類」與「狹邪類」，較諸魯迅尚少「俠義公案類」。孟瑤既自認有所承，卻又「擅改」三類為二類，不知何故。然孟瑤此舉，是否足以彰顯其「學術性不足」，仍未可遽斷。

回到前述孟瑤對己作之力求通俗之謙抑，其真正的通俗化表現，不只在於前述所提及的納入「變文」與「講唱文學」，還在於它活潑的行文風格。如鄭明娳〈評孟撰《中國小說史》〉即曾論及孟瑤《中國小說史》的特色：一、匯聚眾長；二、脈絡分明；三、取材豐美；四、評述精當：（1）從廣泛角度來看作品，（2）分析入微，（3）多做比較；五、文字鮮活。[86]鄭明娳所指出的文字鮮活，確是此書的文字特色。如「宋元」章「甲、舊傳統的承襲——傳奇與雜俎」節之前所介紹的背景：

> 於是一些新興的行業也應運而生，其中有一項是與小說史有關，值得我們特別提出的，那就是從寺院被驅逐出來，而跑到三瓦兩舍，又說又唱的「變文」，「變文」流入市井，由於配合環境的需要，更加強了那屬於現實人生的悲歡離合的故事性；於是它們變成了許多民間娛樂中最受歡迎的一種，那就是「說話」。[87]

由此行文風格，可略知孟瑤《中國小說史》的風格確實較諸一般文學

[85]1903 年，魯迅在日本即翻譯過法國科幻小說家儒勒・凡爾納（Jules Verne）《月界旅行》，其《月界旅行》之〈辨言〉即曾力陳：「我國說部，若言情談故刺時志怪者，架棟汗牛，而獨於科學小說，乃如麟角。智識荒隘，此實一端。故苟欲彌今日譯界之缺點，導中國人群以進行，必自科學小說始。」（〈月界旅行・辨言〉，《魯迅全集（10）》，北京：人民文學出版社，1981 年 12 月）。然而，20 年後的 1923 年，魯迅《中國小說史略》中卻未有隻字片語提及晚清的「科學（幻）小說」，令人不解。

[86]鄭明娳，〈評孟撰《中國小說史》〉，《書評書目》第 2 期，1972 年 11 月。

[87]孟瑤，《中國小說史》，頁 124。案：由於《中國小說史》正文多為提綱挈領的講義式行文，間以原典的抄錄，是以較難引用正文。特此誌之。

史更加活潑，且極具通俗性、可讀性。

然而，鄭明娳〈評孟撰《中國小說史》〉又指出孟瑤《中國小說史》的闕失：一、序或緒論應再充實；二、尚欠踏實：引用資料未見踏實或完備；三、體例有不一致處；四、引述原文：有些不重要的也附引原文。但儘管有以上闕失，鄭明娳仍給予肯定的評價：「已具體而微」，「直到孟氏此書，乃站在前人的成就上，它的起點正是前人的終點，且有超邁前人的充分信心，因此，它目前最具成效。」[88]其實，當時論者確曾出現不同的聲音，如此文末所附鄭明娳的〈後記〉即指出：「此稿寫成後，忽聞孟書多採前人著作而未加註明之傳言，據說新加坡李星可君曾在該地報刊撰文，對孟書加以抨擊。惜此地文獻不足，不能徵考其詳。本擬將此稿凍結，但思及『就書論書』的立場，此書仍值得評介，本文僅純係『就書論書』，至於傳聞，尚待異日，再做進一步之求證。」[89]可見孟瑤此小說史在當年確曾出現「多採前人著作而未加註明而被質疑」的雜音。然而，究諸當年之學術標準，以及資訊流通度之不若今日發達，鄭明娳乃存而不論，是可以理解的。無論如何，至少可以肯定的是它在當年（至少是 1966 年推出第一版至 1972 年鄭明娳撰就此文之際）是一部較完整的具備可讀性的小說史。

最後，《中國文學史》的完成，孟瑤自言只是她「十年教讀所得」[90]而已。她在《中國文學史》的〈前言〉裡提及「史」的寫作中的「史學」，乃是踵繼前人而來的工夫：「『史學』是有關中國文學資料的蒐集，則前人已做多種努力，後繼者至多也只能做一點增補工作而已。」[91]由此，孟瑤自謙只是在前人早已蒐集好的基礎上，再做增補工作而已。一方面希望專攻文學的人，「能找到一種是你所喜愛的，由是而作更深入更專門的研究」以及「或者會暗示一些你的文學創作將要走的道路」。[92]對於一般讀者，孟瑤則

[88]鄭明娳，〈評孟撰《中國小說史》〉，《書評書目》第 2 期，1972 年 11 月。
[89]鄭明娳，〈評孟撰《中國小說史》〉，《書評書目》第 2 期，1972 年 11 月。
[90]孟瑤，《中國文學史》，頁 3。
[91]孟瑤，《中國文學史》，頁 1～2。
[92]孟瑤，《中國文學史》，頁 3。

希望「它是一本易讀的書，是一本有系統有理路的書」[93]，「不僅使讀者對某種文體，甚至某些作家認識得更具體，同時也得到讀書欣賞之樂」。[94]就此而言，孟瑤對《中國文學史》的寫作，一樣預設了它面向一般讀者的雅俗共賞的願景。

是以，孟瑤《中國文學史》的行文亦以活潑的口語為主，如第八章「清」的前言：

> 有清一代，屢興文字獄，文人的思想被凍結了，只好朝研究考據的路上發展。於是樸學大盛。在文學上也無力朝新的方向試探。這樣很自然的使傳統文學增加了光彩，清代幾乎為舊文學作了一次光榮的落幕。這二百多年的文壇，整個的面貌就是復古。[95]

可見，孟瑤行文風格確能達到她所自稱的易讀、得讀書之樂，也頗有能使一般讀者樂於多接近文學之效。然而，孟瑤自言「有系統有理路」，確仍有其體例上的可議之處。其體制上雖已較前二部之偏向講義式的體裁略有變化，但仍然不脫講義式的架構。而其中若干體例上之混亂，尤其值得一提。以最末章論「清」代文學為例，其第四部分「戲劇」之「花部——亂彈」，自該小節之第三頁起，即自言「寫到這裡，本書就要告一結束，卻還有幾句贅語：」[96]然而此後所出現之「幾句贅語」卻將近九頁之多，此為其體例上之問題。雖然如此，其行文與體例上之務求簡潔有條理，以及通俗化、口語化的目標，確實有助於更多讀者的閱讀。

簡言之，「孟瑤三史」是身兼文壇／作家與杏壇／教師（學者）雙重認同的知識女性孟瑤，對學術自我的安頓。「孟瑤三史」之正視傳統文學史中被邊緣化的通俗文類，值得肯定。更有意義的是，以女性的「邊緣」位置

---

[93]孟瑤，《中國文學史》，頁3。
[94]孟瑤，《中國文學史》，頁3。
[95]孟瑤，《中國文學史》，第八章「清」，頁664。
[96]孟瑤，《中國文學史》，第八章「清」（四）戲劇乙、花部——亂彈，頁755。

論文學史中的「邊緣」文類的雙重意涵。此外，「孟瑤三史」以學生與一般讀者為預設對象，其通俗化的寫作意圖，頗有借三史以「教育」學生與一般讀者之意。簡言之，「孟瑤三史」的寫作意識上仍有某種程度地呈現「知識女性」對自我的表述／認同——女教師／學者。再者，「孟瑤三史」以活潑的行文風格，企圖與讀者拉近距離，也賦予文學史（論）一個明朗的新風貌。然而，由於孟瑤的自謙以及她所欲求的預期讀者乃是學生或一般讀者，這三部接近於課程講義的史論／教科書，確實明顯地偏向通俗化，與今日對學術著作的要求差異甚大，甚至當年即曾出現「學術性不足」的質疑。綜合以上因素，是否也正是「孟瑤三史」於今日已然為學界所遺忘的因素？值得深思。

四、孟瑤的接受史：作為「（女性）啟蒙導師」的孟瑤與其文本風格接受情形的問題

如前所述，孟瑤的「女性散文」與「孟瑤三史」，其預期讀者既多為學生與一般讀者，則可據此推測孟瑤以「寄小讀者」式的通俗寫作方向，為的是「教育」更多讀者。而《給女孩子的信》曾是當代文壇之暢／長銷書以及兩度被收錄於教科書中的事實，更加強了孟瑤其人其作之「（女性）啟蒙導師」的形象；而「孟瑤三史」也確有她自己的史識與慧見，如加強論述傳統文學史所邊緣化的通俗文類。但更重要的意義是，孟瑤所欲求的預期讀者是學生與一般讀者，這便影響了三史之偏向通俗化的風格／走向。這是否也正是「孟瑤三史」於今日已然為學界所遺忘的因素，令人好奇。無論如何，其女性／學術自我的表述／認同上，明顯較偏向女教師／學者的形象，庶幾可稱之為「（女性）啟蒙導師」。

職是，本節欲兼而論之的是，一般現代文學史（論）對孟瑤的定位多為「（言情）小說家」（少數論及其反共文學），且大多僅論及孟瑤的（言情）小說創作；或者暗示她的女性自我之認同較偏向「軟性」的文學女作家一面，多數未見提及此兩大類偏向「教育」讀者取向的文學／文本。尤

其更加忽視其散文文本《給女孩子的信》之曾為當代著名之暢／長銷書、且曾兩度收入教科書的事實。

再者，孟瑤其人其作之被閱讀及研究，時至 21 世紀的今日顯然已然沒落的現實不容忽視，箇中緣由自是複雜萬端。但其人其作之被遺忘，是否有可能與其寫作意識／態度較偏向女教師／學者的自我形象之認同有關？易言之，孟瑤所有的文學／文本，包括本論文所討論的兩大文類，以及所有小說創作所呈現之知性與平淡風格，似乎皆與其女教師／學者的自我形象之認同取向有關。質言之，以今日的文學審美觀重讀其（言情）小說及所有作品，幾乎多呈現齊邦媛所說的「靜靜的剛強」的特色。易言之，其作品似已難引起今日大部分讀者的閱讀興趣／欲望。因此，在其人其作之被閱讀與研究的沒落已然成為事實的今日，「重讀」孟瑤其人其作及「正視」她的「沒落」現況，顯然是極大的挑戰。

無論如何，根據前述對孟瑤的「女性散文」與「孟瑤三史」的論述，可知孟瑤藉此呈露了偏向女教師／學者向讀者進行「教育」的形象。這點了解對於本節的討論，具有一定意義。

（一）作為「（女性）啟蒙導師」的孟瑤與其文本風格的頡頏

1. 現代文學史（論）中的孟瑤：「（言情）小說家」

在一般現代文學史（論）裡，孟瑤幾乎皆以「（言情）小說家」被定義，較少提及她早年的「女性散文」，最多僅提及在臺初試啼聲的〈弱者，你的名字是女人？〉，往往多未及於《給女孩子的信》。而「孟瑤三史」往往只是略提。進而言之，其「（言情）小說家」身分之建立，多來自於愛情／言情小說的書寫，而她曾陸續寫過的幾部符應政治正確的「反共文學」則較少被提及。是以，一般現代文學史（論）裡，孟瑤多為「（言情）小說家」的身分。

就古繼堂《臺灣小說發展史》與《簡明臺灣文學史》、劉登翰與莊明萱等著《臺灣文學史》、皮述民等著《二十世紀中國新文學史》、樊洛平《當代臺灣女性小說史論》，或劉津津、謬星象編著的《說不盡的俠骨柔情——

臺灣武俠與言情文學》等文學史（論）而言，孟瑤皆為「（言情）小說家」。然而，上述諸作中，對孟瑤之論述篇幅較大、且較集中以「言情小說家」為之定位的，又以古繼堂、劉津津與謬星象、樊洛平諸家所述較為突出，乃特別擇取討論之。

以古繼堂於 1996 年的《臺灣小說發展史》為例，其述及孟瑤的篇幅雖不多，但至少曾提及多次，且分布於 1950 年代臺灣女性作家群的形成與臺灣愛情小說潮的流變等章節中。[97]可見孟瑤被接受的身分是書寫愛情主題的女性小說家，唯一被提及的小說是《心園》。[98]至 2003 年《簡明臺灣文學史》則有專段論及孟瑤的文學表現。[99]除孟瑤基本生平外，所提及的著作多以側重婚戀的小說為主，特別討論《心園》與《刼情記》兩部愛情小說。而孟瑤之成為書寫愛情小說的女作家，依該書文脈言之，似與孟瑤初來臺所發表的第一篇散文〈弱者，你的名字是女人？〉有關，其文所引發的讀者對性別議題的熱烈討論，似乎「暗示」或「預示」了孟瑤日後書寫愛情主題小說的契機。[100]因此，該書以孟瑤的愛情小說為主要視角，認定她的小說成就在此建立：「孟瑤的小說既寫實，又具有浪漫主義氣息，反映社會生活面較廣，介於嚴肅文學和言情小說之間。在 1950 至 1960 年代的臺灣文壇，是較有代表性的女作家。」[101]這個視角也是一般文學史（論）所表述的孟瑤的刻板形象。然而，此論述雖曾提及孟瑤三史的兩部，也曾提及〈弱者，你的名字是女人？〉及其所引發的性別議題的討論，卻獨漏她最為暢／長銷的散文《給女孩子的信》。更重要的是，她陸續寫過的幾部「反

---

[97]古繼堂，《臺灣小說發展史》（臺北：文史哲出版社，1996 年 10 月）第五編「五十年代動盪中的臺灣小說」之第三章「臺灣女作家群的形成」之第一節「臺灣女性作家群形成的背景與意義」頁 174 提及孟瑤三次、頁 176 提到一次。第七編「臺灣愛情婚姻小說潮的湧起和發展」之第一章「臺灣愛情婚姻小說潮的背景和傳承」之第三節「臺灣愛情小說潮的流變」頁 364 提到一次。

[98]古繼堂，《臺灣小說發展史》，頁 176。

[99]古繼堂主編；古繼堂、彭燕彬、樊洛平、王敏合著，《簡明臺灣文學史》（臺北：人間雜誌出版社，2003 年 7 月）第十二章「臺灣女性文學的勃興」之第一節「臺灣女性文學勃興的概況」頁 254 提及孟瑤三次，內容與《臺灣小說發展史》所述相去不遠。而第二節「臺灣的女性小說」頁 256 亦提及孟瑤《心園》；此節自頁 258 至 259，以一頁餘的篇幅論及孟瑤的小說成就。

[100]古繼堂主編；古繼堂、彭燕彬、樊洛平、王敏合著，《簡明臺灣文學史》，頁 258。

[101]古繼堂主編；古繼堂、彭燕彬、樊洛平、王敏合著，《簡明臺灣文學史》，頁 259。

共文學」，如《亂離人》或《黎明前》等未被提及。簡言之，該書對孟瑤的表述情形不盡全面。

由此反觀孟瑤的言情小說家身分，確乎較突出。如劉津津、謬星象編著的《說不盡的俠骨柔情——臺灣武俠與言情文學》是一部少數以專章介紹孟瑤的文學史（雖然它是一部簡易讀本），將近六頁篇幅，是前述一般文學史（論）所未見的規模。書中將孟瑤與瓊瑤並列為臺灣的二大「言情文學」作家，且將孟瑤明列為當代臺灣言情女作家系譜之首，次章才是瓊瑤。究其實，孟瑤的「言情」底蘊與瓊瑤的不完全相同，這是此書論點較引人側目之處（若細究之，宜另文討論）。雖如此，該書是較全面述及孟瑤文學表現與成就的一部專著，除小說外，其「女性散文」與「孟瑤三史」皆已論及，且幾乎是各大文學史唯一提及《給女孩子的信》者。整體言之，該書仍以小說表現肯定孟瑤的文學成就，特別提及《心園》與《屋頂下》兩部小說。綜觀全文，該書編著者對「（言情）小說家」孟瑤採高度肯定的態度，殆無疑義。

此外，樊洛平《當代臺灣女性小說史論》以「女性小說史」為文學史論述的主軸，孟瑤自然以其 1950 年代以來創作的眾多言情小說為人所矚目。

綜合上述，一般文學史（論）大致以「小說家」定位孟瑤的文學成就，幾乎可說「（言情）小說家」就是「孟瑤」唯一被廣泛接受／認同的身分以及文學史定位。大部分文學史（論）多未著眼於她的「反共文學」之成就；而其他文類的書寫成果，如散文與論著未被正視，更是可以想見的。少數偶提散文者，亦僅借此說明孟瑤渡海來臺後的處女作為〈弱者，你的名字是女人？〉；相較之下，《給女孩子的信》更少被提及或討論。因此，孟瑤在一般文學史的定位仍以「（言情）小說家」為要。這與孟瑤之「女性散文」與「孟瑤三史」所豁顯的女性／學術自我的表述／定位在女教師／學者，顯然有相當落差。

2. 文學史所遺忘的孟瑤：「女性散文」與「孟瑤三史」較少被正視

如前所述，一般文學史（論）較少提及孟瑤的散文，大多僅借此說明孟瑤渡海來臺後的處女作為何；而《給女孩子的信》更少被提及或討論，目前僅見前述劉津津、謬星象編著的《說不盡的俠骨柔情——臺灣武俠與言情文學》曾於正文述及；其他的則付之闕如。

然而，官方教科書曾收錄過《給女孩子的信》二篇散文的事實，幾乎未見一般文學史（論）提及或討論。相較於一般文學史（論）幾乎皆以「（言情）小說家」視之，其廣受歡迎的「散文」卻何以大多被漠視？又，這種被忽視的「散文家」身分，與其被一般文學史所認知的「小說家」身分之間，應如何整合亦值得思考。簡言之，孟瑤的散文進入教科書這一龐大的閱讀市場中，其實也是一種文學作品「典律化」的過程。透過廣泛面世的機會，孟瑤的「知識女性」面貌理應可以得到更清晰的勾勒。然而，事實似乎並非如此。

此外，「孟瑤三史」亦少見一般文學史提及。目前僅見《簡明臺灣文學史》提及三史中二部，但並未加以說明。以較多篇幅討論三史的亦僅見前述劉津津、謬星象編著的《說不盡的俠骨柔情——臺灣武俠與言情文學》。綜觀其他史（論），皆未見深刻而正面地論述「孟瑤三史」，殊為可惜。

簡言之，孟瑤的「女性散文」或「孟瑤三史」多未見一般文學史（論）正面論述，值得留意。

（二）靜靜的剛強：知性／平淡的書寫風格是「沒落」現況的主因？

1. 如何解讀？——重寫其文學接受史

如何解讀上述孟瑤在文學史中被表述的狀況，綜言之，大約以下數端：一是由於其散文創作量遠較小說來得稀少，且小說之大量產出恐亦使其散文相對地被忽略；二是孟瑤本人對於自己的散文創作成品未做完整保存；最後則可能是忙於教學、創作與票戲而較少與文壇互動之故。綜合三點，孟瑤小說以外的文學表現，如散文與論著，大多被文學史所忽視。

首先，孟瑤的散文創作，雖質佳但量少，以至於能見度為其龐大的小說成就所掩蓋。但此說似乎仍然不能完整說明上述被表述的現象之無法整合的真正原因。只能暫時點出其可能成因，聊供進一步探賾之參考。

其次，孟瑤本人對於自己的散文，並未完整保存。前述提及孟瑤對於《給女孩子的信》的盜版似乎束手無策（或者並不十分在意），甚至她仍有部分未曾正式出版只有存目的散文，或如散落在各散文選集中而未曾整理成專集散文，這些或許正與她淡定的性格有關。

筆者在其他散文選本中所發現的若干孟瑤的散文，似乎即未曾收編至孟瑤的散文集中。目前所見，至少曾有三部散文選集曾收錄過孟瑤的散文，包括 1971 年林海音主編的《中國豆腐》收錄了孟瑤〈豆腐閒話〉。而孟瑤的散文〈山與水〉，分別於 1994 年被瘂弦主編的《散文的創造》與 2006 年丘秀芷編的《風華 50 年——半世紀女作家精品》所選錄。無論〈豆腐閒話〉或〈山與水〉都是簡約的散文小品，閒淡中自有韻味，值得品咂再三。這兩篇與前述「女性散文」不同風格之作，可說是孟瑤真性情的展現，然而似乎未嘗見諸她的任何散文集中（事實是，孟瑤未曾出版過任何《給女孩子的信》之外的散文集）。

最後，孟瑤或許因定居臺中，較少北上與文友互動之故。據各項史料判斷，孟瑤之生活版圖大致以教學、文學創作、戲劇演出與編劇等三大區塊為主。此外，孟瑤更是習於獨處之人，性情雖非孤僻，但確實較一般文人更息交絕遊一些。或許由於孟瑤與當代文壇的互動較為清淡之故，使得她身後至今，一般文學史（論）的表述似乎逐漸淡忘她當年曾身為暢／長銷女作家的丰采，以及她的女教師／學者之豐富面貌。

綜合以上，現代一般文學史（論）對孟瑤的表述，仍有若干值得填補的空間。

2. 怎樣定位？——在書寫中詩意地安居／靜靜的剛強

是以，如何重讀孟瑤，本文以為若將「女性散文」與「孟瑤三史」作為另一個切入點，或可呈現其小說成就外的另一番面貌，建構出完整的孟瑤形象——「知識女性」，尤其是女教師／學者。

進而言之，孟瑤本人與其書寫風格一概呈現的「靜定」特質，具有一定的詩意。簡言之，孟瑤可說是一位「在書寫中詩意地安居」[102]的女人。就孟瑤這樣一位在文壇／作家與杏壇／學者雙棲的知識女性而言，自 1949 年以後的大遷移中漂流來臺，並藉由文學書寫以「詩意」地「安居」在此地——臺灣，並以其自身多元的文學表現，證成了知識女性藉文學以安身立命的重要存在命題。因此，本文以「在書寫中詩意地安居」以定義孟瑤及標誌其以文學／文本安頓生命的意義所在。

然而，齊邦媛這位孟瑤昔日中興大學的同僚，1984 年曾於〈江河匯集成海的六〇年代小說〉[103]提及她對於孟瑤文學史定位的看法。其後，她也在 2009 年出版的自傳體散文《巨流河》中，提及當年這段對孟瑤文學價值與定位的討論。此文或可作為我們理解孟瑤其人其作的文學史定位之參考：

> 孟瑤自以《心園》成名以後，二十年間有四十多本小說問世，書店都以顯著地位擺著她的新書，如《浮雲白日》、《這一代》、《磨劍》等，相當受讀者歡迎。1984 年，我寫了一篇〈江河匯集成海的六〇年代小說〉分析：「這些篇小說的題材都來自現實人生，記錄了那個時代的一些生老散聚的人生悲喜劇。孟瑤擅寫對話，在流暢的對話中，可以看出那個時代一些代表人物對世事變遷的態度。她小說中的角色塑造以女子見長，多是一種獨立性格的人，在種種故事的發展中保有靜靜的剛強。」也許是她寫得太多了，大多是講了故事，無暇深入，心思意念散漫各書，缺少凝聚的力量，難於產生震憾人心之作。多年來我仍希望，在今日多所臺灣文學系所中會有研究生以孟瑤為題，梳理她的作品，找出 1950 至 1970

[102]借用《人，詩意地安居——海德格爾語要》一書的標題。海德格爾（Martin Heidegger）著；郜元寶譯，張汝倫校，《人，詩意地安居——海德格爾語要》（桂林：廣西師範大學出版社，2002 年 3 月）。

[103]齊邦媛，〈匯集成海的六〇年代小說〉，《霧漸漸散的時候》，（臺北：九歌出版社，1998 年 10 月），頁 53。

> 年間一幅幅臺灣社會的人生現象，可能是有價值的。因為她是以知識分子積極肯定的態度寫作，應有時代的代表性。[104]

這段齊邦媛的文字雖為針對其小說成就而發的論述，但確實也指出了孟瑤整體文學成就的特質，其中有三點值得注意。

一是「孟瑤擅寫對話，在流暢的對話中，可以看出那個時代一些代表人物對世事變遷的態度」，根據觀察，不只表現在小說對話上，孟瑤的「女性散文」或「孟瑤三史」也有同樣流暢的語言風格，誠非虛言。二是孟瑤小說中的女子多保有一種「靜靜的剛強」的特質，此說極貼切的指出孟瑤一生／身的風格與形象，同時也頗適用於她的「女性散文」或「孟瑤三史」所呈露的知性風格。三是儘管孟瑤寫得多，講了故事無暇深入，心思散漫而缺少凝聚的力量，難於產生震憾人心之作，但齊邦媛仍肯定孟瑤「是以知識分子積極肯定的態度寫作，應有時代的代表性」，理應好好被研究一番。

因此齊邦媛提出的觀點，揭示了孟瑤作品的特色與價值，也為往後研究者開闢一條可努力的路徑。「靜靜的剛強」其實也正好適用於孟瑤在文壇／作家與杏壇／學者雙棲的知識女性形象。

簡言之，孟瑤在 1950 至 1960 年代文壇／作家與杏壇／學者雙棲的女作家系譜中，既是一名「在書寫中詩意地安居」的女性作家，也是齊邦媛所謂的「靜靜的剛強」的知識女性。無論「在書寫中詩意地安居」，或「靜靜的剛強」，盡皆透露安之若素的淡定特質。證諸孟瑤其人其作，無論「女性散文」或「孟瑤三史」亦皆予人上述兩種特質。如此鮮明的形象與前述一般文學史（論）對孟瑤的論述對照之下，則會發現這是大多數文學史（論）所未曾深挖的特質。因此，透過本論文對孟瑤的「女性散文」或「孟瑤三史」的論述，或許可以建構她在小說成就外未曾出現過的形象之

---

[104]齊邦媛，《巨流河》，頁 506～507。

向度——偏向女教師／學者的知識女性形象。

五、結語：孟瑤的女教師／學者身分，建構／強化其知識女性的形象

綜合前述，本文試圖以孟瑤的「女性散文」及「孟瑤三史」新闢一條路徑，以突顯孟瑤在（言情）小說家之外的多元文學表現，並建構／強化她身為知識女性的形象，尤其是偏向女教師／學者一面的身分認同。並試圖以此重構她的文學史定位及相關問題。

是以，孟瑤以「女性散文」表述自我，也藉此與她同性的想像群體一同分享身為女性的共同存在議題；在此，確立了孟瑤的女性自我。此外，「孟瑤三史」是她的學術代表作，也反映了她的真實人生在戲曲、小說與文學創作等三方面的表現。同時，它們也是通俗化的教科書，孟瑤希望藉此吸引更多一般讀者的興趣，可見其平易近人的特點。但或許也是通俗化的風格使然，「孟瑤三史」於今已然沒落的事實，無法忽視。然而，儘管如此，「孟瑤三史」之安頓女性之學術自我的意義仍有其意義。

再者，孟瑤的「女性散文」及「孟瑤三史」所呈露的女教師／學者之身分表述／認同，與一般文學史（論）對她的論述與定位是不大相同的。意即「女性散文」及「孟瑤三史」這兩項孟瑤生命史中非常重要的文學表現，在一般文學史（論）中較少被正面提及，遑論提及她的知識女性形象。是以，本文認為孟瑤藉由這些文本，不止在書寫中安身立命，完成了她的知識女性形象：女教師／學者的形象建構。就此言之，本文定義她為「在書寫中詩意地安居」的女人；同時，也援用齊邦媛「靜靜的剛強」以描繪孟瑤知識女性的形象。

最後，就現代知識女性於文壇／作家與杏壇／學者雙棲的系譜而言，孟瑤跨界而多元的文學表現，可說是箇中翹楚，其全才／通才的書寫成就以及龐沛的創作能量，至今仍傲視群倫。是以，本文試圖另闢一條路徑，觀察她的小說之外的文本，藉此建構她的知識女性之身分，尤其是女教師

／學者之形象，確有一定向度上的意義。

然而，值得留意的是，本文提供一個新視角以觀看孟瑤小說之外的文學表現，並非意謂著全然地另闢蹊徑，直接以孟瑤的散文與史論「取代」或「偏廢」其小說創作成就。實則本論文之論述策略，在於隻眼另看其長久被忽視的散文與史論，以彰顯其人身為知識女性在多元文學表現上的形象與成就，以「增加」閱讀孟瑤其人其作的另一新視角。是以，在全面論述孟瑤的文學成就時，其小說成就仍舊不能被忽視（如前述齊邦媛所期許的）；至少必需合而觀之，方得為孟瑤建立一個更公允而完整的形象及評價。

最後，本論文認為孟瑤在 1950 至 1970 年代文壇／作家與杏壇／學者雙棲的女作家群體中，是一位知識女性形象極為清晰的女作家，可以「在書寫中詩意地安居」概括之。同時，她也建立一幅鮮明的自我形象——「靜靜的剛強」的知識女性圖像。簡言之，藉由孟瑤「女性散文」與「孟瑤三史」，可作為重構其文學史定位的參考途徑，並能建構／強化其知識女性的形象。

參考書目

一、孟瑤的文本

（一）女性散文

孟瑤，〈弱者，你的名字是女人？〉，《中央日報》，第 7 版「婦女與家庭」，1950 年 5 月 7 日。

孟瑤，《給女孩子的信》（臺南：信宏出版社，1990 年 5 月）。

（二）孟瑤三史

孟瑤，《中國戲曲史》（臺北：傳記文學出版社，1969 年 12 月）。

孟瑤，《中國小說史》（臺北：傳記文學出版社，2002 年 12 月）。

孟瑤，《中國文學史》（臺北：大中國圖書公司，1997 年 10 月）。

（三）其他文本

孟瑤，《女人‧女人》（臺南：中華日報社出版部，1984 年 9 月）。

（四）其他選集中的孟瑤散文

孟瑤，〈山與水〉，丘秀芷編，《風華 50 年——半世紀女作家精品》（臺北：九歌出版社，2006 年 11 月）。

孟瑤，〈山與水〉，瘂弦編，《散文的創造（上）》（臺北：聯經出版公司，1994 年 7 月）

孟瑤，〈豆腐閒話〉，林海音編著，《中國豆腐》（臺北：大地出版社，2009 年 9 月）。

（五）孟瑤自述

孟瑤，〈一份琢磨原璞的深刻用心——我怎樣寫「智慧的累積」〉，張堂錡主編，《中學課本上的作家》（臺北：幼獅文化公司，1994 年 10 月初版；1998 年 11 月 8 版）。

孟瑤，〈孟瑤自傳〉，吉廣輿，《孟瑤讀本》（臺北：幼獅文化公司，1994 年 7 月）。

孟瑤，〈戲與我〉，《文星》第 90 期，1965 年 4 月。

孟瑤，〈我竟如此步伐凌亂〉，高上秦編，《我的第一步》第 2 輯（臺北：時報文化出版公司，1979 年 4 月）。

二、近代論著

（一）孟瑤研究

吉廣輿，〈味吾味處尋吾樂——淺析孟瑤的心象世界〉，吉廣輿編選，《孟瑤讀本》（臺北：幼獅文化公司，1994 年 7 月）。

吉廣輿，《孟瑤評傳》（高雄：高雄市立文化中心，1998 年）。

朱嘉雯，〈亂離娜拉——孟瑤〉，《追尋，漂泊的靈魂——女作家的離散文學》（臺北：秀威資訊公司，2009 年 2 月）。

夏祖麗，〈孟瑤的三種樂趣〉，《她們的世界》（臺北：純文學出版社，

1984年7月）。

羅秀美，〈女學生・女教師・女作家——琦君與孟瑤的學院生涯考察與文學接受情形〉，《從秋瑾到蔡珠兒——近現代知識女性的文學表現》（臺北：臺灣學生書局，2010年1月）。

鍾麗慧，〈愛戲的教授小說家孟瑤〉，《織錦的手——女作家素描》（臺北：九歌出版社，1987年2月）。

（二）文學史及其他

古繼堂，《臺灣小說發展史》（臺北：文史哲出版社，1996年10月）。

古繼堂，《簡明臺灣文學史》（臺北：人間雜誌出版社，2009 年 5 月）。

皮述民、邱燮友、馬森、楊昌年等著，《二十世紀中國新文學史》（高雄：駱駝出版社，2008年3月）。

青木正兒著；王吉廬譯，《中國近世戲曲史》（臺北：臺灣商務印書館，1988年3月）。

范銘如，〈臺灣新故鄉——五〇年代女性小說〉，《眾裡尋她——臺灣女性小說縱論》（臺北：麥田出版公司，2002年3月）。

郭沫若，〈魯迅與王國維〉，《宋元戲曲史》附錄（上海：上海古籍出版社，1998年）。

齊邦媛，《巨流河》（臺北：天下遠見文化公司，2009年8月）。

齊邦媛，《霧漸漸散的時候》（臺北：九歌出版社，1998年9月）。

劉大杰，《（校訂本）中國文學發展史》（臺北：華正書局，1991 年 7 月）。

劉津津、謬星象編著，《說不盡的俠骨柔情——臺灣武俠與言情文學》（福州：福建教育出版社，2009年9月）。

劉登翰、莊明萱等，《臺灣文學史》（北京：現代教育出版社，2007 年 9月）。

樊洛平，《當代臺灣女性小說史論》（臺北：臺灣商務印書館，2006 年

4 月）。

滕咸惠，《王國維中國戲劇史研究的成就與貢獻》，《王國維戲曲論文集——《宋元戲曲考》及其他》（臺北：里仁書局，1993 年 9 月）。

鄭振鐸，《插圖本中國文學史》（臺北：莊嚴出版社，1991 年 1 月）。

魯迅，《魯迅小說史論文集——《中國小說史略》及其他》（臺北：里仁書局，1992 年 9 月）。

魯迅，《魯迅全集（10）》（北京：人民文學出版社，1981 年 12 月）。

（美）艾德華・薩依德（Edward Said）；單德興譯，《知識分子論》(Representations of the Intellectuctal)（臺北：麥田出版公司，2000 年 2 月）。

（美）哈羅德・布魯姆(Harold Bloom)；徐文博譯，《影響的焦慮：一種詩歌理論》(The Anxiety Influence: A Theory of Poetry)（南京：江蘇教育出版社，2006 年 2 月）。

（美）曼素恩（Susan Mann）；楊雅婷譯，《蘭閨寶錄：晚明至盛清時的中國婦女》(Precious Roecords: Women in China’s Long Eighteenth Century)（臺北：左岸文化公司，2005 年 11 月）。

（英）羅莎琳・邁爾斯（Rosalind Miles）；刁筱華譯，《女人的世界史》(The Women’s History of the World)（臺北：麥田出版社，2006 年 5 月）。

（德）海德格爾(Martin Heidegger)；郜元寶譯，張汝倫校，《人，詩意地安居——海德格爾語要》（桂林：廣西師範大學出版社，2002 年 3 月）。

三、期刊論文

吉廣輿，〈孟瑤研究資料目錄〉，《全國新書資訊月刊》，2001 年 3 月號。

齊邦媛，〈閨怨之外——以實力論臺灣女作家〉，《聯合文學》第一卷第五期，1985 年 3 月。

鄭明娳，〈評孟撰「中國小說史」〉，《書評書目》第 2 期，1972 年 11 月。

四、其他：報刊與網路資料

應鳳凰，〈孟瑤：生平年表〉，「五〇年代文藝雜誌及作家影像庫」http://tlm50.twl.ncku.edu.tw/wwmy2.html（2010 年 9 月 5 日確認）

陳器文，〈用情至深，奈何人世悲涼——懷孟瑤師〉，《臺灣日報》副刊，2000 年 10 月 27 日。

——選自《興大人文學報》第 50 期，2013 年 3 月

評孟撰《中國小說史》

◎鄭明娳*

小說在中國，起源甚早，但一向未受重視，自從班固在《漢書・藝文志》中說：「小說家者流，蓋出於稗官。街談巷語，道聽塗說之所造也，孔子曰：雖小道，必有可觀者焉，致遠恐泥，是以君子弗為也。然亦弗滅也，閭里小智者之所及，亦使綴而不忘，如或一言可採，此亦芻蕘狂夫之議也。」並把小說列於十家之殿而不入「九流」後，更確定了小說的卑微地位。影響所及，不僅使後人不重視它，且不敢重視它，小說經唐、宋、元、明、清，幾代的演進，才爭得今日與詩歌、散文並列的地位。

小說不受重視，所以自來小說創作隨興隨佚，更無人去做整理的工作，一直到清末民初，由於文學觀點的進步，大家才著手整理中國小說。

一、有關中國小說史的研究

國人最先對中國文學做有系統整理的是光緒 30 年（1904），林傳甲做的《中國文學史》（第一本《中國文學史》是英人翟理斯（Herbert Allen Giles,1845～1935）於 1901 年用英文寫成，比林本還早三年），爾後從事者日夥，其中對小說的演進也有概括性的描敘，不過通史研究的目的在總攬全局，鳥瞰大勢，它的作用只在介紹梗概，對小說的進一步整理還有待專史的編寫。

民國 19 年，周樹人的《中國小說史略》出世，它是中國第一本小說

*評論家、散文家。發表文章時為蘭陽女中實習教師，後任臺灣師範大學、東吳大學中國文學系教授，現已退休。

史。此書原係作者授課講義，因「偶當講述此史，自慮不善言談，聽者或多不憭，則疏其大要，寫印以賦同人；又慮鈔者之勞也，乃復縮為文言。」

作者說得很清楚，這本書用文言寫成，且只是「疏其大要」的「麤略專史」，其開山之難與必然的闕失可以想見。

後日人鹽谷溫作《中國小說概論》（張佷工譯），厄煙橋作《中國小說史》，目前臺灣均無印行，劉麟生主編之《中國文學八論》中有胡懷琛作《中國小說論》（臺灣清流出版社重印），但失之簡略。譚正璧作《中國小說發達史》，臺灣亦未印行，後郭箴一《中國小說史》中屢引譚言。郭本小說史，商務印書館民國 54 年印行臺一版。此書似成於民國二十多年（其緒論中言：20 世紀已過了四分之一……），以周樹人《中國小說史略》為骨架，敷衍而成，然書中多整段引用周氏及他人著作，亦有抄節日人作品，（其第六章言：又《水滸傳》影響於我國（指日本）底俗文學之大自不待言），（其第七章言：即如我「鹽谷溫」就完全沒有談《紅樓夢》的資格）又資料未經選擇整理，以至輕重失調。另有葛賢寧作《中國小說史》，中華文化出版事業委員會印行，民國 45 年出版，收入現代國民知識基本叢書第四輯，但並未能超越前人。直到民國 55 年，孟瑤撰《中國小說史》，承受舊珠玉，採擷新資料，才完成了一部比較像樣的小說史。

二、孟撰《中國小說史》的內容

本書於民國 55 年 3 月 25 日由文星書店出版，共四冊，全書 706 頁，40 開本，列入文星叢刊 145 號（編者按，孟瑤《中國小說史》四冊現已列入文史新刊，改由傳記文學出版社印行）除序言及緒論外，按時代分六大部分：

先秦、漢魏六朝、隋唐五代、宋元、明、清。

結論部分主要是標明小說的條件，利用這條件，來看中國的舊小說，並對它的發展，勾畫了一個粗略的輪廓。其中值得注意的是：

前代目錄學家整理舊小說，是把「淺薄瑣細，荒誕不經」的書，都歸之為小說，並未站在「小說」的立場來衡量它，而孟瑤此書卻能站在「小說」的立場來整理舊小說，述其大致的源流。

郭箴一《中國小說史》第一章〈中國小說的演變〉與孟書〈結論〉，同樣為中國小說的演進，做了個大概的描敘，可以參看。

先秦部分，分小說為四類：神話、傳說、野史與寓言。

漢魏六朝，兩漢與六朝分述，兩漢部分規模襲周氏史略之舊，分《漢書‧藝文志》所載小說與今存之漢人小說，而更依賴細分，將「《漢書‧藝文志》所載小說」分三部分：依託古人者、記古事者、漢代諸家。而魏晉南北朝則又分志怪之書與志人之書。

隋唐五代，分三類，甲、傳奇；敘：何謂傳奇、興起原因、傳奇的特徵、傳奇的名著與名集介紹、傳奇的價值、傳奇的影響。乙、雜俎。丙、變文。

宋元，分傳奇與雜俎、白話小說的創興兩部分。前者是舊傳統的承襲，後者是新疆域的開拓，乃一過渡時期。

明，分甲、短篇小說，乙、長篇小說。前者又分文言小說與白話小說。後者細述四大奇書：《三國演義》、《水滸傳》、《西遊記》、《金瓶梅》。每一部分均分四點研究：A、本書的演進。B、本書的作者。C、本書的評介。D、本書的影響。

清、分甲、文言小說，列蒲松齡《聊齋志異》與紀曉嵐《閱微草堂筆記》為代表。乙、白話小說，舉《儒林外史》、《紅樓夢》、《鏡花緣》、《兒女英雄傳》等細評。丙、彈詞與鼓詞。丁、晚清小說的繁榮，而止於西洋小說之譯介。

另全書之後有附錄：《醉翁談錄》所引宋話本書目、《寶文堂書目》所錄宋元明話本、彈詞書目、鼓詞書目、通俗小說書目，及作者作此書之參考書目。

三、孟撰《中國小說史》的特色

（一）滙聚眾長：此書距周氏史略出版已 36 年，這前後，有許多熱衷於小說的人曾下過很大的功夫對中國舊小說做考證與整理的工作，例如：胡適、鄭振鐸、俞平伯、胡懷琛、孔另境、蔣瑞藻、陸侃如、孫楷第……等等，他們或從事片面的探索，或致力全盤的整理工作，在周氏史略之後，既沒有超越於它的小說史出現，這些新發現的寶貴資料，就都成了孟瑤小說史的新血，且在三十多年之後的今天，也有著更進步的小說觀念，加上周氏已大略安排的史略骨架，所謂鑿荒者難成功，而遵途者易致效，站在前人已有的基礎上，再加作者本身的努力，其超越前人是可以想見的。

作者在序中說：「本書的寫作，自還是以《中國小說史略》為依據，再加入所能採擷的新資料，企盼能予我國舊小說以正確的評價。」

當然，孟書也不僅只採擷前人之長，還有改進前人資料，整理出新眉目的，例如：孟書於先秦部分，將我國許多神話、傳說、野史、寓言，何以很少彙成專書的原因，歸納周氏零星之言為三點，便一目了然。（參孟書 11 頁，周書 28 頁）

周氏史略中品評各書，多一針見血的中肯之見，這些散發的珠玉之光，多為孟書所籠絡，例如：

周氏評劉孝標注《世說新語》云：「孝標作注，又徵引浩博，或駁或申，映帶本文，增其雋永。」

又如評宋雜俎《稽神錄》云：「然其文平實簡率，既失六朝志怪之古質，復無唐人傳奇之纏綿。」

類似這樣的肯綮之語，或被孟書引用，或化入孟書句子中，仍然煥發著亮麗的光彩。

（二）脈絡分明：以目錄來看孟周二書，二書都依朝代為順序；再分體分類說明，不過周氏史略釐劃不夠清晰，孟書則分目詳細，或依長短篇分類再釐清文言、白話（例如明代），或依小說內容不同而分類介紹（例如魏晉南北朝），不但體例適當，且前後演進源流清楚，以唐傳奇為例；分：

何謂傳奇、興起原因、傳奇的特徵、傳奇的名著、傳奇的價值、傳奇的影響。

其於傳奇雜俎結尾又分析：

「唐雜俎已與六朝以前的風格不甚相同。它似可分成兩類，一是走《世說新語》的路線，以記載人物言行為重點，用來補正史之不足的，如《隋唐嘉話》、《大唐新語》、《唐國史補》……都是；一是走張華《博物志》的路線，以搜奇志怪，誇讚遠方珍異為主，如《酉陽雜俎》、《雲溪友議》、《杜陽雜編》等是。同時，這兩類在文學上的安排上都抵抗不住『傳奇』的嶄新寫作方式，所以無論在敘事、狀物、寫人上，都充滿了創作意味的細膩描寫與華美鋪陳，這現象使我們相信唐以後的小說發展，『傳奇』與『雜俎』早晚會合流，將為必然的趨勢。」

這一段分析堪稱鞭辟入裡，其在宋元部分又繼以「舊傳統的承襲——傳奇與雜俎」，更見其脈絡之清晰。不但對一代文學形成之因果與高潮，有詳細的說明，且選擇排比，理路分明，俱見匠心，把中國小說的發展，勾出一很清楚的面貌。

（三）取材豐美：作者不僅集眾家資料，且輕重適宜，其於第一流的小說不惜大量篇幅去說明它，而於無關緊要處則一筆帶過。此點，衡諸郭箴一小說史便見高下：

郭書於明代《三寶太監下西洋記》敘述特長，既言此書「技巧極劣」「文詞不工」「排句濫用」，顯然是「水準以下」的書，竟然花了 44 頁的篇幅來論列它。這種作法，還停留在文學史料的排比階段，所以常生輕重失調之弊，孟書於此點則拿捏甚穩。

孟書於周書所闕，又增補了許多新資料，例如：隋唐五代一節，周書只述傳奇與雜俎，孟書則添入了影響明清白話小說甚鉅的變文部分，以明其淵源。

孟書還能修正前說，例如 433 頁談到明「四遊記」時，即指出周氏史略以楊本《西遊記》為吳本所依據的誤謬，實際乃據吳本予以刪節而成的通俗簡本。這是得力於後人努力發掘新資料的成果。

其於資料的排比，也能站在「歷史」的觀點取捨，有些作品雖則在文學上沒有什麼價值，但在小說史的演進上卻負有某種使命的，作者也沒有忽略它們的地位。

同時，作者匠心獨運之處，是對名篇名著，總不吝筆力，收集各家的說法，品評得失，再加入自己的看法。例如對宋元話本一節，孟書即列出五點：取材的現實化、主題的嚴肅化、故事的趣味化、人物的生動化、文字的口語化。作者不僅擷取前人之長，且挖掘前人未見之處。

（四）評述精當：孟書除取材豐富外，對於次要作品，也能提要鈎玄，對於作品本身，作者批評有幾點可稱道者：

1、從廣泛角度來看作品：作者不但能站在今日我們對小說的要求來欣賞、批評過去的舊小說，復能站在當時的環境去了解它、分析它。對於一部小說，作者從該書的演進、作者、評價與影響，各方面著眼，分節之中還有細目，例如《三國演義》評價部分又列：社會貢獻與文學成就；文學成就一項，又分依據史實分析人物與依據寫作討論優點。本來，就書論書，其「社會的貢獻」與「依據史實分析人物」都是不重要的，但是作為一部小說「演進」史，社會與文學往往是互為影響的，不可不著錄。

2、分析入微：民國以來，一般小說史大抵偏主小說形式流變的敘述和版本的考證，很少對作品做有系統而深入的分析。即令像周氏史略，雖多肯際的評述，但只是概括性的，而郭箴一本，評論概引成說，缺乏別裁創見，只有孟書，既取前人精闢見解，又加上自己獨到看法，復網之以嚴密系統，有廣度也有深度。我們看作者對《水滸傳》的評價：（1）金玉；（2）砂礫；前者又分六部分；這是一部白話文學成就最高的書、這是一部在現實的土壤中植根有主題有思想的書、這是一部由基本矛盾形成無可逃避的大悲劇、這是一部能跳出「說話」窠臼充滿創作意味的書、這是一部曲折複雜充滿了戲劇性的書、這是一部人物刻畫最成功的書；最後一部分又分別以外型、談吐、故事刻畫人物。後者分三部分：展布太多不必展布的場面、流出太多不應流出的鮮血、忽略太多不可忽略的女性。

由此，便可見作者分析作品之一斑；更可貴的，是幾部大部頭的書，如四大奇書與《紅樓夢》等，作者都能做這種詳盡的分析而分別說出各書不同的面貌與特點，使讀者對這些書有更明晰的認識。

3、多做比較：作者對書中所述諸種小說，除了做適當的品評外，還能將各書互相比較，例如：

兩漢小說與先秦搜奇志怪的比較：「兩漢的小說，還是繼承先秦搜奇志怪的傳統風格，但是在精神上卻有一個基本不同點。先秦的小說雖不外神話與傳說，其內容多半是說明我們祖先怎樣與大自然搏鬥所產生的神跡。從秦始皇開始貪妄地求長生不老之藥開始，漢武帝又和他有相同的心理，所以造成兩漢方術之士符鍊丹之說的極盛，而使秦漢以後直至六朝的小說內容，充滿了神仙靈異之說的迷信思想。所以這些小說便遠不如早期的神話傳說那樣有感染力。」（頁 17）

「（兩漢）傳奇志怪的內容多神仙方術之言，與先秦神話強調初民與大自然搏鬥的大無畏精神，在風格上有極大的歧異。」（頁 28）

此外，又如唐傳奇與宋傳奇之比較（頁 129）有三點不同，此處不再贅舉。諸如此類，對作品做互相的比較，不但顯現出作品間風格的歧異，也相形出作品的高下，同時也加深了讀者對作品的認識。

總之，孟書收集資料之廣，舉例之詳、批判之允，實為前此諸本小說史所不及。

（五）文字鮮活：本書文字的平順暢達與鮮活靈快，提高了它的易讀性，我們看他評宋元話本「人物的生動化」說：「就在這些平凡人物的平凡故事中，宋元話本勾繪出人生真正的快樂，真正的辛酸，和真正的悲哀。」

其評《西遊記》的文字說：「《西遊記》則比一條跳濺的溪流還流利活

潑！而且一點也不拖泥帶水，明淨生動得令人愛煞。常常也是疏落幾筆，便能神情如見。」

這種文字，固然不是什麼「美文」，但是明暢順達，且活潑生動，通篇這種文字，在嚴肅的小說史中，使人讀來便覺清涼如水。作者即使在書中引用別人的成句，也能融化在自己的文字中，使讀者分毫不覺拗口。

對一般人而言，孟著小說史是一本很好的「常識書」，對有興趣於中國小說的人，它不啻為一本很好的「指引書」，對有志研究中國小說的人，它更是一本很適用的「參考書」。

四、孟著《中國小說史》的闕失

本書的優點已如上述，它確實也是目前我們所能找到的比較完備的小說史，但是它也有一些砂礫，在此要提出來討論：

（一）序或緒論應再充實，小說史既然在中國還只是起步，大部分都還停留在資料的排比、整理與考證上，這工作還需要後人踵接是毋庸置疑的，那麼，前人辛苦耕耘的成績便要保留下來，以為後人的基礎。孟氏著此書，在序中只說明著此書的原委，在緒論中也只簡略地敘述了「中國小說的演變」而已，並沒有把前人辛苦耕耘的成績——比方說，歷來研究「中國小說史」的書和人，做簡略的介紹，苟能如此，不僅眉目清楚，且予讀者無任方便。

此外，作者對小說取捨的觀點、尺度，以及中國小說的特色，與西洋之比較等等，都應在序中略言一二。

（二）尚欠踏實：書中或有引用資料，而附錄未注明者，（例如周氏《古小說鈎沈》）或參考資料廣度尚不夠者，（例如譚正璧《中國小說發達史》），另外，外國人研究中國小說的資料也頗有足觀者，皆未參用，近代人的參考資料也欠完備。

（三）體例有不一致處：兩漢部分既分「《漢書・藝文志》所載小說」為三部分：依託古人者、記古事者、漢代諸家者；而唐傳奇部分卻列「名篇介紹」達 14 種之多，並未分類，此處郭書劃分甚好：神怪、戀愛與豪俠三類。

（四）引述原文：我國整理文學史或小說史的人，都有引用原文的習慣，本來，引用原文以說明述者的見解，自不必說，但是引用成了定例，便見多餘；周氏史略以文言寫成，本為「慮鈔者之勞也」，但一引用原文，往往數頁篇幅，胡懷琛《小說論》亦有用全篇的習慣，孟著承其習，所以有些並不重要的，且性質相似的小說，也習慣地附引原文，這一點，尚有待斟酌。

五、結論

個人以為，一部良好的小說史應具備下列幾點條件：

（一）詳述小說演變交替的情形，考究其原因、任務、成果與影響。

（二）詳述作家之生平、個性、生存環境、時代意識、時代背景，並考察它們與作品成就的相互關係。

（三）研究批評作品的藝術價值，並介紹優良作品，引導讀者欣賞與研究。

（四）詳列有關小說與小說史之參考書目。

（五）對中國小說之整理工作者，除了前項外，還要找出中國舊小說中值得現今寫作上借鏡者，俾使學者能吸取其精華。

以此數端衡諸孟著《中國小說史》，它固然還沒有完全達到這個標準，但已具體而微。我們看民國以來研究小說史者，周氏為第一人，其最大長處固然在對小說的批評扼要肯綮，片言數字便籠罩了整篇文章，這種優點，至今仍無人能及，但是在資料與系統排比上，都有很大的闕失。爾後數人所作，鮮能長步超越周氏。直到孟氏此書，仍站在前人的成就上，它的起點正是前人的終點，且有超邁前人的充分信心，因此，它目前最具成效。

後記：此稿寫成後，忽聞孟書多採前人著作而未加註明之傳言，據說新加坡李星可君曾在該地報刊撰文，對孟書加以抨擊。惜此地文獻不足；不能徵考其詳。本擬將此稿凍結，但思及「就書論書」的立場，此書仍值得評介，本文僅純係「就書論書」，至於傳聞，尚待異日，再作進一步之求證。

——選自《書評書目》第2期，1972年11月

《風雲傳》導論

◎龔鵬程*

中國歷史雖長，真正值得探究的朝代並不多，而其中最應注意的則是宋朝。

這是一般看熱鬧的人所難以了解的。平常我們總是想到漢唐盛世的風華，想到明清的變局，或遙想先秦諸子的姿采，認為這些都是中國歷史上值得關注玩味的時代，其影響亦皆下及於今日。這固然也不能算錯，但卻沒有掌握到對歷史關鍵時刻的認識。

中國的歷史發展關鍵時刻，是在宋朝。

清人葉燮論傳，曾經說：「貞元元和，為古今詩運關鍵。後人論詩，胸無成識，謂為中唐。不知此『中』也者，乃是百代之中，而非有唐之所獨。後此千百年，莫不從是以為斷。」(見其〈三代唐詩序〉)。意謂詩歌史可分成前後兩期，唐朝中葉以前為一期，以後為另一期。其實不止詩歌如此，一切文化表現，恐怕都可以做類似的區分，從唐朝中葉以後，整個中國社會就逐漸轉型變化，經五代之變亂，到宋朝，遂形成了一個與從前迥異的狀態。除了詩歌以外，各個方面也都呈現著變異的痕跡：

△貴族政治衰微，君主專權代興，國家權力及政治責任皆歸於君主一人。

△君主權力日益確定並加強。唐朝以前，政治乃君主與貴族的協議體。

△人民地位變化。貴族時期，人民轄於貴族；隋唐之際，人民從貴族手中解放而直轄於國家，成為國家的佃客。中葉以後，代以兩稅法，人民居住權在制度上獲得自由，地租也改以錢納。王安石行新法，更確立了人

---

*發表文章時為中正大學歷史系研究所教授，現為北京大學中文系特聘教授。

民土地私有制，有低利貸款及自由處分其土地收穫物的權力，又將差役改為雇役。這都使得人民與君主（或國家）的關係變得直接、相對了。

△官吏任用，由貴族左右的九品中正制，開放成為科舉制度。

△經濟上的變化。唐是實物經濟時代，物價多用絹布來表示。宋改用銅錢與紙幣。

△文化性質的變化。經學自中唐以後，一變漢晉傳統，專以己意說經，北宋中期更發展出道學的新學術傳統。文學亦轉貴族式文學為庶民式文學，而下開話本、小說、戲曲之風。其他音樂藝術等亦皆如是。

由這些方面看，宋朝事實上可說是中國歷史上一個關鍵的轉變時期，確立了此後千餘年中國政治、經濟、社會、文化的基本格局。在這個格局中，元明清諸朝雖亦頗有興革，但均只能說是在框架內的變化，並未轉出另一番新格局、新形態。

從這個角度來看所謂「宋朝積弱」這件事，我們便會有比較同情的了解。這是個新生的世代，剛從巨大的動亂與轉變中掙扎成形，一切也仍在發展與變遷之中，體氣未充、骨骼未備、步履亦復蹣跚踟躕。究竟該如何前進，內中殊多猶疑徘徊或衝突矛盾。而這也就是宋朝朋黨政爭之所以熾烈的原因。政爭朋黨，常常不是君子與邪佞小人的爭執，乃是對於國政時事，究應採行何種方略有著不同的理解與構想，以致起釁相爭。但是，這種相爭的形勢，卻為邪佞者提供了夤緣以用其私智的機會。

同時，君權日益確立而鞏固，君主成為國家權力和政治責任之所歸，宰相成了君王的私人辦事員，雖仍名為「執政」，政治之權柄卻實際掌握於君王手上。這時，傳統上一種類似責任內閣制的帝制體系業已瓦解，新的皇帝獲得了權力，承擔了責任，卻還乏盡其權責之能力，欲遂使其權責，仍不能不委請執宰來負擔，以致宰相和皇帝不再是分工且制衡的關係，而是聯結一體的關係。狡黠者看準了這樣的關係，包圍住君王，獲得君王的寵信，便可直接替代君王行使其權威，威作橫行一番。宋代的朋黨政爭，最終流於小人對君子清流的全面迫害；其政治也終於落入「昏君——權相」的結構，均是在這一邏輯中形成的。歷史轉折時期的困頓、倉皇、稚弱及無可奈何，即在於此。

但中國歷史經此轉折而發展出的新時代，並不只有困頓與稚弱而已。宋朝社會經濟的蓬勃，以及人民自主地位之提高，均非前代所能望其項背，科舉制度所形成的社會階層流動也遠較唐代活潑（唐朝進士科舉一科不過二、三十人）。因此，縱使政治運作層面極不穩定，政治措施亦未必完善，整體社會活力卻十分健旺。人在去除了身分和土地的限制之後，精神上獲得了前所未有的自由發展，民間的活力整個冒起，故其庶民文化之興盛，與秀異個體才性之發舒，一齊綻放迸現，令人贊嘆嗟美不已。

孟瑤女士長篇歷史小說《風雲傳——兩宋的英雄兒女》所要刻畫的，就是這個歷史的關鍵時代，以及這個時代的內在肌理。

小說從神宗變法寫起。變法，其實不只是指神宗要改變宋太祖以來的舊法，更是指涉了一種與前行世代整體斷裂的歷史新情境。王安石勉勵神宗要做堯舜，而勿以漢唐諸君為標樣，正意謂著王安石已模糊地掌握了這個新時代歷史變局的深意。天地重開，宋朝必須要深化中唐以來的社會變動，並配合這種變動，重新制法，以適應新局。

小說由此寫起，即蘊涵一種歷史的洞見，藉神宗變法以徵象整個宋朝所處的歷史變局地位。

正是在此變局中，新舊勢力以及對社會情狀的理解與判斷，形成了嚴重的衝突。小人夤緣以進，吞噬了理性應變以開新的精神。政治，便逐漸墮入盲目意志的流遁波衍之中。帝王制度中所蘊藏的非理性因素，例如父系傳承，女后雖賢亦不能正位，以致慈弱者僅居政治邊緣地位（像孟后），幹練者或固寵擅權（像劉婕妤），或遭忌抗（像高老太后），都不能使政治走上坦途。皇位父子相繼，單線傳嗣，或皇帝不育，或嗣君不賢，也都會立刻使國家陷入危機。在這個歷史的關鍵時刻，宋朝也恰好倒楣，這些情況又都全部碰到了。

宋仁宗無子，以濮王子為帝，是為英宗。英宗薨，神宗已是少年登基了。又早逝，時哲宗才九歲，只得英宗高老太后垂簾。哲宗又僅 24 歲而崩，又無嗣，又只得請神宗向太后垂簾，並立了端王佶，是為徽宗。徽宗治國無方，貪於藝事，自居太上皇，讓位給了欽宗。徽、欽二帝被虜後，國家無主，又由哲宗孟太后垂簾，再立康王趙構，即位為高宗。這一連串發展，使帝王傳承制度中一切危險的因素都暴露了出來。或孤兒寡母，倉皇得承大寶，謀國無術，權臣得以壟斷擺弄；或遽爾付託神器，而所託非人，遂致淪胥。整個國家，從理性的政策導向爭辯開始，逐漸走向一個被權力的盲目意識鼓盪淹沒的深淵，並永遠地沉溺了。

小說結束於「暖風薰得遊人醉，直把杭州作汴州」的歌聲中。暖風笙歌，是生命沉浸於鬆散、無目的、無指向的世界中，追逐感官的享樂。在汴梁的歲月，就是如此文恬武嬉，現在杭州的新朝，正要重複地走上這條絕路了。小說至此，戛然而止，歷史的切片與隱喻，不言可喻。

這是一則失敗的故事，也是一頁悲傷的歷史，陰霾沉重。但作者為什麼命名其小說為「風雲傳」呢？

我想這正是作者的用意所在。時代是困阨的，政治局勢是令人哀傷的，權力意志與盲目意志正瀰漫於空氣之中，但人間畢竟仍有正氣、理性、感情與溫暖，這些東西，雖無力扭轉整個時代的風氣、改正歷史的航道，但歷史黑暗中閃爍著這些爝火，卻永遠使人鼓舞。小說中所真正要描繪的，就是這些仍能讓人看到歷史希望的人物。

這些人物基本上是一組組的，王安石、司馬光是一組；蘇東坡、琴操與朝雲是一組；周邦彥、李師師、趙佶、燕青是另一組；李綱、宗澤、岳飛一組；趙明誠、李清照一組；韓世忠、梁紅玉亦為一組。其中大部分有男女情愛之關係，有些則非，顯現的總是生命之相互欣賞、知惜以及砥礪。

這並非處身亂世之中的相濡以沫，而是藉著惡劣的時代，來襯托出人間情義的可貴，宋朝之所以為宋朝，就是整體政局雖然亂七八糟，但這些民間迸發的生意生機，卻仍然令人豔羨嘆美。孟瑤刻意描寫這些，似乎也有意藉此顯現中國人一般老百姓的歷史觀：雖然皇王帝霸、社會汙亂，可是才子佳人、英雄烈士點綴乾坤，依然可觀。

歷史是悠長的，其事相也是複雜的，歷史小說不是歷史書，故它並不複述歷史故事，它乃是選取一段「有意義的歷史」，運用小說的情節，編織整理，使人得見歷史的「精神」。

由這個意義看，孟瑤這本小說應該是極為稱職之作。但歷史小說不可避免地，也會面臨小說和歷史的對質。

歷史學家對歷史小說多無好感，謂其七分實事三分虛構，實比全屬幻設者更易混淆讀者對歷史的認知。如古人批評《三國演義》寫諸葛亮之智而近妖，便是如此。

孟瑤對歷史人物的處理，不至於如此，基本上她顯現的即是正史上對於各個人物的形象敘述。但在史事的安排上，或許她別有考慮，不得不有些變造。

例如燕青、李師師、周邦彥、趙佶之間的情感關係，顯然是揉和了多種記載，加以渲染想像而成。她賦予燕青極大的同情，這是很容易看出來的。可是她對周邦彥的描述，一般人就不易發現其中頗不乏「不合史實」之處了。

周邦彥狎李師師而與徽宗拈酸爭風的韻事，出於張瑞義《貴耳集》卷下，但王國維《清真先生遺事》對此已有考證，謂彼乃浪子宰相李邦彥，非填詞的周邦彥，且徽宗微行，始於政和年間。政和元年周邦彥卻已是 65 歲的老翁了。周邦彥在任大晟樂府提舉官之後，出知順昌府，徙知處州，罷官後提舉南京（今河南商丘附近）鴻慶宮，卒時北宋尚未亡，小說寫周邦彥攜李師師偕隱，南渡後往遊西湖云云，自非事實。

此外，小說極力強調李清照和趙明誠的恩愛生活，而對明誠卒後李清照曾經改嫁一事完全略過，對於李清照夫婦生活中填詞的狀況，也著墨很多；但李清照於宣和三年趙明誠守萊州以前之詞，其實都不知寫作年月，不能編年。小說又謂趙明誠父挺之為新黨，然挺之實為元祐宰相劉摯之黨，其死後追贈官，落職，都是因為這個緣故，詳《宋宰輔編年錄》卷十二。又，挺之卒後，蔡京下令捕其家人，小說謂乃李清照寫了一篇申冤訴狀，感動了徽宗趙佶，家人乃得釋回，亦無此事。

至於東坡事，所述失誤更甚。小說第三節云蘇軾丁父憂後奉命入京就史館職，乃經長江三峽赴京。然蘇軾此番入京實走陸路，與蘇轍挈家室經成都、閬中、鳳翔，抵長安度歲。故小說藉此行鋪陳蘇軾與章惇同遊，且在京遇王安石，歌中秋因未與蘇轍同度而作之〈水調歌頭〉，均不切實。又，第五節云王安石逐蘇軾，奏請貶為杭州通判，其實這是蘇軾與安石論政不合，自請外調的。第七節載歐陽修退休後的聚宴，司馬光等元老重臣皆至，聽蘇軾唱〈定風波〉。其實，該詞不作於此時，歐陽公退休後亦不居京；故蘇軾於熙寧四年出京赴杭州任時，特去穎州拜謁老師。第 12 節歐陽修卒，寫蘇軾在西湖憶及亡妻，填〈江城子〉，感傷十年生死兩茫茫。但此詞作於熙寧八年，已離開杭州，在密州任上。歐陽修則卒於熙寧五年閏七月。15 節，敘述呂惠卿訐告蘇軾詩中有違礙字句，幸得章惇解救事，亦不確。呂惠卿於熙寧八年已罷相，知陳州。蘇軾因詩文訕謗朝政而論獄，事在元豐二年，亦即四年後。論劾者並非呂惠卿，而是臺諫諸公。……

諸如此類不合乎史實者，有些是因小說的敘述自成脈絡，不得不牽合數事併為一談，故無法確實依據各個事件的年時地物來敘述。有些則是為了製造小說中的戲劇性張力，故不得不對史事有些移易改編。這在小說的寫作上，是可以被容許的，但讀者閱讀時卻不能不留意。畢竟，歷史小說是針對歷史事件進行小說家的「有意義之再敘」，它並不以完全複現每一件歷史事實為鵠的，它旨在通過這些歷史人物與事件，讓讀者了然歷史變遷的原因與軌跡，從而獲得對歷史有意義的理解。讀此書者，自不宜刻舟求劍，亦不可執筌而忘魚，需知：從歷史的關鍵時刻，窺探歷史的奧祕與教訓；從人物的典型中，樹立我人精神的標竿，遠比考證史事重要得多哩。

——選自孟瑤《風雲傳——兩宋的英雄兒女》

臺北：天衛文化圖書公司，1994 年 7 月

輯五◎
研究評論資料目錄

作家生平、作品評論專書與學位論文

專書

1. 吉廣輿　　孟瑤讀本　臺北　幼獅文化公司　1994年7月　285頁

本書為孟瑤小說的綜觀與回顧，精選孟瑤的十篇代表作，每篇後附導讀，使讀者對作品的背景、時代、主題等有更深一層的了解和認識。書中亦收錄孟瑤書影集和生活照片，可一窺孟瑤創作的歷程和豐富人生的翦影及近況。正文後附錄〈一身筆耕幾人知——孟瑤寫作年表〉、〈才華到底成何物——孟瑤作品總集〉、〈孟瑤手稿函札〉。

2. 吉廣輿　　孟瑤評傳　高雄　高雄市立文化中心　1998年5月　397頁

本書記述孟瑤生平與創作歷程，並且評論其長篇小說、短篇小說、中國戲曲史、小說史、文學史等作品。全書共5章：1.孟瑤心象世界概觀——漫說人生如寄；2.孟瑤創作世界通論——一身筆耕幾人知；3.孟瑤作品專論——味吾味尋吾樂；4.孟瑤小說藝術綜論——時人不解余心樂；5.孟瑤作品的評價與地位——才華到底成何物。正文後附錄〈孟瑤作品採訪及評論引得〉、〈孟瑤生平寫作年表〉。

學位論文

3. 吉廣輿　　孟瑤評傳　香港新亞研究所文學組　碩士論文　楊祖聿教授指導　1996年5月　280頁

本論文記述孟瑤生平與創作歷程，並評論其長篇小說、短篇小說、中國戲曲史、小說史、文學史等作品。全文共5章：1.孟瑤心象世界概觀——漫說人生如寄；2.孟瑤創作世界通論——一身筆耕幾人知；3.孟瑤作品專論——味吾味處尋吾樂；4.孟瑤小說藝術綜論——時人不解余心樂；5.孟瑤作品的評價與地位——才華到底成何物。正文後附錄〈孟瑤作品採訪及評論引得〉、〈孟瑤生平寫作年表〉。

4. 曾鈴月　　女性、鄉土與國族——戰後初期大陸來臺三位女作家〔徐鍾珮、潘人木、孟瑤〕小說作品之女性書寫及其社會意義初探　靜宜大學中國文學系　碩士論文　邱貴芬教授指導　2001年1月　116頁

本論文以「女性、鄉土、與國族」為重點，分別從性別位置、鄉土意義與國族打造三方面來分析作品，主要設定的作家包括徐鍾珮、潘人木、孟瑤三位。全文共5章：1.緒論；2.戰後初期大陸來臺女性小說（家）的社會意義；3.流亡女性身份的「鄉土」意義；4.性別論述與國族建構；5.結論。正文後附錄〈戰後初期大陸來臺女性小說家訪談記錄〉。

5. 黃瑞真　　五〇年代的孟瑤　政治大學國文教學碩士學位班　碩士論文　陳芳明教授指導　2007年6月　220頁

本論文旨在探討在 1950 年代的女性文學的國度裡，在官方與男性權力掌握的罅隙中，女性文本跨越傳統的份際，展現其獨立開創的新人生態度。同時深入孟瑤在1950年代的文本中，所隱含的深刻意義。全文共6章：1.緒論；2.「中國文藝協會」（1950—1955）時期的孟瑤；3.「臺灣省婦女協會」（1955—1960）時期的孟瑤；4. 1950 年代孟瑤小說的素樸女性意識；5.孟瑤小說的藝術追求；6.結論：孟瑤與 1950 年代文學。

6. 何宜蓁　　孟瑤移民小說研究　中正大學臺灣文學研究所　碩士論文　江寶釵教授指導　2011年7月　98頁

本論文討論孟瑤的心路歷程，梳理孟瑤從閨秀文學轉向寫實主義文學的原因，進而探討移民小說中的文化意蘊，包含鄉愁、漂泊、中西文化碰撞及交融、情感的歧途，其次考察其人物群像：分女性、男性、老人、與第二代子女。全文共5章：1.緒論；2.孟瑤與移民小說；3.人物群像；4.文化意蘊與情節開展；5.結論。正文後附錄〈孟瑤年表（1975—2000）〉。

作家生平資料篇目

自述

7. 孟　瑤　　自序　心園　臺北　暢流半月刊社　1953年7月　頁1—2
8. 孟　瑤　　戲與我　文星　第90期　1965年4月　頁62—63
9. 孟　瑤　　後記　亂離人　臺北　皇冠出版社　1966年3月　頁156—157
10. 孟　瑤　　我竟如此步伐凌亂　中國時報　1967年11月4日　12版
11. 孟　瑤　　我竟如此步伐凌亂　我的第一步（下）　臺北　時報文化出版公司　1979年1月　頁207—213
12. 孟　瑤　　我竟如此步伐凌亂　我的第一步（下）　臺北　時報文化出版公司　1979年12月　頁207—213
13. 孟　瑤　　談小說的創作　中國一周　第915期　1967年11月　頁24—25
14. 孟　瑤　　《紅紗燈》前言　中國一周　第1025期　1969年12月　頁19

15. 孟　瑤　序　三弦琴　臺北　皇冠出版社　1970年1月　頁5—6
16. 孟　瑤　我們對文學的意見——批評制度的建立　文壇　第120期　1970年6月　頁10
17. 孟　瑤　我寫《兩個十年》　中國時報　1972年3月8日　9版
18. 孟　瑤　《龍虎傳》後記　中國時報　1974年1月18日　12版
19. 孟　瑤　前言　中國文學史　臺北　大中國圖書公司　1974年8月　頁1—3
20. 孟　瑤　前言　中國文學史　臺北　大中國圖書公司　1980年3月　頁1—3
21. 孟　瑤　《滿城風絮》[1]　中華日報　1977年5月10日　11版
22. 孟　瑤　自序　滿城風絮　臺北　純文學出版社　1977年5月　頁1—2
23. 孟　瑤　偶回首　幼獅文藝　第289期　1978年1月　頁6
24. 孟　瑤　風箏　明道文藝　第33期　1978年12月　頁82—83
25. 孟　瑤　自傳　孟瑤自選集　臺北　黎明文化公司　1979年4月　頁1—12
26. 孟　瑤　跋　給女孩子的信　臺南　立文出版社　1980年5月　頁70
27. 孟　瑤　我的童年生活　明道文藝　第58期　1981年1月　頁10—15
28. 孟　瑤　讀書與教書　明道文藝　第59期　1981年2月　頁89—96
29. 孟　瑤　我與寫作　明道文藝　第60期　1981年3月　頁66—69
30. 孟　瑤　我的嗜好　明道文藝　第61期　1981年4月　頁16—19
31. 孟　瑤　著者序　忠烈傳　臺北　世界文物出版社　1981年8月　頁3—4
32. 孟　瑤　甘苦自嘗　文藝座談實錄　臺北　行政院文建會　1983年2月　頁574—577
33. 孟　瑤　寫在「女人・女人」之前　女人・女人　臺北　中華日報社　1984年9月　頁1—3
34. 孟　瑤　自傳　左中青年　第68期[2]　1984年11月　頁10—12
35. 孟　瑤　孟瑤自傳　孟瑤讀本　臺北　幼獅文化公司　1994年7月　頁4—9
36. 孟　瑤　我的書房與書桌　書房天地　臺北　中華日報社出版部　1988年

[1]本文後改篇名為〈自序〉。
[2]《左中青年》第68期專刊，又名《大音希聲——《著作等身的孟瑤》》。

12月　頁94—97

37. 孟　瑤　面對五四，面對五四人物——五四生人談五四　文訊雜誌　第43期　1989年5月　頁36—38

38. 孟　瑤　我的國文老師　明道文藝　第167期　1990年2月　頁4—6

39. 孟　瑤　我怎樣寫《風雲傳》　風雲傳：兩宋的英雄兒女　臺北　天衛文化圖書公司　1994年7月　頁3—5

40. 孟　瑤　一份琢磨原璞的深刻用心——我怎樣寫〈智慧的累積〉　中學課本上的作家　臺北　幼獅文化公司　1994年10月　頁122—128

他述

41. 克　風　臺中二個作家的遭遇〔張秀亞、孟瑤〕　聯合報　1953年12月04日　5版

42. 張道藩　序　危巖　臺北　皇冠出版社　1954年3月　頁5—6

43. 英　子　辛勤耕耘的孟瑤　婦友月刊　第54期　1959年3月　頁18—19

44. 琦　君　金縷曲——送別孟瑤　中央日報　1962年7月9日　6版

45. 寥　音　贈別孟瑤　中央日報　1962年7月14日　6版

46. 小　飛　送孟瑤師　中央日報　1962年7月17日　6版

47. 俞大綱　序孟瑤《中國戲曲史》　文星　第90期　1965年4月　頁64

48. 俞大綱　俞大綱先生序　中國戲曲史　臺北　傳記文學出版社　1969年12月　頁1—3

49. 黃肇珩　臺下聽到臺後，臺後唱到臺前——戲迷孟瑤細說從頭　臺灣新生報　1972年2月26日　5版

50. 夏祖麗　孟瑤的三種樂趣　她們的世界：當代中國女作家及作品　臺北　純文學出版社　1973年1月　頁79—85

51. 〔書評書目〕　作家話像——孟瑤　書評書目　第16期　1974年8月　頁75—76

52. 季　季　當代八位女作家：孟瑤、林海音、徐鍾珮、張秀亞、琦君、謝冰瑩、羅蘭、蘇雪林　文藝月刊　第105期　1978年3月　頁8

—29

53. 應平書　矢志獻身寫作的孟瑤　一心大廈　臺北　九歌出版社　1982 年 6 月　頁 209—213

54. 遠　園　今世說（39）〔孟瑤部分〕　藝文誌　第 211 期　1983 年 4 月　頁 49—50

55. 林海音　婆娑一嫗扮四郎　聯合報　1983 年 5 月 27 日　8 版

56. 林海音　婆娑一嫗扮四郎　剪影話文壇　臺北　純文學出版社　1984 年 8 月　頁 35—37

57. 林海音　孟瑤／婆娑一嫗扮四郎　林海音作品集・剪影話文壇　臺北　遊目族文化公司　2000 年 5 月　頁 34—36

58. 齊邦媛　孟瑤　中國現代文學選集・小說卷　臺北　爾雅出版社　1983 年 7 月　頁 33

59. 王晉民，鄺白曼　孟瑤　臺灣與海外華人作家小傳　福州　福建人民出版社　1983 年 9 月　頁 134—136

60. 鐘麗慧　集學問、小說、戲劇於一身的孟瑤　文藝月刊　第 184 期　1984 年 10 月　頁 10—19

61. 鐘麗慧　集學問、小說、戲劇於一身的孟瑤[3]　九歌雜誌　第 62 期　1986 年 4 月　1 版

62. 鐘麗慧　愛戲的教授小說家——孟瑤　織錦的手　臺北　九歌出版社　1987 年 1 月　頁 61—74

63. 王志銘　看啊！她走在歷史上——《前言》　左中青年　第 68 期[4]　1984 年 12 月　頁 6

64. 許淑慈　小象——《速寫》　左中青年　第 68 期[5]　1984 年 12 月　頁 8

65. 李幸長　漫說人生如寄——《略說孟瑤生平》　左中青年　第 68 期[6]　1984

[3]本文後改篇名為〈愛戲的教授小說家——孟瑤〉。

[4]《左中青年》第 68 期專刊，又名《大音希聲——《著作等身的孟瑤》》。

[5]《左中青年》第 68 期專刊，又名《大音希聲——《著作等身的孟瑤》》。

[6]《左中青年》第 68 期專刊，又名《大音希聲——《著作等身的孟瑤》》。

年 12 月　頁 71—73

66. 劉　枋　我愛孟夫子——記孟瑤　非花之花　臺北　采風出版社　1985 年 9 月　頁 7—12

67. 劉　枋　我愛孟夫子——記孟瑤　非花之花　臺北　采風出版社　2007 年 8 月　頁 7—12

68. 王　炎　臺灣著名女作家孟瑤　春秋　1987 年第 2 期　1987 年 4 月　頁 23－25

69. 吳月蕙　尋覓文學的桃花源——孟瑤走過長路（上、下）　中央日報　1988 年 6 月 29—30 日　16 版

70. 楊念慈　傾蓋論交，白首如故　文訊雜誌　第 41 期　1989 年 3 月　頁 100—101

71. 白崇珠　一腔熱血要賣與那識貨人　文訊雜誌　第 41 期　1989 年 3 月　頁 102—103

72. 周純一　江湖夜雨十年燈——孟瑤師與我　文訊雜誌　第 41 期　1989 年 3 月　頁 103—104

73. 徐迺翔主編　孟瑤　臺灣新文學辭典　成都　四川人民出版社　1989 年 10 月　頁 177—179

74. 王先霈主編　孟瑤　小說大辭典　武漢　長江文藝出版社　1991 年 8 月　頁 194—195

75. 吉廣輿　華采與滄涼　孟瑤讀本　臺北　幼獅文化公司　1994 年 7 月　頁 2－3

76. 方杞〔吉廣輿〕　綵筆昔曾干氣象，白頭今望苦低垂——縱觀孟瑤的心象世界　中國時報　1994 年 10 月 15 日　34 版

77. 王琰如　從《心園》到《風雲傳》，記多產作家孟瑤　青年日報　1995 年 9 月 13 日　15 版

78. 王琰如　多產作家孟瑤（揚宗珍）　文友畫像及其他　臺北　大地出版社　1996 年 7 月　頁 67—73

79. 王琰如著；李宗慈整理　多產作家——孟瑤　誰領風騷一百年——女作家

臺北 天下遠見出版公司 2011年9月 頁71—75

80. 莊宜文 聆聽歲暮的聲音——資深前輩作家現況報導〔孟瑤部分〕 聯合報 1997年12月15日 41版

81. 宋 剛 孟瑤 中國文學通典‧小說通典 北京 解放軍文藝出版社 1999年1月 頁989

82. 陳文芬 知名作家孟瑤病逝——享年八十一歲，創作涵蓋多領域，出版小說、戲劇史、文學史等著作六十餘冊 中國時報 2000年10月8日 11版

83. 江中明 資深作家孟瑤揮別人間——享年八十一歲，一生創作豐富，也編寫劇本，著作《中國戲劇史》是少見有系統的戲劇專史 聯合報 2000年10月8日 14版

84. 〔民生報〕 隱身文學史，孟瑤告別塵寰 民生報 2000年10月8日 7版

85. 牧 野 孟瑤寫白了頭 青年日報 2000年10月20日 13版

86. 王琰如 哀孟夫子——揚宗珍 青年日報 2000年10月26日 13版

87. 王琰如 悼念孟夫子——揚宗珍 手足情深 臺北 詩藝文出版社 2001年6月 頁153—155

88. 李建崑 大音稀聲——敬悼孟瑤師 臺灣日報 2000年10月27日 35版

89. 徐照華 也是風流人物——記孟瑤老師 臺灣日報 2000年10月27日 35版

90. 陳器文 用情至深奈何人世悲涼——懷孟瑤師 臺灣日報 2000年10月27日 35版

91. 陳憲仁 民俗藝術‧客家風情——臺中資深作家孟瑤病逝 文訊雜誌 第182期 2000年12月 頁89—90

92. 陳宛蓉 資深作家孟瑤告別人世 文訊雜誌 第182期 2000年12月 頁96

93. 楊 明 孟瑤的生平 文訊雜誌 第182期 2000年12月 頁119—120

94. 吉廣輿 孟瑤研究資料目錄——作家小傳 全國新書資訊月刊 第27期 2001年3月 頁34

95. 丁文玲　遠逝 40、50 年代女作家——巨星殞落文學喟嘆〔孟瑤部分〕　中國時報　2001 年 12 月 9 日　14 版

96. 胡建國主編　揚宗珍女士行述　國史館現藏民國人物傳記史料彙編（第二十五輯）　臺北　國史館　2001 年 12 月　頁 331—332

97. 張瑋儀　辭世文學人小傳——孟瑤　2000 臺灣文學年鑑　臺北　行政院文建會　2002 年 4 月　頁 176—179

98. 鮑曉暉　彩筆寫人生——憶孟瑤　青年日報　2002 年 6 月 17 日　10 版

99. 王景山　孟瑤　臺港澳暨海外華文作家辭典　北京　人民文學出版社　2003 年 7 月　頁 428—431

100. 應鳳凰，黃恩慈　戰後臺灣文學風華——五〇年代女作家系列（七）——集戲劇小說學術於一身的作家——孟瑤[7]　明道文藝　第 353 期　2005 年 8 月　頁 76—80

101. 應鳳凰　孟瑤——學者兼作家，票戲兼創作　文學風華：戰後初期 13 著名女作家　臺北　秀威資訊科技公司　2007 年 5 月　頁 69—75

102. 彭　歌　回首群友話當年——孟瑤　文訊雜誌　第 257 期　2007 年 3 月　頁 65

103. 彭　歌　回首群友話當年——有鬚眉豪邁之風的孟瑤　憶春臺舊友　臺北　九歌出版社　2011 年 12 月　頁 111—113

104. 〔封德屏主編〕　孟瑤　2007 臺灣作家作品目錄　臺南　國立臺灣文學館　2008 年 7 月　頁 395

105. 〔范銘如編著〕　作者介紹／孟瑤　青少年臺灣文庫 2——小說讀本 1：穿過荒野的女人　臺北　國立編譯館　2008 年 12 月　頁 187

106. 施忻妤　六、七〇年代女性童書作家與作品——作家生平事跡——孟瑤　臺灣六〇、七〇年代女性作家童書寫作研究（1960－1979）　東海大學中國文學系　碩士論文　許建崑教授指導　2009 年　頁 29

---

[7]本文後改篇名為〈孟瑤——學者兼作家，票戲兼創作〉。

107. 〔編輯部〕　湖北遷臺文壇第一才女——孟瑤　湖北文獻　第 177 期　2010 年 10 月　頁 56—58

108. 古遠清　臺灣文壇六十年來文學事件掠影——孟瑤抄襲大陸學者案　新地文學　第 28 期　2014 年 6 月　頁 173

109. 方　杞　創作的初音　我的初書時代——臺中作家的第一本書　臺中　臺中市文化局　2016 年 4 月　頁 28—33

訪談、對談

110. 李德安　名女作家孟瑤女士訪問記　學林見聞　臺北　環宇出版社　1968 年 6 月　頁 46—51

111. 李德安　名女作家孟瑤女士訪問記　訪問學林風雲人物（上）　臺北　大明王氏出版社　1970 年 11 月　頁 104—108

112. 李德安　孟瑤女士訪問記　現代中國文學家傳記　臺北　大人出版社　1978 年 10 月　頁 153—158

113. 翔　翎　文壇上的常青樹——訪小說家孟瑤女士　幼獅文藝　第 273 期　1976 年 9 月　頁 87—96

114. 翔　翎　文壇上的長青樹　左中青年　第 68 期[8]　1984 年 12 月　頁 65—70

115. 邱苾玲　衣帶漸寬終不悔——訪孟瑤談小說寫作及其他　出版與研究　第 14 期　1978 年 1 月　頁 2

116. 邱苾玲　衣帶漸寬終不悔——《訪孟瑤談小說寫作》　左中青年　第 68 期[9]　1984 年 12 月　頁 59—64

117. 邱苾玲　衣帶漸寬終不悔——訪孟瑤談小說寫作　孟瑤讀本　臺北　幼獅文化公司　1994 年 7 月　頁 256—266

118. 雁蕪天　往下紮根，為了要開更美麗的花：孟瑤女士訪問記　中華文藝　第 86 期　1978 年 4 月　頁 132—140

---

[8]《左中青年》第 68 期專刊，又名《大音希聲——《著作等身的孟瑤》》。

[9]《左中青年》第 68 期專刊，又名《大音希聲——《著作等身的孟瑤》》。

119. 黃武忠　小說創作的基本態度——訪孟瑤女士　明道文藝　第30期　1978年9月　頁73—77

120. 黃武忠　小說創作的基本態度——訪孟瑤女士　小說經驗——名家談寫作技巧　臺北　富春文化公司　1990年8月　頁13~22

121. 程榕寧　孟瑤談她的國劇劇本和創作　大華晚報　1980年3月16日　7版

122. 方　梓　向前跨一步　人生金言（上）　臺北　自立晚報社　1983年9月　頁118—120

123. 費臻懿　訪揚宗珍老師　中興文苑　第16期　1986年6月　頁9—11

124. 〔文訊雜誌〕　孟瑤答編者問　文訊雜誌　第41期　1989年3月　頁98—99

125. 楊念慈，白崇珠，周純一　孟瑤的戲劇與文學　文訊雜誌　第41期　1989年3月　頁99—104

126. 姚儀敏　一生筆耕幾人知——專訪著作等身遠遯山林的小說家孟瑤　中央月刊　第24卷第10期　1991年10月　頁113—117

127. 邱　婷　兩年清梵，深居養生息——文壇耆儒孟瑤歸真反璞　民生報　1993年10月2日　28版

128. 曾鈴月　孟瑤訪問錄　女性、鄉土與國族——戰後初期大陸來臺三位女作家〔徐鍾珮、潘人木、孟瑤〕小說作品之女性書寫及其社會意義初探　靜宜大學中國文學系　碩士論文　邱貴芬教授指導　2001年1月　頁66—69

年表

129. 李世榮　一身筆耕幾人知——孟瑤寫作年表　左中青年　第68期[10]　1984年12月　頁83—86

130. 〔李世榮〕　一身筆耕幾人知——孟瑤寫作年表　孟瑤讀本　臺北　幼獅文化公司　1994年7月　頁268—273

131. 吉廣輿　孟瑤生平寫作年表　孟瑤評傳　香港新亞研究所文學組　碩士論

[10]《左中青年》第68期專刊，又名《大音希聲——《著作等身的孟瑤》》。

文　楊祖聿教授指導　1996 年 5 月　頁 263—280

132. 吉廣輿　孟瑤生平寫作年表　孟瑤評傳　高雄　高雄市中正文化中心管理處　1998 年 5 月　頁 371—396

133. 應鳳凰　孟瑤年表　文學風華：戰後初期 13 著名女作家　臺北　秀威資訊科技公司　2007 年 5 月　頁 76—79

134. 何宜蓁　孟瑤年表（1975—2000）　孟瑤移民小說研究　中正大學臺灣文學研究所　碩士論文　江寶釵教授指導　2011 年 7 月　頁 89—98

其他

135. 丁秀美　孟瑤手稿函札　左中青年　第 68 期[11]　1984 年 12 月　頁 13—16

136. 〔吉廣輿編選〕　孟瑤手稿函札　孟瑤讀本　臺北　幼獅文化公司　1994 年 7 月　頁 284－285

作品評論篇目

綜論

137. 鶴　霄　論孟瑤女士的小說　自由青年　第 16 卷第 8 期　1956 年 10 月 16 日　頁 14—15

138. 楊昌年　孟瑤　近代小說研究　臺北　蘭臺書局　1976 年 1 月　頁 570—571

139. 齊邦媛　江河匯集成海的六十年代小說——孟瑤　文訊雜誌　第 13 期　1984 年 8 月　頁 45

140. 齊邦媛　江河匯集成海的六〇年代小說——孟瑤　霧漸漸散的時候　臺北　九歌出版社　1998 年 10 月　頁 52—53

141. 吉廣輿　味吾味處尋吾樂——《淺析孟瑤的心象世界》　左中青年　第 68 期[12]　1984 年 12 月　頁 47—58

---

[11]《左中青年》第 68 期專刊，又名《大音希聲——《著作等身的孟瑤》》。

[12]《左中青年》第 68 期專刊，又名《大音希聲——《著作等身的孟瑤》》。

142. 吉廣輿　　味吾味處尋吾樂——淺析孟瑤的心象世界　孟瑤讀本　臺北　幼獅文化公司　1994年7月　頁10－30

143. 葉石濤　　臺灣文學史大綱（後篇）——五十年代的臺灣文學——理想主義的挫折和頹廢——作家與作品〔孟瑤部分〕　文學界　第15期　1985年8月　頁140

144. 葉石濤　　五〇年代的臺灣文學——理想主義的挫折和頹廢——作家與作品〔孟瑤部分〕　臺灣文學史綱　高雄　文學界雜誌社　1991年9月　頁98

145. 葉石濤　　臺灣文學史綱——五〇年代的臺灣文學——理想主義的挫折和頹廢——作家與作品〔孟瑤部分〕　葉石濤全集・評論卷五　臺南，高雄　國立臺灣文學館，高雄市文化局　2008年3月　頁109—110

146. 王志健　　新進作家與新銳作家——孟瑤　文學四論（下冊）　臺北　文史哲出版社　1988年7月　頁577—579

147. 公仲，汪義生　　50年代後期及60年代臺灣文學（1956—1966）[13]　臺灣新文學史初編　南昌　江西教育出版社　1989年8月　頁88—89

148. 蘇國榮　　恢復京劇的生存模式〔孟瑤部分〕　中國戲劇　1991年第1期　1991年1月　頁21

149. 黃重添，莊明萱，闕豐齡　　50年代小說創作——「戰鬥文學」的氾濫〔孟瑤部分〕　臺灣新文學概觀（上）　廈門　鷺江出版社　1991年6月　頁65—66

150. 黃重添，徐學，朱雙一　　長篇小說——概述〔孟瑤部分〕　臺灣新文學概觀（下）　廈門　鷺江出版社　1991年6月　頁39—40

151. 黃重添　　心靈在傳統和現代撞擊中躁動[14]　臺灣長篇小說論　臺北　稻禾出版社　1992年8月　頁89—107

---

[13]本文部分綜論孟瑤的懷鄉思親小說。

[14]本文綜論孟瑤等人反應婚姻倫理的長篇小說。

152. 莊明萱　林海音、孟瑤、郭良蕙等女作家　臺灣文學史（下）　福州　海峽文藝出版社　1993年1月　頁52—55

153. 張超主編　孟瑤　臺港澳及海外華人作家辭典　江蘇　南京大學出版社　1994年12月　頁350—351

154. 盛　英　孟瑤小說　二十世紀中國女性文學史　天津　天津人民出版社　1995年6月　頁1026—1027

155. 左德成　孟瑤小說中人物的情慾意識　建中學報　第1期　1995年12月　頁149—159

156. 皮述民　從反共小說到現代小說〔孟瑤部分〕　二十世紀中國新文學史　臺北　駱駝出版社　1997年10月　頁322

157. 張　敏　臺灣女作家孟瑤與她的小說　文史雜誌　1998年第3期　1998年3月　頁55—56

158. 胡慈容　臺灣愛情婚姻小說的演變與特點——光復至五十年代〔孟瑤部分〕　臺灣八十年代愛情小說中的女性語言　彰化師範大學國文學系　碩士論文　羅肇錦教授指導　2000年6月　頁11—12

159. 莊若江　孟瑤——關注人生和情感的作家　臺港澳文學教程　上海　漢語大辭典出版社　2000年10月　頁140—142

160. 莊若江　臺灣女性作家的創作——孟瑤——關注人生和情感的作家　臺港澳文學教程新編　上海　復旦大學出版社　2013年1月　頁98—99

161. 陳瑷婷　論孟瑤五十年代（1950—1959）的愛情小說　弘光學報　第36期　2000年10月　頁1—15

162. 朱嘉雯　亂離娜拉——孟瑤（1919—2000）　亂離中的自由——五四自由傳統與臺灣女性渡海書寫　中央大學中國文學系　博士論文　康來新，李瑞騰教授指導　2002年6月　頁90—113

163. 朱嘉雯　亂離娜拉——孟瑤　追尋，漂泊的靈魂：女作家的離散文學　臺北　秀威資訊科技公司　2009年2月　頁41—73

164. 朱嘉雯　推開一座牢固的城門——林海音及同時代女作家的五四傳承〔孟瑤部分〕　霜後的燦爛——林海音及其同輩女作家學術研討會論文集　臺南　國立文化資產保存研究中心籌備處　2003年5月　頁232—233

165. 樊洛平　女性寫作視野中的人文關懷——試論臺灣女作家孟瑤的小說世界　焦作大學學報　2004年第1期　2004年1月　頁7—10

166. 樊洛平　孟瑤——時代變遷背景下的兒女情長　當代臺灣女性小說史論　鄭州　河南人民出版社　2005年2月　頁99—112

167. 樊洛平　孟瑤——時代變遷背景下的兒女情長　當代臺灣女性小說史論　臺北　臺灣商務印書館　2006年4月　頁102—117

168. 顏安秀　作者、編輯、知識份子——女性作者〔孟瑤部分〕　《自由中國》文學性研究：以「文藝欄」小說為探討對象　臺北師範學院臺灣文學研究所　碩士論文　許俊雅教授指導　2005年6月　頁100—103

169. 封德屏　遷臺初期文學女性的聲音——以武月卿主編《中央日報・婦女與家庭週刊》為研究場域——孟瑤（1919—2000）　琦君及其同輩女作家學術研討會　桃園　中央大學中文系琦君研究中心　2005年12月15—16日　頁13—14

170. 封德屏　遷臺初期文學女性的聲音——以武月卿主編《中央日報・婦女與家庭週刊》為研究場域——孟瑤（1919—2000）　永恆的溫柔：琦君及其同輩女作家學術研討會論文集　桃園　中央大學中文系琦君研究中心　2006年7月　頁20—21

171. 羅秀美　學院女作家琦君與孟瑤的教學／學術生涯考察——兼論其文學接受情形　琦君及其同輩女作家學術研討會　桃園　中央大學琦君研究中心主辦　2005年12月15—16日　頁1—28

172. 羅秀美　學院女作家琦君與孟瑤的教學／學術生涯考察——兼論其文學接受情形　永恆的溫柔：琦君及其同輩女作家學術研討會論文集

桃園　中央大學中文系琦君研究中心　2006年7月　頁127—169

173. 黃萬華　臺灣文學——小說（下）〔孟瑤部分〕　中國現當代文學・第1卷（五四—1960年代）　濟南　山東文藝出版社　2006年3月　頁483—484

174. 呂佳容　張漱菡與同時代女作家林海音、孟瑤女性形象之比較〔孟瑤部分〕　張漱菡小說的女性形象研究　成功大學臺灣文學研究所碩士論文　廖淑芳教授指導　2010年2月　頁78—81、87—89

175. 吉廣輿　去此界以入彼界——孟瑤小說定論　紀念揚宗珍（孟瑤）教授全國學術研討會　臺中　中興大學中文系主辦　2010年10月29日

176. 羅美秀　女人，在書寫中詩意的安居——試論孟瑤的知性散文兼及現當代文學史對孟瑤的接受　紀念揚宗珍（孟瑤）教授全國學術研討會　臺中　中興大學中文系主辦　2010年10月29日

177. 陳昌明　跨時代的學者：黃得時、蘇雪林、孟瑤　百年人文傳承大展期中成果發表會　臺中　行政院國家科技委員會主辦　2011年4月17日

178. 陳昌明　特寫——跨時代的學者：黃得時、蘇雪林、孟瑤　人文百年・化成天下：中華民國百年人文傳承大展（文集）　新竹　清華大學　2011年11月　頁69—70

179. 郭苑平　弱者，你的名字是女人？——由《中國時報・婦女與家庭週刊》中孟瑤論戰反思遷臺初期性別論述　2012年東海大學中文系與浸會大學中文系研究生學術研討會　臺中　東海大學中國文學系主辦　2012年5月25日

180. 羅秀美　小說家之外的孟瑤——從「女性散文」與「孟瑤三史」論其文學史定位　興大人文學報　第50期　2013年3月　頁197—240

181. 金　進　冷戰、南來文人與現代中國文學——以新加坡南洋大學中文系任教師資為討論對象〔孟瑤部分〕　文學評論　2015年第2期　2015年3月　頁151—158

182. 廖振富，楊翠　臺中文學中的女性形象與性別反思——當代女作家作品的歷史記憶、社會關懷與生活顯影——張秀亞、孟瑤的「女教書」與「女性葵花寶典」　臺中文學史（下）　臺中　臺中市文化局　2015年6月　頁90—92

183. 廖振富，楊翠　臺中文學中的女性形象與性別反思——當代女作家作品的歷史記憶、社會關懷與生活顯影——張秀亞、孟瑤的「女教書」與「女性葵花寶典」　臺中文學史　臺中　臺中市文化局　2015年9月　頁391—392

分論

◆單行本作品

論述

《中國戲曲史》

184. 余蕙靜　孟瑤教授《中國戲曲史》中皮黃伶人資料初探　紀念揚宗珍（孟瑤）教授全國學術研討會　臺中　中興大學中文系主辦　2010年10月29日

185. 張啟超　如椽之筆，春秋之見——孟瑤《中國戲曲史》述評　紀念揚宗珍（孟瑤）教授全國學術研討會　臺中　中興大學中文系主辦　2010年10月29日

《中國小說史》

186. 鄭明娳　評孟瑤撰《中國小說史》　書評書目　第2期　1972年11月　頁51—58

187. 王永健　在學術交流中促進中國小說史的研究——評臺灣學者孟瑤的《中國小說史》　明清小說研究　1989年第2期　1989年　頁225—120

散文

《給女孩子的信》

188. 殷　因　《給女孩子的信》　婦女世界　第37期　1975年4月　頁22

189. 許建崑　愛情、婚姻與自由：寫給成長中的你〔《給女孩子的信》部分〕　閱讀的苗圃：我的讀書單　臺北　幼獅文化公司　2007 年 10 月　頁 132

190. 王鈺婷　「政治駕馭」與「市場主導」下女性抒情散文之生產機制——以《中央日報》的「婦女與家庭」版（1949.3～1955.4）為論述核心——主導文化下美文體系的建制網絡——中介過程及其意義：大眾品味與主導教化之互涉〔《給女孩子的信》部分〕　抒情之承繼，傳統之演繹——五〇年代女性散文家美學風格及其策略運用　成功大學臺灣文學系　博士論文　林瑞明教授、邱貴芬教授指導　2009 年 2 月　頁 110—112

小說

《美虹》

191. 文　山　評《美虹》　文壇　第 2 卷第 1 期　1953 年 9 月　頁 12—13

192. 應鳳凰　孟瑤《美虹》　人間福報　2013 年 5 月 7 日　15 版

193. 應鳳凰　孟瑤《美虹》——女教授第一部小說　文學起步 101——101 位作家的第一本書　新北　印刻文學出版公司　2016 年 12 月　頁 180—181

《心園》

194. 陳範生　《心園》讀後　中央日報　1953 年 4 月 15 日　4 版

195. 森　評孟瑤女士的《心園》　半月文藝　第 10 卷第 1 期　1953 年 9 月 30 日　頁 4—5

196. 張秀亞　永生的花朵——我讀孟瑤《心園》　自由青年　第 10 卷第 2 期　1953 年 11 月　頁 11—12

197. 怡　然　評《心園》　婦友月刊　第 4 期　1955 年 1 月　頁 31—32

198. 張　荔　愛的涓流——論孟瑤及其《心園》　吉林師範學院學報　1988 年第 1 期　1988 年 1 月　頁 88—91，101

199. 張　荔　愛的涓流——論孟瑤及其《心園》　心園　瀋陽　遼寧大學出版

社　1988 年 1 月　頁 1—12

200. 何笑梅　《心園》作品評析　臺灣百部小說大展　福州　海峽文藝出版社　1990 年 7 月　頁 180—181

201. 〔編輯部〕　孟瑤心園　當代中國文學名作鑑賞辭典　瀋陽　遼寧人民出版社　1992 年　頁 5

202. 莊明萱　文學的極端政治化和非政治化傾向對它的離棄——「戰鬥文學」的高倡及其演變和特點〔《心園》部分〕　臺灣文學史（下）　福州　海峽文藝出版社　1993 年 1 月　頁 42

203. 陳栢青　陽光撒在田園上——孟瑤的《心園》　文訊雜誌　第 262 期　2007 年 8 月　頁 46

204. 應鳳凰　1950 年代臺灣小說——暢銷女作家的早期小說——孟瑤：《心園》（1953 年）　畫說 1950 年代臺灣文學　新北　遠景出版公司　2017 年 2 月　頁 151—153

《幾番風雨》

205. 馮文鍊　略評孟瑤的《幾番風雨》　半月文藝　第 11 卷第 5 期　1955 年 1 月 1 日　頁 4—7

206. 〔程大城編著〕　略評孟瑤的《幾番風雨》　文學批評集　臺北　半月文藝社　1961 年 2 月　頁 21—24

《危巖》

207. 張道藩　序　危巖　臺北　皇冠出版社　1970 年 8 月　頁 5—6

《窮巷》

208. 朱介凡　談《窮巷》愛的力量　文學評論集　臺北　臺灣商務印書館　1985 年 7 月　頁 103—110

《蔦蘿》

209. 情　懷　評孟瑤的《蔦蘿》　青年戰士報　1968 年 12 月 29 日　7 版

《屋頂下》

210. 何笑梅　《屋頂下》作品評析　臺灣百部小說大展　福州　海峽文藝出版社

1990 年 7 月　頁 185—186

《鑑湖女俠秋瑾》

211. 錢劍秋　鑑湖女俠秋瑾序　鑑湖女俠秋瑾　臺北　中央婦女工作會　1957 年 10 月　頁 1—2

《浮雲白日》

212. 丹　冶　論孟瑤《浮雲白日》（上、下）　中央日報　1962 年 1 月 10—11 日　7 版

213. 苦　果　智慧的星——我讀《浮雲白日》　中央日報　1962 年 3 月 28 日　7 版

214. 蔡丹冶　孟瑤的《浮雲白日》——中華民國五十一年度教育部文學獎得獎作　蔡丹冶自選集　臺北　黎明文化公司　1989 年 3 月　頁 95—110

《食人樹》

215. 北　蕙　《食人樹》　中央日報　1962 年 7 月 7 日　6 版

《孿生的故事》

216. 吉廣輿　《孿生的故事》導讀　孟瑤讀本　臺北　幼獅文化公司　1994 年 7 月　頁 64—65

《磨劍》

217. 李仲秋　觀「磨」看「劍」〔《磨劍》〕　中央日報　1969 年 5 月 21 日　9 版

218. 吉廣輿　《磨劍》導讀　孟瑤讀本　臺北　幼獅文化公司　1994 年 7 月　頁 182—183

219. 張珈菂　都市做為新的文本——「寓」望城市〔《磨劍》部分〕　臺灣女性小說與都市發展（1960—1980）　國立政治大學臺灣文學研究所　碩士論文　范銘如教授指導　2014 年　頁 106—110

《飛燕去來》

220. 陳大道　留學歸不歸——以錢鍾書《圍城》、於梨華《又見棕櫚》、孟瑤

《飛燕去來》為例　紀念揚宗珍（孟瑤）教授全國學術研討會　臺中　中興大學中文系主辦　2010年10月29日

221. 陳大道　有婚姻關係的愛情故事類型——男子返臺相親的成功與失敗〔《飛燕去來》部分〕　留美小說論——以1960、70年代《皇冠》、《現代文學》、《純文學月刊》短篇小說為核心　臺北　知書房出版社　2013年10月　頁221—222

222. 張俐璇　問題化「寫實主義」——以《飛燕去來》與《家在臺北》的臺北再現為例　文史臺灣學報　第7期　2013年12月　頁151—173

《弄潮與逆浪的人》

223. 桂文亞　年輕人的故事——《弄潮與逆浪的人》　皇冠雜誌　第236期　1973年10月　頁204—206

224. 桂文亞　年輕人的故事——《弄潮與逆浪的人》　橄欖的滋味　臺北　皇冠出版社　1977年4月　頁62—71

225. 郝兆鞏　評孟瑤著《弄潮與逆浪的人》　中華聯誼會通訊　第22期　1976年9月　頁231—235

《盆栽與瓶插》

226. 陳　翊　讀孟瑤的《盆栽與瓶插》——略釋《盆栽與瓶插》的主題　明道文藝　第7期　1976年10月　頁152—153

227. 聿　今　讀孟瑤的《盆栽與瓶插》——許多人許多事　明道文藝　第7期　1976年10月　頁154—156

228. 淨　如　讀孟瑤的《盆栽與瓶插》——過河卒子　明道文藝　第7期　1976年10月　頁156—158

229. 孫智齡　屬於土的歸於土，屬於水的歸於水——初探《盆栽與瓶插》　左中青年　第68期[15]　1984年12月　頁75—77

230. 吉廣輿　《盆栽與瓶插》導讀　孟瑤讀本　臺北　幼獅文化公司　1994年7月　頁171—172

---

[15]《左中青年》第68期專刊，又名《大音希聲——《著作等身的孟瑤》》。

《忠烈傳——晚明的英雄兒女故事》

231. 莊秀美　青史幾番遺恨——看《忠烈傳》的氣勢　左中青年　第 68 期[16]　1984 年 12 月　頁 79—81

232. 吉廣輿　《忠烈傳》導讀　孟瑤讀本　臺北　幼獅文化公司　1994 年 7 月　頁 254

《春雨沐沐》

233. 張　茘　積極的痛苦，別樣的滋味——《春雨沐沐》代序　春雨沐沐　瀋陽　遼寧大學出版社　1988 年 2 月　頁 1—11

《風雲傳——兩宋的英雄兒女》

234. 龔鵬程　《風雲傳》導論　風雲傳：兩宋的英雄兒女　臺北　天衛文化圖書公司　1994 年 7 月　頁 6—15

235. 施　予　孟瑤筆下《風雲傳》讓宋史鮮活重演　中央日報　1994 年 8 月 10 日　17 版

236. 林宜諄　孟瑤重現兩宋英雄兒女〔《風雲傳：兩宋的英雄兒女》〕　中國時報　1994 年 8 月 18 日　42 版

237. 康來新　古道照顏色——孟瑤《風雲變——兩宋的英雄兒女》讀後　文訊雜誌　第 107 期　1994 年 9 月　頁 12－14

238. 許建崑　歷史、武俠與愛情〔《風雲傳：兩宋的英雄兒女》部分〕　閱讀的苗圃：我的讀書單　臺北　幼獅文化公司　2007 年 10 月　頁 156—157

239. 江江明　論孟瑤小說《風雲傳》之歷史想像　彰化師大國文學誌　第 18 期　2009 年 6 月　頁 147—164

兒童文學

《楚漢相爭》

240. 邱阿塗　從史實的觀點看揚宗珍的歷史小說《楚漢相爭》　書評書目　第 39 期　1976 年 7 月　頁 107—111

---

[16]《左中青年》第 68 期專刊，又名《大音希聲——《著作等身的孟瑤》》。

◆多部作品

《心園》、《幾番風雨》

241. 何　欣　　三十年來的小說〔《心園》、《幾番風雨》部分〕　中華文化復興月刊　第10卷第9期　1977年9月　頁25

242. 何　欣　　三十年來臺灣的小說〔《心園》、《幾番風雨》部分〕　中國現代小說的主潮　臺北　遠景出版公司　1979年3月　頁62—68

《從晉朝到唐朝》、《忘恩負義的狼》

243. 施忻妤　　散文與生活故事書寫——民俗與歷史故事的敘述——孟瑤的歷史故事〔《從晉朝到唐朝》、《忘恩負義的狼》〕　臺灣六〇、七〇年代女性作家童書寫作研究（1960－1979）　東海大學中國文學系　碩士論文　許建崑教授指導　2009年　頁102

《驚蟄》、《滿城風絮》

244. 張珈菂　　新／都市意義的興起——代表空間意義／書寫意義的轉型——都市對女性社會及角色形象的衝突——困境與突圍〔《驚蟄》、《滿城風絮》部分〕　臺灣女性小說與都市發展（1960—1980）　國立政治大學臺灣文學研究所　碩士論文　范銘如教授指導　2014年　頁56—65

單篇作品

245. 林　誼　　讀〈弱者〉篇有感〔〈弱者，你的名字是女人？〉〕　中央日報　1950年5月21日　7版

246. 范銘如　　臺灣新故鄉——五十年代女性小說——湮沒的歷史——女性的筆墨登臺〔〈弱者，你的名字是女人？〉部分〕　中外文學　第28卷第7期　1999年9月　頁109—110

247. 范銘如　　臺灣新故鄉——五〇年代女性小說〔〈弱者，你的名字是女人？〉部分〕　性別論述與臺灣小說　臺北　麥田出版公司　2000年10月　頁40—43

248. 范銘如　　臺灣新故鄉——五〇年代女性小說〔〈弱者，你的名字是女

人？〉部分〕　眾裡尋她：臺灣女性小說縱論　臺北　麥田出版公司　2002 年 3 月　頁 19—20

249. 陳信元　臺灣女性小說的發展〔〈弱者，你的名字是女人？〉部分〕　兩岸女性文學發展學術研討會　臺北　中華發展基金管理委員會主辦；佛光人文社會學院承辦　2003 年 11 月 1—2 日　頁 3

250. 余雲鵬　男女之間——讀〈偶像的幻滅〉後　中央日報　1953 年 4 月 8 日　6 版

251. 心　蕊　我感到了幻滅——讀〈偶像的幻滅〉後　中央日報　1953 年 4 月 15 日　6 版

252. 心　平　家庭雙邊合約——讀〈悔教夫婿覓封侯〉　中央日報　1954 年 4 月 1 日　6 版

253. 糜文開　讀〈美虹〉　婦友月刊　第 1 期　1954 年 10 月　頁 31

254. 鍾梅音　二年後再答孟瑤〔〈理解與記憶——論背誦〉〕　海濱隨筆　臺北　大華晚報社　1954 年 11 月　頁 125—127

255. 方以直　讀孟瑤〈孿生的故事〉　中國時報　1966 年 8 月 18 日　9 版

256. 林柏燕　〈白日〉附註　六十二年短篇小說選　臺北　爾雅出版社　1974 年 3 月　頁 95—96

257. 陳克環　孟瑤的〈方向〉　書評書目　第 20 期　1974 年 4 月　頁 17—18

258. 殷張蘭熙　導言〔〈細雨中〉部分〕　寒梅　臺北　爾雅出版社　1983 年 1 月　頁 8

259. 吉廣輿　〈細雨中〉導讀　孟瑤讀本　臺北　幼獅文化公司　1994 年 7 月　頁 127—128

260. 高寶琳　現代與反現代——幾篇早期女作家的小說〔〈孤雁〉部分〕　國文天地　第 26 期　1987 年 7 月　頁 55

261. 陳素琰　女人筆下的女性世界〔〈孤雁〉部分〕　揚子江與阿里山的對話——海峽兩岸文學比較　上海　上海文藝出版社　1995 年 12 月　頁 241—242

262. 〔鄭明娳，林燿德選註〕 〈我的國文老師〉 人生五題——成長 臺北 正中書局 1990年8月 頁96

263. 吉廣輿 〈老藝人〉導讀 孟瑤讀本 臺北 幼獅文化公司 1994年7月 頁49—51

264. 吉廣輿 〈梨園子弟〉導讀 孟瑤讀本 臺北 幼獅文化公司 1994年7月 頁76—78

265. 吉廣輿 〈籌拍片〉導讀 孟瑤讀本 臺北 幼獅文化公司 1994年7月 頁104—105

266. 吉廣輿 〈舞臺〉導讀 孟瑤讀本 臺北 幼獅文化公司 1994年7月 頁140—141

267. 吉廣輿 〈打野食〉導讀 孟瑤讀本 臺北 幼獅文化公司 1994年7月 頁159—161

268. 吉廣輿 〈老王皮鞋修理部〉導讀 孟瑤讀本 臺北 幼獅文化公司 1994年7月 頁199—201

269. 吉廣輿 〈別〉導讀 孟瑤讀本 臺北 幼獅文化公司 1994年7月 頁219—221

270. 吉廣輿 〈長別〉導讀 孟瑤讀本 臺北 幼獅文化公司 1994年7月 頁233—235

271. 范銘如 作品導讀／〈寂靜地帶〉 青少年臺灣文庫 2——小說讀本 1：穿過荒野的女人 臺北 國立編譯館 2008年12月 頁201—202

272. 施忻妤 散文與生活故事書寫——現實生活的描寫〔〈我第一次離開媽媽〉〕 臺灣六〇、七〇年代女性作家童書寫作研究（1960－1979） 東海大學中國文學系 碩士論文 許建崑教授指導 2009年 頁88

273. 王鈺婷 「摩登女郎」的展演空間：談《海燕集》（1953）中女作家現身與新女性塑造〔〈夜雨〉部分〕 臺灣文學研究學報 第12期 2011年4月 頁175—176

274. 〔李瑞騰主編〕 〈閃耀的旅程〉——手稿／九歌出版社蔡文甫捐贈 神與物遊——國立臺灣文學館典藏精選集（三） 臺南 國立臺灣文學館 2012年12月 頁35

275. 貢 敏 從洪建全義助〈韓夫人〉談起 戲有此理 臺北 城邦印書館公司 2015年2月 頁30—31

276. 貢 敏 郭小莊成功‧〈韓夫人〉尚未 戲有此理 臺北 城邦印書館公司 2015年2月 頁32—33

多篇作品

277. 李瑞騰 家的變與不變〔〈歸途〉、〈孤雁〉部分〕 臺灣文學二十年集1978—1998：評論二十家 臺北 九歌出版社 1998年3月 頁250—252

278. 李瑞騰 家的變與不變〔〈歸途〉、〈孤雁〉部分〕 涵養用敬：國立中央大學中文系專任教師論著集1 桃園 中央大學中國文學系 2002年9月 頁578—580

279. 劉劍平 孟瑤三篇小說的主題探討 文學教育 2008年第9期 2008年9月 頁68—70

作品評論目錄、索引

280. 吉廣輿 孟瑤作品採訪及評論引得 孟瑤評傳 香港新亞研究所文學組碩士論文 楊祖聿教授指導 1996年5月 頁257—262

281. 吉廣輿 孟瑤作品採訪及評論引得 孟瑤評傳 高雄 高雄市中正文化中心管理處 1998年5月 頁363—369

282. 吉廣輿 孟瑤研究資料目錄 全國新書資訊月刊 第27期 2001年3月 頁39—42

283. 〔封德屏主編〕 孟瑤 臺灣現當代作家評論資料目錄（二） 臺南 國立臺灣文學館 2010年11月 頁1379—1389

國家圖書館出版品預行編目資料

臺灣現當代作家研究資料彙編. 92, 孟瑤 / 吉廣輿編選.
-- 初版. -- 臺南市 : 臺灣文學館, 2017.12
面 ; 公分
ISBN 978-986-05-3727-7(平裝)

1.孟瑤 2.傳記 3.文學評論

863.4 106018018

【臺灣現當代作家研究資料彙編】92
孟 瑤

發 行 人 廖振富
指導單位 文化部
出版單位 國立臺灣文學館
地 址／70041 臺南市中西區中正路 1 號
電 話／06-2217201 傳 真／06-2218952
網 址／www.nmtl.gov.tw 電子信箱／pba@nmtl.gov.tw

總 策 畫 封德屏
顧 問 林淇瀁 張恆豪 許俊雅 陳義芝 須文蔚 應鳳凰
工作小組 王則翔 沈孟儒 林暄燁 黃子恩 陳映潔
編 選 吉廣輿
責任編輯 林暄燁
校 對 林暄燁
計畫團隊 財團法人台灣文學發展基金會
美術設計 翁國鈞・不倒翁視覺創意
印 刷 松霖彩色印刷事業有限公司

著作財產權人 國立臺灣文學館

經銷展售 國家書店松江門市（02-25180207）
國立臺灣文學館藝文商店（06-2217201#2960）
一德洋樓羅布森冊insk（04-22333739）
三民書局（02-23617511、02-2500-6600）
台灣的店（02-23625799） 府城舊冊店（06-2763093）
南天書局（02-23620190） 唐山出版社（02-23633072）
後驛冊店（04-22211900） 五南文化廣場（04-22260330）

初版一刷 2017 年 12 月
定 價 新臺幣 380 元整
第一階段 15 冊新臺幣 5500 元整 第二階段 12 冊新臺幣 4500 元整
第三階段 23 冊新臺幣 8500 元整 第四階段 14 冊新臺幣 5000 元整
第五階段 16 冊新臺幣 6000 元整 第六階段 10 冊新臺幣 3800 元整
第七階段 10 冊新臺幣 3200 元整 全套 100 冊新臺幣 30000 元整

GPN 1010601821（單本） ISBN 978-986-05-3727-7（單本）
1010000407（套） 978-986-02-7266-6（套）

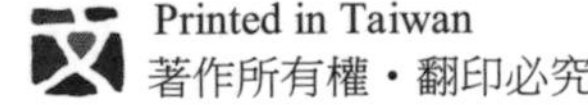